《中国科举文化通志》总序

陈文新

（一）

科举是中国古代最为健全的文官制度。它渊源于汉，始创于隋，确立于唐，完备于宋，兴盛于明、清两代。如果从隋大业元年（605）的进士科算起，到清光绪三十一年（1905）被废除，科举制度在中国有整整1300年的历史。科举制度还曾“出口”越南、朝鲜等国，扩大了汉文化的影响。始于19世纪的西方文官考试制度，其创立也与中国科举的启发相关。孙中山在《五权宪法》等演讲中反复强调：中国的科举制度是世界各国中所用以拔取真才之最古最好的制度。胡适也说：“中国文官制度影响之大，及其价值之被人看重”，“是我们中国对世界文化贡献的一件可以自夸的事”。①

科举制度具有如此强大的生命力，其原因在于，它在保证“程序的公正”方面具有空前的优越性。官员选拔的理想境界是“实质的公正”，即将所有优秀的人才选拔到最合适的岗位上。但这个境界人类至今未达到过。不得已而求其次，“程序的公正”就成为优先选择。“中国古代独特的社会结构是家族宗法制，家长统治、任人唯亲、帮派活动、裙带关系皆为家族宗法制的派生物，在重人情与关系的社会文化背景下，若没有可以操作的客观标准，任何立意美妙的选举制度都会被异化为植党营私、任人唯亲的工具，汉代的察举推荐和魏晋南北朝的九品官人法走向求才的死胡同便是明证。”“古往今来科举考试一再起死回生的历史说明：自古以来，中国就是一个人情社会，人情与关系在社会生活中起着重要的作用，为了防止人情的泛滥，使社会不至于陷入无序的状态，中国人发明了考试，以考试作为维护社会公平和社会秩序的调节阀。悠久的科举历史与普遍的考试现实一再雄辩地证明，考试选才具有恒久的价值。”② 从这一角度看，科举制度不但在诞生之初有着巨大的进步意义，而且在整个中国历史和世界历史上，都是一个了不起的创造。较之前代的选官制度，如汉代的察举、征辟制和魏文帝时开始推行的九品中正制等，科举制度都更加公正合理。

---

① 胡适：《考试与教育》，《胡适文集》第12册，北京大学出版社1998年版，第508页。

② 刘海峰：《科举学导论》，华中师范大学出版社2005年版，第113、136页。

作为一项从整体上影响国民生活的官员选拔制度，科举制度对于维护我们这个幅员辽阔的多民族国家的统一稳定，其作用是无论怎样估计也不会过高的。胡适这位新文化运动的领袖，虽然一再愤愤不平地说到中国文化的种种不是，但在《考试与教育》一文中，他也毫不含糊地指出：在古代那种交通极为不便的情形下，中央可以不用武力来维持国家的统一是由于考试制度的公开和公平。胡适所说的公平，包括三种含义：一是公开考选，标准客观。二是顾及各地的文化水准，录取的人员，并不偏于一方或一省，而是遍及全国。三是实行回避制度，“就是本省的人不能任本省的官吏，而必须派往其他省份服务。有时候江南的人，派到西北去，有时候西北的人派到东南来。这种公道的办法，大家没有理由可以反对抵制。所以政府不用靠兵力和其他工具来统治地方，这是考试制度影响的结果”①。这些话出于胡适之口，足以说明，即使是文化激进主义者，只要具有清明的理性，也不难看出科举制度的合理性。

作为一项从整体上影响国民生活的官员选拔制度，科举制度不仅具有历史研究的价值，而且有助于我们思考当今人事制度的改革问题。2005 年，任继愈曾在《古代中国科举考试制度值得借鉴》一文中提出设立“国家博士”学位的设想。其立论前提是：我国目前由各高校授予的博士学位缺少权威性和公正性。之所以不够权威和公正，不外下述几个原因。其一，“各校有自己的土标准，执行起来宽严标准不一，取得学位后，它的头衔在社会上流通价值都是同等的”，这当然不公平。其二，研究生入学后，第一年大部分时间用在外语上，第二年大部分时间忙于在规定的某种等级的刊物上发论文，第三年忙于找工作，这样的情形，怎么可能培养出货真价实的博士？其三，几乎所有名牌大学都招收“在职博士生”，有的博士研究生派秘书代他上课，甚至不上课而拿文凭，这样的博士能说是名副其实的吗？只有设立“国家博士”学位，采用统一标准选拔人才，这样的“博士学位”才具有权威性和公正性。而国家在高级人才的选拔方面统一把关，不仅可以避免“跑”博士点和博士生扩招带来的许多弊病，有助于社会风气的改善，而且，由于只管考而不必太多地管教，还可以节省大量开支。就这一点而言，中国古代的科举制度的确是值得参考借鉴的。任继愈的这篇文章现已收入《皓首学术随笔·任继愈卷》(中华书局 2006 年版)，有心的读者不妨一阅。

与任继愈的呼吁相得益彰，早在 1951 年，钱穆就发表了《中国历史上的考试制度》一文。针对民国年间（1911—1949）人事管理腐败混乱的状况，他痛心疾首地指出：科举制“因有种种缺点，种种流弊，自该随时变通，但清末人却一意想变法，把此制度也连根拔去。民国以来，政府用人，便全无标准，人事奔竞，派系倾轧，结党营私，偏枯偏荣，种种病象，指不胜屈。不可不说我们把历史看轻了，认为以前一切要不得，才聚九州铁铸成大错”②。钱穆的意思是明确的：参考借鉴科举制度，有助于人事管理的规范化和公正性。1955 年，他在《中国历代政治得失》一书中进一步指出：“无

① 胡适：《胡适文集》第 12 册，北京大学出版社 1998 年版，第 506 页。

② 钱穆：《国史新论》，东大图书公司 1984 年版，第 114~115 页。

论如何，考试制度，是中国政治制度中一项比较重要的制度，又且由唐迄清绵历了一千年以上的长时期。中间递有改革，递有演变，在历史进程中逐渐发展，这绝不是偶然的。直到晚清，西方人还知采用此制度来弥缝他们政党选举之偏陷，而我们却对以往考试制度在历史上有过上千年以上根柢的，一口气吐弃了，不再重视，抑且不再留丝毫顾惜之余地。那真是一件可诧怪的事。"① 现代中国的人事管理理应借鉴源远流长的科举制度，这是毫无疑问的。至于如何借鉴，则是我们需要认真思考的问题。

（二）

作为一项从整体上影响国民生活的官员选拔制度，科举制度以其“程序的公正”为国家选拔了大量行政官员，在提高全民族的文化水准和维护我们这个多民族国家的统一稳定方面，发挥了直接而巨大的作用，这是其显而易见的功能；它还有其他不那么显著却同样值得重视的功能，即意识形态功能和人文教育功能：科举制度以其对社会的整体影响力将儒家经典维持世道人心的作用发挥到极致。我们试就此略作讨论。

明清时代有一项重要规定：科举以《四书》《五经》为基本考试内容。这一规定是耐人寻味的。《论语》《孟子》等儒家经典是秦汉以来中国传统社会维系人心、培育道德感的主要读物。我们经常表彰“中国的脊梁”，一个毋庸置疑的事实是，秦汉以降，“中国的脊梁”大多是在儒家经典的教育下成长起来的。以文天祥为例，这位南宋末年的民族英雄，曾在《过零丁洋》诗中说：“人生自古谁无死？留取丹心照汗青。”“丹心”，就是蕴蓄着崇高的道德感的心灵。他还有一首《正气歌》，开头一段是：“天地有正气，杂然赋流形。下则为河岳，上则为日星。于人曰浩然，沛乎塞苍冥。皇路当清夷，含和吐明庭。时穷节乃见，一一垂丹青。”身在治世，正气表现为安邦定国的情志；身在乱世，则表现为忠贞坚毅的气节。即文天祥所说：“当其贯日月，生死安足论。”1282年，他在元大都（今属北京）英勇就义，事前他在衣带中写下了这样的话：“孔曰‘成仁’，孟曰‘取义’。惟其义尽，所以仁至。读圣贤书，所学何事？而今而后，庶几无愧。”《四书》《五经》的教诲，确乎是他的立身之本。

文天祥是宝祐四年（1256）状元。这是一个值得关注的事实。它表明：进士阶层在实践儒家的人格理想方面，其自觉性远远高于社会的平均水平。宋代如此，明代如此，甚至连元代也是如此。清代史学家赵翼曾论及“元末殉难者多进士”这一现象：“元代不重儒术，延祐中始设科取士，顺帝时又停二科始复。其时所谓进士者，已属积轻之势矣，然末年仗节死义者，乃多在进士出身之人。”（赵翼《廿二史劄记》卷三十《元末殉难者多进士》）接下来，赵翼列举了余阙、泰不华、李齐、李黼、王士元、赵琏、周镗、聂炳元、刘耕孙、丑闾、彭庭坚、普颜不花、月鲁不花、迈里古思等死难进

① 钱穆：《中国历代政治得失》，三联书店2001年版，第89页。

士，最后归结说："诸人可谓不负科名者哉，而国家设科取士亦不徒矣。"① 在元末殉难的进士中，余阙（1303—1358）是最早战死的封疆大臣。他的朋友蒋良，一次和他谈起国难，余阙推心置腹地说："余荷国恩，以进士及第，历省居馆阁，每愧无报。今国家多难，授予兵戎重寄，岂余所堪。然古人有言：'为子死孝，为臣死忠。'万一不幸，吾知尽吾忠而已。"余阙殉难后，蒋良作《余忠宣公死节记》，开篇即强调说："有元设科取士，中外文武著功社稷之臣历历可纪。至正辛卯，兵起淮、颍，城邑尽废，江、汉之间能捍御大郡、全尽名节者，守豫帅余公廷心一人而已。"② 在余阙"擢高科"的履历与他忠勇殉节的人格境界之间，人们确认有其内在联系。无独有偶，《元史·泰不华传》在记叙元末另一著名的死节之臣泰不华（1305—1352）时，也着重指出：其人生信念的基本依据是他作为"书生"所受的儒家经典教育。在与方国珍决战前夕，泰不华曾对部从说过一番词气慷慨的话："吾以书生登显要，诚虑负所学。今守海隅，贼甫招徕，又复为变。君辈助我击之，其克则汝众功也，不克则我尽死以报国耳。""书生""所学"与捐躯"报国"之间关系如此密切，足见以《四书》《五经》作为基本考试教材的科举制度，它在维持世道人心方面的作用的确是巨大而深远的。

儒家经典维持世道人心的功能不仅泽及宋元，泽及明清，甚至泽及已经废除了科举制度的现代。其实这并不令人感到奇怪。原因在于，不少现代名流的少年时光是在科举时代度过的，他们系统地受过这种教育，耳濡目染，其人生观在早年即已确立并足以支配一生。儒家经典的生命力由此可见。科举制度的余泽亦由此可见。

这里我想特别提及五四新文化运动的领袖胡适，并有意多引他的言论。之所以关注他，是因为，世人眼中的胡适，只是一个文化激进主义者，以高倡"打倒孔家店"著称。人们很少注意到，胡适在表面上高呼"打倒孔家店"，但在内心里仍对孔子和儒家保留了足够的敬意，是儒家人生哲学的虔诚信奉者和实行者。唐德刚编译《胡适口述自传》，第二章有胡适的如下自白："有许多人认为我是反孔非儒的。在许多方面，我对那经过长期发展的儒教的批判是很严厉的。但是就全体来说，我在我的一切著述上，对孔子和早期的'仲尼之徒'如孟子，都是相当尊崇的。我对十二世纪'新儒学'（Neo-Confucianism）（'理学'）的开山宗师的朱熹，也是十分崇敬的。""在这场伟大的'新儒学'（理学）的运动里，对那（道德、知识；也就是《中庸》里面所说的'诚则明矣，明则诚矣'的）两股思潮，最好的表达，便是程颐所说的：'涵养须用敬，进学则在致知。'后世学者都认为'理学'的真谛，此一语足以道破。"同一章还有唐德刚的一段插话："'要提高你的道德标准，你一定要在"敬"字上下功夫；要学识上有长进，你一定要扩展你的知识到最大极限。'适之先生对这两句话最为服膺，他老人家不断向我传教的也是这两句。一次我替他照相，要他在录音机边作说话状，他说的便是这两句。所以胡适之先生骨子里实在是位理学家。他反对佛教、道教乃至基督教，都

① 赵翼著，王树民校证：《廿二史劄记校证》，中华书局 1984 年版，第 706 页。

② 杨讷等编：《元代农民战争史料汇编》中编第一分册，中华书局 1985 年版，第 268 页。

是从‘理学’这条道理上出发的。他开口闭口什么实验主义的，在笔者看来，都是些表面账。吾人如用胡先生自己的学术分期来说，则胡适之便是他自己所说的‘现代期’的最后一人。”① 胡适是在少年时代接受儒家经典教育的，在经历了废止科举、“打倒孔家店”等种种变故后，儒家的人生哲学仍能贯彻其生命的始终，由此不难想见，在中国传统社会尤其是科举时代，儒家经典对社会精神风貌的塑造可以发挥多么强大的功能。虽然生活中确有教育目标与实际状况两歧的情形，但正面的成效仍是不容忽视的。

“精神文明”是中国人常用的一个概念。“精神文明”是相对物质文明而言的，就个人而言，需要长期的修养，就民族而言，需要长期的培育。中国古人对这一点体会很深，所以常常强调“潜移默化”，经由耳濡目染的长期熏陶，价值内化，成为一种道德规范。如果这种道德规范大体近于人情，既“止乎礼义”而又“发乎性情”，它对社会的稳定，对人类精神境界的提升，都将发挥重要作用。这就是文化的功能。目前教育界所说的“深厚的人文知识素养，有助于塑造高尚的精神世界，提高健康的审美能力”，与这个意思是相通的。《四书》《五经》作为科举时代的基本读物，人文教育功能是其不容抹杀的价值，并因制度的保障而得到了充分的发挥。

美国学者罗兹曼认为：科举制在中国传统社会结构中居于中心的地位，是维系儒家意识形态和儒家价值体系正统地位的根本手段。科举制在1905年被废止，从而使这一年成为新旧中国的分水岭：它标志着一个时代的结束和另一个时代的开始，其划时代的重要性甚至超过辛亥革命；就其现实和象征性的意义而言，科举革废代表着中国已与过去一刀两断，这种转折大致相当于1861年沙俄废奴和1868年的日本明治维新后不久的废藩。② 罗兹曼的意见也许是对的。而我想要补充的问题是：在科举制废止之后，如何保证《四书》《五经》的人文教育功能继续得到发挥？

（三）

科举制度曾经有过辉煌的历史，科举制度对现代中国的发展更有足资借鉴的意义。整理与研究历代科举文献，其意义也需要从历史与现实两个角度加以说明：一方面是传承文化，传承文明，让这份丰厚的遗产充分发挥塑造民族精神的作用，另一方面是去粗取精，古为今用，让它在现实的中国社会重放异彩，成为人事制度改革的重要智力资源。这是我们编纂出版《中国科举文化通志》的初衷，也是我们不辞劳苦从事这一学术工作的动力。

《中国科举文化通志》重点包括下述内容：

1. 整理、研究反映科举制度沿革、影响及历代登科情形的文献。

---

① 胡适：《胡适文集》第1册，北京大学出版社1998年版，第418、433页。

② ［美］吉尔伯特·罗曼兹主编，国家社会科学基金“比较现代化”课题组译：《中国的现代化》中译本，江苏人民出版社1988年版，第335、635页。

从《新唐书》开始，历代正史多有《选举志》。历代《会要》、《实录》、《纪事本末》等史传、政书之中，相当一部分是关于科举制度沿革的资料。还有黄佐《翰林记》、陆深《科场条贯》、张朝瑞《明贡举考》、冯梦祯《历代贡举志》、董其昌《学科考略》、陶福履《常谈》等一批专书。历代《登科录》和杂录类书籍，也保存了大量关于科举的材料。唐代登科记多已散失亡佚，有清代徐松的《登科记考》可供参考。宋元登科记保存稍多，明清有关文献尤为繁富。

2. 整理、研究与历代考试文体相关的教材、试卷、程文及论著等。

八股文是最引人注目的考试文体。八股文集有选本、稿本之分。重要的选本，明代有艾南英编《明文定》、《明文待》，杨廷枢编《同文录》，马世奇编《澹宁居文集》，黎淳编《国朝试录》等；清朝有纪昀《房行书精华》，王步青编《八法集》；还有《百二十名家集》，选文 3000 篇，以明代为主；《钦定四书文》，明文 4 集，选文 480 余篇，清文 1 集，选文 290 余篇。稿本为个人文集。明清著名的八股大家，如明代的王鏊、钱福、唐顺之、归有光、艾南英，清代的刘子壮、熊伯龙、李光地、方苞、王步青、袁枚、翁方纲等人，均有稿本传世。相关著述数量也不少。清梁章钜《制义丛话》等，是研究八股文的重要论著。其他考试文体，如试策、试律等，也在我们关注的范围之内。这些科举文献，一般读者不易见到，或只能零零星星地见到一些，或虽然见到了也难以读懂，亟待系统地整理出版，以供研究和阅读。

《中国科举文化通志》包括以下数种：《历代制举史料汇编》、《历代律赋校注》、《唐代试律试策校注》、《八股文总论八种》、《七史选举志校注》、《四书大全校注》、《游戏八股文集成》、《明代科举与文学编年》、《明代状元史料汇编》、《钦定四书文校注》、《翰林掌故五种》、《贡举志五种》、《〈游艺塾文规〉正续编》、《钦定学政全书校注》、《梁章钜科举文献二种校注》、《〈清实录〉科举史料汇编》、《二十世纪科举研究论文选编》、《明代科举与文学编年》、《〈礼部韵略〉与宋代科举》、《元明科举与文学考论》、《游戏八股文研究》、《明代八股文选家考论》、《唐代科举与试赋》、《〈儒林外史〉的现代误读》、《科举废止前后的晚清社会与文学》等。我们这套《中国科举文化通志》，以涵盖面广和分量厚重为显著特征，可以从多方面满足阅读和研究之需。而在整理、研究方面投入的心力之多，更是有目共睹。我们的目的是为推进学术作出力所能及的贡献。

《中国科举文化通志》是一项规模宏大、任务艰巨、意义深远的大型出版文化工程。编纂任务主要由武汉大学专家承担，并根据需要从中国人民大学、南京大学、中国艺术研究院、厦门大学、华中师范大学、陕西师范大学、扬州大学、中南民族大学、中南财经政法大学等高校或科研院所聘请了若干学者。南京大学卞孝萱先生、中华书局傅璇琮先生、中国社会科学院邓绍基先生等在学术上给我们提供了若干指导；参与这一工程的各位专家不辞辛苦，努力工作，保证了编纂进度和质量；武汉大学出版社鼎立支持《中国科举文化通志》的出版；所有这些，我们将永远铭记在心。

2015 年 4 月 13 日

于武汉大学

目　　录

引　言

1935年，鲁迅先生在《叶紫作〈丰收〉序》里，曾就《儒林外史》这部小说发出“伟大也要有人懂”①的感叹。“懂”，这是研读一部书最基本的要求，不过，要真正读“懂”一部书，并不是一件简单的事情。且不说达到“忖度予心，百不失一”而为作者“知己”的境界，② 即便做到不与作者创作意向、文本内在意蕴相悖，在很多时候已是相当不容易的事情了。仅就《儒林外史》而言，从吴敬梓生前直至现在，有许多人仔细读过它，也有不少学者倾心研究它，其间产生了很多真知灼见，但也出现了不少与《儒林外史》的文本内容相悖乃至比附、歪曲的看法。尤其是20世纪初以来，“误读”更是成为《儒林外史》研究与评论中的重要现象。由此，如果研究《儒林外史》的现代学术史，就不能不对其间存在的“误读”现象作深入的思考；如果研究《儒林外史》，也不能不对被“误读”的命题作细致的辨析。要做到这些，“误读”研究是一种可以采取的，具有明显优势的方式。在对《儒林外史》的现代“误读”进行讨论之前，有必要先对“误读”研究这一学术史研究方式以及“误读”这一概念作些辨析与界定，同时阐明我们基本的研究立场和研究方法。这些都是我们讨论《儒林外史》现代“误读”的重要基础。

---

① 鲁迅：《且介亭杂文二集》，《鲁迅全集》第六卷，人民文学出版社2005年版，第228页。

② 孔尚任在《桃花扇本末》中说：“读《桃花扇》者，有题辞，有跋语……又有批评，有诗歌，其每折之句批在顶，总批在尾，忖度予心，百不失一，皆借读者信笔书之，纵横满纸，已不记出自谁手。今皆存之，以重知己之爱。”（孔尚任：《桃花扇》卷首，人民文学出版社1959年版，第7页。）其实，早在《列子》里就有与孔尚任所云“忖度予心，百不失一”相同境界的表达。《列子·汤问篇》这样记载伯牙鼓琴与钟子期听琴的故事：“伯牙善鼓琴，钟子期善听。伯牙鼓琴，志在登高山。钟子期曰：‘善哉！峨峨兮若泰山！’志在流水。钟子期曰：‘善哉！洋洋兮若江河！’伯牙所念，钟子期必得之。伯牙游于泰山之阴，卒逢暴雨，止于岩下；心悲，乃援琴而鼓之。初为霖雨之操，更造崩山之音。曲每奏，钟子期辄穷其趣。伯牙乃舍琴而叹曰：‘善哉，善哉，子之听夫！志想象犹吾心也。吾于何逃声哉？’”（杨伯峻撰：《列子集释》卷五，中华书局1979年版，第178页。）到了明代，冯梦龙《警世通言》又将其演绎为“俞伯牙摔琴谢知音”的话本。《列子·汤问篇》中所称“伯牙所念，钟子期必得之”，“曲每奏，钟子期辄穷其趣”，“志想象犹吾心也”等语，都显示出古人对作品欣赏过程中“懂”的境界的追求。

一、“误读”研究：异于“研究综述”的学术史研究方式

20世纪80年代以来，随着现代学术研究在各个领域不断生长，如何在前人研究的基础上有新的进展，成为一个越来越重要的问题。这就需要不断对前人的研究成果进行总结与回顾，而“研究综述”（或“研究述评”）就成为一种基本方式。对于《儒林外史》研究这一领域而言，也产生了不少对其研究状况作综述与评价的文章和著作。这些文章、著作分别选择不同的侧重点对《儒林外史》的现代学术史进行了总结。例如，陈美林的《略评胡适对〈儒林外史〉的研究》、《吴敬梓研究资料的发掘和利用》、《发掘和利用吴敬梓研究资料的再检讨》，黄岩柏等的《李汉秋研究〈儒林外史〉成果综评》，傅正谷的《李汉秋的〈儒林外史〉研究》①等文章，是专就某一位学者的研究成果进行述评。再如，陈美林的《对〈儒林外史〉思想主题的不同评价》、《20世纪〈儒林外史〉主题探讨之回顾》、《〈儒林外史〉研究三题》、《吴敬梓思想研究述评》，李汉秋的《〈儒林外史〉研究方法述评》，傅文炎的《吴敬梓〈文木山房诗说〉研究述评》②等文章，则就某一专题的研究状况作述评。又如，傅继馥的《新的突破在酝酿中——近三年来〈儒林外史〉研究述评》，胡益民的《近年〈儒林外史〉研究综述》，阮文兵的《近十年〈儒林外史〉研究概述》，胡金望的《一九九〇年以来〈儒林外史〉研究综述》，吴波等的《90年代〈儒林外史〉研究述评》，李韵等的《新时期〈儒林外史〉研究综述》，吴波的《辛亥革命以迄40年代〈儒林外史〉的评论及研究》等文章，③ 评述了某一较短时段《儒林外史》研究的状况。又如，陈美林的《〈儒林外史〉研究的历史与现状》（署凌昕）、《20世纪〈儒林外史〉研究的回顾》，

---

① 陈美林：《略评胡适对〈儒林外史〉的研究》，载《南京师院学报》1981年第4期；《吴敬梓研究资料的发掘和利用》，载《文史新澜》，浙江古籍出版社2003年版；《发掘和利用吴敬梓研究资料的再检讨》，载《南京师范大学文学院学报》2005年第1期。黄岩柏等：《李汉秋研究〈儒林外史〉成果综评》，载《宁波师院学报》1988年第2期。傅正谷：《李汉秋的〈儒林外史〉研究》，载《光明日报》1993年3月31日。

② 陈美林：《对〈儒林外史〉思想主题的不同评价》，载《语文导报》1985年第7期；《20世纪〈儒林外史〉主题探讨之回顾》，载《中华文化论坛》2001年第3期；《〈儒林外史〉研究三题》，载《明清小说研究》2002年第1期；《吴敬梓思想研究述评》，载《中华文化论坛》2002年第3期。李汉秋：《〈儒林外史〉研究方法述评》，载《文学遗产》1986年第1期。傅文炎：《吴敬梓〈文木山房诗说〉研究述评》，载《古典文学知识》2002年第6期。

③ 傅继馥：《新的突破在酝酿中——近三年来〈儒林外史〉研究述评》，载《安徽大学学报》1983年第3期。胡益民：《近年〈儒林外史〉研究综述》，载《文史知识》1986年第1期。阮文兵：《近十年〈儒林外史〉研究概述》，载《许昌师专学报》1993年第4期。胡金望：《一九九〇年以来〈儒林外史〉研究综述》，载《明清小说研究》1997年第1期。吴波等：《90年代〈儒林外史〉研究述评》，载《怀化师专学报》2001年第1期。李韵等：《新时期〈儒林外史〉研究综述》，载《文史知识》2001年第11期。吴波：《辛亥革命以迄40年代〈儒林外史〉的评论及研究》，载《怀化学院学报》2003年第1期。

许建平的《20世纪〈儒林外史〉研究的回顾与反思》①等文章，对近百年《儒林外史》的学术研究史进行了总结。李汉秋著《儒林外史研究纵览》，李忠明等著《〈儒林外史〉研究史》②更是对吴敬梓生前直至当代的《儒林外史》研究状况进行了全面的梳理与总结。此外，一些古代小说辞典、古代小说研究史等方面的书，如李汉秋主编《儒林外史鉴赏辞典》，陈美林主编《儒林外史辞典》，黄霖等著《中国小说研究史》，齐裕焜等著《中国古代小说研究》，黄霖、许建平等著《20世纪中国古代文学研究史(小说卷)》，李汉秋等著《儒林外史鉴赏辞典》,③ 等等，也都辟有章节对《儒林外史》的现代学术史进行回顾与总结。

尽管这些"研究综述"或"研究述评"类的文章与著作所采取的角度各有不同，所涉及的范围也有大小，但都表现出如下几个方面的特点：一是求"全"，即皆力求对所涉及范围内的研究成果作尽可能全面的整理与把握。如傅继馥的《新的突破在酝酿中——近三年来〈儒林外史〉研究述评》主要选择1979—1981年这一时段的《儒林外史》研究状况进行述评，时段虽短，却也涵盖主题思想、人物形象、讽刺艺术、语言、结构及版本、作者生平思想等方面，并将这三年时间内的主要研究观点、存在的争议等尽可能地述及全面。又如陈美林的《20世纪〈儒林外史〉主题探讨之回顾》是依专题进行述评，文章详细梳理与总结了20世纪初以来《儒林外史》主题研究方面的成果，力求涵盖全部关于主题研究的观点、看法。至于一些长篇论文或专著更是力求搜罗齐备。二是重"述"，即注重对学术史进行叙述与介绍、回顾与总结。突出表现为，论者经常按一定的逻辑结构列述既有的学术观点、看法等。三是重"判"，这些"研究综述"、"研究述评"类的文章或著作也经常要对所述研究成果作出评价，但主要是对其外在的学术意义与价值、成就与不足等进行判断。总之，立足于某一专题或某一时段，尽可能全面地回顾与总结既有的学术成果、学术观点，并对其作价值、意义等方面的评判，是"研究综述"(或"研究述评")这种学术史研究方式的追求，也可以说是其所长。

但是，学术史研究不止是对前人研究成果的回顾与总结，还有一些非常重要的方面，通过"研究综述"或"研究述评"这种方式是很难解决的。比如，"研究综述"或"研究述评"不能专注于某几个学术命题，对其来龙去脉作深入细致的梳理；"研究综述"或

---

① 陈美林：《〈儒林外史〉研究的历史与现状》(署凌昕)，载《文史知识》1996年第11、12期；《20世纪〈儒林外史〉研究的回顾》，载《东南大学学报》1999年第4期。许建平：《20世纪〈儒林外史〉研究的回顾与反思》，载《河北师范大学学报》2004年第3、4期。

② 李汉秋：《儒林外史研究纵览》，天津教育出版社1992年版。李忠明等：《〈儒林外史〉研究史》，海峡文艺出版社2006年版。

③ 李汉秋主编：《儒林外史鉴赏辞典》，中国妇女出版社1992年版。陈美林主编：《儒林外史辞典》，南京大学出版社1994年版。黄霖等：《中国小说研究史》，浙江古籍出版社2002年版。齐裕焜等：《中国古代小说研究》，福建人民出版社2005年版。黄霖、许建平等：《20世纪中国古代文学研究史(小说卷)》，东方出版中心2006年版。李汉秋等：《儒林外史鉴赏辞典》，上海辞书出版社2011年版。

“研究述评”不能对学术论点发生的相关背景作过多的关注，因此其反思也多针对学术观点本身，而难以对观点产生与被复述的学术生态进行深入的考察分析；“研究综述”或“研究述评”往往注重对学术研究的成就或不足从意义或价值方面进行评判，但不能展开对学术观点自身的辨析，等等。而对于“误读”研究来说，这些正是其可以有所作为的方面，也可以说是其应当面对和解决的方面。因为“误读”研究正是以被“误读”的命题为关注焦点，以作品文本及相关文本的内容为根本依据，对有关学术观点进行细致辨析，说明“误读”之所以为“误读”的原因，并揭示“误读”现象发生的思想文化背景与学术生态等内容，进而凸显学术史递嬗的轨迹。

其实，文学作品的“误读”现象并不是现代才有的，在古人那里就有很多“误读”的情形。如宋代沈括《梦溪笔谈》卷二十三《讥谑》篇就有这样的评点文字：“白乐天《长恨歌》云：‘峨眉山下少人行，旌旗无光日色薄。’峨眉在嘉州，与幸蜀路全无交涉。杜甫《武侯庙柏》诗云：‘霜皮溜雨四十围，黛色参天二千尺。’四十围乃是径七尺，无乃太细长乎？防风氏身广九亩，长三丈；姬室亩广六尺，九亩乃五丈四尺，如此，防风之身乃一饼馅耳。此亦文章之病也。”①这代表了古人“误读”文学作品的一种情形。但总的来说，古人对文学作品的“误读”通常表现为个体现象，20 世纪初以来对古代文学作品的“误读”则呈现整体性的特征，从而构成了“一个重要文化现象”，也构成了“一个重要学术现象”。② 也正因为这一点，对古代文学作品的现代“误读”现象进行研究，从而实现对现代学术史的深入思考就不仅必要，而且可行。

尽管“误读”的现象早已有之，古代文学作品的现代“误读”也已近百年，但对这种现象作学术上的关注则基本上开始于 20 世纪 90 年代中期。自此以后，对“误读”现象的讨论逐渐增多，论者或者着眼于对被“误读”的命题进行分析辨正，或者侧重于对某些“误读”现象进行述评，或者致力于对某些“误读”现象发生的原因进行揭示，或者着重于对某些“误读”的意义进行阐发，产生了不少研究成果。仅从中国古代小说研究领域而言，讨论《水浒传》、《红楼梦》“误读”的较多。关于《水浒传》“误读”研究的文章，如刘学明的《〈水浒〉与〈水浒〉的误读》分析了读者对小说中血腥场面发生误读的社会文化心理，刘书成的《时代的错位，荒谬的误读》对现代有些读者热衷于称说“武松爱上潘金莲”这一现象所体现出的误读心理进行了探讨，李友桥等的《〈水浒〉：被误读的文本》关注小说所表现的主旨被误读的问题，尹缉熙的《金圣叹“独恶宋江”论》分析金圣叹误读《水浒》的原因及意义，张同胜的《关于〈水浒传〉误读误解问题的探讨》着重揭示《水

---

① 沈括著，胡道静校证：《梦溪笔谈校证》，上海古籍出版社 1987 年版，第 729~730 页。

② 陈文新先生在《“中国古典名著的现代误读”丛书总序》中指出：“‘中国古典名著的现代误读’，这是 20 世纪的一个重要文化现象，也是 20 世纪的一个重要学术现象。”（陈文新：《〈红楼梦〉的现代误读》，齐鲁书社 2008 年版，第 6 页。）

浒传》遭误读的多方面原因，等等。① 关于《红楼梦》“误读”研究的文章，白盾的《误读红楼二百年》着重探讨钗黛关系被误读的情形及缘由，李根亮的《清代红楼戏曲：文本意义的接受与误读》关注清代红楼戏曲对《红楼梦》文本的误读，王薇的《“他者”眼中的怡红公子》、王燕的《宝玉何以被误读为女士》讨论贾宝玉形象在跨文化接受过程中产生的误读现象，等等。② 关于《儒林外史》“误读”研究的文章，也有欧阳健的《“讽刺”与“谴责”的错位与误读》讨论《中国小说史略》对《儒林外史》及晚清小说分别作“讽刺”、“谴责”之界定而产生的误读，陈尚敏的《〈儒林外史〉与科举：误解及其他》分析现代社会对《儒林外史》中科举内容误读的实质及背景，等等。③ 此外，还先后有王立的《中国古代海外传说误读的文化成因》、王洪泽的《“神化”的实质是“误读”——对〈镜花缘〉中妇女观念的再认识》、吕贤平的《论林语堂〈中国传奇〉对古典小说的“误读”及所蕴含之思想》、邱景源的《晚清“政治小说”误读现象研究》、蒋玉斌的《清代“聊斋戏”对〈聊斋志异〉的正读与误读》④等文章探讨了其他中国古代小说在接受过程中的“误读”现象。

这些关于古代小说接受过程中“误读”现象的讨论也大体反映了古代文学作品“误读”研究的基本状况，即论者只是立足于微观层面，目的只在解决一个与作品“误读”有关的具体问题。而以“古典小说名著误读现象亟待关注”主题笔谈及《〈红楼梦〉的现代误读》⑤等为显著标志，则显示有学者已开始自觉地将“误读”研究作为对古代文学学术史进行思考的一种基本方式来对待。“古典小说名著误读现象亟待关注”(笔谈)是《洛阳师范学院学报》2006年第6期刊发的一组文章，主要讨论古典小说名著《红楼梦》、《三国演义》、《水浒传》的“误读”问题，这些文章尽管讨论的还是具体的“误读”现象，但该选题的策划则是主持者对20世纪中国文学学术史进行自觉的总体思考后的结果。该选题主持者陈文新先生指出：

> 20世纪的中国文学研究，有两种倾向值得注意。一种是王瑶等学者所强调的，

---

① 刘学明：《〈水浒〉与〈水浒〉的误读》，载《湖北大学学报》1994年第2期。刘书成：《时代的错位，荒谬的误读》，载《社科纵横》1995年第3期。李友桥等：《〈水浒〉：被误读的文本》，载《湘潭师范学院学报》2001年第6期。尹缉熙：《金圣叹“独恶宋江”论》，载《船山学刊》2005年第1期。张同胜：《关于〈水浒传〉误读误解问题的探讨》，载《水浒争鸣》(2009年)第十一辑。

② 白盾：《误读红楼二百年》，载《黄山学院学报》2004年第2期。李根亮：《清代红楼戏曲：文本意义的接受与误读》，载《武汉大学学报》2005年第1期。王薇：《“他者”眼中的怡红公子》，载《明清小说研究》2007年第2期。王燕：《宝玉何以被误读为女士》，载《齐鲁学刊》2009年第1期。

③ 欧阳健：《“讽刺”与“谴责”的错位与误读》，载《厦门教育学院学报》2007年第3期。陈尚敏：《〈儒林外史〉与科举：误解及其他》，载《中国古代小说戏剧研究丛刊》(2008年)第六辑。

④ 王立：《中国古代海外传说误读的文化成因》，载《大连海事大学学报》2003年第3期。王洪泽：《“神化”的实质是“误读”——对〈镜花缘〉中妇女观念的再认识》，载《宜宾学院学报》2006年第1期。吕贤平：《论林语堂〈中国传奇〉对古典小说的“误读”及所蕴含之思想》，载《徐州师范大学学报》2006年第4期。邱景源：《晚清“政治小说”误读现象研究》，载《兰州学刊》2008年第2期。蒋玉斌：《清代“聊斋戏”对〈聊斋志异〉的正读与误读》，载《戏剧文学》2009年第10期。

⑤ 陈文新：《〈红楼梦〉的现代误读》，齐鲁书社2008年版。

一种是董乃斌等学者所强调的。王瑶先生对中国文学研究的现代化进程给予热情洋溢的肯定，他从著述方式和研究对象的选择等方面描述了现代学者的成就。……董乃斌先生则较多强调中国文学研究的现代化进程所带来的负面后果，他认为：20世纪的趋势是“西方纯文学观影响日大，文学的范围日益集于诗歌、散文、小说、戏剧四大文体，这种文学观对一般中国文学史著作的面貌有很明显的影响。但现已发现，要讲清楚中国文学，特别是古典文学，不能不顾及中国古人的文学观，不能不注重文学观念在历史中的变迁，不能简单地用今人文学观去裁剪史料(说严重些，是削足适履)”。……中国文学研究中的这种状况，无论是将其定性为“现代化”，还是描述为“削足适履”，所显示的是同一个事实：如何准确地辨别或呈现中国文学的历史面目，仍是一个需要解决的问题。而古典小说名著的现代误读，由于它不仅在学界也在民间造成了巨大的负面后果，问题尤大。沿着上面的思路来看中国古典小说名著的研究状况，我们发现，层出不穷的现代误读亟待清理并需要从学理的层面加以批评和引导。①

如此一来，这组文章也就具有了不同于一般的“误读”现象研究的意义，而是将“误读”研究放在中国文学现代学术史的大背景下进行的尝试。之后的《〈红楼梦〉的现代误读》则承继这一思考的成果，以“误读”研究为切入点展开了对《红楼梦》研究史上重大问题、重要现象的思考与剖析，并借此观照近百年的红学史，为古代文学现代学术史的研究提供了一种新的学术视角和学术范式。《〈红楼梦〉的现代误读》还显示：较之“研究综述”(或“研究述评”)的方式，“误读”研究在对现代学术史进行深入思考这一方面有着非常明显的优势，借助于这一方式，我们可以对现代学术史及一些重要学术命题作更深层次的探讨，可以更细致地展开对相关学术背景的考察及学术观点的辨析，从而揭示出更具有学术品格与意义的内容来。

二、关于“误读”

讨论文学作品的“误读”是一个可能引起争议的话题，因为这种讨论会面临一些风险。

首先，“误读”是一个接受美学的术语，依照国内对这一概念的使用习惯，通常指的是读者对作品的解读与作者的创作意向、文本的内在意蕴和艺术价值等相悖离的现象；与之相对的自然是“正读”，即与作者的创作意向、文本的内在意蕴和艺术价值等相契合的解读。但对于文学作品来说，有时“正读”和“误读”是很难确定一个严格界限的，这预示着当指明某一解读是“误读”的时候，就有可能面临难以提供一种“正读”的窘迫。

① 陈文新：《古典小说名著误读现象亟待关注(笔谈)》，载《洛阳师范学院学报》2006年第6期。

其次，“误读”又可区分为“正误”与“反误”两种情形。“正误”虽然与作者的创作意向、文本的内在意蕴和艺术价值相悖，但却可以由文学作品文本的全部或部分合理引申出来的；“反误”则是对作者的创作意向、文本的内在意蕴和艺术价值的随意附会甚至有意歪曲。但“正误”和“反误”之区分正如“正读”和“误读”之区分，有时也难以划出严格的界限。更有一种情况，“正误”与“反误”在某些情形下，可能被完全颠倒过来。如，某些有“积极意义”的“正误”可能成为“反误”的先导或者蜕变为“反误”；在此时的语境里被视为有“积极意义”的“正误”，在彼时的语境里则有可能成为明显的附会甚至歪曲的“反误”；有时从某种层面上看是具有“积极意义”的“正误”，从学术层面上看却缺乏严谨性。这些复杂的情形也使得关于文学作品“误读”的讨论面临不小的风险。

再次，按照阐释学的理论，每一位读者阅读文学作品总有“期待视野”的存在，因此读者对文学作品的解读，往往难以与作者的创作意向、文本的内在意蕴和艺术价值完全相合，美国当代著名文学批评家、耶鲁学派学者哈罗德·布鲁姆甚至强调“阅读总是一种误读”。① 在这种意义上，对“误读”的讨论就可能指向所有阅读活动，而对象的泛化则会使得关于文学作品“误读”的讨论失去意义。

最后，在一个以多元为趋向的时代，文学作品的多元解读也是理所当然的事，何况前人就有诸如“《诗》，活物也。……其皆可以说《诗》者，即在不必皆有当于《诗》之中”②，“指事类情，仁者见仁，智者见智”③，“作者之用心未必然，而读者之用心何必不然”④等说法。而展开对文学作品“误读”的讨论，就有可能被质疑为企图以单一的“正读”抑制人们多样的个性化阅读。

讨论文学作品的“误读”可能面临一些风险，但这种讨论却是很有意义的。一方面，可以了解“误读”发生的学术生态，揭示现代学术史演变的背景及动因；另一方面，以“误读”研究为切入点，可以厘清一些重要学术命题的来龙去脉，辨析其被“误读”的症结所在。对于可能发生的争议和质疑，我们有如下两点看法。

第一，尽管文学作品的“正读”与“误读”或“正误”与“反误”之间很难确定一个严格的界限，但也并非完全不能区分。有些解读可以明确地界定其是“误读”或者是“反误”。譬如，《儒林外史》曾经被解读为一部“反儒尊法”的小说，一个有代表性的论述是：“对于儒家知识分子的丑恶面目，以及造就这批丑类的儒家教育制度，广大劳动人民和先秦以来的历代法家、进步思想家都曾做过尖锐的揭露和批判。这是历史上批儒反孔斗争的一个重要方面”，吴敬梓的《儒林外史》就是“通过生动、鲜明的艺术形式，把这种揭露

---

① ［美］哈罗德·布鲁姆著，朱立元、陈克明译：《误读图示》，天津人民出版社 2008 年版，第 1 页。

② 钟惺：《隐秀轩集》卷二十三《诗论》，上海古籍出版社 1992 年版，第 391 页。

③ 周济：《介存斋论词杂著》，唐圭璋编：《词话丛编》，中华书局 1986 年版，第 1630 页。

④ 谭献：《复堂词录序》，《复堂词话》卷首，唐圭璋编：《词话丛编》，中华书局 1986 年版，第 3987 页。

和批判形象化、典型化"而构成的"一幅儒家知识分子的百丑图"。① 如此解读，无论从小说所产生时代历史的实际情形看，还是从小说文本的整体内容看，都明显缺乏足够的支持，是按照现实情势的需要而进行的附会。有些解读则是可以从某一角度或在一定范围内界定其为"误读"或者为"反误"的。如，《儒林外史》的"反封建"意义是曾经被"合情""合理"地解读出来的，至今依然为不少读者所认同，这在《儒林外史》的现代接受史上，也是一种产生过"积极作用"的解读。但如果从吴敬梓的创作意向上看，说这部小说有"反封建"的用意，或者说有"反封建"的内容，就与历史的实际情形相悖。一个基本的事实是，吴敬梓不是现代"革命者"，《儒林外史》也不是现代"革命家"的小说，他不可能有现代人的"反封建"思想，诸如说吴敬梓是"以自己创作的血肉饱和的艺术形象，参加批判衰朽的封建制度、促使封建社会'天崩地解'的斗争"②之类，就是一种很富有现代意识的解读，是将现代人的"革命"思想追加给了吴敬梓和他的《儒林外史》。所谓的"反封建"意义，在很大程度上是对小说内容作有选择性抽取之后的概括，含有不少因先入之见而作引申与追加的内容。这种"反封建"说如果用于揭示古代文学作品在近、现代社会中所产生的客观作用不能说全无根柢，但是如果将其推衍为作者的创作意向，就不免成为一厢情愿之论了。至于所谓客观的社会作用与作者的创作意向之间的差别，大致相当于解说《诗经》过程中出现的"诗人之意"与"用诗之意"的分别。譬如对于《关雎》这首诗，《毛诗》说："《关雎》，后妃之德也。"③这作为"用诗之意"或"编诗之意"固可自圆其说，但如果将其视为"诗人之意"并不十分妥当。而且，一味强调所谓的客观社会作用，文学作品的内容乃至形式还往往会很容易蜕变为社会历史观念的"注解"，文学之为文学自身的意义则会不同程度地遭到遮蔽，这既对深入揭示作品的蕴涵及其独特性缺乏实际的意义，也妨碍真实把握作家思想或作品内容等方面的具体情况，甚至给作品的阅读和研究带来极大的负面影响。以《儒林外史》为例，这部作品就一度沦为了"反儒尊法"的斗争工具。于此，钱穆先生在其《国史新论》自序中的一段话应当引起学者们的注意，他说："根据已往史实，平心作客观之寻求，决不愿为一时某一运动某一势力之方便而歪曲事实，迁就当前。如是学术始可以独立，而知识始有真实之价值与效用。"④

讨论文学作品的"误读"，并非仅仅为了评判某种解读是"正读"还是"误读"，或者是"正误"还是"反误"。其意义更在于，以"误读"研究为切入点，可以突破现有的学术史研究模式，从考察与辨析若干重要学术命题入手，更深入地反思以现代学术眼光研究古代文学过程中的得与失；以之为借鉴，我们对文学作品的解读也就更能够切近作者的创作意向、文本的内在意蕴和艺术价值。实际上，对于"误读"，无论是自觉的"误读"，

---

① 郑轩：《儒家知识分子的百丑图——读〈儒林外史〉》，载《教育革命通讯》1974 年第 10 期。

② 全椒县·滁县地直·安徽大学《儒林外史》评论组：《儒林群丑的讽刺画卷——评吴敬梓的〈儒林外史〉》，安徽人民出版社 1977 年版，第 1 页。

③ 毛亨传，郑玄笺，孔颖达疏：《毛诗正义》卷一，北京大学出版社 1999 年版，第 4 页。

④ 钱穆：《国史新论》，三联书店 2005 年版，《自序》第 2 页。

还是不自觉的"误读"，乃至臆断、附会之类的"反误"，如果设身处于论者生活的时代环境，我们必须承认，任何"误读"都有其产生和存在的"合理性"。承认这种"合理性"，是因为"误读"总与一定的学术生态相联系。陈寅恪在谈及史论对于治史的意义时，指出："史论之作者，或有意或无意，其发为言论之时，即已印入作者及其时代之环境背景，实无异于今日新闻纸之社论时评，若善用之，皆有助于考史。故苏子瞻之史论，北宋之政论也；胡致堂之史论，南宋之政论也；王船山之史论，明末之政论也。今日取诸人论史之文，与旧史互证，当日政治社会情势，益可藉此增加了解。"①推此意而及于文学研究，"误读"之于学术史的意义，正如史论之于哲学史的意义。由此，我们可以对讨论"误读"的意义作更为具体的说明：一方面，以"误读"研究为切入点，考察在古代文学的现代阐释过程中，因受个人偏嗜、时代境况、社会思潮等因素的作用而出现的种种情势，并与文学文本及其时代情势互证，将大有助于勾勒出现代学术发展历程及学术发展生态中有意味的一些内容。另一方面，"误读"与作者的创作意向、文本的内在意蕴和艺术价值也是有某种联系的，尽管这种联系可能表现为较为内在的引申，也可能表现为外在的附会或臆测等情形；而考察其中的得与失，也有助于为处理阐释研究中主体性与客观性、倾向性与丰富性的关系提供镜鉴。

第二，对古代文学作品的解读可以从非学术的层面与学术的层面分别作不同的要求。在非学术的层面，读者可以依照自己的思想观念、人生体验、阅读偏嗜等，享有对文本作具有显著个性色彩及鲜明倾向性解读的"自由"，也有对文本进行"再创造"或"创作"甚至"反误"的"权利"。例如，他可以对某个喜欢的人物或情节大加赞赏，或者对某个不喜欢的人物或情节极力贬斥；也可以从单纯认知的角度对某一描写提出质疑批评，或者从感受体悟的角度因某个细节的激发而浮想联翩；也可基于创作借鉴的目的对文本的内容与形式作很"现代"的解读，也可以出于娱乐的目的对文本进行彻底的颠覆等。这些都是作为非学术层面的解读的"自由"，至于是否与作者的创作意向、文本的内在意蕴和艺术价值相符，并不重要。在这一层面上，对文学作品的个性化阅读应当得到赞同，甚至随心所欲但却是发自读者心灵的解读也可以容许。

但是，对于学术层面的解读，研究者"再创造"的"权利"和"自由"就必须受到限制。这是因为，古代文学研究首要的是求"实"、求"真"，是构建与文学的实际情形相符合的文学史，这种构建须以客观性为基础和前提，构建者的主体性要建立在不损害客观性的基础之上。或者说，历史理性应当优先于价值理性，事实判断的文化立场应当优先于价值判断的文化立场。否则，研究者就可能习惯于根据论点的需要对作品文本和史料作合乎己意的切割或遮蔽，这样研究出来的内容，就会很大程度上，失去历史本应有的"真"与"实"，失去让时人和后人以为历史镜鉴的意义。从这个意义上，"古为今用"、"以今例古"等在学术层面上是应当保持足够的谨慎与必要的警惕的。陈寅恪在论

① 陈寅恪：《审查报告一》，冯友兰：《中国哲学史》(上)附录，三联书店2009年版，第448~449页。

及近人之中国哲学史著述时有一段话很是发人深省：

> 著者有意无意之间，往往依其自身所遭际之时代，所居处之环境，所熏染之学说，以推测解释古人之意志。由此之故，今日之谈中国古代哲学者，大抵即谈其今日自身之哲学者也；所著之中国哲学史者，即其今日自身之哲学史者也。其言论愈有条理系统，则去古人学说之真相愈远。①

这中肯的意见在很长时间内并未受到重视。于是，基于"批判地继承"之需要，习惯于辨析精华与糟粕、进步与局限以区别对待，就成了古代文学研究相当长一段时期内的特色。选择性地列述一些材料，然后"理由充分"地推断古人之意志，亦屡见不鲜。相应地，陈寅恪提出的"了解之同情"仍是令人企望的一种境界：

> 凡著中国古代哲学史者，其对于古人之学说，应具了解之同情，方可下笔。盖古人著书立说，皆有所为而发；故其所处之环境，所受之背景，非完全明了，则其学说不易评论。而古代哲学家去今数千年，其时代之真相，极难推知。吾人今日可依据之材料，仅为当时所遗存最小之一部；欲藉此残余断片，以窥测其全部结构，必须备艺术家欣赏古代绘画雕刻之眼光及精神，然后古人立说之用意与对象，始可以真了解。所谓真了解者，必神游冥想，与立说之古人，处于同一境界，而对于其持论所以不得不如是之苦心孤诣，表一种之同情，始能批评其学说之是非得失，而无隔阂肤廓之论。否则数千年前之陈言旧说，与今日之情势迥殊，何一不可以可笑可怪目之乎？②

这启示我们，如果不是持"了解之同情"的态度，而只以旁观者的眼光审视古人和古人的作品，窃笑其愚拙，指点其局限，这样也许会成为或许相当高明的评判者，却难以真正理解古人和古人的作品，持论也就极易流于主观臆断，不能切中肯綮，难以令"古人"折服，令后人信服。

基于此，在学术的层面，对文学作品作多元的解读与阐释理应受到赞同，但是，按照某种需要而进行附会、臆测，或者作简单粗疏的评判，是不能被容许的。我们对《儒林外史》现代"误读"的讨论也正是在学术层面上进行的。而且我们赞同这样的说法："后世的读者有权利不接受，甚至批判前代作家的世界观，但是并没有权利去歪曲以至阉割前代作家的创作企图。而批判也必须建筑在客观的认知的基础之上，不能跳过认知

---

① 陈寅恪：《审查报告一》，冯友兰：《中国哲学史》（上）附录，三联书店2009年版，第447~448页。

② 陈寅恪：《审查报告一》，冯友兰：《中国哲学史》（上）附录，三联书店2009年版，第447页。

的阶段而径下判决书的。”①

在上面的陈述中，有一些彼此相关的、非常重要的问题尚需要解决，即：何为作者的创作意向、文本的内在意蕴和艺术价值？是否存在一个作者的创作意向、文本的内在意蕴和艺术价值？如果存在，通过什么途径可以尽可能地实现文本阐释与作者的创作意向、文本的内在意蕴和艺术价值相契合？关于这些问题，余英时先生的一段话很有启示意义。余先生曾就作者“原意”或“本意”的问题作过这样的设问与讨论：

> 本来在文学作品中追寻作者本意(intentions)是一个极为困难的问题。有时甚至作者自己的供证也未必能使读者满意。诗人事后追述写诗的原意往往也不免有失。因为创作时的经验早已一去不返，诗人本人与一般读者之间的区别也不过百步与五十步而已。传说十九世纪英国大诗人勃朗宁(Robert Browning)就承认不懂自己所写的诗，这不是没有道理的。那么，文学作品的本意是不是永远无法推求了呢？是又不然。作者的本意大体仍可从作品本身中去寻找，这是最可靠的根据。因此所谓对于“本意”的研究，即在研究整个的作品(integral work of art)以通向作品的“全部意义”(total meaning)。②

余英时先生这段话是基于红学研究中出现的一种现象而发的，即：在百余年来红学研究的主流里，《红楼梦》从来没真正取得小说的地位，而一直是被当作一个历史文件来处理的。③ 对于《儒林外史》的研究也存在不把其作为小说来看待的情形。吴敬梓是一位有思想的小说家，《儒林外史》是一部小说，是一部有思想的小说。这是一个常识。我们也是把《儒林外史》当作一部有思想的小说来研究的，这个说明似乎显得多余。其实不然。之所以对如此简单的常识再作重申，是出于实际中存在的两个方面的情形。一方面，在《儒林外史》的现代接受过程中，确有不是主要从小说的角度来解读它的，而实际上是将其作为“百科全书”来读。比如，有的从医学角度对周进撞号板、范进发疯等或作发病生理机制分析，发现其病理报告的价值，或作医学心理、社会心理分析，探讨其心理学依据。又如，有的从饮食文化的角度，讨论《儒林外史》的饮食文化思想。这些读者研读《儒林外史》虽然也是出于学术研究的目的，但其主要用意已不在读“小说”，而主要是读出、说出与他们的专业或兴趣有关，却与“小说”主旨意蕴不大相关的东西来。这些都不在我们所讨论的范围内。另一方面，在过去和现在都有过将小说当作社会历史的“教科书”来读的情形。这种“教科书”式的解读有一个重要的特征就是：先

---

① 余英时：《红楼梦的两个世界·近代红学的发展与红学革命》，上海社会科学院出版社 2006 年版，第 18 页。

② 余英时：《红楼梦的两个世界·近代红学的发展与红学革命》，上海社会科学院出版社 2006 年版，第 18~19 页。

③ 余英时：《红楼梦的两个世界·近代红学的发展与红学革命》，上海社会科学院出版社 2006 年版，第 12 页。

从宏观上论定小说的社会历史背景，并由这一背景乃至读者的时代得出结论，然后以小说的某些内容和艺术特色来印证结论，或者由此对小说进行价值意义的评判①。如此解读，极易造成对作品的“误读”甚至“反误”②。回归文学，回到文本，将更多的注意力投向文本的内在意蕴，而非外在的社会意义与思想价值等内容，是突破这一解读模式限囿的根本，也是我们讨论《儒林外史》现代“误读”的立足点。

还需要说明的是，我们上面所引的余英时先生的论述，强调的是作品本身对于“追寻作者本意”的重要性与可靠性，而没有强调作者及其时代背景等要素，之所以如此，是因为余英时先生意在强调红学研究须从历史研究向文学研究回归，并不意味着余先生不重视这些因素，相反，他认为对作者及其家世背景等情况所知愈多，则愈能把握作品的“全部意义”。③ 实际上，对于文学研究来说，作品文本、作者及其时代背景等种种因素都有各自不可替代的作用。因此，我们也认为，对于作家作品的解读与阐释，须基于这样的前提，即对作家的生平与思想、作品文本以及作品所处的文学传统、文化背景、时代境况等有尽可能全面和细致的把握，并且须谨慎地得出与历史的本来面貌尽可能接近或吻合的结论。

三、“语境”与“意义”

上面的陈述，实际上已经涉及了“语境”与“意义”的问题。之所以不避繁复，在这里再特别提出来，是因为我们在考察文学作品的现代解读时，发现存在很多这样的现象，即论者也是在依据文本说话，但解读出的内容，仍与作者的创作意图、文本的真正意蕴存在很大的偏差。其中一个重要的原因就在于这些解读是把某一部分内容从具体的

---

① 这种解读的思路大致可以化约为形式逻辑中的“三段论式”，即：那是个社会制度腐朽没落、被有识之士批判的时代（大前提）；《儒林外史》的作者吴敬梓是生在那个时代的有思想的叛逆者（小前提）；所以吴敬梓和他的《儒林外史》是批判那个制度，反抗那个时代的（结论）。且不论“三段论式”是否一定推出真实的结论，但只这样的研究思路就遮蔽了社会和人的丰富性和复杂性，遮蔽了小说文本内容的丰富性和复杂性。如此一来，小说的最大意义就是为社会历史命题提供注解，而小说作为文学表达丰富人生感受与展示多侧面人性的意义则被淡化乃至被排斥了。

② 1924年，沈雁冰就曾对把小说当成“教科书”的做法提出批评。当时的上海澄衷中学校长曹慕管在写给杨贤江的信里有“性欲小说《红楼梦》，盗贼小说《水浒》，科举小说《儒林外史》”等话，沈雁冰认为这“无异是说《红楼梦》是提倡性欲，《水浒》是鼓励盗贼，《儒林外史》是提倡科举了”。他在发表于文学研究会定期刊物《文学》第116期上的《〈红楼梦〉〈水浒〉〈儒林外史〉的奇辱》一文中批评曹慕管道：“我告诉你知道：一件文艺作品是超乎善恶道德问题的，凡读一本小说，是欣赏这本小说的艺术，并不是把它当作伦理教科书读；所以即使《红楼梦》等书是性欲的、盗贼的、科举的，但若只把他们当作文艺读，不当作伦理教科书读，就丝毫没有不合理的地方。”不仅当作“伦理教科书”很可能会“误读”小说文本的意旨，把小说当作历史等方面的教科书产生“误读”的风险也很大，这样的例证在古代文学作品的现代解读中不难举出。

③ 余英时：《红楼梦的两个世界·近代红学的发展与红学革命》，上海社会科学院出版社2006年版，第21页。

语境中抽离出来，而后进行讨论，试图“窥一斑而知全豹”，殊不知“窥一斑而知全豹”是在对“全豹”有全面把握与熟知的情形下才可能有意义的。将一部分内容抽离语境进行解读会产生多么大的误会，此不赘论。我们这里仅举两例说明之。《礼记·檀弓上》载有孔子的弟子有子与曾子之间的一段对话：

有子问于曾子曰：“问丧于夫子乎?”曰：“闻之矣。丧欲速贫，死欲速朽。”有子曰：“是非君子之言也。”曾子曰：“参也闻诸夫子也。”有子又曰：“是非君子之言也。”曾子曰：“参也与子游闻之。”有子曰：“然。然则夫子有为言之也。”曾子以斯言告于子游。子游曰：“甚哉，有子之言！似夫子也。昔者夫子居于宋，见桓司马自为石椁，三年而不成。夫子曰：‘若是其靡也，死不如速朽之愈也。’‘死之欲速朽’，为桓司马言之也。南宫敬叔反，必载宝而朝。夫子曰：‘若是其货也，丧不如速贫之愈也。’‘丧之欲速贫’，为敬叔言之也。”曾子以子游之言告于有子。有子曰：“然。吾固曰非夫子之言也。”曾子曰：“子何以知之?”有子曰：“夫子制于中都，四寸之棺，五寸之椁，以斯知不欲速朽也。昔者夫子失鲁司寇，将之荆，盖先之以子夏，又申之以冉有，以斯知不欲速贫也。”①

曾子起初认定老师孔子是主张“丧欲速贫，死欲速朽”的，还振振有词与有子争执，并指子游可为证见。然而，由子游的话我们知道，是曾子将孔子的话抽离了语境，误解了他“丧欲速贫，死欲速朽”的意思，以致得出了与孔子的一贯主张完全悖反的结论。可见，脱离具体的语境会对理解造成多么大的风险。不知是不是孔子在世之时时常遭遇这种情况，即总有人习惯把只言片语抽出来单独理解，误会他的本意，所以《礼记》才专门记下这么一段饶有趣味的故事。

如果说上例中因脱离具体语境产生的还只是生活中的一个小小误会，并无大的妨碍，那么有一种情形的误解，则可能影响人们思考问题的方式，进而影响学术研究的品格。这种情形就是把某一句话从具体语境中抽离出来理解，然后又把它奉为学术的“座右铭”。譬如，“一切历史都是当代史”这句话，就经常被不少研究历史的学者拿来作为对历史文本进行“现代”阐释的理论依据；甚至有研究者将其解读为历史是可以依据当下的需要随意阐释的历史。如果将这句话还原到它原来的语境里，会发现这实在是一个很大的误解。“一切历史都是当代史”是意大利史学理论家克罗齐在1915年出版的《历史学的理论和历史》一书中作出的论断。“理解”他这句话的“本意”，至少要注意两个方面。一方面，克罗齐说“历史是当代史”是他探寻历史与编年史的“真正差别”而作出的判断，也只有在与其所说的“编年史”作比较时才有意义。在克罗齐看来，之前的人们通常只是从“历史形式”的角度来区分历史与编年史，而“真相为：编年史和历史不是作为两种互补或隶属的历史形式，而是作为两种不同的精神态度，得以区分。历史是活的

① 杨天宇：《礼记译注·檀弓上第三》，上海古籍出版社2004年版，第84页。

历史，编年史是死的历史；历史是当代史，编年史是过去史；历史主要是思想行动，编年史主要是意志行动”①。并且，因为研究者“精神态度”的不同，历史与编年史也是可以即时发生转变的，他指出：“一切历史当它不再被思考，而只是用抽象词语记录，就变成了编年史，尽管那些词语曾经是具体的和富有表现力的。甚至由不懂哲学的人撰写并由他们阅读的哲学史也是编年史，而我们通常准备作为编年史阅读的卡西诺修道院修士的作品也是历史。”②显然可见的是，克罗齐说“历史是当代史”，强调的是“思考”、“思想”的“精神态度”对历史研究极其重要，并不是指可以根据现实需要对历史进行“现代”或“当下”阐释的意思。这两者是很不一样的，相反，后者却可以归于克罗齐所批评的“伪历史”的范畴。由此，我们可以引出真实地“理解”克罗齐所说“历史是当代史”所应当注意的另一个方面。当克罗齐在作出“历史是当代史”这一判断的时候，他同时也指出了许多的“伪历史”，其中就有“为使自己心满意足”而“让美者更美，丑者更丑”③的“诗性历史”，有“渴望行动，在行动中可充分利用对历史的追忆或那种想象，以激励自己行动或(同样)驱使他人行动”④的“实用性历史”，还有将“诗性历史”与“实用性历史”“熔为一炉”的“倾向性历史”，“为推动实施一定实际部署或道德方案而形成的”“教育性历史”,⑤ 等等。克罗齐所批评的这些“伪历史”，却恰恰构成了不少人所认为的“一切历史都是当代史”这句话的内涵。而这皆缘于把“历史是当代史”抽离了具体的语境。此“一切历史都是当代史”已非克罗齐所说之“一切历史都是当代史”。我们所举出的两个例子已经足以证明，将部分内容从具体语境中抽离出来然后进行解读，会产生多么严重的“误读”。

回到与我们的论题直接相关的内容。将部分内容脱离整个的文本语境，也给《儒林外史》的解读造成一些困境，人们对小说中某一个情节或某一个人物可以得出截然相反的结论，并为之争论不休。最具有代表性的是对严监生这一人物形象的解读，说严监生是吝啬鬼的很多，他临死前伸出两个指头不肯咽气的细节则被视为“铁证”；但力图给严监生“翻案”，认为他并不吝啬的也不在少数，论者也能从严监生的一生行事中找出“有力”的证据，如他对两个舅爷的慷慨，他为扶正赵新娘的铺张，他为哥哥消弭官司的“出手阔绰”，等等。双方各执一词，争论不止。再如，范进这一人物形象，很多学者由他中举前后的情节得出他是科举制度的牺牲品，吴敬梓写他有反对科举的意义；也

---

① ［意］贝内德托·克罗齐著，田时纲译：《历史学的理论和历史》，中国人民大学出版社 2012 年版，第 8 页。

② ［意］贝内德托·克罗齐著，田时纲译：《历史学的理论和历史》，中国人民大学出版社 2012 年版，第 8 页。

③ ［意］贝内德托·克罗齐著，田时纲译：《历史学的理论和历史》，中国人民大学出版社 2012 年版，第 22 页。

④ ［意］贝内德托·克罗齐著，田时纲译：《历史学的理论和历史》，中国人民大学出版社 2012 年版，第 23 页。

⑤ ［意］贝内德托·克罗齐著，田时纲译：《历史学的理论和历史》，中国人民大学出版社 2012 年版，第 24 页。

有学者由他屡败仍屡战，一直考到五十多岁还不放弃，最终考中进士等内容，说他“哪里是什么‘牺牲品’，分明是科举制的‘幸运儿’”①，“至少在范进这里，科举制显示了它的公平与公正”，吴敬梓“又有意无意地展示了科举制的另一面”②。面对的是同一小说文本、同一小说人物，解读时却得出截然相反的看法，发明出截然相反的意义，看起来又都持之有故，这正是缘于论者离开《儒林外史》的整个语境，各取所需，单独地就严监生谈严监生，就范进谈范进，甚至只谈严监生、范进的某一面。将部分内容脱离语境进行解读，这种情形的出现是必然的。要想真实地理解吴敬梓写严监生、写范进所要表达的“意义”，只有回归、还原至小说的整个文本语境中。推而广之，要想真正读“懂”吴敬梓的《儒林外史》，“通向作品的‘全部意义’（total meaning）”③，也必须回归、还原语境。

要之，我们的基本立场是：对历史的研究首要的是提供真知，探寻历史的实际情形；我们的基本方法是：回归文本，还原语境，以“了解之同情”的态度观照历史与已有的对历史的研究。我们进行的《儒林外史》现代“误读”的讨论，就是立足学术层面，将其作为一部小说、一部有思想的小说，回归文本的、时代的语境，以若干命题为重点，考察《儒林外史》现代学术研究中存在的“误读”情形，探寻其原因及背景，同时，改变那种简单地以现代价值尺度裁断古人及古人作品的做法，努力呈现作者创作意向、文本内在意蕴等属于文学的真实历史面貌的内容。我们的研究主要以吴敬梓的思想、吴敬梓的知识背景、《儒林外史》的基本立场为中心，分三个层面依次展开。

---

① 侯会：《范进：科举制的牺牲品还是幸运儿》，傅光明主编：《评聊斋志异说儒林外史》，山东画报出版社 2008 年版，第 221 页。

② 侯会：《范进：科举制的牺牲品还是幸运儿》，傅光明主编：《评聊斋志异说儒林外史》，山东画报出版社 2008 年版，第 235 页。

③ 余英时：《红楼梦的两个世界 · 近代红学的发展与红学革命》，上海社会科学院出版社 2006 年版，第 19 页。

第一章　论对吴敬梓思想的误读

吴敬梓的思想是《儒林外史》研究中非常受关注的方面。现代学者对吴敬梓的思想进行研究时，“吴敬梓与魏晋风度”、“吴敬梓与儒家”、“吴敬梓与程朱理学”是几个比较重要的命题。总体上看，对这些命题的解读是从不同的角度指向同一个目标，即注重对“叛逆”的强调，而“叛逆”则具体表现为反对礼教，反对程朱理学，愤世嫉俗，不与黑暗社会同流合污，等等。我们接下来的讨论即围绕这些命题展开。

一、“吴敬梓与魏晋风度”辨

与吴敬梓思想有关的几个重要命题——“吴敬梓与魏晋风度”、“吴敬梓与儒家”、“吴敬梓与程朱理学”，它们主要关涉的依次是这样几个问题：第一，吴敬梓的思想是基于儒家，还是既有儒家又有道家；第二，吴敬梓的思想是基于所谓正统儒家，还是以孔孟为代表的原始儒家；第三，吴敬梓对待以程朱为代表的新儒学是刻意表示反对，还是理性对待。我们的讨论是依照这样的理路进行的：首先明确吴敬梓的思想是基于儒家，而不是既有儒家又有道家；其次明确吴敬梓的思想是基于原始儒家，而不是所谓正统儒家；最后辨析吴敬梓并不是有意与程朱相反对，而是兼采包括程朱在内的历代诸儒的思想。因此，我们的讨论就从“吴敬梓与魏晋风度”这一命题开始。

1.“吴敬梓与魏晋风度”之命题及相关话语的检视

程晋芳曾在《寄怀严东有》(其二)一诗里这样写他眼中的吴敬梓：“敏轩生近世，而抱六代情。风雅慕建安，斋栗怀昭明。”①程晋芳的这一看法在20世纪80年代初引起一些学者的注意，由此加以推衍提出了“吴敬梓与魏晋风度”的命题，并得到了不少学者的响应。然而，仔细考察这一命题提出与阐释的具体情形，我们发现，将吴敬梓与魏晋风度联系起来并不能真实理解吴敬梓一生的思想状况，尤其不能真实理解《儒林外史》这部小说。论者提出并阐释“吴敬梓与魏晋风度”这一命题，其文献上的基本依据是吴敬梓的赋诗词创作中使用了与阮籍、嵇康等魏晋名士有关的典故。例如，吴敬梓于雍正

---

① 程晋芳：《勉行堂诗集》卷五，《勉行堂诗文集》，黄山书社2012年版，第154页。

十一年(1733)移家南京后不久，作有《移家赋》和《买陂塘》词。《移家赋序》中如：“阮籍之哭穷途，肆彼猖狂”，用阮籍穷途痛哭之典；《移家赋》中如：“爰买数椽而居，遂有终焉之志”，用王羲之初度浙江即有归隐之志的典故；“常扪虱而自如，乃送鸿而高视”，用王猛扪虱而谈、嵇康目送归鸿之典等。①《买陂塘》词其二则有“身将隐矣。召阮籍嵇康，披襟箕踞，把酒共沉醉”②之句。又，乾隆六年(1741)正月，吴敬梓与吴培源联句，吴培源出句“狎客谁江总”，吴敬梓则以阮籍之典作对句：“佯狂忆步兵。”③又，《春兴八首》之五有“嗜酒嵇中散，窥园董仲舒……一事差堪喜，侯门未曳裾”④之句。吴敬梓的亲友对其形迹的一些描绘则被理解为他倾慕魏晋风度的具体表现。如，吴敬梓三十岁时，亲友吴檠、金榘、金两铭皆为之赋诗。吴檠《为敏轩三十初度作》诗称：“一朝愤激谋作达，左顛史妠恣荒耽。”“秃衿醉拥妖童卧，泥沙一掷金一担。”⑤金两铭《和吴檠作》诗道：“迩来愤激恣豪侈，千金一掷买醉酣。老伶小蛮共卧起，放达不羁如痴憨。”⑥金榘《寄怀吴半园外弟》诗云：“君家惠连尤不羁，酒酣耳热每狂叫。尽教座上多号呶，那顾闺中有呵诮。”⑦这些都是表现吴敬梓早年由愤激而恣意豪侈、放达不羁的情形。

不过，对于吴敬梓及其亲友的这些赋诗词，有如下两点需要提出。其一，这些赋诗词大多作于吴敬梓的早年或者表现的是其早年的行止，不能由此而观其一生，尤其不能以此观照创作《儒林外史》时的吴敬梓。吴敬梓一生，大致以三十六岁时病辞博学鸿词之荐为界，生活与思想都是发生了很大变化的。《儒林外史》第三十四回里，作者这样写杜少卿辞却李大人举荐后的心理：“好了！我做秀才，有了这一场结局，将来乡试也不应，科、岁也不考，逍遥自在，做些自己的事罢！”⑧杜少卿的心思不妨视为作者自道，即吴敬梓本人也是将辞却博学鸿词之荐当作自己一生生活与思想发生重大变化的标志性事件。其二，如果以这些诗词赋中所描绘的魏晋名士的一些形迹来观照(而非一一

---

① 此引《移家赋》及序中句，参见李汉秋、项东升校注：《吴敬梓集系年校注》卷一，中华书局2011年版，第1、8页。

② 吴敬梓著，李汉秋、项东升校注：《吴敬梓集系年校注》卷四，中华书局2011年版，第344页。

③ 吴培源：《会心草堂集》诗四《辛酉正月上弦与敏轩联句》，李汉秋编：《儒林外史研究资料》，上海古籍出版社1984年版，第38页。

④ 吴敬梓著，李汉秋、项东升校注：《吴敬梓集系年校注》卷二，中华书局2011年版，第135~136页。

⑤ 吴檠：《为敏轩三十初度作》，金榘：《泰然斋集》卷二附，李汉秋编：《儒林外史研究资料》，上海古籍出版社1984年版，第3页。

⑥ 金两铭：《和吴檠作》，金榘：《泰然斋集》卷二附，李汉秋编：《儒林外史研究资料》，上海古籍出版社1984年版，第6页。

⑦ 金榘：《泰然斋集》卷四《寄怀吴半园外弟》，李汉秋编：《儒林外史研究资料》，上海古籍出版社1984年版，第7页。

⑧ 本书引《儒林外史》原文均据李汉秋辑校：《儒林外史汇校汇评》，上海古籍出版社2010年版，余不加注。

作实理解)吴敬梓早年的形迹，自无不妥，但也仅限于观照其早年的“形迹”，若以形迹相类而得出思想也相似，则须谨慎。因为这些赋诗词使用典故，主要还是借以述志抒情，而所述何志，所抒何情则需作细致的考察才可以明确。更何况，吴敬梓赋诗词中使用有关阮籍、嵇康等魏晋名士的典故固然不少，但其他时代历史人物的典故也可以列出很多。如，仅《移家赋序》中就有：“杨朱之泣歧路，悲其南北。”“烟寒土锉，仲蔚之居尽蓬蒿；月冷绳床，陈平之门惟敝席。”“贾岛诗穷，复何心于薪米？相如涤器，炉边有嫭姱之女。”“有若之恶卧，淬之以掌；苏子之屈首，刺之于股。”“李贺之诗投溷中，是吾忧也！”①等等。又如，《钱图南斋中夜坐》诗有“高卧想羲炎”②之句，《买陂塘》词其一亦有“臣之壮也，似落魄相如，穷居仲蔚，寂寞守蓬舍”③之句。如果依据作品中使用了与魏晋名士有关的典故，就推衍出吴敬梓思想上也受到魏晋名士的影响，那么他还用了有若、杨朱、苏秦、陈平、司马相如、张仲蔚、贾岛、李贺等历代士人的典故，又该作何推衍？显然，作品中用了有关魏晋名士的典故，与倾慕魏晋风度毕竟不是一回事。仅摭取一些描绘形迹相类的诗句，并不能充分说明吴敬梓在思想上也认同魏晋名士。

实际上，对于吴敬梓及其亲友所作的这些使用了魏晋名士典故的赋诗词，论者也正是将它们作为提出并阐释命题的话头，随后即着重论述吴敬梓与阮籍、嵇康等魏晋名士在形迹、思想等方面的共同之处，以此证明吴敬梓与魏晋风度的关系。由学者们的论述可以发现，强调并发明吴敬梓的“叛逆”精神是提出与阐释“吴敬梓与魏晋风度”这一命题的重要基点。具体的论述则主要从两方面进行：一是吴敬梓同魏晋名士一样反对礼教；二是魏晋名士愤世嫉俗，以隐为高，吴敬梓也称扬隐逸。这里有必要先对论述这一命题过程中涉及的两个关键话语作检视：一个是“反对礼教”，一个是“叛逆”。

关于“反对礼教”　礼教即礼仪教化或礼乐教化。儒家非常强调礼乐教化，而其礼乐制度又极为重视名分，故又称名教。先秦儒家面对王室式微、诸侯纷争、礼崩乐坏的社会现实，讲究“礼”和“为礼以教人”，试图以此重建尊卑有序的稳定社会秩序，实现淳风正俗的理想。如《论语·泰伯》说：“恭而无礼则劳，慎而无礼则葸，勇而无礼则乱，直而无礼则绞。”④《礼记·曲礼上》更是对“礼”之要紧作铺陈之语：“道德仁义，非礼不成；教训正俗，非礼不备；分争辨讼，非礼不决；君臣、上下、父子、兄弟，非礼不定；宦学事师，非礼不亲；班朝治军，莅官行法，非礼威严不行；祷祠祭祀，供给鬼神，非礼不诚不庄。是以君子恭敬、撙节、退让以明礼。……今人而无礼，虽能言，不

① 此引《移家赋序》中句，参见李汉秋、项东升校注：《吴敬梓集系年校注》卷一，中华书局2011年版，第1、2页。

② 吴敬梓著，李汉秋、项东升校注：《吴敬梓集系年校注》卷三，中华书局2011年版，第212页。

③ 吴敬梓著，李汉秋、项东升校注：《吴敬梓集系年校注》卷四，中华书局2011年版，第343页。

④ 朱熹：《论语集注》卷四，《四书章句集注》，中华书局1983年版，第103页。

亦禽兽之心乎？夫唯禽兽无礼，故父子聚麀。是故圣人作，为礼以教人，使人以有礼，知自别于禽兽。”①正因为视“礼”如此重要，所以儒家经典著作有《礼记》专以明礼。以两汉为始，礼教逐渐与政治紧密结合，其稳定社会秩序的功能逐渐加强，而淳风正俗的功能则相对弱化。尤其到了明清时期，礼教教义化使其严重偏离了淳风正俗的功能，成为统治者强化宗法专制的工具，以致走上了摧压人性，残害生命的极端。这是礼教在古代社会产生与演化的大致情形和背景。

自20世纪初进入现代社会以后，礼教不断受到批判，成为众矢之的。1919年，《新青年》第六卷第六号上发表了吴虞的《吃人与礼教》一文，文章的主要内容是对鲁迅的《狂人日记》进行评论。在该文结尾，作者警示人们：“孔二先生的礼教讲到极点；就非杀人吃人不成功，真是惨酷极了。……到了如今，我们应该觉悟！我们不是为君主而生的！不是为圣贤而生的！也不是为纲常礼教而生的！甚么‘文节公’呀，‘忠烈公’呀，都是那些吃人的人设的圈套，来诳骗我们的！我们如今应该明白了！吃人的就是讲礼教的！讲礼教的就是吃人的呀！”②这是较早将“礼教”和“吃人”联系在一起的。此后，“吃人”就成了对礼教的“盖棺定论”，人们几乎是谈礼教必严斥之。除吴虞的《吃人与礼教》而外，胡适有《贞操问题》、《再论“我的儿子”》等文③，鲁迅有《我之节烈观》、《我们现在怎样做父亲》等文④，都对宗法专制制度下的“忠烈”、“贞节”和“孝道”之类礼教教义进行批判。20世纪初，新文化运动的健将对礼教进行讨伐，是有其特定背景的。那是因为自袁世凯以来的北京政府逆民主共和的社会潮流而动，又开始大打孔子的招牌，做复辟专制的梦。于是，定孔教为“国教”，颁布《褒扬条例》，旌表“节烈”，这些一度被废止的东西又死灰复燃并蔓延开来，旧时代的忠孝贞节观念又甚嚣尘上，一时报纸上也出现了不少宣扬忠孝节烈的文字。例如，1918年7月，胡适先生发表《贞操问题》一文，即提到当时报纸上宣扬的两例女子殉夫的事。其中一例是7月23日《北京中华新报》上的《会葬唐烈妇记》，该文载：“唐烈妇之死，所阅灰永，钱卤，投河，雉经者五，前后绝食者三；又益之以砒霜，则其亲试乎杀人之方者凡九。”⑤其作者朱尔迈对唐烈妇是极为赞扬的。接着，朱尔迈又借出另外一件事来陪衬唐烈妇：有一位俞姓女子，年十九，受聘未嫁，未婚夫夭亡，女子即绝食七日寻死，后经家人劝解，始进食，却又说：“吾即生，必至张氏，宁服丧三年，然后归报地下。”⑥对这样一件事，朱尔迈

---

① 杨天宇：《礼记译注·曲礼上第一》，上海古籍出版社2004年版，第2~3页。

② 吴虞：《吃人与礼教》，载《新青年》第六卷第六号，1919年11月1日出版，第580页。

③ 胡适：《贞操问题》，载《新青年》第五卷第一号，1918年7月15日发行；《再论“我的儿子”》，载《每周评论》第35号，1919年8月17日；后均收入《胡适文存》卷四。此外，《胡适文存》卷四尚收有《论贞操问题——答蓝志先》、《论女子为强暴所污——答萧宜森》等书信，也讨论女子贞操问题。

④ 鲁迅：《我之节烈观》，载《新青年》第五卷第二号，1918年8月15日发行；《我们现在怎样做父亲》，载《新青年》第六卷第六号，1919年11月1日出版；均署名唐俟。后收入杂文集《坟》。

⑤ 胡适：《贞操问题》，载《新青年》第五卷第一号，1918年7月15日发行，第5页。

⑥ 胡适：《贞操问题》，载《新青年》第五卷第一号，1918年7月15日发行，第5页。

的态度竟是赞成俞氏速死，他慨叹："嗟乎，俞氏女盖闻烈妇之风而兴起者乎？……俞氏女果能死于绝食七日之内，岂不甚幸？乃为家阻之。俞氏女亦以三年为己任，余正恐三年之间，凡一千八十日有奇，非如烈妇之九十八日也。且绝食之后，其家人防之者百端。……虽有死之志，而无死之间，可奈何？烈妇倘能阴相之以成其节，风化所关，猗欤盛矣！"①在这样的背景下，主张科学民主，提倡新道德的新文化运动，对儒家、对孔教进行猛烈的抨击就是一种必然的策略。说这是一种"必然的策略"，意思是说，新文化运动的健将并非以批判孔子和礼教为最终目的，而是藉此反对当时出现的打着孔教招牌以复辟专制制度和宗法统治的逆流，批判旧的道德与旧的文化，建立新的道德和新的文化。李大钊就说："孔子于其生存时代之社会，确足为其社会之中枢，确足为其时代之圣哲，其说亦确足以代表其社会其时代之道德。""而无如其人已为残骸枯骨，其学说之精神，已不适于今日之时代精神何也！故余之掊击孔子，非掊击孔子之本身，乃掊击孔子为历代君主所雕塑之偶像的权威也；非掊击孔子，乃掊击专制政治之灵魂也。"②新文化运动以革命的目的和革命的态度对待礼教，站在这个立场上，无论如何激烈地抨击都可以理解，因为非如此不足以动摇君主专制的灵魂，非如此不足以唤醒民智。这是20世纪初礼教受到讨伐的情形及背景。

20世纪50年代，中国社会又兴起了对礼教的批判。这次对礼教的批判，是基于推动建立新的社会制度和新的意识形态统治地位的需要。因为要建立新的社会制度，就必须对过去的宗法专制制度进行讨伐，而依存并服务于宗法专制制度的礼教，尤其是压迫残害女性的贞节之类观念，当然也在批判之列，包括吴敬梓及其《儒林外史》在内的许多古代作家作品"反对礼教"的现实意义，正是在这一情形之下被集中发明出来的。这是20世纪50年代以后礼教受到批判的大致情形及背景。

从较为宏观的层面来看，不难发现，无论是古代社会礼教的产生及演化，还是现代社会对礼教的讨伐与批判，都有具体的情形和特定的背景。如果忽略了这些情形与背景，对古代社会的"礼教"，对现代社会的"反对礼教"，都很难做到真实地把握。如果以现代社会反对礼教的观念来看待古代社会的情形，那就更容易误会古人，产生不少难以圆满解释的问题。比如，以现代人的眼光看待古人，吴敬梓被划入进步作家的行列，既然是进步作家，那么现代社会被视为"糟粕"的礼教，吴敬梓当然也应该反对。但是，当以"反对礼教"的眼光来审视吴敬梓时，又会发现他确实有不少难以掩饰的并不反对礼教的言行。从其言论来看，如《文木山房诗说》中，以"礼"说《诗》是吴敬梓一以贯之的立场与做法；从其经历来看，如乾隆五年(1740)其姊金孺人卒，"综孺人生平，于世间守节妇，最为坎壈"，吴敬梓曾向程廷祚求墓志，并"泣而言曰：'吾鲜兄弟，姊又无

---

① 胡适：《贞操问题》，载《新青年》第五卷第一号，1918年7月15日发行，第6页。

② 李大钊：《自然的伦理观与孔子》，《李大钊文集》第一卷，人民出版社1999年版，第249、250页，原载1917年2月4日《甲寅》日刊。

子，后虽得旌，尚未有日，子其志焉！’”①这似乎也不是“反对礼教”的情势。另外，程廷祚也向我们透露一些信息，他曾就“茸城女士”之事写书信给吴敬梓，信中说：“足下有矜奇好异之心，而抱义怀仁，被服名教，何不引女士以当道，令其翻然改悔。”②程廷祚告诉我们他眼里的吴敬梓是“抱义怀仁，被服名教”的。

从较为宏观的层面看与礼教有关的问题，就发现某些论点与事实之间存在很大差别，那么从微观层面，对于具体的问题，其间的差异会更大、更明显。因此，像吴敬梓与魏晋名士如何对待礼教这样的问题，更需要作深入细致的考察、辨析，不能简单地以“理所当然”作为理由把他们一起置于“反对礼教”的话语之下，“理直气壮”地说“吴敬梓仰慕魏晋风度”。

关于“叛逆” “叛逆”这一话语也经常被拿来评论古代作家或古代作品中的人物形象。古代作家如阮籍、嵇康、陶渊明、柳永、李清照、关汉卿、徐渭、李贽、汤显祖、吴敬梓、曹雪芹、袁枚等；古代作品中的人物形象如卓文君、刘兰芝、崔莺莺、霍小玉、孙悟空、哪吒、杜丽娘、杜少卿、沈琼枝、贾宝玉、林黛玉、妙玉、尤三姐等：这么多作家或作品中的人物形象都曾被现代人拉到“叛逆”的旗帜之下。于是我们不禁设想，假如这些“叛逆”者遇在一起，他们是否能引为同道？这些被称为“叛逆”者的人，有些是能够碰到一起的，比如《儒林外史》里的杜少卿就见过沈琼枝，并这样评说她：“无论他是怎样，果真能做诗文，这也就难得了。”“盐商富贵奢华，多少士大夫见了就销魂夺魄；你一个弱女子，视如土芥，这就可敬的极了！”看来杜少卿也只是敬沈琼枝能做诗文，视富贵奢华如土芥而已，并没有称赞她叛逆的意思。再如，吴敬梓和袁枚是很有机会碰到一起的，但袁枚那些被今人视为“叛逆”的许多行止，吴敬梓是肯定看不惯的，这也许是两人虽近在咫尺，却未见交游的一个可能的原因。我们还可以设想，假定让那些未曾见面的“叛逆”者碰到一起，相互之间的差别就更不可忽视了。如《儒林外史》里的杜少卿和《红楼梦》里的贾宝玉。可以明确的是，如果让杜少卿与贾宝玉碰在一起的话，杜少卿是看不得贾宝玉的。杜少卿与娘子再怎么采兰赠芍、同游同处，那还是夫妇之间的雅致之情，这里面有杜少卿的风流文雅，也有对责任的承担。第三十四回里，当季苇萧说杜少卿“镇日同一个三十多岁的老嫂子看花饮酒，也觉得扫兴”，“何不娶一个标致如君，又有才情的，才子佳人，及时行乐”这样一些话时，杜少卿随即应道：“岂不闻晏子云：‘今虽老而丑，我固及见其姣且好也。’”而且说出了一番娶妾最伤天理的言辞。这番言辞明确显示，杜少卿心中是有一份相当强的家庭和社会责任感的。而贾宝玉与林黛玉之间的卿卿我我，虽然也其情至纯，但贾宝玉只是在爱、在感受，家庭责任、社会责任他全不在心上。脂砚斋就说：“除闺阁之外，并无一事是宝玉立意作

---

① 程廷祚：《青溪文集续编》卷八《金孺人墓志铭》，李汉秋编：《儒林外史研究资料》，上海古籍出版社1984年版，第20页。

② 程廷祚：《青溪文集续编》卷六《与吴敏轩书》，李汉秋编：《儒林外史研究资料》，上海古籍出版社1984年版，第19页。

出来的。”①贾宝玉一心想着娶林黛玉，也不是出于要对她负起什么责任，仅仅是因为爱她是个知己，况且他也担负不了这个责任，否则他们的悲剧也就不会发生了。然而，像宝黛这样的“知己”之情，是不在《儒林外史》关注的范围之内的。相应地，如果让吴敬梓来看《红楼梦》的话，他一定看不上这部小说。因为以吴敬梓的眼光，《红楼梦》花那么多笔墨去写青年男女之间的恋爱之情，根本不合乎圣贤之道，也无助于政教，倒是有害于风俗人心。②

由此看来，以所谓的“叛逆”来解读古代作家和古代作品中的人物形象，从作者的立场来看，往往不能充分理解其创作意图。即便站在今天的立场来看，也未必能真实理解人物形象的意义与价值，反而是遮蔽了人物形象特有的个性及丰富的蕴涵。对于我们所要讨论的问题而言，如果由形迹上的相类、相似，而将吴敬梓及其笔下的王冕、杜少卿等与魏晋名士统一到“叛逆”的“旗帜”之下来讨论，这一做法也是需要重新作一番审视的。这也是促使我们对吴敬梓“反对礼教”、“称扬隐逸”进行反思的一个重要原因。其实，仅将吴敬梓及其笔下的杜少卿与阮籍、嵇康等魏晋名士所谓“叛逆”的形迹背后的实际用意作一比较，便会发现，其实二者远不可统而论之。接下来，我们就对此作具体的论析。

2. 站在《儒林外史》的立场看魏晋风度

阮籍、嵇康等魏晋名士是以老庄之学为处身立命之根柢的。如对于阮籍，《晋书》本传说他：“博览群籍，尤好《庄》《老》。”③极能体现其人生追求之境界的《大人先生传》、《达庄论》等就是杂糅《老》、《庄》而写成的。再如嵇康，他在《与山巨源绝交书》中就自陈：“吾……少加孤露，母兄见骄，不涉经学。……又读《庄》、《老》，重增其放。”④《三国志·魏书·王粲传》注引嵇康之兄嵇喜所作《嵇康传》，也说他“长而好老、庄之业，恬静无欲”。⑤《晋书》本传也说他“学不师受，博览无不该通，长好《老》《庄》”。⑥ 后人对阮籍、嵇康的行止也经常是立足老庄之学来进行讨论的。的确，只有把阮籍、嵇康等魏晋名士放在老庄之学的背景下，他们的言论与行止才可以得到合理的解释。我们所关注的是学者在论述“吴敬梓与魏晋风度”这一命题时所涉及的两个方面：一是魏晋名士是如何对待礼教(或名教)的；二是魏晋名士的隐逸是基于什么样的文化背景。通过考察，我们发现，无论是对待礼教的态度，还是吴敬梓笔下的读书人隐逸的

---

① 曹雪芹著，陈文新、王炜辑评：《红楼梦》(百家汇评本)，长江文艺出版社 2005 年版，第 139 页。

② 参见陈文新、甘宏伟：《从〈儒林外史〉的立场看〈红楼梦〉》，载《明清小说研究》2010 年第 1 期。

③ 房玄龄等：《晋书》卷四十九，中华书局 1974 年版，第 1359 页。

④ 戴明扬校注：《嵇康集校注》卷二，人民文学出版社 1962 年版，第 116~117 页。

⑤ 陈寿撰，裴松之注：《三国志》卷二十一，中华书局 1959 年版，第 605 页。

⑥ 房玄龄等：《晋书》卷四十九，中华书局 1974 年版，第 1369 页。

文化背景都是基于儒家，与阮籍、嵇康等魏晋名士有根本的不同，《儒林外史》也不认同魏晋风度。

（1）反对名教还是认同名教

我们先从思想言论上看吴敬梓同魏晋名士对待名教的不同态度。阮籍对名教的批评是相当激烈的。他在《大人先生传》里就对儒家的礼法仪制进行严厉斥责。文中，阮籍先假托有人遗大人先生书，夸称君子遵礼守制、诚惶诚恐的情形：

> 天下之贵，莫贵于君子：服有常色，貌有常则，言有常度，行有常式；立则磬折，拱若抱鼓，动静有节，趋步商羽，进退周旋，咸有规矩；心若怀冰，战战栗栗，束身修行，日慎一日，择地而行，唯恐遗失，诵周孔之遗训，叹唐虞之道德，唯法是修，唯理是克，手挚珪璧，足履绳墨，行欲为目前检，言欲为无穷则；少称乡闾，长闻邦国，上欲图三公，下不失九州牧……此诚士君子之高致，古今不易之美行也。今先生……身处困苦之地，而行为世俗之所笑，吾为先生不取也。①

继而则托大人先生之言极力揭擿礼法之士的虚伪：

> 昔者……无君而庶物定，无臣而万事理，保身修性，不违其纪；惟兹若然，故能长久。今汝造音以乱声，作色以诡形；外易其貌，内隐其情，怀欲以求多，诈伪以要名；君立而虐兴，臣设而贼生，坐制礼法，束缚下民，欺愚诳拙，藏智自神，强者睽眂而凌暴，弱者憔悴而事人，假廉以成贪，内险而外仁，罪至不悔过，幸遇则自矜，驰此以奏除，故循滞而不振。②

并斥责这些君子所遵之礼法是祸害天下的道术："汝君子之礼法，诚天下残贼、乱危、死亡之术耳；而乃目以为美行不易之道，不亦过乎！"③显而易见的是，阮籍托大人先生的君臣、音色之论等，源自老、庄，尤其是《庄子》那里，这样的话是儒家万不能认同的。他在《咏怀诗》其六十七也对那些礼法之士表现出鲜明的讥刺态度，其诗云：

> 洪生资制度，被服正有常。尊卑设次序，事物齐纪刚。容饰整颜色，磬折执圭璋。堂上置玄酒，室中盛稻粱。外厉贞素谈，户内灭芬芳。放口从衷出，复说道义方。委曲周旋仪，姿态愁我肠。④

---

① 陈伯君校注：《阮籍集校注》卷上，中华书局1987年版，第163~164页。

② 陈伯君校注：《阮籍集校注》卷上，中华书局1987年版，第169~170页。

③ 陈伯君校注：《阮籍集校注》卷上，中华书局1987年版，第170页。

④ 陈伯君校注：《阮籍集校注》卷下，中华书局1987年版，第377页（注：文中"纪刚"当为"纪纲"）。

阮籍对儒家所主张的礼法制度之厌恶由此可以想见。儒家对于尊卑名分则是非常讲究的，而这名分主要就是依靠一套上下有序、内外有别、进退有仪、动静有常的礼法仪制来体现和保障。吴敬梓显然赞同儒家的礼法仪制。《儒林外史》不厌繁复地铺写泰伯祠的祭礼，以及对主祭、亚献、终献之人的安排等，足可以表明这一点。庄征君、虞博士等人祭泰伯祠的一个重要用意，就是让大家“习学礼乐，成就出些人才”，“助一助政教”。后来，小说还借书中人物一再提起泰伯祠大祭之事，直到第五十五回，吴敬梓还在感慨“礼乐文章，也不见那些贤人讲究”的悲凉情景。可以设想，假定让阮籍亲临祭泰伯祠的场面，他必定极其厌恶那一套繁复的礼制；而阮籍攻讦礼法为“天下残贼、乱危、死亡之术”，吴敬梓也不会认同。再如，对于“假廉以成贪，内险而外仁”之类虚伪卑劣的行为，阮籍将其归咎于礼法之“作”，而吴敬梓则会将其视为没有真正遵奉圣人之道、礼乐不兴的结果。

嵇康对待名教更是取一种愤然对立的态度。其《释私论》中称述“越名教而任自然”①的君子境界，《与山巨源绝交书》中自陈“每非汤、武而薄周、孔”，在当时的情势下，皆堪称骇俗之论。“非汤、武而薄周、孔”是其拒辞山涛之荐而自陈“必不堪者七，甚不可者二”中的一条，而其所称“必不堪”、“甚不可”之因由则是“人伦有礼，朝廷有法”。② 其“非汤、武而薄周、孔”之论，有《管蔡论》称管蔡之忠贤，非周公之践政；《答难养生论》非孔子“神驰于利害之端，心骛于荣辱之途”③。其非“圣人之道”，则有《难自然好学论》称云：

> 及至人不存，大道陵迟，乃始作文墨，以传其意，区别群物，使有类族，造立仁义，以婴其心，制其名分，以检其外，劝学讲文，以神其教；故六经纷错，百家繁炽，开荣利之途，故奔骛而不觉。是以贪生之禽，食园池之粱菽，求安之士，乃诡志以从俗，操笔执觚，足容苏息，积学明经，以代稼穑……故仁义务于理伪，非养真之要术，廉让生于争夺，非自然之所出也。④

嵇康将天下之奔骛趋利归咎于六经之兴、仁义之立、名分之制，这些显然是吴敬梓所不能认同的，其非薄圣贤尤不能为吴敬梓所容忍。因为在吴敬梓看来，读书人之所以追逐荣利、虚伪争夺，正在于他们抛弃了礼义廉耻，而那个社会之所以道德堕落、世风日下，也正在于圣贤之人不重，圣贤之道不作，这是我们在《儒林外史》里可以分明感受到的。

---

① 戴明扬校注：《嵇康集校注》卷六，人民文学出版社 1962 年版，第 234 页。

② 戴明扬校注：《嵇康集校注》卷二，人民文学出版社 1962 年版，第 122、119 页。

③ 戴明扬校注：《嵇康集校注》卷四，人民文学出版社 1962 年版，第 179 页。

④ 戴明扬校注：《嵇康集校注》卷七，人民文学出版社 1962 年版，第 259~261 页。

由此，可以明确地说，阮籍、嵇康等魏晋名士以及他们所祖述的老庄攻诘名教、非薄圣贤的言论，必定不会被吴敬梓和他的《儒林外史》所认同。相反，吴敬梓极力推崇先秦儒家所主张的礼乐教化，并试图以之挽救颓败的世风。

再看吴敬梓笔下人物的行止与阮籍、嵇康等魏晋名士的行止在具体表现和取向上的不同。这里取二者在居丧时的不同表现、任诞的不同取向等为例作一对比。

魏晋名士和《儒林外史》里的人物在居丧时的表现是有不同背景的。前者不拘礼教，更接近《庄子》认同的方式；而后者则遵从儒家的丧礼仪制。《世说新语·任诞》篇就有几则记阮籍居丧的情形。兹列举如下。有一则写阮籍居丧而不避饮酒食肉：

> 阮籍遭母丧，在晋文王坐，进酒肉。司隶何曾亦在坐，曰："明公方以孝治天下，而阮籍以重丧显于公坐饮酒食肉，宜流之海外，以正风教。"文王曰："嗣宗毁顿如此，君不能共忧之，何谓？且有疾而饮酒食肉，固丧礼也。"籍饮啖不辍，神色自若。①

有一则写他临葬母而饮酒烹豚：

> 阮籍当葬母，蒸一肥豚，饮酒二斗，然后临诀，直言："穷矣！"都得一号，因吐血，废顿良久。②

又一则写他对吊母丧者亦毫不为"礼"：

> 阮步兵丧母，裴令公往吊之。阮方醉，散发坐床，箕踞不哭。裴至，下席于地，哭，吊唁毕便去。或问裴："凡吊，主人哭，客乃为礼。阮既不哭，君何为哭？"裴曰："阮方外之人，故不崇礼制。我辈俗中人，故以仪轨自居。"时人叹为两得其中。③

后两则被采入《晋书·阮籍传》。《晋书·阮籍传》另有：

> 籍虽不拘礼教，然发言玄远，口不臧否人物。性至孝，母终，正与人围棋，对者求止，籍留与决赌。……籍又能为青白眼，见礼俗之士，以白眼对之。及嵇喜来吊，籍作白眼，喜不怿而退。喜弟康闻之，乃赍酒挟琴造焉，籍大悦，乃见

---

① 刘义庆撰，徐震堮著：《世说新语校笺》下，中华书局1984年版，第390~391页。

② 刘义庆撰，徐震堮著：《世说新语校笺》下，中华书局1984年版，第393页。

③ 刘义庆撰，徐震堮著：《世说新语校笺》下，中华书局1984年版，第394页。

青眼。①

儒家既讲实质上的孝，也讲礼制上的孝。对待孝亲，不仅重父母生时的孝养，也极为重视父母亡后举丧的哀礼。像阮籍这样母在时虽“性至孝”，母终居丧却不率常礼的做法，是儒家所不能赞同的。

又，阮咸居母丧的情形更是骇俗，《世说新语·任诞》篇、《晋书·阮咸传》均有阮咸居母丧而纵情越礼的情形。《晋书》载：

> 咸字仲容。……居母丧，纵情越礼。素幸姑之婢，姑当归于夫家，初云留婢，既而自从去。时方有客，咸闻之，遽借客马追婢，既及，与婢累骑而还，论者甚非之。②

《庄子》里也记有几则涉及居丧的文字，最有名的就是《至乐》中“庄子鼓盆而歌”一节：“庄子妻死，惠子吊之，庄子则方箕踞鼓盆而歌。惠子曰：‘与人居，长子、老、身死，不哭，亦足矣，又鼓盆而歌，不亦甚乎！’”③《大宗师》也有假托孔子与颜回对话说孟孙才居丧不哀一节。颜回问孔子：“孟孙才，其母死，哭泣无涕，中心不戚，居丧不哀。无是三者，以善处丧盖鲁国。固有无其实而得其名者乎？回壹怪之。”孔子道：“夫孟孙氏尽之矣，进于知矣，唯简之而不得，夫已有所简矣。”④实际上，儒家是既讲其实又重其名的。虽然阮籍、阮咸同“庄子”、“孟孙氏”之居丧在形迹上各有所别，但他们都是不屑于遵守常礼的，甚至有意同礼俗之人对立。显然，阮籍居丧是以《庄子》为师，而阮咸纵情越礼尤甚。

儒家则讲究居丧务要尽哀尽礼，《礼记》有“丧服小记”、“丧大记”、“奔丧”、“问丧”等对丧礼仪制作极为繁复的规定，就是让人们尽哀尽礼时事无巨细都有个矩式。吴敬梓对居丧尽哀尽礼也是赞同的，对当时居丧不尽礼的风气则是讽刺的。《儒林外史》第一回写王冕母丧时，他擗踊哀号，哭得那邻舍之人无不落泪，安葬之后，又负土成坟，三年苫块。吴敬梓笔下的王冕有些行止虽然显出任诞之性，但他侍奉母亲、居母亲之丧的行止则严守儒家的礼教仪制。第三十三回写杜少卿吊娄太爷之丧也是渲染其如何尽哀尽礼：先是到了地方，就在柩前“大哭了几次”，又是一连住了四五日，“哭了又哭”，拜别娄家人时，“又在柩前恸哭了一场”，镇上的人都因此而叹息“天长杜府厚道”。对照《礼记》“奔丧”、“问丧”等丧礼仪制，不难见其所本，并且其尽哀尽礼的行为有过之而无不及。与以赞扬的笔调写王冕、杜少卿遵制处丧的行止相对，小说第四回

---

① 房玄龄等：《晋书》卷四十九，中华书局 1974 年版，第 1361 页。
② 房玄龄等：《晋书》卷四十九，中华书局 1974 年版，第 1362~1363 页。
③ 陈鼓应注译：《庄子今注今译》，中华书局 1983 年版，第 450 页。
④ 陈鼓应注译：《庄子今注今译》，中华书局 1983 年版，第 199 页。

写范进居丧的行为则用的是嘲讽之笔。范进居丧期间，听从张静斋“礼有经，亦有权”的劝说，不再顾忌大礼上是否可以行得，欣然随同前往汤知县处打秋风。酒席宴上，他又做出遵制丁忧的姿态，看到用的是银镶杯箸，就是不肯举箸。知县明白之后，赶忙叫人换成磁杯和象牙箸，范进还是不用。最后换了白色竹箸，才下箸，竟又从燕窝碗里拣了一个大虾元子送在嘴里。这番笔墨，作者的讽刺态度显而易见。黄小田评即于此称作者“善谑”，“此等处实先生所深恶”；天目山樵也说：“谑而虐矣，盖作者甚恶此辈。”①像范进如此居丧，在当时可能已经形成一种风气，吴敬梓才如此痛下针砭。《永宪录》卷二下“副都统祁尔萨条奏喜丧仪制，以杜奢侈”条萧奭按语就记道：“礼言：不饮酒、不食肉、不宿内，为居丧之实。近汉人居父母丧，才□□即变易服色以更宴令。饮酒止磁其杯，食肉止木其箸，宿□器皿忌娘以为服丧云尔。此官礼者见之而蹴然也。”②吴敬梓对“饮酒止磁其杯，食肉止木其箸”等居丧不尽礼的风气，显然是厌恶的。当然，范进与魏晋名士不可同日而语，但吴敬梓不认同居丧不遵礼制、不尽哀伤的做法，则是没有疑问的。

经常被论者用来说明吴敬梓接受魏晋风度影响而“反对礼教”的，则是吴敬梓笔下的人物同魏晋名士一样都具有任诞之行。而将“任诞”的行止与“反对礼教”等同起来，这并不是妥当的做法。以《世说新语·任诞》篇为例，在五十四则之中，所记魏晋名士“任诞”的行止多半与礼教无涉，实际情形很明白，“反对礼教”并非“任诞”的必有之义。而那些与礼教关涉的只有数则，记的是阮籍、阮咸等有意与礼教、礼俗作对，在居丧或与妇嫂相处时行为无检的“任诞”之行，但这些违“礼”的行止又不会被吴敬梓所认同，甚至是《儒林外史》所讽刺的。反过来说，“反对礼教”也并不一定“任诞”，像嵇康“与名教取一种完全对立的态度”，但他“不是狂放，不是放诞，而是一种严肃的傲然”。③ 因此，不能简单地以所谓“任诞”之行就断定某人是反对礼教的，真正的反对礼教也并不一定得“任诞”，而应该对具体的情形作具体的分析。例如，明人李绍文的《皇明世说新语》载有杨慎任诞的行止，云：“杨用修在泸州，尝醉，胡粉傅面，作双丫髻插花，门生舁之，诸伎捧觞，游行城市，了不为怍。”以同样的眼光看，杨慎此番形迹，似也可发明出反对礼教之意。但杨慎果真是为“反对礼教”而做出这番行止的么？李绍文说，在一般人看来，杨慎是“故自污”；他则赞同王世贞的看法，即“特是壮心不堪牢落，故磨耗之耳”。④ 可见在当时人眼里，杨慎此举与礼教并无关涉。又如，《儒林外史》第一回有写王冕戴高帽，穿阔衣，用牛车载着母亲玩耍一段，这应当本自朱彝尊

---

① 李汉秋辑校：《儒林外史汇校汇评》，上海古籍出版社 2010 年版，第 57 页。

② 萧奭：《永宪录》卷二下，中华书局 1959 年版，第 163 页。

③ 罗宗强：《玄学与魏晋士人心态》，天津教育出版社 2005 年版，第 90 页。

④ 李绍文：《皇明世说新语》卷六，明万历刻本，第 29 页。杨慎此番行止，流传颇广，许多书中都有记载，可参见郭皓政、甘宏伟编著：《明代状元史料汇编（下）》（武汉大学出版社 2009 年版）《正德六年（1511）辛未科状元杨慎》一节所辑有关内容。吴敬梓作《诗说》有几则全引杨慎之语说《诗》，他对杨慎此番行止也应当有所知悉。

《王冕传》，其文云："恒著高檐帽，衣绿蓑衣，蹑长齿屐，击木剑，或骑牛行市中，人或疾其狂。同里王艮特爱重之，为拜其母。艮为江浙检校，冕往谒，履敝不完，足指践地。艮遗之草履一，两讽使就吏禄。冕笑不言，置其履而去。归迎其母至会稽，驾以白牛车。冕被古冠服随车后，乡里小儿皆讪笑，冕不顾也。"①明人宋濂的《王冕传》、清人高兆的《续高士传》也载有此事。② 吴敬梓只是稍加扩充而成。从来源看，王冕这一任诞之行并不包含"反对礼教"的意义。结合《儒林外史》的文本语境看，也没有什么"反对礼教"的意旨。

又，嗜酒也是魏晋名士"任诞"的一个标志，如刘伶纵酒放达，阮籍好酒常醉。但关于阮籍饮酒，《世说新语·任诞》篇载有这样一则轶事："王孝伯问王大：'阮籍何如司马相如？'王大曰：'阮籍胸中垒块，故须酒浇之。'"③这应当能够代表时人对阮籍好酒的一种理解。《晋书·阮籍传》则强调阮籍是将醉酒作为一种全身远祸的策略："籍本有济世志，属魏晋之际，天下多故，名士少有全者，籍由是不与世事，遂酣饮为常。文帝初欲为武帝求婚于籍，籍醉六十日，不得言而止。钟会数以时事问之，欲因其可否而致之罪，皆以酣醉获免。"④鲁迅先生在《魏晋风度及文章与药及酒之关系》里也说，阮籍的"饮酒不独由于他的思想，大半倒在环境"，"其时司马氏已想篡位，而阮籍名声很大，所以他讲话就极难，只好多饮酒，少讲话，而且即使讲话讲错了，也可以借醉得到人的原谅"。⑤ 有论者将嗜好饮酒也视为"反对礼教"的一种表现，实际上是随意扩大了礼教所规定的内容。况且，《儒林外史》里也没有如阮籍等那样纵酒放达的人物。

当然，魏晋名士有些"任诞"的行止是与礼教相对立的。如上面所列阮籍居丧的行止就明确地表现出不遵礼制的态度。又如《世说新语·任诞》篇载："阮籍嫂尝还家，籍见与别。或讥之，籍曰：'礼岂为我辈设也！'"⑥又载："阮公邻家妇，有美色，当垆酤酒。阮与王安丰常从妇饮酒，阮醉，便眠其妇侧。夫始殊疑之，伺察，终无他意。"刘孝标《世说新语》注亦引有王隐《晋书》所载阮籍的一件轶事："'籍邻家处子有才色，未嫁而卒。籍与无亲，生不相识，往哭，尽哀而去。'其达而无检，皆此类也。"⑦这些都明显是与"礼"教相对立的行止，连阮籍本人实际上也承认自己的行为是不合乎"礼"的，否则他也不会面对别人的讥讽，说出"礼岂为我辈设也"这样的话来。阮籍果真有这些

---

① 朱彝尊：《曝书亭集》卷六十四，四部丛刊初编本，第1页。

② 宋濂：《芝园后集》卷十《王冕传》云："时冕父已卒，即迎母入越城，就养久之，母思还故里，冕买白牛驾母车，自被古冠服随车后，乡里少儿竞遮道讪笑，冕亦笑。"罗月霞主编：《宋濂全集》，浙江古籍出版社1999年版，第1474页。清人高兆《王冕传》云："冕父时已卒，迎母入城就养。他日母思还里，冕买白牛驾母车，被古冠服随车后，小儿遮道讪笑，冕亦笑。"高兆：《续高士传》卷四，康熙遗安草堂刻本，第9页。

③ 刘义庆撰，徐震堮著：《世说新语校笺》卷下，中华书局1984年版，第409页。

④ 房玄龄等：《晋书》卷四十九，中华书局1974年版，第1360页。

⑤ 鲁迅：《而已集》，《鲁迅全集》第三卷，人民文学出版社2005年版，第533页。

⑥ 刘义庆撰，徐震堮著：《世说新语校笺》卷下，中华书局1984年版，第393页。

⑦ 刘义庆撰，徐震堮著：《世说新语校笺》卷下，中华书局1984年版，第393页。

举止的话，那他显然是有意与礼法对着干，至少是要在外在行止上展示自己对礼法的不屑，有意给世人留下一个时时处处与礼法相悖逆的印象。《礼记·曲礼上》有云："男女不杂坐，不同椸枷，不同巾栉，不亲授。叔嫂不通问。"①淳于髡还同孟子讨论过这个问题，《孟子·离娄上》载：

> 淳于髡曰："男女授受不亲，礼与？"孟子曰："礼也。"曰："嫂溺则援之以手乎？"曰："嫂溺不援，是豺狼也。男女授受不亲，礼也；嫂溺援之以手者，权也。"②

这也是"男女授受不亲"之说的本源。于是就有论者将《儒林外史》第三十三回写杜少卿夫妇游山一段与阮籍同其嫂通问等任诞行止进行类比，发明出其受魏晋名士的影响而"反对礼教"的意义来。实际的情形如何呢？且看吴敬梓写杜少卿夫妇游山的情形：

> 这日杜少卿大醉了，竟携着娘子的手，出了园门，一手拿着金杯，大笑着，在清凉山冈子上走了一里多路。背后三四个妇女嘻嘻笑笑跟着，两边看的人目眩神摇，不敢仰视。

杜少卿携娘子的手游山，在当时的确是惊世骇俗的举动，但吴敬梓真的是因受到魏晋名士的影响而意在表现杜少卿同礼教的大胆对抗么？应当如何理解杜少卿的这番行止？我们再来看杜少卿本人和他的朋友是如何看待这番行止的。第三十四回，杜少卿说："据小弟看来，《溱洧》之诗也只是夫妇同游，并非淫乱。"季苇萧随即提道："怪道前日老哥同老嫂在姚园大乐！这就是你弹琴饮酒，采兰赠芍的风流了。"众人一齐大笑。后来季苇萧提议杜少卿纳妾，杜少卿当即讲出了一段纳妾伤天害理的言论，而在这里他对季苇萧的话却没有表示反驳，可以认为杜少卿是认同季苇萧对自己和娘子的风流文雅所作的调谑的。杜少卿将通常被视为"淫诗"的《郑风·溱洧》解释成"只是夫妇同游，并非淫乱"，如果一定要从"礼"的角度来看，杜少卿的用意是在强调这首诗所写的并非违"礼"的、伤风化的"淫乱"之事，而是合乎"礼"的夫妇间的情事，这恰好表明他是在遵奉"礼"，维护"礼"，而非叛逆"礼"，反对"礼"。相应地，《儒林外史》所写杜少卿与娘子携手游山的行止，在吴敬梓看来，也是完全合乎"礼"的，因而他绝不会让杜少卿也像阮籍那样说出"礼岂为我辈设也"之类的话。杜少卿此番行止之所以骇了世人的耳目，是时人世风太过恶俗。我们这样说并非标新立异，故为耸人听闻，而是因为杜少卿说《溱洧》的这番见识所表现出的立场，正与吴敬梓在《文木山房诗说》里的一贯立场完全

---

① 杨天宇：《礼记译注·曲礼上第一》，上海古籍出版社2004年版，第14页。
② 朱熹：《孟子集注》卷七，《四书章句集注》，中华书局1983年版，第284页。

一致，只需将二者相互参照，不难发现这一情形。① 这是杜少卿对"礼"的理解，同时也是吴敬梓对"礼"的理解，这种理解并不是反对"礼"教，而是推尊"礼"教——当然主要是基于先秦儒家的"礼教"。第三十六回，伊昭说杜少卿常同娘子上酒馆吃酒，惹得人笑，最没有品行，虞博士则当即驳道："这正是他风流文雅处，俗人怎么得知。"虞博士的这番话正可视为吴敬梓对杜少卿此番行止所作的注脚，其用意在于表现杜少卿不同于鄙俗之人的风流文雅，并非表现其与"礼"教的对立。因为在吴敬梓看来，夫妇之间采兰赠芍、同游同处，完全不同于桑间濮上之类的幽会偷欢，并不是什么伤风败俗的行为。

应当说，携手同游并不是吴敬梓的创见。《诗经》里这样的场景就不止一次出现。《邶风·击鼓》第四章吟道："执子之手，与子偕老。"朱熹《诗集传》于此注云："言始为室家之时，期以死生契阔，不相忘弃，又相与执手，而期以偕老也。"②《邶风·北风》三章重吟："惠而好我，携手同行。""惠而好我，携手同归。""惠而好我，携手同车。"《郑风·遵大路》两章亦重吟："遵大路兮，掺执子之祛兮。""遵大路兮，掺执子之手兮。"吴敬梓对《诗经》是非常熟悉的，想必他对这些男女相悦"执手"、"携手"的诗句不会陌生。明清统治者长期极力宣扬严男女之大妨的观念，使时人世风都变得极其恶俗，视夫妇携手同行为伤风败俗早已成了天经地义。大概吴敬梓在研读《诗经》时，发现经圣人"删存"③而留下来的诗里，竟然还有"执子之手"、"携手同行"这样的场景，原来夫妇"携手"不为圣人所非难的，④ 他由此想到了自己所处时代世风的颠倒：真正伤风败俗、伤天害理的事如男子纳妾被视为风流雅致，而夫妇携手同行本不为圣人所非的事却被视为没品行。于是，他就在《儒林外史》里，一则借杜少卿之口对男子娶妾这真正伤天害理的事进行批评；二则写下杜少卿与娘子携手游山的场景，同时也记下"两边看的人目眩神摇，不敢仰视"的情形，以彰明时人世风之鄙陋与恶俗。我们有理由认为，吴敬梓在真正地去读圣贤书的过程中，目睹现实社会中种种"非圣人意"⑤，甚至"指明为'暗'，反孔子之说"⑥的情形，以及由此造成的种种恶俗甚至不幸。为了淳风正俗的理想，他选择了从原始儒家经典里寻找解决"人心政治"⑦问题的方案。而小说中渲染杜少卿夫妇携手同游的"骇俗"场景，正是吴敬梓向心目中的"圣人意"复归的一个体现。

其实，不仅杜少卿和娘子有这种携手同游的举动，小说中所推崇的另一个人物庄征君也是有这种风流文雅情致的。小说这样写他被赐还玄武湖后与娘子同游同乐的情景：

---

① 关于这一点，请参见后文《〈儒林外史〉与〈文木山房诗说〉》一节的论述。

② 朱熹：《诗集传》卷二，中华书局 1958 年版，第 19 页。

③ 吴敬梓是赞同孔子删诗说的，其《文木山房诗说》第二则"四始六义之说"云："孔子论次删存三百余篇。"参见周兴陆：《吴敬梓〈诗说〉研究》，上海古籍出版社 2003 年版，第 65 页。

④ 这些诗并不全是夫妇携手的，但吴敬梓是可以如对待《溱洧》诗那样将其解释成夫妇携手的。

⑤ 参见周兴陆：《吴敬梓〈诗说〉研究》，上海古籍出版社 2003 年版，第 67 页。

⑥ 参见周兴陆：《吴敬梓〈诗说〉研究》，上海古籍出版社 2003 年版，第 142 页。

⑦ 参见周兴陆：《吴敬梓〈诗说〉研究》，上海古籍出版社 2003 年版，第 104 页。

一日，同娘子凭栏看水，笑说道："你看这些湖光山色都是我们的了！我们日日可以游玩，不像杜少卿要把尊壶带了清凉山去看花。"闲着无事，又斟酌一樽酒，把杜少卿做的《诗说》，叫娘子坐在傍边，念与他听。念到有趣处，吃一大杯，彼此大笑。

与现实中的恶俗世风相对照，吴敬梓应该是觉得《诗经》中"携手同行"的场景太有趣了，所以他不仅在《诗说》里谈这种士女优游的雅致，① 也在《儒林外史》里一再表现夫妇同饮同游的风流。

可见，由《儒林外史》对杜少卿夫妇游山一段的描述得出所谓杜少卿是叛逆礼教的形象，并以此作为吴敬梓反对礼教的一个主要依据，只不过是今人的见识，与吴敬梓的意图本不相干。吴敬梓只是在以杜少卿夫妇游山的行为映照当时人们精神和世俗风气中的鄙陋庸俗而已，并非要像阮籍等人那样意在表示与礼法对着干的意思，而是表现他要向心目中真正的"礼乐"社会回归的理想。

由此看来，无论从思想言论看，还是从任诞的行止看，阮籍、嵇康等魏晋名士都是以老庄为师而反对礼法礼制，有意与名教相对立的。② 而吴敬梓在《儒林外史》里所写的王冕、杜少卿等人的形迹，看起来似乎与魏晋名士的任诞行止相类，其实要么与礼教无涉，要么恰好体现了吴敬梓对"礼"教的推尊。同时，如果一定要说吴敬梓反对礼教，那就无法理解《儒林外史》为何致力于制礼乐以助政教。而礼乐政教，这又都是儒家所极为看重的。

(2)基于不同文化背景的隐逸

言及隐逸，人们通常的看法是：道家主张出世，儒家主张入世，所以隐逸是道家的东西，与儒家无关。基于这种认识，每遇到与隐逸有关的话题，论者总习惯于发明其道家的背景。当然，这样做在相当多的情况下是可行的，但在不少情况下也会产生很大的

---

① 参见周兴陆：《吴敬梓〈诗说〉研究》，上海古籍出版社 2003 年版，第 104 页。

② 关于阮籍、嵇康的"反对礼教"，鲁迅先生曾作过论述，他在《魏晋风度及文章与药及酒之关系》中说："嵇阮的罪名，一向说他们毁坏礼教。但据我个人的意见，这判断是错的。魏晋时代，崇奉礼教的看来似乎很不错，而实在是毁坏礼教，不信礼教的。表面上毁坏礼教者，实则倒是承认礼教，太相信礼教。"如阮籍对母至孝就是真正的遵奉礼教。但即便在这一意义上，吴敬梓与阮籍、嵇康仍然不同，他也不会认同嵇阮的做法。如果说面对统治者一面提倡"礼"教，一面背逆"礼"教的虚伪面目，嵇阮是以有意与礼法对着干的行动表示对礼教的真正崇奉；那么吴敬梓面对礼乐不兴、道德堕落的社会，致力做的则是真正地兴起礼乐以正风俗，他绝不会因对社会上出现的词藻里说礼教而实际上却违逆礼教的虚伪现象感到不耻，也像阮籍、嵇康那样采取与礼教对着干的态度。这倒不是说孰高孰低，而是他们所面对的对象不同，阮籍、嵇康面对的是虚伪而又嗜杀的统治者，他们只有以那样的方式显示自己的傲然；吴敬梓面对的是一种普遍的社会现象，要实现风俗的淳正，要做的也只能是兴礼乐，为此，他在《儒林外史》里树起了虞博士、庄征君、马二先生等行礼乐、敦教化的榜样。

误会。其实，“隐”不止是道家才有的，儒家也讲“隐”。《论语》里，孔子就多次谈到邦有道、邦无道的情况下，君子应当怎么做的问题。其中有个重要的原则就是：君子若处于无道之邦，“隐”是最优的选择。如《宪问》篇说：“贤者辟世，其次辟地，其次辟色，其次辟言。”《卫灵公》篇称道：“君子哉蘧伯玉！邦有道，则仕；邦无道，则可卷而怀之。”后来朱子集注《论语》，也对此表示赞赏，如他在《宪问》篇“贤者辟世”下注云：“天下无道而隐，若伯夷太公是也。”①在《卫灵公》篇“君子哉蘧伯玉”一则后注云：“伯玉出处，合于圣人之道，故曰君子。”②可见，在某些情势下(主要是邦无道时)，儒家是非常推重隐逸的。在后世人眼中，隐逸也不只归于道家。如《后汉书·逸民列传序》列出了几种隐逸的情形：“或隐居以求其志，或回避以全其道，或静己以镇其躁，或去危以图其安，或垢俗以动其概，或疵物以激其清。”③其中的“隐居以求其志”、“回避以全其道”，就显然属于儒家之隐逸。嵇康在《卜疑》里也列出了多种隐逸的情形：“隐居行义，推至诚”；“与王乔、赤松为侣”；“隐鳞藏彩，若渊中之龙”；“外化其形，内隐其情，屈身隐时，陆沉无名，虽在人间，实处冥冥”；“寥落间放，无所矜尚，彼我为一，不争不让，游心皓素，忽然坐忘，追羲农而不及，行中路而惆怆”；“苦身竭力，剪除荆棘，山居谷饮，倚岩而息”；“如箕山之夫，颍水之父，轻贱唐、虞，而笑大禹”；“如泰山之隐德潜让，而不扬”；“如老聃之清净微妙，守玄抱一”；“如庄周之齐物，变化洞达，而放逸”。④ 诸种情形，大致可区分为三种类型：有道家之隐逸，有仙家之隐逸，也有儒家之隐逸。不过，儒家与道家虽然都讲隐逸，二者之间却有很大的不同。吴敬梓笔下的贤人之隐逸与魏晋名士之隐逸就分别属于这两种具有不同内涵的隐逸范畴。《儒林外史》第三十四回，庄绍光要奉召上京，娘子问他往常不肯出去，今日怎的闻命就行，庄绍光的回答是：“我们与山林隐逸不同，既然奉旨召我，君臣之礼是傲不得的。”庄绍光将“我们”与山林隐逸区分开来，这足以表明，吴敬梓笔下的那些隐逸之士信奉的是儒家思想，这显然与阮籍、嵇康等魏晋名士隐逸的思想基础有根本不同。

具体言之，大致可以从三个方面加以说明：

其一，二者之隐逸缘于各自不同的自身文化取向：儒家会有一个是否隐逸的选择，而道家则视隐逸为人生的基本归宿。对于儒家而言，是否隐逸是以天下有道、无道来决定的。正如《论语·泰伯》所说：“天下有道则见，无道则隐。”⑤就典型地表明了儒家对待隐逸有一个先判断天下是否有道，进而选择是出仕还是隐逸的过程，隐逸实际上成为其坚持人格操守的一种方式。吴敬梓为他笔下的人物所设置的隐处背景都是天下无道，出去也无所作为。如杜少卿是因为“出去做不出甚么事业”，“所以宁可不出去的好”；

---

① 朱熹：《论语集注》卷七，《四书章句集注》，中华书局1983年版，第158页。

② 朱熹：《论语集注》卷八，《四书章句集注》，中华书局1983年版，第163页。

③ 范晔：《后汉书》卷八十三，中华书局1965年版，第2755页。

④ 戴明扬校注：《嵇康集校注》卷三，人民文学出版社1962年版，第137~140页。著者注：“泰山”当作“泰伯”。

⑤ 朱熹：《论语集注》卷四，《四书章句集注》，中华书局1983年版，第106页。

庄征君是因为有臧仓小人作梗，受谗放还；虞博士以诚做人，别人都将年龄写小，而他写的是实在年龄，天子嫌他年纪老，就着他做了个闲官；南昌蘧太守深感宦海风波，实难久恋，虽风尘劳攘，终一无所成，故每怀长林丰草之思；萧云仙做出了一番功业，不仅功被冒占，而且陪尽家资，等等。而对道家来说，其隐逸并不以所谓天下有道、无道来抉择，隐逸本身就是道家文化取向的终极状态、终极目标。基于此，道家所追求的往往是超脱世俗、返归自然的人生境界。《晋书》本传称阮籍“或闭户视书，累月不出；或登临山水，经日忘归。博览群籍，尤好《庄》《老》。嗜酒能啸，善弹琴。当其得意，忽忘形骸”。① 嵇康在《卜疑》中自陈其所寻求的境界也是“吕梁可以游，汤谷可以浴，方将观大鹏于南溟，又何忧于人间之委曲”。② 其所云“忽忘形骸”、“观大鹏于南溟”、“何忧于人间之委曲”，这些都是《庄子》所要达到的生命状态，尊奉儒家的隐者是不会企羡这样的人生的。

其二，处于隐逸状态中的儒家隐者与道家隐者仍然具有不同的追求。基于儒家文化的隐者，他们虽然归隐，但并不放弃以天下为己任的信仰与抱负，对社会与家庭仍然怀着相当强的责任感，这种责任感的表现可以有不同的形式：或修身立德，在政教失序的社会中坚持道德操守，以德化人；或潜心于治经立言，以发扬光大儒家经典的方式寄托对天下的关心；或身处江湖之远，仍心牵庙堂之事，等等。于是，我们看到：王冕决意不出来做官，可待在家里也仍然关注着天下大事。小说写朱元璋拜访并问他何以服浙人之心时，王冕道：“大王是高明远见的，不消乡民多说。若以仁义服人，何人不服？岂但浙江。若以兵力服人，浙人虽弱，恐亦义不受辱，不见方国珍么？”他对天下之事可谓了如指掌，他向朱元璋建言，依据的也是儒家以仁义为政的理想。庄绍光虽然隐居玄武湖，可他并非无所事事，而是注《易》，注《春秋》；杜少卿虽然不再进取功名，可他仍不忘研治《诗经》，以说《诗》的方式表达他对一些重要社会问题的看法与主张。虞博士、庄绍光、杜少卿等人祭泰伯祠更是以“道”援天下、以“德”化天下的一次盛举。这些在道家之隐者那里都是不可想象的事情。《孟子·离娄上》记有这样一件事，淳于髡问孟子：“今天下溺矣，夫子之不援，何也？”孟子回答说：“天下溺，援之以道。……子欲手援天下乎？”③孟子的话显示：如果天下失道，君子应当以道援之，而非以手援之。也可以这样理解，如果天下失道，君子最应当做的是坚守“道”，若出“手”救天下，则极可能救不了天下，反而连“道”也无法坚守。这大概是吴敬梓要让那些贤人君子居于下，隐于野的一个重要依据。而基于道家文化的隐者，多表现为避世以全身，静心以养性，他们当然不会去治什么儒家经典，更不会去操心什么庙堂之事。如嵇康在《兄秀才公穆入军赠诗》十九首之十五自道：“息徒兰圃，秣马华山，流磻平皋，垂纶长川，目送归鸿，手挥五弦，俯仰自得，游心太玄。”其十八亦云：“琴诗自乐，远游可珍，含

---

① 房玄龄等：《晋书》卷四十九，中华书局 1974 年版，第 1359 页。

② 戴明扬校注：《嵇康集校注》卷三，人民文学出版社 1962 年版，第 142 页。

③ 朱熹：《孟子集注》卷七，《四书章句集注》，中华书局 1983 年版，第 284 页。

道独往，弃智遗身，寂乎无累，何求于人，长寄灵岳，怡志养神。”①《三国志·魏书·王粲传》注引嵇康之兄嵇喜所作《嵇康传》，也说他“长而好老、庄之业，恬静无欲”，“弹琴咏诗，自足于怀抱之中”，“超然独达，遂放世事，纵意于尘埃之表”。② 吴敬梓不会选择“游心太玄”、“怡志养神”的生活方式，也不会采取“超然独达，遂放世事”的人生态度，他也不会让自己笔下的人物这样做。

其三，儒家之隐逸与道家之隐逸的核心理由截然不同。道家之隐逸是一种被动的选择，全身远害是其重要动因，心中常有深深的个人忧愤与痛苦。《庄子》所表现的一个重要理想就是能够达于随意游处而无所加害之境。这典型地体现在《庄子·人间世》“支离疏”的寓言中，作者极力称述“支离疏者”的好处：“支离疏者，颐隐于脐，肩高于顶，会撮指天，五管在上，两髀为胁。挫针治繲足以糊口；鼓筴播精，足以食十人。上征武士，则支离攘臂而游于其间；上有大役，则支离以有常疾不受功。”③魏晋名士以道家思想为根柢，也是设法远离纷争的漩涡。如《晋书·阮籍传》载：“籍本有济世志，属魏晋之际，天下多故，名士少有全者，籍由是不与世事，遂酣饮为常。”又载：“文帝初欲为武帝求婚于籍，籍醉六十日，不得言而止。钟会数以时事问之，欲因其可否而致之罪，皆以酣醉获免。”④又如，《大人先生传》里，阮籍假托有人对大人先生夸饰君子之贵，其中有云：“奉事君上，牧养百姓，退营私家，育长妻子，卜吉而宅，虑乃亿祉，远祸近福，永坚固已。”大人先生则鄙之云：“李牧功而身死，伯宗忠而世绝，进求利以丧身，营爵赏而家灭，汝又焉得挟金玉万亿，祗奉君上而全妻子乎？且汝独不见乎虱之处乎裈中、逃乎深缝、匿夫坏絮，自以为吉宅也。……然炎丘火流，焦邑灭都，群虱死于裈中而不能出。汝君子之处区内，亦何异夫虱之处裈中乎？悲乎！而乃自以为远祸近福，坚无穷已。”⑤这里阮籍所讨论的一个重要问题也是全身远祸。嵇康在《幽愤诗》里也说自己“托好老庄，贱物贵身，志在守朴，养素全真”。⑥ 比较而言，儒家之隐逸则是一种相对主动的选择，是“治国平天下”为取向的“立功”抱负无以实现，转而求立德、立言。儒家不讲全身远害，而讲舍生取义，或者说，全身远害不会成为儒家选择隐逸的核心理由。吴敬梓笔下的贤人君子如杜少卿、庄征君、虞博士等的隐处，都不是出于躲避祸害的因由，而是一种积极豁达的人生方式的选择。

*　　　*　　　*　　　*

从思想演变史的角度来看，魏晋风度是伴随着儒学式微、玄老兴起而形成的一种生命方式，它以老庄之学为根柢；而吴敬梓则处于经学受推崇的时代，包括吴敬梓在内的绝大多数知识人，选择的是以儒家思想为根柢的生活方式。从社会情势来看，阮籍、嵇

---

① 戴明扬校注：《嵇康集校注》卷一，人民文学出版社 1962 年版，第 15、16、19 页。
② 陈寿撰，裴松之注：《三国志》卷二十一，中华书局 1959 年版，第 605 页。
③ 陈鼓应：《庄子今注今译》，中华书局 1983 年版，第 138 页。
④ 房玄龄等：《晋书》卷四十九，中华书局 1974 年版，第 1360 页。
⑤ 陈伯君校注：《阮籍集校注》卷上，中华书局 1987 年版，第 163、165、166 页。
⑥ 戴明扬校注：《嵇康集校注》卷一，人民文学出版社 1962 年版，第 27 页。

康等魏晋名士面对的是处境的险恶、人生的无常，所以他们寻求避开纷争以全身远祸；而吴敬梓关注的是道德堕落、风俗鄙陋等社会问题，所以他思考的是如何兴礼乐，助政教。因此，尽管吴敬梓也给他笔下的圣人贤士安排了隐于下、居于野的人生状态，但这并不能表明他倾慕魏晋风度，也不表明他具有道家的思想，因为吴敬梓笔下人物的隐逸是以儒家思想为根柢的，而不是如阮籍、嵇康等魏晋名士那样以道家思想为根柢，《儒林外史》是不会认同他们的人生选择的。或者也可以说，从“反对礼教”和“以隐为高”这些方面立论，认为吴敬梓和他的《儒林外史》深受魏晋风度的影响，是只强调吴敬梓及其笔下的人物与以阮籍、嵇康为代表的魏晋名士在某些外在形迹上的相似，而忽略了二者在内涵、实质上的截然分别。其实，所谓吴敬梓倾慕魏晋风度的看法是远不足以成为定论的。

二、论“吴敬梓与儒家”

自“五四”新文化运动以来，儒家在整个20世纪主要处于被批判或被质疑的地位。而吴敬梓和他的《儒林外史》又被现代的文学史著述置于一流作家和一流作品之列。于是，“吴敬梓与儒家”这个命题就在一种两难的话语背景下被阐释：一方面，儒家的地位不能拔高，儒家思想也不能在现代社会被推崇；另一方面，《儒林外史》的思想与艺术之“伟大”又绝不能被低估。如何在这两者之间寻求一种平衡，就成了解读《儒林外史》过程中颇费心思的问题。“进步与局限”式的批评因解决了这一两难的困境，又契合了“批判地继承”的精神，从而成为“合理”的相当有效的一种模式。在这种批评模式下，“吴敬梓与儒家”这个命题遭到了不少“误读”。

1. 关于“吴敬梓与正统儒家”

吴敬梓的思想与儒家思想有密切的关系，这是一个显而易见的事实。不过，古代的绝大多数读书人都深受儒家思想的浸染，这使讨论古代作家作品与儒家思想的关系似乎显得没多大必要。也许因为这个缘故，在20世纪前半叶，“吴敬梓与儒家”这个命题只有少数学者讨论到。如谭正璧的《中国小说发达史》认为，吴敬梓“一方面发挥自己的理想社会，但见解仍带酸气，处处在维持他的正统的儒家思想，所以不能与社会以重大影响”。① 到了20世纪50年代，以纪念吴敬梓逝世两百周年为契机，吴敬梓和他的《儒林外史》受到一次空前的集中关注。吴敬梓的思想、世界观及《儒林外史》的内容倾向尤其受到重视。在这种情势下，“吴敬梓与正统儒家”这一命题得到了广泛讨论。

但“正统儒家”这一说法在使用时意义颇不确定。如果对其做大致区分，可以概括为三种情形。第一种情形相当于说先秦时期以孔孟为代表的儒家。如，吴组缃先生在《〈儒林外史〉的思想与艺术》一文中这样评论吴敬梓：“他的朋友程晋芳介绍他的思想，

① 谭正璧：《中国小说发达史》，上海光明书局1935年版，第424页。

说他‘好治经’，把治‘经’看作‘人生立命处’。这很明白，他是要以正统的儒家思想作为自己立身处世的站脚点，以与清统治下的现实社会与政治对抗；并且也以一个自以为正统儒者的观点，以一种热爱自己民族与社会的积极态度，欲罢不能地要对当时罪恶窳败的政治与社会痛加攻击和针砭。”①该文在论述明末清初的“思想运动”时也说，顾炎武、黄宗羲、王夫之、颜元及后起的戴震等都是“以复古的正统儒家思想来反对‘理学’”，“最初对明代的理学家王阳明发动攻击，后来连宋代的程、朱也一并反对”。②显然，吴组缃是以“正统的儒家思想”来指代先秦以孔孟为代表的儒家学说。而对吴敬梓的思想，吴组缃也有一个基本的判断：“他自小受‘孔孟之徒’的熏陶教养，他的思想虽含有许多新的进步因素，但并未跳出‘名教’的范围；也就是说，他的思想基本上仍属封建主义思想体系。”③又如，姚雪垠在《试论〈儒林外史〉的思想性》一文中认为，吴敬梓“提出来‘文行出处’四个字作为读书人应该讲究的基本问题……‘文’就是实际学问，儒家的术语叫做‘道艺’。‘行’是好品行，是实践工夫。‘出’就是做好官，立功业。‘处’是在野或在家生活。‘出’和‘处’就是《论语》上说的：‘用之则行，舍之则藏。’这是正统儒家所讲的立身行事的基本问题。”作者就是拿这四个字“作为衡量人物的尺度”。④ 姚雪垠这里所说的“正统儒家”也明显指孔孟儒家。第二种情形主要指自西汉“独尊儒术”开始，从政治意识形态到社会意识形态，逐渐占据统治地位的儒家。例如，何其芳在《吴敬梓的小说〈儒林外史〉》一文中说，吴敬梓“把礼乐这一类封建教条，孝弟这一类封建道德，庄绍光、迟衡山这一类基本上是抱着封建地主阶级的正统派思想的人物加以理想化”，是“并不高明的，是保守的”。⑤ 中国社会科学院文学研究所中国文学史编写组编写的《中国文学史》也指出，“吴敬梓的思想的确存在一些弱点，封建正统儒家思想相当浓厚”，如“他津津乐道礼乐一类封建政教，孝弟一类封建道德，以及什么阴功祖德，宣传什么文采风流。这都是属于落后的一面”。⑥ 这是现代论者最常采取的一种用法。第三种情形则与第二种情形接近，但又对其内涵作了限制，将其认定为维护专制统治的思想理论基础。如20世纪50年代中期，苏鸿昌《关于吴敬梓的世界观和创作方法》一文中认为：“所谓正统的儒家思想，二千多年来就一直是封建社会的主要上层建筑之一，就一直是维护封建秩序的理论基础”，而“政权、族权、神权、夫权”“这四条绳索，就正是正统的儒家思想的主要内容，所以，说吴敬梓的世界观全部是正统的

① 吴组缃：《〈儒林外史〉的思想与艺术》，载《人民文学》1954年8月号，第84页。

② 吴组缃：《〈儒林外史〉的思想与艺术》，载《人民文学》1954年8月号，第85页。

③ 吴组缃：《〈儒林外史〉的思想与艺术》，载《人民文学》1954年8月号，第84页。

④ 姚雪垠：《试论〈儒林外史〉的思想性》，作家出版社编辑部：《儒林外史研究论集》，作家出版社1955年版，第52、53页。

⑤ 何其芳：《吴敬梓的小说〈儒林外史〉》，北京大学文学研究所编：《文学研究集刊》第1册，人民文学出版社1955年版，第15页。

⑥ 中国社会科学院文学研究所中国文学史编写组：《中国文学史》，人民文学出版社1962年版，第1098页。

儒家思想，无异乎说他的世界观全部是反动的”。① 该文还对吴组缃、姚雪垠的说法进行了批评，认为无论如何也不能说吴敬梓是以正统的儒者精神来和封建社会相对抗，他的儒家思想“是和正统的儒家思想有着本质区别的”。② 但就是这样，他的这种儒家思想也“是他的世界观中的落后保守的部分”。③

显然，在讨论“吴敬梓与正统儒家思想”这个命题的时候，学者们之间产生了很大的分歧。上述诸种情形中，第一种情形认为吴敬梓的思想主要是“正统的儒家”思想，其中既有进步的成分，也有落后的成分；第二种情形也认为吴敬梓的“正统儒家”思想相当浓厚，但认为这种思想是落后的、保守的；第三种情形则否认吴敬梓的思想是“正统的儒家”思想。产生这些分歧的根本原因是对“正统儒家”的理解产生了混乱，从而使问题的讨论不在一个明确的意义上进行，交流也变得十分困难，尤其是苏鸿昌对吴组缃、姚雪垠等的批评充分显示了这一点。这表明，非常有必要对“正统儒家”这一概念作认真的检视。我们不拟对上述观点的是非进行评判，只看对“正统儒家”的理解是否合乎历史的实际。应当说，第一种理解是不常见的。何为正统？1902 年，梁启超《论正统》一文有云：“言正统者，以为天下不可一日无君也，于是乎有统；又以为天无二日民无二王也，于是乎有正统。统之云者，殆谓天所立而民所宗也；正之云者，殆谓一为真而余为伪也。”④梁启超此文意在对史家“正统”之论进行辩难，撇开这个不论，此处对“正统”之内涵的概括还是很精当的。照此，如果用“正统儒家”的说法指先秦孔孟儒家，是欠妥当的，因为先秦时期，儒家还只是百家争鸣中的一家，并没有获得所谓“正统”的地位。⑤ 上述讨论中的分歧也已表明这种说法会在理解上产生巨大偏差。第三种理解则对其作了很多限制，且据此对其所谓“正统”儒家思想作了全面否定的评价，不过持这种看法者也不认为吴敬梓有正统儒家思想，故不赘论。第二种理解算是最名实相副的情形，我们接下来所说的“正统儒家”也就在这种意义上进行，即“正统儒家”思想指的是西汉“独尊儒术”后处于统治地位的儒家思想。但在这种情形下，将吴敬梓与所谓“正统儒家”联系起来，同样难以对其思想作真实与明确的把握。下面对之进行考察。

儒家在先秦时期的代表人物有孔子、孟子以及荀子。但实际上他们又分别代表了儒家的两种不同形态，孔孟时的儒家是一个学派，其治国主张带有不少理想化的色彩，所以孔子和孟子一生奔走也终究未为人君所用，儒家学说也一直停留在“学说”的状态。

---

① 苏鸿昌：《关于吴敬梓的世界观和创作方法》，载《红岩》1956 年第 11 期，第 79 页。

② 苏鸿昌：《关于吴敬梓的世界观和创作方法》，载《红岩》1956 年第 12 期，第 65 页。

③ 苏鸿昌：《关于吴敬梓的世界观和创作方法》，载《红岩》1956 年第 12 期，第 66 页。

④ 梁启超：《论正统》，《清代学术概论·新史学》，中国人民大学出版社 2004 年版，第 252 页。

⑤ 这种意义上的“正统”倒有些相当于“正宗”，但即使以此意义上的“正统”指称先秦孔孟儒家，仍然欠妥，很可能会使与儒家、儒学相关的讨论变得更为复杂。如，康熙时大臣熊赐履撰有《学统》（清康熙二十四年刻本），分正统、翼统、附统、杂统、异统进行分述，其中前九卷为“正统”，依次为孔子、颜子、曾子、子思子、孟子、周敦颐、程颢、程颐、朱熹诸家。这里的“正统”即大致相当于“正宗”。

如司马迁在《史记·孟子荀卿列传》里说，孟子“道既通，游事齐宣王，宣王不能用。适梁，梁惠王不果所言，则见以为迂远而阔于事情。当是之时……天下方务于合从连横，以攻伐为贤，而孟轲乃述唐、尧、三代之德，是以所如者不合。退而与万章之徒序《诗》《书》，述仲尼之意”。① “见以为迂远而阔于事情”，说明其所述“唐、尧、三代之德”与当时“以攻伐为贤”的情势“不合”，显得过于理想化，不能解决诸侯最感兴趣的问题。因此，尽管孟子善设机彀，时常逼得诸侯们顾左右而言他，但他以“仁政”为核心的政治理想始终无法获得认可而付诸实行。

第一个对儒家学说进行改造，从而使其能为君上认可并采纳的是荀子。荀子一改孔孟基于“人之性善”而提出的“仁政”主张，认为“人之性恶”，所以对人要“治”，只有“治”才能消除人之偏险、悖乱。而“治”的方式就是像古之圣人那样“为之立君上之势以临之，明礼义以化之，起法正以治之，重刑罚以禁之，使天下皆出于治，合于善也”；他还强调这种方式绝不可废除，否则天下就会悖乱而亡：“今当试去君上之势，无礼义之化，去法正之治，无刑罚之禁，倚而观天下民人之相与也，若是，则夫强者害弱而夺之，众者暴寡而哗之，天下之悖乱而相亡不待顷矣。”②荀子提出的“治”的方式之中虽说也有“明礼义以化之”，然而其落脚点和着力点却在“起法正以治之，重刑罚以禁之”，“起法正”、“重刑罚”是重于“明礼义”的。既有对“君上之势”的肯定，又有对“法正”和“刑罚”的强调，还有“礼义”用来装饰门面，这恰顺应了君上求帝王之术的心理，也成为儒家后来能够获得正统地位的重要关捩。恰如陈寅恪在为冯友兰《中国哲学史》作的《审查报告三》中所说：

> 李斯受荀卿之学，佐成秦治。秦之法制实儒家一派学说之所附系。《中庸》之“车同轨，书同文，行同伦”(即太史公所谓：“至始皇乃能并冠带之伦”之伦)，为儒家理想之制度，而于秦始皇之身而得以实现之也。汉承秦业，其官制法律亦袭用前朝。遗传至晋以后，法律与礼经并称。儒家《周官》之学说悉采入法典。夫政治社会一切公私行动莫不与法典相关，而法典为儒家学说具体之实现。故两千年来华夏民族所受儒家学说之影响最深最巨者，实在制度法律公私生活之方面。③

荀子将儒家学说改造成能为帝王所认可之后，儒家思想也开始衍化为“儒术”，而董仲舒则可以说是将这种“术”付诸实践的重要人物。自此，儒家学说被奉为经典，取得正统地位，而所谓的儒家“正统”思想也逐渐制度化、法律化、教义化，越来越根据统治者的需要被改造。儒家思想居于“正统”之后，孔孟儒家所主张的核心内容如礼乐、

---

① 司马迁：《史记》卷七十四，中华书局1982年版，第2343页。

② 王先谦：《荀子集解》卷十七，中华书局1988年版，第440页。

③ 陈寅恪：《审查报告三》，冯友兰：《中国哲学史》(下)附录，三联书店2009年版，第533页。

仁政之类则被边缘化。虽然秦汉以降的历代君臣还常把“尧舜禹汤文武之道”、“四三王六五帝”之类的话挂在嘴上，写在文章里，但这更多的只是一种辞藻而已，他们所真正关心的是如何统治万民，保江山，稳社稷。胡适在《吴敬梓传》里说“国家天天挂着孔孟的招牌，其实不许人‘说孔孟的话’，也不要人实行孔孟的教训”，① 主要指的是明清时的情形，但实际上也可以视为儒家处于正统地位之时代的情形。很显然的是，所谓“正统儒家”的思想与以孔孟为代表的先秦儒家思想已经有很大的差别。如果将《儒林外史》所表现的内容与所谓“正统儒家”思想进行对比，我们会发现：吴敬梓所关注的主要是道德和世风问题，其所提出的对策也是制礼乐、敦孝悌、兴政教，其立场则是讥刺残暴贪酷的苛政，颂美讼简刑轻的仁政。这些都是孔孟所特别关注的，并且“仁政”还是孔孟政治理想的核心内容。而儒家成为正统的时代，这些方面或者被边缘化，只是作为文章里的辞藻，或者被过度宣扬而成为愚民害民的残忍之具。这时居于正统地位的儒家思想其核心的内容已不再是“仁政”，而是“秩序”，就是能让一朝之基业永传万世的“秩序”，孔孟的一些思想止是在这样的情势下被改造与强化，变成了只为维护既有秩序而存在的“吃人”的礼教，变成了让贪酷暴政能够施行下去的“护法”。显然用上述第二种意义上的所谓“正统儒家”来说明吴敬梓和他的《儒林外史》的思想，已经不能对其作真实的把握。而且论者在使用这一说法时，说的是“正统儒家”思想，所举出的礼乐、孝悌之类的内容却并不是所谓“正统儒家”真正关注和最为强调的方面。“正统儒家”倡导的核心内容是所谓的“君为臣纲，父为子纲，夫为妻纲”，强调的是臣对君、子对父、妇对夫的服从，后来更演化为君教臣死臣不得不死，父教子亡子不得不亡等之类仅有维护既有“秩序”意义的忠孝节义观念。这又显示出，“正统儒家思想”这一说法在使用时也常常难以确指。

另外，“正统儒家思想”虽然可以指代自西汉“独尊儒术”开始逐渐占据统治地位的儒家思想，但即便如此，这仍然是一个笼统的、难以明确的说法。比如两汉时期，经学占正统地位，可以算是那时的“正统”儒家思想；明清时期处于正统的儒家思想则是程朱理学，但程朱理学在两宋时期并不居于正统地位，甚至程、朱二人还因为提倡他们的新儒学而受到压制。两汉时的经学和程朱理学显然又有很大不同。如果一种说法在内涵与外延的界定上都不能明确的话，那么与之相关的讨论也就变得没有意义或者难以说清楚。说吴敬梓的思想主要是“正统儒家思想”，就面临这样的问题。假如说指的是程朱理学，显然与论者的意思相悖，因为他们都认为吴敬梓是反对程朱理学的。假如说指的是两汉经学，但吴敬梓在《文木山房诗说》里又明确说，“信乎！章句之学非圣人意也”②；如果说这只是治《诗》方法的不同，但显然也不能说《文木山房诗说》以及《儒林外史》主要表现了两汉经学的思想。

---

① 胡适：《胡适文存》卷四《吴敬梓传》，欧阳哲生编：《胡适文集》(2)，北京大学出版社 1998 年版，第 593 页。

② 参见周兴陆：《吴敬梓〈诗说〉研究》，上海古籍出版社 2003 年版，第 67 页。

总之，在对吴敬梓及其《儒林外史》的思想定位时，用"正统儒家思想"这种说法或者在理解上产生很大的分歧，或者也是一种笼统的、含混的说法，因而无法真实地把握吴敬梓的思想。与"正统儒家思想"相似的还有所谓"传统儒家思想"的说法，也面临同样的问题，此不赘述。

2. 吴敬梓的思想以原始儒家为根基并兼采诸儒

所谓原始儒家即指先秦时期以孔孟为代表的儒家，其思想的载体就是孔孟及其弟子述作或编订的儒家经典著作。它同"两汉经学"、"程朱理学"等说法一样都具有明确的指称，其思想学说体系也具有很高的统一性，而不是像"正统儒家"那样，容易发生理解上的分歧或非常笼统、含混。

邓韶玉的《吴敬梓思想论纲》是较早讨论吴敬梓与原始儒学关系的，他在文中指出："吴敬梓秉承儒学家风，浸染复古色彩，以孔孟为代表的原始儒学成为他向往的理想。"①文中主要列述了如下几个方面的表现：其一，在政治思想方面，《儒林外史》批评朝廷不能贯彻原始儒学的礼治仁政，庄绍光、杜少卿辈就辞却朝堂，走向泰伯，贤人在野，自行撑持礼乐事业，鼓吹礼治仁政。其二，在伦理思想方面，吴敬梓借助原始儒学的人道主义精神，批判宋儒的"以理杀人"，对王玉辉女儿绝食殉夫的描写，透露了吴敬梓所敬仰的原始儒学，决不同于要灭尽人欲的理学教条；同时，吴敬梓赞美孝悌，批判违背孝悌或虚伪行孝者；他笔下的真儒、贤人都讲究"文行出处"，"儒者爱身，遇高官而不受"，决不随俗浮沉，同流合污，坚守安贫乐道，决不玷污自己的人格等，也都反映了吴敬梓基于原始儒学的人道主义精神。其三，在认识论方面，吴敬梓继承了原始儒学倡"内圣"、"外王"并重，重礼乐兵农践履的优良传统，用以对抗宋明理学的空谈心性，他笔下的正面人物，不同程度上既注意"内圣"的修养，又注重"外王"的事功，泰伯祠祭典则表明吴敬梓注重礼的形式的教育，赋予它以规范行动的重要意义。邓韶玉先生将吴敬梓的思想基础定位在原始儒学上，对《儒林外史》中许多内容的解读论析都非常明晰，相当透彻，与小说的文本语境和相关的背景也很吻合。胡益民、周月亮著《〈儒林外史〉与中国士文化》一书，也是将原始儒学视为吴敬梓的思想基础，指出，《儒林外史》"一方面在极大程度上向往个性解放，激烈反对理学教条的束缚，同时又那样虔诚地宣传古代儒家礼乐政教。从我们的视角来看，这两方面在吴敬梓那里不是矛盾，而恰是统一的。统一的准绳就是作者心目中以孔孟为代表的，未经宋儒歪曲的原始儒学，亦即《女仙外史》中所说的'仲尼之道'"。② 张锦池的《究竟是回归，还是叛逆——〈红楼梦〉与〈儒林外史〉社会观念的比较研究》一文则指出，"吴敬梓基本上仅取儒学原

---

① 邓韶玉：《吴敬梓思想论纲》，载《河北大学学报》1988 年第 1 期，第 28 页。

② 胡益民、周月亮：《儒林外史与中国士文化》，安徽大学出版社 1995 年版，第 205 页。

教旨及其各个历史发展时期的合理内核而熔为一炉”,① 但文中仍认为吴敬梓在批判程朱理学。陈文新、鲁小俊的《〈儒林外史〉与传统人文精神——论吴敬梓笔下的贤人及其人格追求》②一文则专论吴敬梓的原始儒家立场，而且与此前相比，该文不再视原始儒家为吴敬梓的思想批判工具，而是更加注重以“了解之同情”的态度对《儒林外史》进行观照，对吴敬梓的创作意图和小说文本的意蕴有了更为深入的理解。总的来说，较之以“正统儒家思想”来看待吴敬梓，以“原始儒学”的立场来理解吴敬梓的思想要更为明确清晰，更能切合小说的意旨。

但是，在以原始儒家思想来观照吴敬梓和他的《儒林外史》时，除陈文新、鲁小俊的《〈儒林外史〉与传统人文精神——论吴敬梓笔下的贤人及其人格追求》等文之外，都认为吴敬梓是站在原始儒家的立场上，对程朱理学或科举制度等进行批判，与之对抗。在这一点上，持“吴敬梓的思想主要是原始儒家思想”与持“吴敬梓的思想主要是正统儒家思想”之论者的看法是一致的，即都强调吴敬梓思想的批判性和进步性，只不过后者又经常加上对其局限性的评述。

无论是以所谓“正统儒家思想”看待吴敬梓，还是以原始儒家看待吴敬梓，如果都强调其对抗或批判程朱的意义，问题也就出现了。

对于前者而言，如果将“正统儒家思想”理解为自西汉“独尊儒术”开始逐渐占据正统地位的儒家思想，那么程朱在明清两代都是被奉为“正统”的，如此一来，就会得出以程朱对抗或批判程朱的结论，这是很滑稽的。除非是以两汉或其他时代的“正统儒家思想”对抗或批判程朱，但如果持此种理解又未免片面乃至不经。仅从《文木山房诗说》来看，我们就会发现，吴敬梓说《诗》，其情形非常复杂，他并不以汉、唐、宋、元、明、清某一代或鲁、韩、毛、郑、程、朱某一家来决定是赞同或是批驳。如第四则“后妃”说《周南·关雎》，兼采韩、鲁、朱熹之说，又出以己意；第十六则“七子之母”说《邶风·凯风》，对毛序和朱熹的看法都表示否定，称二者都是“读孝子之诗而诬孝子之母”，并说“予心有不忍焉。故立此说，以俟后之君子”；③ 第二十则说《郑风·女曰鸡鸣》，不取毛序、朱熹诸说，而自立一说；第二十三则说《郑风·野有蔓草》，不取毛序、郑笺、朱熹等说，而从韩诗之说并略作引申；《儒林外史》里杜少卿说《郑风·溱洧》，也是不取毛序、朱熹之说，而自成一解等等。吴敬梓在为江昱《尚书私学》所作的序中曾这样说，学者“若兢兢乎取先儒之成说而坚守之，失之懦；必力战而胜之，亦失之躁也”。④ 这是吴敬梓对待治经的看法，但也可以表明他在思想上同样是既不坚守某家之成说，又不力战某家而求胜，他是兼采诸家而自具卓识。蒋宗海《吴文木诗说序》

① 张锦池：《究竟是回归，还是叛逆——〈红楼梦〉与〈儒林外史〉社会观念的比较研究》，《红楼梦学刊》1996 年第 2 辑，第 50 页。

② 陈文新、鲁小俊：《〈儒林外史〉与传统人文精神——论吴敬梓笔下的贤人及其人格追求》，载《江汉论坛》1998 年第 9 期。

③ 参见周兴陆：《吴敬梓〈诗说〉研究》，上海古籍出版社 2003 年版，第 97 页。

④ 吴敬梓：《尚书私学序》，江昱：《尚书私学》卷首，清乾隆刻本，第 4 页。

所云正是，他说：

> 今世学者非不崇尚经学，然其弊在左右汉宋，各宗一家，几如门户朋党之不可破。即以《诗》论，为汉学者，非《小序》毛、郑之言不敢道；为宋学者，见有片言只字之异于朱子《集传》，即屏不复观。识者盖交讥之。独先生不立己见，不拘成说，冥心默会，直与千百载以上诗人性情謦欬相通，深得子舆氏以意逆志之旨。于意未安，虽汉儒在，所必辨；果有当与，无论宋元儒者，即明之升庵杨氏、京山郝氏、复京冯氏、处义范氏，甚至丰氏父子，亦兼取其说，旁及山经地志、诸子百家，一言一事足相发者，无不收采。信乎先生于经，真能破门户朋党之习，卓然自成一家学也。①

对于吴敬梓创作《儒林外史》的思想基础，也正可作如是观。

对于后者而言，程朱之学原本也是以先秦孔孟思想为基础的。尤其诸如孝悌、忠贞节义之类礼教思想以及对"德"的推重等，无论是在原始儒家，还是在两汉经学、程朱理学，都是一脉相承的东西，并非程朱理学才讲究。吴敬梓则明确地崇至德、美孝悌，认同忠贞节义等礼教内容。以儒家所讲的君臣关系为例，《论语·为政》载："季康子问：'使民敬、忠以劝，如之何？'子曰：'临之以庄则敬，孝慈则忠，举善而教不能则劝。'"朱子集注于此引张敬夫之语云："此皆在我所当为，非为欲使民敬忠以劝而为之也。"②这里孔子与朱子都强调治民应当以庄临民使民敬，以孝慈临民使民忠。孟子更是直接告诉齐宣王："君之视臣如手足，则臣视君如腹心；君之视臣如犬马，则臣视君如国人；君之视臣如土芥，则臣视君如寇仇。"朱子集注于此则引孔颖达之语表示赞同："宣王之遇臣下，恩礼衰薄，至于昔者所进，今日不知其亡；则其于群臣，可谓邈然无敬矣。故孟子告之以此。"③可见，无论是以孔孟为代表的原始儒家，还是以程朱为代表的新儒家，他们虽然讲臣要忠于君，但也讲君要仁、要慈，否则臣也可以对之不义、不忠。但打着孔孟或程朱旗号的统治者却将君臣关系变成了臣要绝对忠于君，哪怕君残暴至极，昏愦无比，臣也要对君死心塌地。如果还要将矛头主要指向孔孟、程朱，让前人为后人负责任，而不是主要指向后人尤其是统治者对孔孟、程朱学说的篡改，不是主要批评后人墨守成规、独尊一家的固陋乃至险恶，那这要么是以所谓的正本清源来打倒一切，要么就是无视事实为后人找借口以塞责。吴敬梓显然不是这样，他认为礼教之所以成为残忍的杀人之具，这是后人的居心不善，是后人的拘泥与固陋，是社会风气不再淳美所致。他在《儒林外史》里尤为关注读书人如何保持精神自立而不是盲目崇奉，也主

---

① 蒋宗海：《吴文木诗说序》，《蒋春农文集》，清钞本。转引自郑志良：《明清小说文献资料探释七则》之六，载《明清小说研究》2008年第1期，第76~77页。

② 朱熹：《论语集注》卷一，《四书章句集注》，中华书局1983年版，第58、59页。

③ 朱熹：《孟子集注》卷八，《四书章句集注》，中华书局1983年版，第290页。

要是从这一方面对程朱理学和礼教进行反思。① 由此，如果说吴敬梓是在以原始儒家的思想刻意对抗或批判程朱理学，并不符合实际。

总之，对于"吴敬梓与儒家"这个命题，我们的看法是，吴敬梓的思想是以孔孟为代表的原始儒家的思想为根基，但他同时也不与汉、唐、宋、元、明、清历代诸儒中的某家刻意相反对或一味表示赞同，而是对包括程、朱在内的汉、唐、宋、元、明、清诸儒的思想都以借鉴、吸纳的态度对待。② 如果纠结于吴敬梓赞同那个，反对这个，或者只强调吴敬梓的思想是向原始儒家的复归，都难免要对吴敬梓和他的《儒林外史》、《文木山房诗说》产生误解。

3. 附论"进步与局限"的批评模式

在对《儒林外史》进行现代解读的过程中，一个非常突出的现象是，论者常以现代的是非标准来对吴敬梓和他笔下的人物进行评判。但以现代的是非标准衡量古人难免会发现其思想和言行有很多矛盾处，论者常采取的一个做法就是区分出进步与局限来。如《儒林外史》第二十六回有这样一个情节，知府向鼎请鲍文卿、鲍廷玺父子帮忙在察院里巡场查号。鲍廷玺对那些童生的作弊行为看不上眼，一个童生推着出恭，走到察院土墙跟前，把土墙挖个洞，伸手要到外头去接文章，被鲍廷玺看见，要揪他送给向鼎发落，鲍文卿赶忙拦住，向那个童生道："这是我小儿不知世事。相公，你一个正经读书人，快归号里去做文章，倘若太爷看见了，就不便了。"还赶忙拾些土把洞补好，把那个童生送进号里去。若以是非标准来衡量鲍文卿的这个做法，其难免有是非不分之嫌。但要说鲍文卿是非不分，又显然不合小说描写的实际，因为小说第二十五回里已先有一个鲍文卿拒说情的情节。安庆府里的两个书办以五百两银子为诱饵，求鲍文卿帮忙向知府求人情，他拒绝了，并对两个书办笑道："我若是欢喜银子，当年在安东县曾赏过我五百两银子，我不敢受。自己知道是个穷命，须是骨头里挣出来的钱才做得肉，我怎肯瞒着太老爷拿这项钱？况且他若有理，断不肯拿出几百两银子来寻情。若是准了这一边的情，就要叫那边受屈，岂不丧了阴德？依我的意思，不但我不敢管，连二位老爹也不必管他。自古道，'公门里好修行'，你们伏侍太老爷，凡事不可坏了太老爷清名，也要各人保着自己的身家性命。"面对这样一个矛盾，一个处理的办法就是一分为二，区别对待。例如认为吴敬梓肯定鲍文卿为考生遮掩的行为反映了吴敬梓的思想有很大的局限，而表彰鲍文卿拒绝帮助求人情则是有进步意义的。这种处理方式实际上是对小说文

---

① 《从〈儒林外史〉看吴敬梓对待程朱的态度》一节将对此作详细的考察和论述。

② 吴敬梓对历代诸儒思想的借鉴与吸纳远不限于《文木山房诗说》中涉及的和我们所论及的。吴敬梓是一位知识广博的读书人，他在创作《儒林外史》时，时常把在读书思考的过程中的思想见解融入人物与情节的创造中。陈文新先生在他的《士人心态话儒林》"须要学两件寻吃饭本事"一节里即谈到吴敬梓写虞博士这个形象接受了元儒许衡"治生尤切于读书"的主张，从而对虞博士这一形象作了极富真实感的解读。详见陈文新：《士人心态话儒林》，华中理工大学出版社 1994 年版，第 21~26 页。

本内容的分拆。尽管这帮助读者辨明了是非，指出了精华与糟粕，但这样一分为二之后就很难对作者的意向作出真实的把握了。解读古代小说如果总持着是非眼光，非要一分为二地区分出个进步与局限来不可，小说就成了思想道德的"教科书"或训练思想道德判断能力的"练习册"。这样做的结果往往是偏离了文本"自足话语"所显示出的意义，更遮蔽了文本内容的丰富性。

鲍文卿对待童生的那个情节，如何理解才更为切近那个时代的实际和小说的意向？第三十七回里，武书向杜少卿说的考场"奇事"有助于理解鲍文卿的举动和作者的意向。武书说的是这样一件事："这一回朝廷奉旨要甄别在监读书的人，所以六堂合考。那日上头吩咐下来，解怀脱脚，认真搜检，就和乡试场一样。考的是两篇《四书》，一篇经文，有个习《春秋》的朋友，竟带了一篇刻的经文进去。他带了也罢，上去告出恭，就把这经文夹在卷子里，送上堂去。天幸遇着虞老师值场，大人里面也有人同虞老师巡视。虞老师揭卷子，看见这文章，忙拿了藏在靴筒里。巡视的人问是甚么东西，虞老师说不相干。等那人出恭回来，悄悄递与他：'你拿去写。但是你方才上堂不该夹在卷子里拿上来。幸得是我看见，若是别人看见，怎了？'那人吓了个臭死。发案考在二等，走来谢虞老师。虞老师推不认得，说：'并没有这句话。你想是昨日错认了，并不是我。'那日小弟恰好在那里谢考，亲眼看见。那人去了，我问虞老师：'这事老师怎的不肯认？难道他还是不该来谢的？'虞老师道：'读书人全要养其廉耻，他没奈何来谢我，我若再认这话，他就无容身之地了。'小弟却认不的这位朋友，彼时问他姓名，虞老师也不肯说。先生，你说这一件奇事可是难得？"杜少卿道："这也是老人家常有的事。""读书人全要养其廉耻"，这是虞博士对待考场作弊读书人的一个基本的处置态度，在他是"常有的事"。如果按是非标准来衡量虞博士，那他在这个事情上也逃不脱是非不分的指摘，杜少卿、吴敬梓都逃不脱这个指摘，因为他们对虞博士的这个做法是抱着赞赏态度的。实际上，小说中两次写这样类似的情节是作者有意的安排，其核心的用意就是对考场作弊之风不能仅仅严惩了事，最重要的是要养读书人之廉耻，这是吴敬梓开出的"药方"。当然，严惩是最简单、最省事、最好操作的办法，但是仅靠严惩，效果如何呢？显然并不能解决问题。前车之鉴不可谓没有，为之遭严刑甚至杀身之祸者也非为鲜见，但是弊风并未得到遏制。可以说，吴敬梓正是看到了无论怎么"解怀脱脚，认真搜检"，无论怎么三令五申，严刑峻法，考场弊风总是愈演愈烈，于是他设计了自己的，而且他深信养读书人之廉耻是能够从根本上解决问题的。读书人有了廉耻，不仅考场上能够自重，成为朝廷命官后也能行礼义、知廉耻，不至于祸害一方。至于吴敬梓的方案能否有效解决考场弊风，那就是另外仁者见仁、智者见智的问题了，但吴敬梓确是提出了这样一个他心目中的理想方案。

由此可见，习惯了进步与局限的批评模式，往往会忽略对具体文本与文化语境作深入细致的考察分析，学术研究也蜕变为是非判断或价值评定，这样做反而会忽略或冲击对作家作品实际意图的理解。

三、从《儒林外史》看吴敬梓对待程朱的态度

《儒林外史》第三十四回里，杜少卿说："朱文公解经，自立一说，也是要后人与诸儒参看。而今丢了诸儒，只依朱注，这是后人固陋，与朱子不相干。"第四十九回里，武书也对时人拘泥朱子的做法表示了不满，他说："近来这些做举业的，泥定了朱注，越讲越不明白。四五年前，天长杜少卿先生纂了一部《诗说》，引了些汉儒的说话，朋友们就都当作新闻。可见'学问'两个字，如今是不必讲的了!"杜少卿、武书的看法很能代表《儒林外史》对待程朱之学的基本态度，即后人的固陋不能归咎于程朱。换言之，吴敬梓在《儒林外史》里批评的主要是后人的拘执，而非责难程朱的不是。可以明确地说，吴敬梓对程朱之学并非一味地持否定态度，而是持一种将其"与诸儒参看"的眼光。接下来，我们分别从两个方面作具体论析：第一个方面，是将朱子的"天理""人欲"之论还原至其本来的语境，探讨其真实的内涵，进而与《儒林外史》所表现的立场进行比较。第二个方面，是对历史上女子守节殉节的情形作纵向与横向的考察，如实评估程朱"饿死事小，失节事大"所产生的实际影响，由此对吴敬梓塑造王玉辉父女形象的意图再作审视。

1. 从《儒林外史》的立场看"存天理"、"灭人欲"

在对《儒林外史》的评论中，谈到王玉辉的形象，有这样一种颇有代表性的看法，即认为吴敬梓通过对王玉辉痛苦心情的刻画，生动地揭示了"天理"和"人欲"是对立的，不可并存，同时说明"人欲"之不可灭，"天理"之不当存，这与"存天理，灭人欲"的理学纲领是大相径庭的。在这种看法里，论者的态度非常鲜明，特别强调"存天理，灭人欲"是没有人性的、毫无道理的，吴敬梓对"存天理，灭人欲"是反对的。不过，有意思的是，论者所批评的"天理"、"人欲"实则与程朱所指称的"天理"、"人欲"是大相径庭的，与朱子的本意极不相合。朱子的"人欲"不是泛指人的一切欲望，而是指超出"度"的，或不合"礼"的，或出于私心，乃至为恶之心的需求。他的"灭人欲"当然也就不是什么要人绝灭一切欲望的意思。相反，他对有人主张的"能扞御外物，而后能知至道也"这一说法，还特意作了"反正"，这在《大学或问》中有详细记载，朱子说：

> 夫外物之诱人，莫甚于饮食男女之欲，然推其本，则固亦莫非人之所当有而不能无者也，但于其间自有天理人欲之辨，而不可以毫厘差耳。惟其徒有是物，而不能察于吾之所以行乎其间者，孰为天理，孰为人欲，是以无以致其克复之功，而物之诱于外者，得以夺乎天理之本然也。今不即物以穷其原，而徒恶物之诱乎已，乃欲一切扞而去之，则是必闭口枵腹，然后可以得饮食之正，绝灭种类，然后可以全夫妇之别也。是虽裔戎无君无父之教，有不能充其说者，况乎圣人大中至正之道，

而得以此乱之哉？①

很明显，朱子的“天理”、“人欲”之论并不是要人绝灭一切欲望，相反，他极不赞同为了达到“遏人欲而存天理”②的境界而采取“闭口枵腹”、“绝灭种类”之类的极端做法。今人若不认真考察程朱所说“天理”、“人欲”的内涵，而是将自己对“天理”、“人欲”想当然的理解说成是程朱的意思，再以自己的理解去责怪程朱灭绝人性，进而发明吴敬梓有反对“存天理”，“灭人欲”的思想，其所论实不足为信。

在朱子那里，“天理”、“人欲”的确不是对立的，“天理本多，人欲便也是天理里面做出来。虽是人欲，人欲中自有天理”，“天理”、“人欲”是在“几微之间”，“这边功夫多，那边不到占过来。若这边功夫少，那边必侵过来”。③ 钱穆先生在《朱子学提纲》中就说过：“理学家无不辨天理人欲，然天理人欲同出一心，此亦一体两分两体合一之一例。朱子论阳不与阴对，善不与恶对，天理亦不与人欲对。”④而人们通常习惯的是不作细致考察，就想当然地将朱子所称“天理”与“人欲”对立起来看待，产生“误读”也就很难避免了。具体考察起来，朱子所说的“天理”和“人欲”大致可从如下三个层面理解。

其一，从“物”的层面看，朱子所说的“天理”是人为了要生存而自然生出的吃饭穿衣等的需求，“人欲”则是过度的“物欲”。正如《朱子语类》卷十三中说：“人生都是天理，人欲却是后来没巴鼻生底。”“饮食者，天理也；要求美味，人欲也。”“不为物欲所昏，则浑然天理矣。”⑤这些强调的是，“天理”是人与生俱来的、人为生存下去而对物的最基本需求，而超出最基本需求，后天生出来的，“为物欲所昏”的需求，如“要求美味”就是“人欲”。《朱子语类》卷三十八又有一则以饮食为例说什么是“逆天理”：“如孔子‘失饪不食，不时不食，割不正不食，不多食’，无非天理。如口腹之人，不时也食，不正也食，失饪也食，便都是人欲，便都是逆天理。如只吃得许多物事，如不当吃，才去贪吃不住，都是逆天理。”⑥这里朱子又引孔子所言，告诉人们，像“吃得许多物事”“贪吃不住”这些都是“逆天理”的。他还告诉人们，在衣食这些“物”的层面上，怎样让自己做到不“逆天理”，如卷七十八说：“人心便是饥而思食，寒而思衣底心。饥而思食后，思量当食与不当食；寒而思衣后，思量当着与不当着，这便是道心。圣人时那人心也不能无，但圣人是常合着那道心，不教人心胜了道心。道心便只是要安顿教是，莫随那人心去。这两者也须子细辨别，所以道‘人心惟危，道心惟微’。这个便须是常常戒慎恐惧，精去拣择。若拣得不精，又便只是人心。大概这两句，只是个公与私；只是一

---

① 朱熹：《四书或问·大学或问下》，朱杰人等主编：《朱子全书》第六册，上海古籍出版社、安徽教育出版社 2002 年版，第 529 页。

② 朱熹：《孟子集注》卷二，《四书章句集注》，中华书局 1983 年版，第 219 页。

③ 黎靖德：《朱子语类》卷十三，中华书局 1986 年版，第 224 页。

④ 钱穆：《朱子学提纲》，三联书店 2005 年版，第 85 页。

⑤ 黎靖德：《朱子语类》卷十三，中华书局 1986 年版，第 224 页。

⑥ 黎靖德：《朱子语类》卷三十八，中华书局 1986 年版，第 1004 页。

个天理，一个人欲。”①“饥而思食”、“寒而思衣”都是天理，但如果要求美味、华服，为物欲所昏，这就是人欲。在这个层面上，“天理”、“人欲”主要是一个是否合乎“度”的问题，合乎“度”就是天理，超过了“度”就是人欲。在长期物质匮乏的农业社会里，平民百姓常为衣食所困，温饱问题是一个很重要的事情，朱熹此论应当说主要是对富贵阶层过度的欲望而发，至少是只对富贵阶层才有意义。因为富贵阶层若存有过度的衣食欲望，就会有更多的百姓处于衣食两难的境地。在这个意义上，朱熹的“天理”、“人欲”显然并无不妥。

其二，从“礼”的层面看，人行动坐卧合乎“礼”就是“天理”，不合乎“礼”就是“人欲”。如《朱子语类》卷十五说：“自一念之微，以至事事物物，若静若动，凡居处饮食言语，无不是事，无不各有个天理人欲。须是逐一验过，虽在静处坐，亦须验个敬、肆。敬便是天理，肆便是人欲。”②卷四十说：“同是事，是者便是天理，非者便是人欲。如视听言动，人所同也。非礼勿视听言动，便是天理；非礼而视听言动，便是人欲。”③卷四十二说：“盖人只有天理人欲。日间行住坐卧，无不有此二者，但须自当省察。譬如‘坐如尸，立如斋’，此是天理当如此。若坐欲纵肆，立欲跛倚，此是人欲了。”“礼谓之‘天理之节文’者，盖天下皆有当然之理。今复礼，便是天理。”④这几则都是强调人的日常行住坐卧要有个“敬”的态度，要讲究“礼”：行住坐卧等行为符合“礼”，就是“天理”；不合“礼”，就是“人欲”。对人们的日常行为进行必要的规范，这在现代社会生活中也仍然是非常受重视的。《朱子语类》卷七十八有一则还谈到人的“情欲”问题，他说：“一人之心，合道理底是天理，徇情欲底是人欲，正当于其分界处理会。”⑤从这个意义上看，夫妇是“合道理”的，就是天理；三妻四妾是为“徇情欲”的，就是人欲。其实，“礼”原本就是儒家规范社会关系的重要内容。从《论语》到《孟子》都有对“礼”的讨论，《礼记》更是“礼”的专书，大小情事，都有个规矩或楷模。因为在儒家看来，“礼”乃“所以定亲疏、决嫌疑、别同异、明是非也”。⑥ 无论先秦原始儒家定出“礼”的规范，还是两宋时的“新儒家”再提出“复礼”，皆是他们为解决社会中出现的伦理关系失范所提供的一种方案。而且，如果不是过分拘泥地看，上面所列朱子从“礼”的层面对“天理”、“人欲”所作的讨论，在今天也还是很有意义的，甚至有些还是现代社会仍然遵守的。

其三，从“德”的层面看，做人行事出于公心与从善之心是“天理”，出于私心与为恶之心则是“人欲”。如《孟子集注》卷一说：“仁义根于人心之固有，天理之公也。利心生于物我之相形，人欲之私也。循天理，则不求利而自无不利；殉人欲，则求利未得而

---

① 黎靖德：《朱子语类》卷七十八，中华书局 1986 年版，第 2016 页。
② 黎靖德：《朱子语类》卷十五，中华书局 1986 年版，第 287 页。
③ 黎靖德：《朱子语类》卷四十，中华书局 1986 年版，第 1031 页。
④ 黎靖德：《朱子语类》卷四十二，中华书局 1986 年版，第 1079 页。
⑤ 黎靖德：《朱子语类》卷七十八，中华书局 1986 年版，第 2015 页。
⑥ 杨天宇：《礼记译注 · 曲礼上第一》，上海古籍出版社 2004 年版，第 2 页。

害已随之。”①卷二说：“盖钟鼓、苑囿、游观之乐，与夫好勇、好货、好色之心，皆天理之所有，而人情之所不能无者。然天理人欲，同行异情。循理而公于天下者，圣贤之所以尽其性也；纵欲而私于一己者，众人之所以灭其天也。”②即使对于钟鼓、苑囿、游观之乐，好勇、好货、好色之心，朱子也说这也是“天理”之所有，人情之所不能无，其要在于是出于“循天理”还是“殉人欲”，是“公于天下”还是“私于一己”，这实际上就是为君之德的问题。《朱子语类》卷十二说：“孔子所谓‘克己复礼’，《中庸》所谓‘致中和’，‘尊德性’，‘道问学’，《大学》所谓‘明明德’，《书》曰‘人心惟危，道心惟微，惟精惟一，允执厥中’：圣贤千言万语，只是教人明天理，灭人欲。”③卷四十二也说：“做合做底事，便纯是天理。才有一毫计较之心，便是人欲。”④这也主要是强调做人行事要讲究“德”。在这一层面上，朱子主张人要存循“天理”的公心，而去除纵“人欲”的私心，也是为了让人成就“公于天下”之德。这也应当主要是朱子向为政者提出的要求，因为这些人如果不讲德，私己纵欲，百姓就会遭殃，最终自己也被众人“灭其天”。对为政者提出存公心、除私心的要求更说不上是灭绝人性。在现代社会里，人类有一个梦想就是实现对执政者的驯服，把他们的权力关在笼子里，让执政者成为真正的“公仆”。而从孔孟到程朱的时代，儒家也一直有个梦想，就是把为政者置于“德”的规范下，让他们成为真正的贤德之君、真正的“民之父母”。这最后一个层面上的“天理”、“人欲”的分别，正体现出朱子为此而进行的努力，也可以称得上是程朱提出“天理”、“人欲”之说的一个很重要的意图。而在《儒林外史》里，吴敬梓通过对王惠、严贡生等贪酷之性的嘲讽，对蘧太守等廉明之德的赞颂，表达的也正是与从孔孟到程朱的儒家一脉相承的理想。

显然，无论从哪个层面来看，朱子主张“遏人欲而存天理”，“明天理，灭人欲”都不是什么灭绝人性，不通人情之论。尤为值得注意的是，朱子说“天理”、“人欲”绝非坐而论道，而是缘于其深切的忧时济世的情怀。如淳熙八年(1181)，朱熹在上孝宗《延和奏札二》中说：“臣闻人主所以制天下之事者，本乎一心，而心之所主，又有天理、人欲之异。二者一分，而公私邪正之途判矣。盖天理者，此心之本然，循之则其心公而且正；人欲者，此心之疾疢，循之则其心私而且邪。”⑤淳熙十五年(1188)，他再以“天理”、“人欲”之言上疏孝宗：“臣窃惟陛下以大有为之资，奋大有为之志……二十有七年于兹矣。而因循荏苒，日失岁亡，了无尺寸之效可以仰酬圣志、下慰人望。……臣诚愚贱，窃为陛下惑之，故尝反覆而思之，无乃燕闲蠖濩之中、虚明应物之地，所谓天理者有未纯、所谓人欲者有未尽而然欤？天理有未纯，是以为善常不能充其量；人欲有未

---

① 朱熹：《孟子集注》卷一，《四书章句集注》，中华书局1983年版，第202页。

② 朱熹：《孟子集注》卷二，《四书章句集注》，中华书局1983年版，第219页。

③ 黎靖德：《朱子语类》卷十二，中华书局1986年版，第207页。

④ 黎靖德：《朱子语类》卷四十二，中华书局1986年版，第1093~1094页。

⑤ 朱熹：《晦庵先生朱文公文集》卷十三，朱杰人等主编：《朱子全书》，上海古籍出版社、安徽教育出版社2002年版，第639页。

尽，是以除恶常不能去其根。为善而不能充其量，除恶而不能去其根，是以虽以一念之顷，而公私邪正、是非得失之几未尝不朋分角立而交战于其中。……自今以往，一念之萌，则必谨而察之，此为天理耶，为人欲耶？果天理也，则敬以扩之，而不使其少有壅阏；果人欲也，则敬以克之，而不使其少有凝滞。推而至于言语动作之间、用人处事之际，无不以是裁之。……如此则圣心洞然，中外融彻，无一毫之私欲得以介乎其间，而天下之事将惟陛下之所欲为，无不如志矣。”①这都表明，朱子不厌其烦地进行“天理”、“人欲”之辨，并提出“明天理，灭人欲”的主张，主要针对的不是普通百姓，而是以统治者为代表的富贵阶层，他还以之劝谏君上持公心、善心以“制天下之事”，其间也没有什么要绝灭人性、人情的意思。

了解了朱子对于“天理”、“人欲”的辨别和他主张“存天理”，“灭人欲”的良苦用心，再来看《儒林外史》，就会发现，吴敬梓在对一些主要人物进行塑造时所持的看法并不与朱子的“天理”、“人欲”之论相反对。例如，小说第三十六回写虞博士：

> 虞博士到三十二岁上，这年没有了馆。娘子道：“今年怎样？”虞博士道：“不妨。我自从出来坐馆，每年大约有三十两银子。假使那年正月里说定只得二十几两，我心里焦不足，到了那四五月的时候，少不得又添两个学生，或是来看文章，有几两银子补足了这个数。假使那年正月多讲得几两银子，我心里欢喜道：‘好了，今年多些。’偏家里遇着事情出来，把这几两银子用完了。可见有个一定，不必管他。”过了些时，果然祁太公来说，远村上有一个姓郑的人家请他去看葬坟。虞博士带了罗盘，去用心用意的替他看了地。葬过了坟，那郑家谢了他十二两银子。

虞博士的这番话表明，他是个知足安分的人，他满足于养好家糊好口，不存过分的奢欲；而小说在这里颇为巧合的情节安排，也足以显示，吴敬梓主张读书人应当乐天安命，不求嗜欲。第四十六回南京饯别时，虞博士又对杜少卿说道：“少卿，我不瞒你说，我本赤贫之士，在南京来做了六七年博士，每年积几两俸金，只挣了三十担米的一块田。我此番去，或是部郎，或是州县，我多则做三年，少则做两年，再积些俸银，添得二十担米，每年养着我夫妻两个不得饿死，就罢了。子孙们的事，我也不去管他。现今小儿读书之余，我教他学个医，可以糊口，我要做这官怎的？”将汤奉、王惠那些官吏的贪虐残酷与虞博士的安分知足放在一起比较，《儒林外史》对虞博士是褒扬的，而对汤、王之流是鞭笞的。或者说，《儒林外史》写虞博士这样一个天怀淡定的平凡读书人，并推许其为“真儒”，就存有与那些贪欲无度的官吏相对照的用意。在这个意义上，吴敬梓显然不会反对朱子倡导的“遏人欲而存天理”。

---

① 朱熹：《晦庵先生朱文公文集》卷十四，朱杰人等主编：《朱子全书》，上海古籍出版社、安徽教育出版社 2002 年版，第 661～662、664～665 页。

还有一个例子，就是小说第三十四回写杜少卿与朋友谈论男子纳妾的情节：

季苇萧多吃了几杯，醉了，说道："少卿兄，你真是绝世风流。据我说，镇日同一个三十多岁的老嫂子看花饮酒，也觉得扫兴。据你的才名，又住在这样的好地方，何不娶一个标致如君，又有才情的，才子佳人，及时行乐？"杜少卿道："苇兄，岂不闻晏子云：'今虽老而丑，我固及见其姣且好也。'况且娶妾的事，小弟觉得最伤天理。天下不过是这些人，一个人占了几个妇人，天下必有几个无妻之客。小弟为朝廷立法：人生须四十无子，方许娶一妾；此妾如不生子，便遣别嫁。是这等样，天下无妻子的人或者也少几个。也是培补元气之一端。"萧柏泉道："先生说得好一篇风流经济！"迟衡山叹息道："宰相若肯如此用心，天下可立致太平！"

在杜少卿看来，男子娶妻是天理，娶妾最伤天理，"一个人占了几个妇人，天下必有几个无妻之客"，可不就是伤"天理"的事情？显然，杜少卿这里所说的"天理"也包括在朱子所指称的"天理"之范畴内。而且，依杜少卿的看法与行事，夫妇终身相守也是天理，他以晏子所云"今虽老而丑，我固及见其姣且好也"，回应季苇萧"何不娶一个标致如君，又有才情的，才子佳人，及时行乐"的提议，所表示的意思正是夫妇都要忠诚于对方，也就是说，不仅女子要忠诚于男子，而且男子也要忠诚于女子。这不正与朱子视"徇情欲"为"人欲"相应照？

再者，如果在儒家的大背景下看，吴敬梓和朱子一样，都赞成儒家的一些基本规范。例如，《儒林外史》写不孝假孝与真孝诚孝，兄弟相争与兄友弟恭，朋友之间忘恩负义与坚守信义等行为，总是一反一正，笔调也一嘲谑一严肃，相互映衬，作者褒什么，贬什么是很分明的。那些不合乎父慈子孝、兄友弟恭、朋友信义的虚伪行为是吴敬梓所不齿的，而那些合乎父慈子孝、兄友弟恭、朋友信义的行为是吴敬梓所褒扬的。因此，有理由说，如果"天理"包括这些规范，吴敬梓也不会持反对的态度。而这些规范本来就是孔孟儒家所倡导的，朱子所说的"天理"也正包括这些内容。

从《儒林外史》看"存天理"，"灭人欲"，当然不能说吴敬梓写《儒林外史》就是为了宣扬朱子的"存天理"，"灭人欲"，但可以明确的是，《儒林外史》不会对朱子的"存天理"，"灭人欲"刻意表示反对，至少从安身立命、修身立德等角度看，吴敬梓是会在极大程度上认同程朱的"天理"、"人欲"之论的。朱子的"明天理，灭人欲"，或者"遏人欲而存天理"，其渊源原本就是孔子"克己复礼"的思想，是对孔子"克己复礼"思想的进一步演绎，因此，吴敬梓不对其刻意表示反对，甚至《儒林外史》的不少看法与之一致，也并不是什么特别值得大惊小怪的事。

2. 王玉辉父女形象的历史语境及叙述意向

在对《儒林外史》进行现代解读的过程中，论及《徽州府烈妇殉夫》一节，今人通常特别强调其反对礼教，反对程朱理学等之类的意义，认为王三姑娘殉夫的"罪魁"是程朱理学，是程朱理学提倡“饿死事极小，失节事极大”所造成的悲剧。实际情形是怎样的呢？

“礼教吃人”，是现代社会的“共识”。而在吴敬梓的时代，贞节比生命更重要，则是被社会舆论视为天经地义的。吴敬梓和他的《儒林外史》究竟持什么样的态度？若说吴敬梓也赞同女子殉夫，这当然不符合吴敬梓在《儒林外史》里所表达的思想；但从现代社会的观念出发，由王三姑娘殉夫这一段情节过度推衍，认为吴敬梓严厉抨击礼教，坚决反对程朱理学，也明显对他那个时代和他的思想缺乏足够的了解。《儒林外史》对徽州府烈妇殉夫的描写，并非主要指向程朱理学，而是指向后人尤其是统治者对程朱本意的曲解，并在弱势群体中大肆推行的做法，是指向当时盛行的女子丧夫殉节的社会风气。尤其需要指出，吴敬梓最为关注的是读书人面对礼教时精神与心灵所呈现出的一种极其可悲的状态，即像王玉辉那样的一些读书人，因笃信统治者极力推行的一些悖逆人性的忠孝节义观念，宁愿为追求一种所谓的“好题目”而泯灭自己正常的人情，甚至不惜做出一些丧失天良的极端行为，但这又没有给他们带来“崇高”感，却造成了精神上彷徨无依、进退失据的痛苦情状。说其可悲，乃在于这些读书人的灵魂完全被绝对的忠孝节义观念所吞噬，丧失了最基本的辨别与思考的能力，只是盲目尊奉统治者所推行的教义化的礼教。

(1)“饿死事小，失节事大”提出的情形及宋元社会的贞节观念

现代社会批评礼教时，“饿死事小，失节事大”与“存天理”、“灭人欲”一样，都是经常被拉来做靶子，视之为程朱残害女子的“罪证”的。当然不可否认，程朱提出的“饿死事小，失节事大”构成了后世重女子贞节观念的重要基础，但社会中出现的女子守节殉节的风气，其“祸根”果真是程朱么？我们先来看“饿死事小，失节事大”产生的情形以及当时社会对女子守节的态度是怎样的。

“饿死事小，失节事大”的说法，起初是由北宋程颐(1033—1107)提出的。《二程遗书》卷二十二下有这样的记载：

> 问：“孀妇于理似不可取，如何？”曰：“然。凡取，以配身也。若取失节者以配身，是己失节也。”又问：“或有孤孀贫穷无托者，可再嫁否？”曰：“只是后世怕寒饿死，故有是说。然饿死事极小，失节事极大。”①

从《二程遗书》的记述来看，“饿死事极小，失节事极大”更像是坐而论道之语。恐怕连程氏也不会想到，他的这一提法会在后来受到极度的尊奉，竟然延续了数百年。而且，程颐虽然就孀妇可不可娶问题所进行的问答中，说出“饿死事极小，失节事极大”的看

① 程颢、程颐撰，朱熹编：《二程遗书》卷二十二(下)，上海古籍出版社2000年版，第356页。朱熹、吕祖谦撰：《朱子近思录》卷六，上海古籍出版社2000年版，第82页。

法，但他本人实际上并没有将其当作自己行事的一个原则。如《朱子近思录》卷六载程颢、程颐之父程珦的事迹说："女兄之女又寡，公惧女兄之悲思，又取甥女以归，嫁之。"①在文中，程颐对父亲所做的包括再嫁甥女在内的这些慈恕之行是深为感念的。到了朱熹(1130—1200)那里，他则明确地将"饿死事小，失节事大"视为"知经识理"的君子所应守持的一种道德境界。他在《与陈师中书》中说："朋友传说令女弟甚贤，必能养老抚孤，以全《柏舟》之节。此事更在丞相夫人奖劝扶植以成就之，使自明没为忠臣，而其室家生为节妇，斯亦人伦之美事。计老兄昆仲必不惮赞成之也。昔伊川先生尝论此事，以为饿死事小，失节事大，自世俗观之，诚为迂阔。然自知经识理之君子观之，当有以知其不可易也。伏况丞相一代元老，名教所宗，举错之间不可不审。"②"自世俗观之，诚为迂阔"，而"自知经识理之君子观之"，则是不可易的，这表明朱熹并不是将"饿死事小，失节事大"作为一种普适的道德准则来看待的。朱熹写信给陈师中，这位陈师中就是曾任南宋孝宗朝左丞相的陈俊卿(1113—1186)之子。陈俊卿敬重朱熹的为人，曾向朝廷荐举朱熹，二人可谓至诚之交。淳熙九年(1182)，陈师中的妹婿郑鉴(字自明)病卒，他的妹妹有再嫁的想法。朱熹遂有此信，后又直接给陈俊卿写信劝他"以人伦风教为重"。③ 但朱子倡导"饿死事小，失节事大"的贞节观念，在当时并没有产生什么大的影响。陈俊卿就没有听从他的劝说，还是打发女儿再嫁太常少卿罗点，朱熹也没有以此为意，后来陈俊卿卒，朱熹得到消息，还从数百里外赶到莆田陈俊卿家中吊唁，并撰有《正献陈公行状》。就程朱之学而言，除了朱子门徒外，当时也很少有人信奉它，甚至朝中还有人"上疏诋程氏之学以沮熹"，后又有大臣论其学为"伪学"，宁宗"乃命直学士院高文虎草诏谕天下，于是攻伪日急，选人余嚞至上书乞斩熹"。④ 由此可知，尽管程朱提出并倡导"饿死事小，失节事大"的女子贞节观念，但由于程朱之学并没有被官方认可，所以在很长一段时期内并没有改变社会对女子再嫁所持的容许态度。

到了元代，朝廷开始介入女子再嫁问题。元武宗至大四年(1311)，朝廷颁行："妇人因得夫子，得封郡县之号，即与庶民妻室不同。既受朝命之后，若夫子不幸亡殁，不许本妇再醮，立为定式。如不遵式，即将所受宣敕追夺，断罪离异。"但这条法令颁行的背景是有地方上奏这样的情况："近年以来，妇人夫亡守节者甚少，改嫁者历历有之。乃至齐衰之泪未干，花烛之筵复盛。"⑤而这正说明当时夫亡妇再嫁在社会上并不算

① 朱熹、吕祖谦撰：《朱子近思录》卷六，上海古籍出版社 2000 年版，第 82 页。

② 朱熹：《晦庵先生朱文公文集》卷二十六，朱杰人等主编：《朱子全书》，上海古籍出版社、安徽教育出版社 2002 年版，第 1173~1174 页。

③ 朱熹：《与陈丞相别纸》，《晦庵先生朱文公文集》卷二十六，朱杰人等主编：《朱子全书》，上海古籍出版社、安徽教育出版社 2002 年版，第 1174 页。

④ 脱脱等：《宋史》卷四百二十九，中华书局 1977 年版，第 12756、12768 页。

⑤ 《大元圣政国朝典章》(影印元刊本)卷十八"命妇夫死不许改嫁"条，中国广播电视出版社 1998 年版，第 688 页。

什么事情，只是有些地方或大臣感到事态严重，觉得这“伤风败俗，莫此为甚”，才奏请颁行法令。即使如此，此法令也只是针对朝廷命妇，并不及于平民百姓，所谓“庶人固不可责以全礼”。① 这足以表明，元代也只是对已发生的命妇夫死再嫁事从法律上进行惩罚，实际上社会舆论根本不把这当回事。《元史·列女传》所载可为资证，如有夫亡而“宗族欲改嫁之”者：

焦氏，泾阳袁天祐妻也。天祐祖、父始皆从军役，祖母杨氏、母焦氏并家居守志。至元二十三年，天祐复从征死甘州，妻焦氏年少，宗族欲改嫁之。焦氏哭且言曰：“袁氏不幸三世早寡，自祖姑以来，皆守节义，岂可至吾而遂废乎！吾生为袁氏妇，死则葬袁氏土尔，终不能改容事他人也。”众不敢复言。②

有夫亡而父母“欲更嫁之”者：

闻氏，绍兴俞新之妻也。大德四年，新之殁，闻氏年尚少，父母虑其不能守，欲更嫁之。闻氏哭曰：“一身二夫，烈妇所耻。妾可无生，可无耻乎！且姑老子幼，妾去当令谁视也？”即断发自誓。父知其志笃，乃不忍强。③

有夫亡而“姑命其更嫁”者：

霍氏二妇尹氏、杨氏，夫家郑州人。至元间，尹氏夫耀卿殁，姑命其更嫁，尹氏曰：“妇之行一节而已，再嫁而失节，妾不忍为也。”姑曰：“世之妇皆然，人未尝以为非，汝独何耻之有？”尹氏曰：“人之志不同，妾知守妾志尔。”姑不能强。④

“宗族欲改嫁之”，“父母虑其不能守，欲更嫁之”，“姑命其更嫁”，“世之妇皆然，人未尝以为非”，等等，这些都显示，程朱之后的元代，社会舆论对女子丧夫再嫁仍持非常宽容的态度。而且，诸如“如不遵式，即将所受宣敕追夺，断罪离异”等规定也表明，元代朝廷对女子再嫁的限制实际上也主要不是出于“饿死事小，失节事大”的道德考虑，更是为了解决当时命妇夫死再嫁所带来的财产等方面的诸多纠纷。

当然，上述材料也显示有女子立志守节的现象，但女子立志守节，这在程朱之学出现以前的唐代也很是常见。如《旧唐书·列女传》载：

① 《通制条格》卷四“典雇妻室”条，浙江古籍出版社1986年版，第60页。
② 宋濂等：《元史》卷二百，中华书局1976年版，第4487页。着重号为笔者所加。
③ 宋濂等：《元史》卷二百，中华书局1976年版，第4490页。着重号为笔者所加。
④ 宋濂等：《元史》卷二百，中华书局1976年版，第4488页。着重号为笔者所加。

李德武妻裴氏，字淑英，户部尚书、安邑公矩之女也。性婉顺有容德，事父母以孝闻。适德武，经一年而德武坐从父金才事徙岭表。矩时为黄门侍郎，奏请德武离婚，炀帝许之。德武将与裴别，谓曰："燕婉始尔，便事分离，方远投瘴疠，恐无还理。尊君奏留，必欲改嫁耳，于此即事长诀矣！"裴泣而对曰："妇人事夫，无再醮之礼。夫者，天也，何可背乎！守之以死，必无他志。"因操刀欲割耳自誓，保者禁之乃止。裴与德武别后，容貌毁悴，常读佛经，不御膏泽。李氏之姊妹在都邑者，岁时朔望，必命左右致敬而省焉。裴又尝读《烈女传》，见称述不改嫁者，乃谓所亲曰："不践二庭，妇人常理，何为以此载于记传乎?"后十余年间，与德武音信断绝，矩欲夺其志。时有柳直求婚，许之，期有定日，乃以翦刀断其发，悲泣绝粒，矩不可夺，乃止。①

又载：

楚王灵龟妃上官氏，秦州上邽人。父怀仁，右金吾将军。上官年十八，归于灵龟，继楚哀王后。……经数载，灵龟薨。……服终，诸兄姊谓曰："妃年尚少，又无所生，改醮异门，礼仪常范，妃可思之。"妃掩泣对曰："丈夫以义烈标名，妇人以守节为行。未能即先犬马，以殉沟壑，宁可复饰妆服，有他志乎！"遽将刀截鼻割耳以自誓，诸兄姊知其志不可夺，叹息而止。②

在视"改醮异门"为"礼仪常范"的唐代也有女子立志"不践二庭"、"以守节为行"，甚至以死自誓。可见，女子立志守节并不是程朱提出"饿死事小，失节事大"所带来的。总之，女子是选择再嫁还是立志守节，并没有因程朱之学的出现而改变；社会对女子再嫁的态度也没有因程朱之学的出现而有什么改变。或者说，"饿死事小，失节事大"直至元代也并未为社会舆论所广泛认可，女子可以选择守节，也可以选择不守节，而社会舆论并不把女子丧夫再嫁当作什么伤风败俗的事，甚至根本不在意这些事。

(2)明清社会对女子贞节的旌扬及后果

明清时期，统治者在全社会展开了对包括女子守节在内的忠孝节义行为的大规模旌扬，社会舆论对女子守节的态度随之也发生了根本性的变化，丧夫再嫁越来越被视为是有辱门庭的事。导致这种状况产生的根本原因就是明代以来的统治者将"饿死事小，失节事大"的贞节观念规定成了天下所有女子都应当遵奉的例规。一方面，在意识形态领域，将本为一家之言的程朱之学推上唯其独尊的正统位置，尤为看重并大肆鼓吹程朱的

① 刘昫等：《旧唐书》卷一百九十三，中华书局1975年版，第5138~5139页。着重号为笔者所加。

② 刘昫等：《旧唐书》卷一百九十三，中华书局1975年版，第5143页。着重号为笔者所加。

忠孝贞节观念。另一方面，在具体政策措施上，朝廷专门建立了一套对节妇乃至烈妇进行褒扬旌表的制度体系。据《明会典》卷七十九“旌表”载，洪武元年(1368)有令：“民间寡妇，三十以前夫亡守制、五十以后不改节者，旌表门闾，除免本家差役。”洪武二十一年(1388)又榜示天下：“本乡本里有孝子顺孙、义夫节妇，及但有一善可称者，里老人等以其所善实迹，一闻朝廷，一申有司，转闻于朝。若里老人等已奏，有司不奏者，罪及有司。此等善者，每遇监察御史及按察司分巡到来，里老人等亦要报知，以凭核实入奏。”①朝廷对节妇之家不仅给予旌表门闾的荣耀，还给予经济上的优恤；不仅与乡风里俗相关联，还与地方官员的政绩挂钩。到了清代，对女子守节的旌表规模进一步扩张，除了沿袭明代的一些规定对节妇乃至烈妇进行旌表外，还增加表彰贞女的例规，如康熙五十二年(1713)，“覆准民间贞女未婚闻讣，矢志守节，绝食自尽，照例旌表”。②

长期对女子守节乃至殉死进行旌表褒扬，造成了对节妇烈女极度崇尚的社会风气。《明史·列女传》载：“明兴，著为规条，巡方督学岁上其事。大者赐祠祀，次亦树坊表，乌头绰楔，照耀井闾，乃至僻壤下户之女，亦能以贞白自砥。其著于实录及郡邑志者，不下万余人，虽间有以文艺显，要之节烈为多。”③《清史稿·列女传》也载：“清制，礼部掌旌格孝妇、孝女、烈妇、烈女、守节、殉节、未婚守节，岁会而上，都数千人。”④甚至有些地方还出现了尤为极端的情形。如清末施鸿保《闽杂纪》卷七“搭台死节”条载：“福州旧俗，以家有贞女节妇为尚，愚民遂有搭台死节之事。凡女已字人，不幸而夫死者，父母兄弟皆迫女自尽。先日于众集处，搭高台，悬素帛，临时设祭，扶女上，父母外皆拜台下，俟女缢讫，乃以鼓吹迎尸归殓。女或不愿，家人皆诟詈羞辱之，甚有鞭挞使从者。”⑤烈女殉夫的风气竟至如此地步，以致出现积重难返之势。恐怕程朱闻知此等情事也会大为骇异，视为“残忍”。固然，朱子致力于宣扬他的“存天理”，“灭人欲”之说，但他还强调一个度，正如“天理”超过了度就会变成“人欲”一样，“善”超过了度就会至于“恶”，“饿死事小，失节事大”超过度就会至于残忍。他说：“‘恻隐之心，仁之端’，本是善，才过，便至于姑息；‘羞恶之心，义之端’，本是善，才过，便至于残忍。”⑥“残忍”还不是最为严重的，更为严重的是世俗将这“残忍”视为“天理”之所当然，并且以之为光耀门闾的事。对待女子失节，社会舆论则从道德上进行口诛笔伐，这样，女子丧夫之后只剩下两条路是合乎“正道”的——守节或殉死。《明史·列女传》序说：“刘向传列女，取行事可为鉴戒，不存一操。范氏宗之，亦采才行高秀者，非独贵节烈也。魏、隋而降，史家乃多取患难颠沛，杀身殉义之事。盖挽近之情，忽庸行而尚奇激，国制所褒，志乘所录，与夫里巷所称道，流俗所震骇，胥以至奇至苦为难

---

① 申时行等：《明会典》卷七十九，中华书局 1989 年版，第 457 页。

② 《钦定大清会典则例》卷七十一，文渊阁四库全书本，第 8 页。

③ 张廷玉等：《明史》卷三百一，中华书局 1974 年版，第 7689~7690 页。

④ 赵尔巽等：《清史稿》卷五百八，中华书局 1977 年版，第 14020 页。

⑤ 施鸿保：《闽杂纪》卷七，福建人民出版社 1985 年版，第 106 页。

⑥ 黎靖德：《朱子语类》卷九十七，中华书局 1986 年版，第 2487 页。

能。而文人墨客往往借俶傥非常之行，以发其伟丽激越跌宕可喜之思，故其传尤远，而其事尤著。”①教义化礼教的推行终于让夫死守节或殉死深入人心，成为许多礼教之家的“自觉”行动，寻常的守节已不足为奇，惊世骇俗的奇节苦行也越来越受到崇尚。翻检《明史·列女传》和《清史稿·列女传》等史志，苦行奇节，触目皆是。有数度求死而终遂者：

张氏，桐城李栋妻。栋死无子，张自经于床。母救之，奋身起，引斧斫左臂者三。家人夺斧，抑而坐之蓐间，张瞶闷不语。家人稍退，张遽搒身出户投于水。水方冰，以首触穴入，遂死。②

陈国材妻周，江宁人，居扬州。归国材逾月，遽卒，周日夕居丧次，誓从死。籍遗财授其族子曰：“明年寒食，以一卮酹我夫妇。”其父往慰喻之，周曰：“儿无舅姑，无子，客居无所依，义当死，父勿误儿！然儿死不忍伤肢体。”遂吞金环二，不死；时周羸甚，饵大黄，冀暴下死，反下所吞金环。乃不饮食，七日，犹坐语；又数日，眸陷欲枯，目光注国材棺不转，两手据席爬搔，席草寸寸碎裂。不饮食二十日，雍正九年三月癸未卒，距国材死五十有一日。县人为葬孙大成妻裔墓侧。其先又有烈女池、霍，四冢比立如鳞次。③

有夫未死而妻先殉者：

张烈妇，芜湖诸生缪釜妻。年十八，归釜。越四年，釜病，属张善自托。张泣曰：“夫以吾有二心乎？有子则守志奉主，妻道也。无子则洁身殉夫，妇节也。”乃沐浴更衣，阖户自缢。阅日，而釜乃卒。④

有未嫁而守节者：

有丁美音，溆浦丁正明女。幼受夏学程聘，年十八将嫁，学程死，美音誓不再嫁。父母曰：“未嫁守节，非礼也。何自苦如此？”美音啮指滴血，吁天自矢。当道交旌之，赉以银币约百金，乃构室独居，鬻田自赡，事舅姑，养父母。乡人名其田为贞女田。⑤

---

① 张廷玉等：《明史》卷三百一，中华书局 1974 年版，第 7689 页。
② 张廷玉等：《明史》卷三百二，中华书局 1974 年版，第 7733 页。
③ 赵尔巽等：《清史稿》卷五百十一，中华书局 1977 年版，第 14156~14157 页。
④ 张廷玉等：《明史》卷三百二，中华书局 1974 年版，第 7716 页。
⑤ 张廷玉等：《明史》卷三百一，中华书局 1974 年版，第 7706 页。

有一件还发生在吴敬梓的家族里：

李氏女，六合人，许字全椒翰林吴昺子霆荣。未婚，荣殁。氏闻讣，归吴守贞，抚嗣侄甡入泮。甡聘江宁贡士梁金锫女，未娶，甡复夭。梁氏年十七，闻讣，誓死以姑在而养姑，立嗣是急，遂禀父，归吴，一以姑志为志。乡里咸称一门双节。①

而寡妇再嫁则被视为极可耻的事，并且这种服务于男权专制的观念已经深入一些女子的内心，成为她们"自觉"的行动，甚至主动拿起这个"武器"挥向同自己一样的姐妹们。如：

郑氏，安陆赵钰妻。性刚烈，闺房中言动不涉非礼。某寡妇更适人，馈以茶饼。郑怒，命倾之。夫戏曰："若勿骂，幸夫不死耳。"郑正色曰："君勿忧，我岂为此者。"后钰疾将死，回视郑，瞪目不瞑。郑曰："君得毋疑我乎？"即自缢于床楣。②

曹某妻王，兴县人。早寡，子喑，邻妇亦早寡，相与约不嫁。居十五年，王诣其戚，或自外至，曰："邻妇嫁矣！"王曰："信有之乎？"曰："信，我所目见也！"王乃大恸，曰："不意此妇，乃有此事！"遂绝。③

数以万计的女子就这样被教义化的礼教吞噬了青春乃至生命，难道"饿死事小，失节事大"的道德就这样"崇高"，以致那么多的女子甘愿为之献出生命？下面这两则记载或许能提供一些信息：

高烈妇，博平诸生贾垓妻。垓卒，氏自计曰："死节易，守节难。况当兵乱之际，吾宁为其易者。"执姑手泣曰："妇不能奉事舅姑，反遗孤孙为累。然妇殉夫为得正，勿过痛也。"遂缢。④

胡源渤妻董，临清人。源渤卒，董年十五，为嫠八十年，年九十五乃卒。里妇或问："守节易乎？"曰："易。""如无夫何？"曰："如未嫁。""如无子何？"曰："如有子而死若不孝。"曰："何以制此心？"曰："饥而食，倦而寝，不饥不倦，必有事

① 黄之隽等：《江南通志》卷一百八十九，文渊阁四库全书本，第35~36页。
② 张廷玉等：《明史》卷三百二，中华书局1974年版，第7716页。
③ 赵尔巽等：《清史稿》卷五百九，中华书局1977年版，第14075页。
④ 张廷玉等：《明史》卷三百三，中华书局1974年版，第7742页。着重号为笔者所加。

焉，毋坐而嬉。吾尝为人佣，治女红，必求其工。求工，则心专；心专，则力勤；力勤，则劳而易倦。倦即寝，寤即兴，毋使一息闲，久之则习惯矣。”①

鲁迅先生在《我之节烈观》中说：“节烈难么？答道，很难。男子都知道极难，所以要表彰他。”“节烈苦么？答道，很苦。男子都知道很苦，所以要表彰他。”“节烈很难很苦，既不利人，又不利己。说是本人愿意，实在不合人情。”②但残忍的统治者对妇女贞节的极力宣扬，让整个社会到处弥漫着崇尚节烈的风气，夫死守节的舆论也充斥了社会的各个角落，仅是众口铄金的舆论就能让夫死再嫁者终生忍辱负羞，而“死节易，守节难”，“宁为其易者”就成为她们代价最大但也可能是最好的选择。

(3)吴敬梓对王玉辉父女表现的态度及其主要用意

吴敬梓生在那个时代，耳闻目睹了许多女子殉夫的惨烈场景，并在《儒林外史》第四十八回里呈现了王玉辉的三女儿为夫殉节的事。其实，即便从“饿死事极小，失节事极大”这一意义上看，三姑娘殉死也找不到充分的理由。小说写三姑娘决意殉死前，先对父亲说：“父亲在上，我一个大姐姐死了丈夫，在家累着父亲养活，而今我又死了丈夫，难道又要父亲养活不成？父亲是寒士，也养活不来这许多女儿！”“我而今辞别公婆、父亲，也便寻一条死路，跟着丈夫一处去了！”当三姑娘说这些话时，公婆还拿家里可以养活她的话来劝阻：“自古蝼蚁尚且贪生，你怎么讲出这样话来！你生是我家人，死是我家鬼，我做公婆的怎的不养活你，要你父亲养活？快不要如此！”没有身处义不受辱的险境，也没有面临失节之事的逼迫，相反还有公婆用“自古蝼蚁尚且贪生”这样很朴素的道理开导她，但三姑娘还是活活地把自己给饿死了。究竟是什么原因让三姑娘打定必死的主意？由前面对女子丧夫之后种种奇节苦行的考察，可以明白，在那个时代，统治者为男权宗法专制统治的需要，对女子守节殉节的行为进行旌扬和奖励，这种长期的道德舆论和利益导向，使得整个社会形成了以守节殉节为荣、以失节再醮为耻的恶劣风气，乃至有不少家庭或家族为博取朝廷旌扬，竞相逼迫女子做出种种“奇节苦行”的事也经常发生。如此情势下，女子在丈夫死后只有守节或殉死能被社会舆论认可为正途，除此之外，实在别无他路可走，“生是我家人，死是我家鬼”，也是那时很朴素、很平常的“道理”。就像读书人只有考得科名才算是正途一样。于是，像三姑娘绝食殉夫这样的事在那个时代实在很寻常。所以，王玉辉不但不劝阻女儿，反倒说出“我儿，你既如此，这是青史上留名的事，我难道反拦阻你？你竟是这样做罢”这样的话，也根本算不上绝无仅有的稀奇事。《明史·列女传二》载有桐城一位烈妇之事，其中的父亲与王玉辉相比，就有过之而无不及：

---

① 赵尔巽等：《清史稿》卷五百九，中华书局1977年版，第14068页。着重号为笔者所加。

② 鲁迅：《坟·我之节烈观》，《鲁迅全集》第一卷，人民文学出版社2005年版，第128、129页。

有烈妇王氏，高文学妻。文学死，父道美来吊，谓王曰："无过哀。事有三等，在汝自为之。"王辍泣问之，父曰："其一从夫地下为烈，次则冰霜以事翁姑为节，三则恒人事也。"王即键户，绝粒不食，越七日而死。①

可以说，吴敬梓写王三姑娘夫死殉节这样的事，在他那个时代，也显示不出什么让人值得特别深思之处，其所谓反对礼教的意义，只有在现代社会读者的眼里才会生出。况且仅记下惨烈的事，也并不能够充分表明作者对节妇烈妇之事所持的态度。毕竟史书里面记有更多这样的人和事，比三姑娘之死更惨烈的也大有人在，三姑娘之死并不比史书中的那些记载更让我们触目惊心，而史家却是以褒扬的态度"实录"这些事的。以现代的观念来看，女子殉夫无疑是暴露了礼教吃人的残忍面目；但在古代宗法社会里，女子殉夫却是被世俗所认可的，尽管人们也许会感到这种事情不合人情。如果由《儒林外史》写三姑娘殉夫的事，推衍出吴敬梓是反对礼教或认为礼教之虚伪的，那么"列女传"的作者岂不比吴敬梓更加反对礼教？毕竟他们记录的女子殉夫之事更多，也更让今人惊心动魄。作这样的推衍显然是在孤立地看待王三姑娘殉夫的情节。

据上所述，很显然的是，仅依据文本中写了什么事来断定作者的态度，或者"发明"所谓的客观意义，是不足取的。其实不可忽视的，并且更为重要的是要看作者怎么表达，也就是作者所写的事处于一个什么样的文本语境与文化语境当中。此仅举可资对比的两例加以说明。

先看扬雄《琴清英》中所载的一个故事：

卫侯女嫁于齐太子，中道闻太子死，问傅母曰："何如？"傅母曰："且往当丧。"丧毕不肯归，终之以死焉。

假定将这样的事情放在明清时期，并从认识社会的角度看待它，毫无疑问也可以作为"礼教杀人"的"罪证"。但作者的处理不是这样，故事的后半部分是：

傅母悔之，取女所自操琴，于冢上鼓之。忽有二雉俱出墓中，傅母抚雉曰："女果为雉耶？"言未毕，俱飞而起，忽然不见。傅母悲痛，援琴作操，故曰《雉朝飞》。②

显然，经由扬雄的叙事，卫侯女就成了至死不渝、忠于爱情的形象，傅母则成了悔恨自己、悲痛爱女的形象，整个故事的基调显得十分凄美。

再看沈起凤（1741—1802）《谐铎》卷九所记的一件事：

---

① 张廷玉等：《明史》卷三百二，中华书局1974年版，第7733~7734页。

② 扬雄：《琴清英》，嘉庆三年金溪王氏刊《汉魏遗书钞》本。

荆溪某氏，年十七适仕族某，半载而寡，遗腹产一子。氏抚孤守节，年八十余，孙曾林立。

临终，召孙曾辈媳妇，环侍床下，曰："吾有一言，尔等敬听。"众曰："诺。"氏曰："尔等作我家妇，尽得偕老百年，固属家门之福。倘不幸青年居寡，自量可守则守之；否则上告尊长，竟行改醮，亦是大方便事。"众愕然，以为惛髦之乱命。

氏笑曰："尔等以我言为非耶？守寡两字，难言之矣。我是此中过来人，请为尔等述往事。"众肃然共听。曰："我居寡时，年甫十八。因生在名门，嫁于宦族，而又一块肉累腹中，不敢复萌他想。然晨风夜雨，冷壁孤灯，颇难禁受。翁有表甥某，自姑苏来访，下榻外馆。于屏后觑其貌美，不觉心动。夜伺翁姑熟睡，欲往奔之。移灯出户，俯首自惭，回身复入；而心猿难制，又移灯而出；终以此事可耻，长叹而回。如是者数次，后决然竟去。闻灶下婢喃喃私语，屏气回房，置灯桌上，倦而假寐，梦入外馆，某正读书灯下，相见各道衷曲。已而携手入帏，一人趺坐帐中，首蓬面血，拍枕大哭。视之，亡夫也，大喊而醒。时桌上灯荧荧作青碧色，谯楼正交三鼓，儿索乳啼絮被中。始而骇，中而悲，继而大悔。一种儿女子情，不知销归何处。自此洗心涤虑，始为良家节妇。向使灶下不遇人声，帐中绝无噩梦，能保一生洁白，不贻地下人羞哉？因此知守寡之难，勿勉强而行之也。"命其子书此，垂为家法，含笑而逝。①

某氏妇死前以自己的亲历事向孙辈们讲守节之难，并郑重其事地立下遗嘱：孙辈们若不幸居寡，自量能守则守，不能守则可告尊长竟行改嫁。这在今人，完全可以视这件事为有力的证据而对礼教戕害人性人情的罪恶作一番严厉声讨。但在作者沈起凤笔下，其意却不在此。经过他接下来的处理，这篇笔记小说表达却是这样一个意思：女子青年居寡，如果不能守节还不如改嫁，这是因为不能坚守节操而改嫁，总比没有改嫁却暗中行出堕落之事要好。或者说，这是作者为能实现"闺门清白"提出的一个不能求其全则退而求其次的办法。当然这比主张女子只能守节或殉节要开明很多，但沈起凤对这个事件的叙述及处理方式所表达的意图显然不是为了批判礼教。

实际上，现代的叙事学理论特别注意对叙事话语的强调，就是因为叙事话语不仅影响叙述的内容，而且影响对叙事的接受，也就是说，同样的生活事件这样"说"与那样"说"，产生的效果可能是完全不同的，甚至是相反的。因此，理解《儒林外史》里"徽州府烈妇殉夫"一段，也必须看吴敬梓是如何"说"，如何处理的。不难理解，从整个的文本语境看，吴敬梓最为关注的是王玉辉的精神与心灵状态。当然，如果要说吴敬梓对烈妇殉夫怎么看，他应该是不胜惨然和极其痛惜的。小说第三十六回写虞博士对那个因无

---

① 沈起凤：《谐铎》卷九"节母死时箴"条，人民文学出版社 1985 年版，第 137～138 页。注："儿女子情"疑作"儿女之情"。

钱葬父要寻死的孝子说的话，也许可以为推测吴敬梓对三姑娘殉夫的态度提供一个参照。虞博士对那孝子说："这是你的孝心，但也不是寻死的事。"如果要让吴敬梓明确表示他对王三姑娘殉夫的态度，他也许会说："这是她的名节，但也不是寻死的事。"吴敬梓对三姑娘寻死情形的描写，对她公婆含泪相劝以及她母亲伤痛悲惨情状的表现，都可显示出作者的痛惜之情。

不过，也不必据此推衍出吴敬梓反对礼教或者批判礼教的虚伪这样的结论，这是对他的误会，我们有理由认为，吴敬梓所针对的并不是礼教。这里有必要再提起一个人及与其相关的一些事。这个人就是对吴敬梓有过知遇之恩的赵国麟。吴敬梓在他的《伤李秀才》诗序中说："丙辰三月，余应博学鸿词科，与桐城江若度、宣城梅淑伊、宁国李岑森同受知于赵大中丞。"①这位赵大中丞就是时任安徽巡抚的赵国麟。此前，赵国麟于雍正六年、七年(1728、1729)任福建布政使，雍正八年(1730)又调任河南布政使，未及半载，又擢任福建巡抚，直至雍正十三年(1735)调任安徽巡抚止。在福建任上，赵国麟曾对当地搭台殉节之俗发令严禁：

> 妇人守节，从一而终，理之正也。身遭强暴，捐躯明节，理之变也，变而不失其正也。若夫舅姑无恙，叔嫂有依，必慷慨一决，从夫九地，于死者虽无愧，于生者何其忍！此贤智之过，非理之正也。至于为父母兄弟者，家有守节之妇，当安抚以全其生，不当怂恿以速其死。孺子匍匐而人皆生恻隐，牵牛无罪而就犹然不忍，乃至亲骨肉坐视其死而不救，亦已忍矣！……凡守志者当思愿为节妇，不愿为烈妇。凡为节妇之父兄亲戚者，当周旋防护，开导劝谕，使其知一死之不足以塞责，则有节妇之乐，无节妇之苦，庶人心风俗皆得其正。若仍循故套，轻生钓誉，登台生祭，本司不独不为表扬，枷扑之刑且将加于烈妇之门矣。②

吴敬梓若是知悉此事，想必会大为赞赏。其实，对民间妇女因夫殁而轻生从死之事，康熙二十七年(1688)就曾谕告禁止。雍正六年(1728)三月，再度谕告对烈妇殉夫之事不加旌表：

> 家庭之行，惟在至诚至敬，善体亲心，不必以惊世骇俗之为，著奇于日用伦常之外也。至若妇人从一之义，醮而不改，乃天下之正道，而其间节妇、烈妇亦有不同者：烈妇以死殉夫，慷慨相从于地下，固为人所难能，然烈妇难而节妇尤难，盖从死者取决于一时，而守贞者必历夫永久；从死者致命而遂已，守贞者备尝夫艰难。且烈妇之殉节捐躯，其间情事亦有不同者：或迫于贫窭而寡自全之计，或出于

① 吴敬梓著，李汉秋、项东升校注：《吴敬梓集系年校注》卷三，中华书局2011年版，第206页。

② 谢道承等：《福建通志》卷七十四，文渊阁四库全书本，第33~34页。

愤激而不暇为日后之思。不知夫亡之后妇职之当尽者更多，上有翁姑，则当奉养以代为子之道；下有后嗣，则当教育以代为父之道。他如修治蘋蘩，经理家业，其事难以悉数，安得以一死毕其责乎？是以节妇之旌表载在典章，而烈妇不在定例之内者，诚以烈妇捐生与割肝刲股之愚孝，其事相类，假若仿效者多则戕生者众，为上者之所不忍也。向来未曾通行晓谕，朕今特颁谕旨，著地方有司广为宣布，务期僻壤荒村家喻户晓，俾愚民咸知孝子节妇自有常经，而保全生命实为正理，则伦常之地皆合中庸，不负国家教养矜全之德矣。倘训谕之后，仍有不爱躯命，蹈于危亡者，朕亦不概加旌表，以成闾阎激烈之风，长愚民轻生之习也。①

只是谕告并没有得到切实执行。而且后来雍正“因各省奏请旌表烈妇者尚少”，又“格外加恩，准其旌表”，结果在雍正十三年(1735)，数日之内题奏殉夫尽节的烈妇烈女之数又骤然增加。如果将展示了烈妇殉夫的凄惨情形视为反对礼教的话，那康熙、雍正、赵国麟这些人似乎应该被视为反对礼教的斗士，因为他们曾经一度采取措施遏制女子殉夫的社会风气。很显然，这是一个荒谬的结论。统治者是从政治的角度将女子殉夫之事当作社会问题来考虑的，而不是出于对生命的珍视，从人情与人性的角度看待这个问题。正因为如此，女子殉夫请旌的少了，他们就“加恩”以“敦风化”一番；女子殉夫的问题严重了，他们又“谕告”以示“仁爱”一番。统治者无论以何等“仁爱”之心劝谕、禁止女子做烈妇，都无异于自欺欺民。只要不断抱着驯化百姓的目的宣扬忠孝贞节观念，旌扬忠孝贞节行为以行所谓“教化”，世俗乡里、史志碑传还会对贞孝节烈之事大加赞颂，种种悖逆人情、泯灭人性的惨烈骇异之悲剧还会不断发生。

与当时的统治者不同，吴敬梓是立足人情与人性的角度，清晰地认识到读书人笃信朝廷宣扬的一些悖逆人情、泯灭人性的忠孝贞节观念所带来的问题。所以，他在《儒林外史》里不只写了三姑娘的殉夫死节，更将其主要笔墨用在王玉辉那里，揭示他在女儿殉夫之前后的心理情状。假如王玉辉是一个完全丧失了人情和人性的角色，倒也不必为他感慨。恰恰他是一个还有人情的父亲，他也未到逼迫女儿殉夫的地步，大女儿丧夫之后还养在家里呢。当女婿不在了的时候，小说写“王玉辉恸哭了一场”，写他“见女儿哭的天愁地惨”，王玉辉为什么对女婿之死如此恸哭？小说没有交待。也许王玉辉更多的是在为女儿以后难熬的日子而恸哭。但是当女儿说要跟随丈夫寻死路的时候，亲家劝三姑娘不要寻死，他倒反过来劝亲家：“我仔细想来，我这小女要殉节的真切，倒也由着她行罢。自古‘心去意难留’。”王玉辉所劝也未必不是实情。大概是女儿要执意寻死触动了他“青史留名”的悲壮来，有了这种悲壮的情怀在胸，他才在得知女儿已殉死的消息后仰天大笑：“死的好！死的好！”王玉辉的真诚不必怀疑，因为那个时代就风行这种悲壮。寻个好题目，让死获得一种“崇高”的意义，正是那个时代“有志节”的读书人所认可的。但是，女子殉夫的“崇高”意义完全是朝廷推行的忠孝贞节观念附加上去的，

---

① 鄂尔泰等：《清世宗实录》卷六十七，中华书局1985年版，第1018~1019页。

因为像王三姑娘的殉死，既无兵临城下的壮烈，又无义不受辱的刚烈，也无为爱而死的坚贞，实际上是统治者大肆旌扬节妇烈妇所造成的恶劣风气把女子逼得无路可走之下的一种“宁为其易”的令人惨然的选择。而王玉辉不仅对统治者造成的恶劣风气吞噬掉女儿的生命视而不见，反而认为女儿找到了一个“死的好”题目。假如王玉辉是一个可恶的小人，倒可以对他进行严厉的挞伐，恰恰他还是一个有社会责任感的贤者。他生平所立的一个志向就是要纂三部书“嘉惠来学”：“礼书”纂辑事亲之礼、敬长之礼等类，教子弟们自幼习学；“字书”是七年识字法；“乡约书”是添些仪制，劝醒愚民。当然，在今天看来，这些东西不一定有了不得的价值，但在那个时代，有理由认为王玉辉是感慨于“贤人君子，风流云散”的世道，立志要做一些事挽救每况愈下的世风。只是他失去了思想的能力，对理学与礼教一味的虔诚，因而成为“忍而残杀之具”①的理学教条与恶劣世风吞噬女儿生命的帮凶，所以，王玉辉是灵魂被扭曲的可悲的读书人。吴敬梓尽管也对每况愈下的世风无限悲感，也称王玉辉是一位贤者，但他显然不赞同王玉辉迂拙而忍情的做法。

吴敬梓在《儒林外史》里从两个层面展示了政治意识形态所赋予的“崇高”对人情和人性的扭曲。第一个层面，将王玉辉之“呆”与老孺人之“呆”进行对照。当王玉辉告诉老孺人女儿要寻死的事之后，老孺人说：“你怎的越老越呆了！一个女儿要死，你该劝他，怎么倒叫他死？这是甚么话说！”然后是“痛哭流涕”，“伤心惨目，痛入心脾”，这是人之常情，是与生俱来的“天理”。王玉辉却待在家依旧看书写字，候女儿的信息，忍情太过，实在是“呆”。得知女儿去世，老孺人哭死过去，灌醒过来，仍大哭不止，王玉辉说：“你这老人家真正是个呆子！三女儿他而今已是成了仙了，你哭他怎的？他这死的好，只怕我将来不能像他这一个好题目死哩！”老孺人之“呆”，是王玉辉说的，当然其中有他的虔诚。吴敬梓通过详细叙写老夫妻两个互相说对方“呆”的情形，告诉人们王玉辉是真“呆”了。第二个层面，将王玉辉因女儿做出青史留名之事而生出的“崇高”感，与这种“崇高”感满足后的心伤凄惶进行对照。女儿死后两个月，上司批文，制主入祠，门首建坊，“知县祭，本学祭，余大先生祭，阖县乡绅祭，通学朋友祭，两家亲戚祭，两家本族祭，祭了一天”，王玉辉的“崇高”感有了着落。到了此时，被“好题目”掩盖起来的人之常情重又涌出，当大家请他上坐，说他生了个为伦纪生色的好女儿时，他转觉心伤起来。然后，小说花了诸多笔墨写王玉辉落寞寡欢的心情。先是写他待在家里“看见老妻悲恸，心下不忍”，要到外面作游儿时；又写他坐船前往南京，“一路看着水色山光，悲悼女儿，凄凄惶惶”；再写在苏州时，“见船上一个少年穿白的妇人，他又想起女儿，心里哽咽，那热泪直滚出来”。不过，王玉辉的“崇高”感又很快回转过来，当他返回南京遇见同乡人邓质夫后，就把女儿殉女婿的事说了一遍：“贤侄，当初令堂老夫人守节，邻家失火，令堂对天祝告，反风灭火，天下皆闻。那知我第三个小女，也有这一番节烈。”王玉辉的灵魂就在这“崇高”感与人之常情之间来回游荡着寻找

① 戴震：《孟子字义疏证》卷下，中华书局1961年版，第58页。

暂可栖止的地方。

《儒林外史》通过王三姑娘殉夫的情节显示出这样一个事实：统治者大肆旌扬女子守节乃至殉节是诱迫女子殉节的根本原因，这么多生命的消失都是惨烈而无谓的。较之写三姑娘的殉节，小说写王玉辉先是为女儿青史留名的悲壮仰天大笑，后来想起女儿又悲悼不已，再到一种“崇高”感的回归，进一步显示出统治者对忠孝贞节观念的宣扬，对忠孝贞节之事的旌扬，不仅造成吞噬女子青春和生命的恶劣世风，更造出一批思想愚执、泯灭人性的读书人。而这一切都根源于明代以来的统治者对全社会进行的唯程朱是尊的思想统治，尤其是在吴敬梓的时代，朝廷所宣扬的程朱之学尤容不得有人对它表示怀疑。康熙时，大臣熊赐履(1635—1709)在《闲道录》中这样鼓吹程朱之学为孔孟正传：“朱子之学，即程子之学。程朱之学，即孔孟之学。若程朱非，则孔孟亦非矣。”“程朱之学，孔孟之学也。程朱之道，孔孟之道也。学孔孟而不宗程朱，犹欲其出而不由户，欲其入而闭之门也。”①在《下学堂札记》中又说：“有孔子之六经，朱子之解经，天地古今之理备矣。”②乾隆五年(1740)十月，朝廷有诏谕云：“学不正，则道不明。有宋周、程、张、朱子，于天人性命大本大原之所在，与夫用功节目之详，得孔孟之心传，而于理欲、公私、义利之界，辨之至明。循之则为君子，悖之则为小人；为国家者，由之则治，失之则乱，实有裨于化民成俗、修己治人之要。所谓入圣之阶梯，求道之途辙也。”③但吴敬梓对此是大不以为然的，他在《儒林外史》中借杜少卿之口说出了这样的见解：程朱之学并非即是孔孟之学，他只不过是供后人参看的诸儒解经之一家。实际上，被明代以来的统治者推为正统的程朱之学，不仅与孔孟为代表的原始儒家学说体系有很大的不同，而且与两宋时期程朱之学的思想体系相比，也发生了不少变异，它已不再是作为一家之言的学说，而是被统治者取其顺意，弃其违逆，改造成了以忠孝贞节观念为核心的礼教教义，并凭借所掌握的政治机器通过各种途径灌输强化这种思想。吴敬梓在《儒林外史》里所呈现的那些情形也显示出：唯程朱之学是尊不但无“裨于化民成俗、修己治人之要”，反而加剧了世风的恶薄，并使礼教成为对天下百姓尤其是女性的“忍而残杀之具”。

参照历史的实际情形，再来看《儒林外史》里“徽州府烈妇殉夫”一节，可以得出如下两方面的认识：一方面，统治者为了造成万马齐喑、四海统一的局面，造成臣民忠孝贞节、天下安宁祥和的景象，他们按照自己的意志和需要对以程朱之学为主的儒家学说进行了窜削、改造，然后罢黜百家，定“程朱”于一尊，竭力打击异己，钳制思想。他们是泯灭人情、吞噬人性的祸根。吴敬梓在《儒林外史》中最主要是将笔锋指向后人尤其是统治者的这种做法，而非程朱之学自身。另一方面，长期唯程朱是尊的社会环境，使得不少读书人丧失了独立思考的精神与勇气，他们虔诚地信奉理学与礼教，放弃了自

① 熊赐履：《闲道录》卷中，清刻本，第26页。

② 熊赐履：《下学堂札记》卷一，清康熙刻本，第16页。

③ 庆桂等：《清高宗实录》卷一百二十八，中华书局1985年版，第876页。

我的人格，泯灭了正常的人情，很少有人能像杜少卿那样提出自己的见解，若是再依照这样的见解去过舒展些的生活，更是不可想象的了。于是我们看到，杜少卿只是携着娘子的手在山冈子上走了一里多路，就有人觉得"目眩神摇，不敢仰视"，他只是时常和娘子上酒馆吃酒，就有人笑他"最没有品行"；而王三姑娘殉夫饿死，这种令人惨然的青春与生命的无谓陨落，在他们看来是为伦纪生色。这种对比分明的情形显示：笃信理学和礼教的读书人畏惧有生气的人生，他们情愿蜷在统治者制造的理学与礼教的笼子里过泯灭人情的"崇高"日子。而上述两方面之中，后者是吴敬梓尤为关注的。小说文本清晰地显示，作者用笔的重心在王玉辉那里，这体现的是吴敬梓对一部分读书人精神被羁縻、灵魂被扭曲之情状的深切关注，而这些读书人的精神、灵魂之所以会出现这样一种情状，乃在于他们对统治者大肆宣扬的忠孝贞节观念笃信太过。

*　　　　*　　　　*　　　　*

如果从《儒林外史》看吴敬梓对待程朱的态度，我们可以说，吴敬梓对程朱之学不是抱着反对或攻诘的态度，而是持一种"参看"的眼光，一种理性反思的态度，或者说，吴敬梓对程朱的有些思想和看法是不赞同和质疑的，而对有些思想和看法则又是认同和接受的。这种反思的态度，与统治者不容许对程朱之学有任何非议、悖逆之言的要求已经是不合拍的了。同时，吴敬梓对明代以来直至他那个时代唯程朱之学是尊所造成的社会问题有着清醒的认识，但在《儒林外史》里，他着重思考的是读书人应该如何对待基于程朱之学的理学和礼教的问题。吴敬梓通过将笔墨集中于王玉辉，叙写他在女儿殉夫前后的进退失据情状，告诉读书人：对待统治者宣扬的理学与礼教应当有自己的辨别与思考，不能只知道墨守，以致连正常的人情、人性也丧失掉。

最后，我们还要补充说明一点。吴敬梓在《儒林外史》里借杜少卿之口所表达的"朱文公解经，自立一说，也是要后人与诸儒参看"这一看法，显然并不能说他是在反对程朱之学。但不反对程朱之学并不意味着吴敬梓对儒学的思考"进步"不多，"局限"很大，这恰恰彰显出吴敬梓思想的深刻。因为简单的赞同或反对是很容易的事，甚至不用动脑子思考，直接跟随大众说些大致相同的表达赞同或反对态度的话就是。吴敬梓的深刻就在于他"非苟焉愤时疾俗而已"，① 在于他通过理性的思考，没让自己堕入简单地赞同或反对一些东西，比如科举，比如礼教，比如程朱，等等。当然，吴敬梓认为朱子解经只不过是自立一说，是要后人与诸儒参看，也不是没有什么意义的平庸之见。胡适先生在《中国新文学大系·建设理论集》导言里，曾谈到对历史的"一种新的看法"的重要性，并举例说："譬如孔子，旧看法是把他看作'德侔天地，道冠古今'的大圣人，新看法是把他看作许多哲人里面的一个。把孔子排在老子、墨子一班哲人之中，用百家平等的眼

① 金和：《儒林外史跋》，李汉秋编：《儒林外史研究资料》，上海古籍出版社 1984 年版，第 129 页。

光去评量他们的长短得失，我们就当然不会过分地崇拜迷信孔子了。文学史也是一样的。”①由此，我们也可以说，在明清的社会里，通行的看法认为程朱是儒学的绝对权威，必须惟其是尊，而吴敬梓能把他看作诸儒中的一个，把他和历代的诸儒排在一起，用诸儒平等的眼光去评量他们的长短得失，就是把朱子从神坛上请下来。但他又不因为程朱被统治者弄得声名狼藉而将其一棍子打死，而是致力将其回归他的本来面貌。这是很了不起的一件事，这也正是吴敬梓和他的《儒林外史》的“伟大”。

① 胡适：《中国新文学大系·建设理论集》导言，胡适编选：《中国新文学大系》第一集，上海良友图书印刷公司1935年版，导言第21页。

第二章　论对吴敬梓知识背景的误读

吴敬梓是一位知识广博又有思想的读书人。探讨吴敬梓的知识背景也就成为《儒林外史》研究中的一个重要方面，“吴敬梓与颜李学派”则是其中影响最大的一个命题，但也是“误读”非常严重的一个命题。本章即以这一命题为讨论的重点。我们主要从两个方面展开：一是考察这一命题提出与求证的情况，分析其被“误读”的原因；二是将《儒林外史》的文本与颜李学说作细致的对比、辨析，阐述二者之间在一些根本方面的区别。除“吴敬梓与颜李学派”之外，我们还要对“《儒林外史》和魏晋六朝文学”这一命题进行辨析。

很显然，吴敬梓创作的《儒林外史》是一部学术及思想自传色彩颇浓的小说。我们在阅读《儒林外史》的时候，总不时能够感受到“四书五经”所承载的儒家基本道德伦理又一次在吴敬梓的笔下演绎，也总不时能够感受到与吴敬梓在《文木山房诗说》里所表达的看法互为映照的场景。尤其是能够感受到《儒林外史》中有不少与前人小说、戏曲中的情节相呼应的内容，例如《琵琶记》中的蔡状元入赘相府、《三国演义》中的三顾茅庐、《水浒传》中的武松打虎，还有唐人传奇小说、笔记小说中的豪侠故事，还有公子侠士的际会、才子佳人的遇合，等等。这些都使得《儒林外史》在意趣横生中表现了吴敬梓对社会、对人事的思想见解。如果与颜李学说、魏晋六朝文学等比较起来，“四书五经”、唐人小说以及明清小说戏曲的一些名作名段等，才真正构成了吴敬梓创作《儒林外史》的知识背景基础，那么，在这一部分，我们还要将“四书五经”及《文木山房诗说》、唐人小说的相关内容与《儒林外史》文本进行对比、研究，以求更真实全面地把握构成吴敬梓创作《儒林外史》知识背景的基本要素。

一、胡适看“吴敬梓与颜李学派”

明清易代之际，一批知识人从多角度多方面对明朝灭亡的原因进行了反思，其中不乏对明时的制度、学风等作激烈批评的人物。顾炎武、黄宗羲、王夫之之外，颜元、李塨也是比较有名的两位。而吴敬梓出生与成长的年代又刚好能与颜元、李塨生活的时代衔接上，并且李塨又与吴敬梓亲友中的一些人曾有过从，加之现代学者又特别强调《儒林外史》的“批判”价值，于是就很自然地把吴敬梓与颜李学派联系起来。尤其是 20 世纪80年代以后，这一命题得到了不少学者的认同，有不少涉及清代小说的文学史著述在介绍吴敬梓所处的时代背景时，会提到吴敬梓与颜李学说的关系。下面，我们先对这一命题最初提出与阐释的情形进行考察。

1. 胡适提出并求证“吴敬梓与颜李学派”的命题

胡适先生是较早提出“吴敬梓与颜李学派”这一命题的学者。他在1927年11月12日完成的《〈官场现形记〉序》中说：

> 吴敬梓是个有学问，有高尚人格的人，他又不曾梦想靠做小说吃饭，故他的小说是一部全神贯注的著作。他是个文学家，又受了颜习斋、李刚主、程绵庄一派的思想的影响，故他的讽刺能成为有见解的社会批评。他的人格高，故能用公心讽世；他的见解高，故能“哀而不愠，微而婉”。①

胡适先生在这篇序文中只是给出了一个判断，而没有展开对这一命题的讨论。依这段话，胡适先生说吴敬梓“受了颜习斋、李刚主、程绵庄一派的思想的影响”，乃缘于对《儒林外史》的讽刺是“有见解的社会批评”以及因“见解高”而能表现出“哀而不愠，微而婉”之风格的推崇。那么，胡适推崇《儒林外史》的什么见解？这在他作于1920年的《吴敬梓传》②中说得颇为详尽，归结起来，主要有如下几点。

其一，吴敬梓“批评明朝科举用八股文的制度”，见识高超。他说：

> 《儒林外史》这部书所以能不朽，全在他的见识高超，技术高明。这书的“楔子”一回，借王冕的口气，批评明朝科举用八股文的制度道：“将来读书人既有此一条荣身之路，把那文行出处都看得轻了。”这是全书的宗旨。

接着胡适先生引书中马二先生说举业的话为例，阐发他对《儒林外史》“痛骂举业”的看法，他认为马二先生说举业的一段话“句句是恭维举业，其实句句是痛骂举业。末卷表文所说：‘夫萃天下之人才而限制于资格，则得之者少，失之者多’，正是这个道理”。他还由此指出，吴敬梓在《儒林外史》里实际上揭示出了这样一种现象：

> 国家天天挂着孔孟的招牌，其实不许人“说孔孟的话”，也不要人实行孔孟的教训，只要人念八股文，做试帖诗；其余的“文行出处”都可以不讲究，讲究了又

---

① 胡适：《胡适文存三集》卷六《〈官场现形记〉序》，欧阳哲生编：《胡适文集》(4)，北京大学出版社1998年版，第436页。

② 胡适：《胡适文存》卷四《吴敬梓传》，欧阳哲生编：《胡适文集》(2)，北京大学出版社1998年版，第592~595页，下文所引均据此，不另注。

“那个给你官做”？不给你官做，便是专制君主困死人才的唯一妙法。

其二，吴敬梓痛恨八股文人，有绝高的道德见解。他论道：

> 程晋芳做的《吴敬梓传》里说他生平最恨做时文的人；时文做得越好的人，他痛恨他们也越利害。《儒林外史》痛骂八股文人，有几处是容易看得出的，不用我来指出。我单举两处平常人不大注意的地方：
>
> 第三回写范进的文章，周学台看了三遍之后才晓得是“天地间之至文，真乃一字一珠！”
>
> 第四回写范进死了母亲，去寻汤知县打秋风，汤知县请他吃饭，用的是银镶杯箸，范举人因为居丧不肯举杯箸；汤知县换了磁杯象牙箸来，他还不肯用。“汤知县疑惑他居丧如此尽礼，倘或不用荤酒，却是不曾备办；后来看见他在燕窝碗里拣了一个大虾元送在嘴里，方才放心！”
>
> 这种绝妙的文学技术，绝高的道德见解，岂是姚鼐、方苞一流人能梦见的吗？
>
> 最妙的是写汤知县、范进、张静斋三人的谈话……这一段话写两个举人和一个进士的“博雅”，写时文大家的学问，真可令人绝倒。

其三，吴敬梓作《儒林外史》的用意是要养成新的“社会心理”，这种见识“可惊可敬”。他指出：

> 叫人知道举业的丑态，知道官的丑态；叫人觉得“人”比“官”格外可贵，学问比八股文格外可贵，人格比富贵格外可贵。社会上养成了这种心理，就不怕皇帝“不给你官做”的毒手段了。
>
> 一部《儒林外史》的用意只是要想养成这种社会心理。看他写周进、范进那样热中的可怜，看他写严贡生、严监生那样贪吝的可鄙，看他写马纯上那样酸，匡超人那样辣。又看他反过来写一个做戏子的鲍文卿那样可敬，一个武夫萧云仙那样可爱。再看他写杜少卿、庄绍光、虞博士诸人的学问人格那样高出八股功名之外。——这种见识，在二百年前，真是可惊可敬的了！

在这篇《吴敬梓传》的最后，他又特地引出《儒林外史》第五十五回的结尾重申这一观点：

> 这一部大书，用一个做裁缝的荆元做结束。这个裁缝每日做工有余下的工夫，就弹琴写字，也极欢喜做诗。朋友问他道：“你既要做雅人，为什么还要做你这贵行？何不同学校里人相与相与？”他道：“我也不是要做雅人。只为性情相近，故此时常学学。至于我们这个贱行，是祖父遗留下来的，难道读书识字做了裁缝就玷污了不成？况且那些学校里的朋友，他们另有一番见识，怎肯和我相与？我而今每日

寻得六七分银子，吃饱了饭，要弹琴，要写字，诸事都由得我。我又不贪图人的富贵，又不伺候人的颜色；天不收，地不管，倒不快活！”

这是真自由，真平等——这是我们安徽的一个大文豪吴敬梓想要造成的社会心理。

如果沿着胡适先生的这些看法，试着列出吴敬梓“受了颜习斋、李刚主、程绵庄一派的思想的影响”的具体表现，如下方面是应当被提出来的，即批评明朝科举用八股文的制度；痛恨八股文人等。应当说胡适的这些看法是很有见地的，特别是他说《儒林外史》的用意只是想造成新的“社会心理”的论述尤得作者之心。

在1936年5月26日完成的《北京大学新印程廷祚〈青溪全集〉序》中，胡适先生进一步作出了“《儒林外史》是一部宣扬颜李学派的思想的小说”的论断，并进行了“小心的求证”。胡适先生叙述他的求证过程说：

去年孙人和先生把他的《青溪文集》十二卷和《续编》八卷借给我，我细细读了，感觉十分高兴，因为在这《续编》八卷里，我发现了许多极重要的传记材料。《续编》的最重要资料，有这些：

(1)《外舅楚江陶公行状》(卷八)，使我们知道他的岳丈陶窳是何等样的人。陶窳是很早接受颜李思想的人，他是李塨的《年谱》和《恕谷后集》里的陶甄夫，他是介绍程廷祚去读颜李著作的人。

(2)《与家鱼门论学书》(卷七)

(3)《与宣城袁蕙纕书》(卷七)

这两封信使我们知道程廷祚确是一个颜李学的信徒。与袁蕙纕书(袁蕙纕名縠芳，他曾作袁枚的《小仓山房文集》的后序，见于旧刻本《随园文集》；又有《答随园先生书》，见于袁枚的《续同人集》。袁枚有答他的书二通，一见于文集，一见于尺牍)使我们知道程廷祚中年以后“不以颜李之书示人”，因为他怕得着“共诋程朱”的罪名。这固然是最重要的史料。但这两封信又使我们知道他到晚年还是一个颜李信徒，这是更重要的史料。

(4)《纪〈方舆纪要〉始末》(卷三)，这篇纪事使我们明白《儒林外史》写的那个卢信侯就是颜李信徒刘著，那件私藏禁书的案子就是《方舆纪要》一案，兵围玄武湖庄征君的住宅是确有其事。这是很有趣味的材料，使我们知道《儒林外史》写的庄征君是有历史的根据的。

(5)续编里还有一些有趣味的材料，如卷八之《金孺人墓志》，写的是《儒林外史》作者吴敬梓的姊姊，志中的世系——曾祖国对，祖旦，父霖起——都可以证实我在《吴敬梓年谱》里的世系表是不错的。又如卷六之《与吴敏轩书》，敏轩就是吴敬梓，书中的“葺城女士”就是《儒林外史》里的沈琼枝。又如卷四之《与友人樊某》两书，樊某即是《儒林外史》里的迟衡山。

我读了这个二十卷本的《青溪文集》，我所以搜寻这部书的三个动机差不多完全满足了。我知道了程廷祚和《儒林外史》的关系，和戴震的关系，和颜李学派的关系。从此，我们可以大胆地建立程廷祚为颜学的第三代，戴震为第四代。从此，我们也可以明白《儒林外史》是一部宣扬颜李学派的思想的小说。①

1952年12月8日，胡适先生在文艺协会座谈会上回答李辰冬先生的提问时，将"吴敬梓与颜李学派"这个命题的论断又作了提升："我们中国有名的小说，可分为两大类，一大类是经过长时期的演变下来的。……从历史的演变来看，就是用历史的演变的方法来研究，不加以主观的看法。另一大类，是创作小说。……我考证创作小说，也一样的用考证文学史的方法。如《儒林外史》作者吴敬梓的考证，把他的传记材料搜在一块，认识他的思想和背景，吴敬梓是颜、李学派的信徒，反对八股，反对当时教育制度，考试制度。"②这次，胡适先生明确地指出了吴敬梓与颜李学派相一致的地方，即他们都反对八股，反对当时的教育制度、考试制度，这与他在《吴敬梓传》里所说的意思也十分吻合。但如何由吴敬梓的传记材料认识其思想和背景，并进而得出"吴敬梓是颜、李学派的信徒"这样的判断，胡适先生并未作出具体的说明。

2. 由"小心"的求证到"大胆"的结论

胡适先生对"吴敬梓与颜李学派"这个命题的论断，先是说吴敬梓"受了颜习斋、李刚主、程绵庄一派的思想的影响"，再说"《儒林外史》是一部宣扬颜李学派的思想的小说"，直至说"吴敬梓是颜、李学派的信徒"，他视吴敬梓与颜李学派的关系越来越紧密，论断的语气也显得越来越自信。当然，胡适先生不仅仅是做论断，他还在《北京大学新印程廷祚〈青溪全集〉序》中进行了求证。这个求证乍看起来似乎很有说服力，但仔细分析，不难发现，胡适先生的所证与结论实际上是两码事，所证是此，结论却是彼，可以说他是采用了"偷梁换柱"的办法，将作者问题的考证替换成了作者"思想"的"考证"，说得更明确些，他是将实质上的作者交游的考证直接替换成了思想影响的"考证"。

我们来作一些具体的分析。胡适先生在程廷祚的《青溪文集续编》里搜求到了"许多极重要的传记材料"，而这些传记材料的排列也体现了他周密的逻辑思考。首先，胡适先生由材料(1)证明程廷祚的外舅陶甄夫很早就接受了颜李思想，而程则由外舅的介绍读了颜李著作；又由材料(2)、(3)证明程廷祚不仅读了颜李的著作，而且"确是一个颜李学的信徒"，直"到晚年还是一个颜李信徒"。接着，材料(4)又证明《儒林外史》写的

① 胡适：《序跋集·北京大学新印程廷祚〈青溪全集〉序》，欧阳哲生编：《胡适文集》(8)，北京大学出版社1998年版，第515~516页。着重号为笔者所加。

② 胡适：《胡适演讲集》卷一《什么是"国语的文学"、"文学的国语"》，欧阳哲生编：《胡适文集》(12)，北京大学出版社1998年版，第57页。

庄征君就是程廷祚，卢信侯就是颜李信徒刘著，卢信侯的案子就是《方舆纪要》一案；材料(5)又证明吴敬梓与程廷祚的关系非同一般，对他的家世很了解，还给吴敬梓的姐姐写了墓志，而且《儒林外史》里的人物沈琼枝、迟衡山的事迹都可以从程廷祚的书信里找到证据。这里，胡适先生既证明了程廷祚读过颜李的著作，又证明了程廷祚一直就是颜李学的信徒。可以说，胡适先生证明程廷祚和颜李学派的关系，在事理上和逻辑上是完整的，也是具有很强的说服力的。如果也能够像胡适先生这样有证据地证明吴敬梓读了颜李的著作，而且也有证据证明吴敬梓确实接受了颜李学说的一些观点，那么吴敬梓和他的《儒林外史》与颜李学派思想的关系问题，自然也就无须多费笔墨了。但这显然只是一个假设，实际的情况是：求证"吴敬梓与颜李学派"这个命题，不能搜求到像胡适先生证明"程廷祚与颜李学派"这个命题那样充分的"证据"。

如果说，基于材料(1)和(2)、(3)的推理在事理和逻辑上还是完整的话，那么接下来的判断和推理就不是那么合乎事理与合乎逻辑了。首先需要指出的是，这段文字里"那个卢信侯就是颜李信徒刘著，那件私藏禁书的案子就是《方舆纪要》一案"，"'葺城女士'就是《儒林外史》里的沈琼枝"，"樊某即是《儒林外史》里的迟衡山"，这与他在《红楼梦考证》里说"贾政即是曹頫"，"贾宝玉即是曹雪芹"，"甄、贾两宝玉，即是曹雪芹自己的化身"，用的是同样的句式。在《红楼梦考证》里，胡适先生为了证明《红楼梦》是曹雪芹"将真事隐去"的"自叙传"，所以他是将贾宝玉和曹雪芹等同看待的。据此，胡适先生也应该是将《儒林外史》中的人物与现实中的人物等同看待的。这样等同看待究竟合理与否，是需要讨论的。

先假定这种等同是合理的，也就是说假定《儒林外史》写的庄征君、卢信侯、刘著就是颜李学派的人物，然后来看胡适先生由材料(4)、(5)作出的推理。胡适先生为了证明"《儒林外史》是一部宣扬颜李学派的思想的小说"，他采取的推理过程实际上是这样的：因为《儒林外史》写的庄征君是吴敬梓的至友程廷祚，卢信侯、沈琼枝、迟衡山是程廷祚的《青溪文集续编》牵涉的主要人物刘著、葺城女士、樊某，程廷祚、刘著又是颜李学派的信徒，所以，吴敬梓受了颜元、李塨、程廷祚一派的思想的影响，《儒林外史》是一部宣扬颜李学派的思想的小说，吴敬梓自然就成了颜李学派的信徒。显然，这样推理是有问题的。这个推理能够得出的结论可以是吴敬梓与程廷祚有很亲密的关系，《儒林外史》写的一些人物与程廷祚、刘著也有关系，也就是说，最多只能推出吴敬梓或《儒林外史》所写的一些人物与颜李学派的人物有关系。而胡适先生却将吴敬梓与程廷祚是至交直接替换成了吴敬梓受了颜习斋、李刚主、程绵庄一派的影响，将《儒林外史》写了颜李学派的人物直接替换成了《儒林外史》是在宣扬颜李学派的思想。或者说，胡适先生要说的是"《儒林外史》是一部宣扬颜李学派的思想的小说"，他举出的材料却是《儒林外史》写了颜李学派的人物；他摭拾的是吴敬梓与颜李学的信徒程廷祚关系极密这个话头，得出的却是吴敬梓"受了颜习斋、李刚主、程绵庄一派的思想的影响"的结论。

事实上，写颜李学派的人物与宣扬颜李学派的思想是两码事，因为程廷祚、刘著并不仅仅具有颜李学派信徒的身份，他们也不仅仅是因颜李学派而存在。在《红楼梦考证》里，胡适先生“考证”出曹雪芹的生平和家世材料与《红楼梦》里贾宝玉的“历史”有些吻合，就断言《红楼梦》是“一部隐去真事的自叙传”。而他断定《儒林外史》是一部宣扬颜李学派的思想的小说，也是基于颜李学派一些人物的材料与《儒林外史》里的庄征君、卢信侯等人物的“历史”吻合。二者皆缘于胡适先生时常习惯既“小心的求证”，又“大胆”作结论的风格。但是，说《红楼梦》是“一部隐去真事的自叙”多少还有些根据，因为《红楼梦》确有自叙的成分，只是这断言将《红楼梦》当作史书而不是小说来看待，过度放大了自叙的成分。而由《儒林外史》写的几个人物的“历史”与颜李学派一些人物的“材料”吻合，就断言它是“一部宣扬颜李学派的思想的小说”，未免指“一斑”为“全豹”，显得太过臆测了；更何况，由《儒林外史》写庄征君、卢信侯、沈琼枝、迟衡山这些人物的文字来看，也没有体现出颜李学派的思想来，甚至这些人物的诸多行止还可能为颜李所痛斥。

胡适先生一直热衷倡导他治学的“科学的方法”，他所说的“科学的方法，说来其实很简单，只不过‘尊重事实，尊重证据’。在应用上，科学的方法只不过‘大胆的假设，小心的求证’”。① 但是，他对“吴敬梓与颜李学派”的命题通过“小心的求证”之后所得出的结论，却也和他的假设一样很是“大胆”。

胡适先生对“科学的方法”不遗余力的传播与提倡是基于他根深蒂固的“科学”情结，② 是源于他受到了西方自然科学的研究方法的熏陶。他自己说：

> 在历史上，西洋这三百年的自然科学都是这方法的成绩；中国这三百年的朴学也都是这种方法的结果。顾炎武、阎若璩的方法，同葛利略(Galileo)、牛敦(Newton)的方法，是一样的。他们都能把他们的学说建筑在证据之上。戴震、钱大昕的方法，同达尔文(Darwin)、柏司德(Pasteur)的方法，也是一样的：他们都能大胆地假设，小心地求证。③

显然，胡适先生认为中国的朴学和西方的自然科学在方法上是相通的，它们都是求证的学术。而这样的方法只适用于那些可以考证的问题，比如作者问题和版本问题。实际上胡适先生也不止一次表达过这样的意思：

> 中国的传统小说一共有两种体裁：第一种是由历史逐渐演变出来的小说，例如

---

① 胡适：《胡适文存三集》卷二《治学的方法与材料》，欧阳哲生编：《胡适文集》(4)，北京大学出版社 1998 年版，第 105 页。

② 关于胡适的“科学”情结与他对“科学方法”的提倡，详见陈文新：《〈红楼梦〉的现代误读》，齐鲁书社 2008 年版，第 75~95 页。

③ 胡适：《胡适文存三集》卷二《治学的方法与材料》，欧阳哲生编：《胡适文集》(4)，北京大学出版社 1998 年版，第 105~106 页。

《三国演义》、《西游记》、《封神榜》、《水浒传》等。……对这些小说，我们必须用历史演进法去搜集它们早期的各种版本，来找出它们如何由一些朴素的原始故事逐渐演变成为后来的文学名著。第二种小说是创造的小说，例如《红楼梦》。对于这一种小说我们就必须尽量搜寻原作者的身世和传记资料；以及作品本身版本的演变及其他方面有关的资料。在我所有有关这两种小说的研究中，我用的是同一种的考据方法。①

由此可知，胡适先生的确是将其“科学的方法”的使用范围限定在考证作者身世和传记的资料、作品版本演变等的资料上面。而“一旦涉及思想和艺术的阐释，‘科学方法’就难以有其用武之地”，② 他所主张的“大胆的假设，小心的求证”，“有一分证据，说一分话”的“科学的方法”就可能会受到颠覆性的挑战。

为什么这样说呢？胡适先生所说的“大胆的假设”，这一方法本来是从自然科学研究中产生的，他本人即曾经就此作过说明：“当我们寻得几条少数同类的例时，我们心里已起了一种假设的通则。有了这个假设的通则，若再遇着同类的例，便把已有的假设去解释他们，看他能否把所有同类的例都解释的满意。……这样的办法，由几个(有时只需一两个)同类的例引起一个假设，再求一些同类的例去证明那个假设是否真能成立：这是科学家常用的方法。”③不难想象，如果将自然科学的这一方法直接搬到人文科学领域使用，尤其在作品的思想、人物形象和艺术上做“大胆的假设”，就可能产生许多难以求证的甚至是荒唐的问题，胡适先生就碰到过这样的情况。1952 年 12 月 8 日，李辰冬先生在文艺协会座谈会上就向胡适先生提过一个有趣的问题：

胡先生在台大所讲的治学方法，是从自然科学来的。但自然的现象是固定的；人，不是固定的。用自然科学方法来研究人文科学，只能看到一个角度。以《西游记》来说，写唐僧是一个脓包，从这人来看，时代来看，唐僧不是唐玄奘，而是明世宗；猪八戒是严嵩。这种方法，不知道对不对?④

李辰冬先生举的《西游记》这个例子，实际上是先通过比较发现小说人物和历史人物之间的某些相似点，即从时代来看，《西游记》产生于明嘉靖时期；从人物来看，唐僧与明世宗在“脓包”这一点上又相一致，而猪八戒与严嵩也有相一致处，比如不时进

---

① 胡适：《胡适口述自传》第九章《“五四运动”》，欧阳哲生编：《胡适文集》(1)，北京大学出版社 1998 年版，第 357 页。

② 陈文新：《〈红楼梦〉的现代误读》，齐鲁书社 2008 年版，第 89 页。

③ 胡适：《胡适文存》卷二《清代学者的治学方法》，欧阳哲生编：《胡适文集》(2)，北京大学出版社 1998 年版，第 295 页。

④ 胡适：《胡适演讲集》卷一《什么是“国语的文学”、“文学的国语”》，欧阳哲生编：《胡适文集》(12)，北京大学出版社 1998 年版，第 57 页。

谗言。然后就提出了一个“大胆的假设”：唐僧是明世宗，猪八戒是严嵩。这样“大胆的假设”显然超出了胡适先生所限定的使用范围，是不能为他所认可的。于是，他首先辩解自己是以文学史研究者的看法研究文学的：“我觉得研究文学有两种看法。我三十年来作的小说考证的工作，完全是文学史的看法，不是研究文学的看法。研究文学，让给许多作家去作。”接着，他又强调李辰冬先生所用的方法并不是他所主张的方法，他说：“刚才李先生所讲的方法，危险性很大，求证据很困难。”“文学史上有两个不同的考证，一个是传记考证，一个是历史的演变。李先生刚才说的对于《西游记》的研究，我很想看看新的材料。不过我觉得《西游记》是历史演变成的东西，我想我们研究文学史，看他如何演变，不必太去深求；太去深求，也许容易走上猜谜的一条路。”①胡适先生将他的“科学的方法”限定在文学史的层面，就是因为文学史的研究可以由“尊重事实，尊重证据”，“让证据引导我们走向一个自然的，合乎逻辑的结论”。② 而文学的研究诸如思想内容、人物塑造、艺术特色等这些方面往往需要凭体验和感悟作出判断的内容，很多时候是难以用他所主张的“科学的方法”来考证的。

结合胡适先生的这些看法，说吴敬梓“受了颜习斋、李刚主、程绵庄一派的思想的影响”，要找证据，势必牵涉“思想”的“考证”，“思想的影响”的“考证”，而这些考证，离开了作者身世和传记的资料以及作品本身的版本演变的材料作为支撑，如果也被胡适先生认可的话，那么“处处尊重证据，让证据作向导”，③ 就可能会将他引向事实无从尊重，证据无从尊重，进而无从下结论的窘境。钱穆先生就曾说过：“胡博士平常教人，每喜说拿证据来，但在思想本身范围之内，有些处只能就思想论思想，证据只能使用在思想之外皮，不能触及思想之内心。”④可是，有些结论为了某种需要还是必须要下，于是胡适先生就从那些可以考证的内容入手，然后将其转换到需要的结论上。再者，有了事实与证据，还有一个如何使用事实与证据的问题，如果不是明确的、直接的证据，还要有一个推理到结论的过程。而胡适先生搜求材料的工夫是令人佩服的，但他使用材料进行求证时，推理不够严谨，立论却十分大胆的情形也是时常出现的。

还可以举个例子说明胡适先生所主张的“科学方法”在考证“思想的影响”时所可能遭受的挑战。假定要“求证”《儒林外史》对待“明朝科举用八股文的制度”的态度是受了颜元、李塨、程廷祚一派的影响，就必须要求至少从两个层面加以证明：首先，要有材料证明《儒林外史》的态度与颜元、李塨、程廷祚一派的态度相当一致。其次，要有材

---

① 胡适：《胡适演讲集》卷一《什么是“国语的文学”、“文学的国语”》，欧阳哲生编：《胡适文集》(12)，北京大学出版社 1998 年版，第 57、58 页。

② 胡适：《胡适口述自传》第十一章《从旧小说到新红学》，欧阳哲生编：《胡适文集》(1)，北京大学出版社 1998 年版，第 407 页。

③ 胡适：《胡适文存》卷三《〈红楼梦〉考证》，欧阳哲生编：《胡适文集》(2)，北京大学出版社 1998 年版，第 465 页。

④ 钱穆：《略述有关六祖坛经之真伪问题》，现代佛教学术丛刊编辑委员会：《现代佛教学术丛刊》第 1 册《六祖坛经研究论集》，台湾大乘文化出版社 1976 年版，第 207~208 页。

料证明这"相当一致"确实是颜元、李塨、程廷祚一派的思想影响的结果。如果前者通过相关文本的比较可以很容易找到一些材料来"解释"和"假设"的话，那么后者就是一件"求证据很困难"的事情了。因为可以明确的是，八股取士制度实行伊始，就不时遭到上自朝廷大臣下至落第士子的批评乃至攻击、咒骂，批评八股取士的制度并不是颜元、李塨、程廷祚一派的首创。到了吴敬梓的时代，对八股取士制度的批评早已不是什么惊天动地之举，而是比较常见的了。如果要求证出吴敬梓对待"八股取士"的态度是由于他接受了颜元、李塨、程廷祚一派的思想的缘故，就应当有可靠的证据证明二者之间的因果联系，但至今未发现有明确的材料能够证明吴敬梓曾研习过颜李之学。如果仅从思想上的"相当一致"来证明《儒林外史》"批评明朝科举用八股文的制度"是因为接受了颜元、李塨、程廷祚一派的思想，那么也就可以假设其接受的是与《儒林外史》"批评明朝科举用八股文的制度"的思想"相当一致"的其他人的思想，而这样的"相当一致"又实在可以找出好多。或者也可以假设这思想是吴敬梓由自身的阅历而自我觉悟的结果，胡适先生也表示过这个意思："吴敬梓是一个八股大家的曾孙，自己也在这里面用过一番工夫来，经过许多考试，一旦大觉悟之后，方才把八股社会的真相——丑态——穷形尽致的描写出来。"①

由此可见，将《儒林外史》所体现的思想与颜元、李塨、程廷祚一派的思想进行比较，然后提出吴敬梓"受了颜习斋、李刚主、程绵庄一派的思想的影响"，"《儒林外史》是一部宣扬颜李学派的思想的小说"，乃至"吴敬梓是颜李学派的信徒"这些"假设"不是很困难的事，但这一假设，除了对象间某些所谓的"相似性"之外，实在缺乏直接的，能够证明二者之间必然联系的证据。而文本之间的相似性与承继关系还是两码事，除非这种相似性是唯一的，才可仅凭相似性断定后来者对先行者有承继关系。可胡适先生还是在煞有介事地作了"小心的求证"之后，将他"大胆的假设"直接变成了"大胆的结论"。同样的做法也出现在他对"戴震与颜李学派"这个命题的判断上。他在完成于1925年8月的《戴东原的哲学》中说：

> 我们看他的两部哲学书——《孟子字义疏证》和《原善》——不能不疑心他曾受着颜李学派的影响。戴望作《颜氏学记》，曾说戴震的学说是根据于颜元而畅发其旨(《学记》一，页四)。我们至今不曾寻出戴学与颜李有渊源关系的证据。我个人推测起来，戴学与颜学的媒介似乎是程廷祚。程廷祚(1691—1767)二十岁后即得见颜李的书；二十四岁即上书给李塨，并著《闲道录》，时在康熙甲午(1714)，自此以后，他就终身成了颜李的信徒，与常州的恽鹤生同为南方颜李学的宣传者。程廷祚是徽州人，寄籍在江宁。戴震二十多岁时，他的父亲带他到江宁去请教一位同族而寄寓江宁的时文大家戴瀚。此事约在乾隆七八年(1742—1743)。后来乾隆二

① 胡适：《胡适文存二集》卷四《吴敬梓年谱》，欧阳哲生编：《胡适文集》(3)，北京大学出版社1998年版，第491页。

十年(1755)戴震入京之后，他曾屡次到扬州(1757、1758、1760)，都有和程廷祚相见的机会。他中式举人在乾隆二十七年(1762)；他屡次在江宁乡试，也都可以见着程廷祚。况且程廷祚的族侄孙程晋芳(也是徽州人，寄籍淮安)是戴震的朋友；戴氏也许可以从他那边得见程廷祚或颜李的著作。(程晋芳极推崇程廷祚，而不赞成颜李之学。他作《正学论》，力诋颜李，并驳戴震，大为程朱辨冤。所以他明知程廷祚得力于颜李，——有《与家绵庄先生书》可证，——而他作《绵庄先生墓志铭》，竟不提及颜李之学。)

依段玉裁的记载，戴震的《原善》三篇作于癸未(1763)以前，甲戌(1654)以后的十年之间(《戴氏年谱》，页十六)。这十年正是戴氏往来扬州、江宁之间，常得见程廷祚的时期。段氏又说乾隆三十一年(1766)曾听得戴震自说，"近日做得讲理学一书"，即是《孟子字义疏证》的初稿(《年谱》，页十七)。这正是程廷祚死的前一年。依这种种可能的机会看来，我们似乎很可以假设程廷祚是颜学与戴学之间的媒介了。①

应当说，胡适先生求证"戴震与颜李学派"比求证"吴敬梓与颜李学派"费了更多的心思，因为吴敬梓与颜李学派的信徒程廷祚的关系，毕竟还有直接的材料可以作为证据，而戴震与程廷祚的关系却连直接的证据都没有，于是胡适不得不先为"假设"程廷祚与戴震的关系"推测"出"似乎"、"也许"存在的"种种可能的机会"来。接着，胡适先生在"不曾寻出戴学与颜李有渊源关系的证据"的情况下就直接确认了戴震"曾受着颜李学派的影响"的假设，后来又建立了戴震是颜学"第四代"②的论断。胡适先生这种并非由"小心的求证"得来的"大胆"结论，是不能当作"真理"来看的，只有寻出戴震、吴敬梓"与颜李有渊源关系的证据"来才行。

*　　　　*　　　　*　　　　*

胡适先生自己说过："如果一个假设是站在很充分的理由上面的，即使没有旁证，也不失为一个很好的假设。但他终究只是一个假设，不能成为真理。后来有了充分的旁证，这个假设便升上去变成一个真理了。"③人们可以期待关于"吴敬梓与颜李学派"的"假设""升上去变成一个真理"，但更需要期待的是，能有来自作者身世和传记的材料作直接的、明确的证据，以证明吴敬梓与颜李学派之间的渊源关系。

最后，如果要对胡适先生在大胆假设、搜寻证据、推理求证、建立结论这四方面的工作作个比较的话，可以说，四者之中，胡适先生的最大贡献是为文学史研究搜集了很

① 胡适：《戴东原的哲学》，欧阳哲生编：《胡适文集》(7)，北京大学出版社1998年版，第250~251页。

② 胡适：《序跋集·北京大学新印程廷祚〈青溪全集〉序》，欧阳哲生编：《胡适文集》(8)，北京大学出版社1998年版，第516页。

③ 胡适：《胡适文存》卷二《清代学者的治学方法》，欧阳哲生编：《胡适文集》(2)，北京大学出版社1998年版，第304页。

多有价值的材料，包括一些可以作为直接证据的材料。但当一个问题的直接证据不足或没有直接证据时，他又很乐于作大胆的假设，而求证时又过多依赖推测，缺乏事理的有力支持，形式上似乎无懈可击，逻辑上往往不太严密；立论又时常很是主观，留下不少让人置疑的说法，连他本人也承认自己的结论也可能是错误的。胡适先生曾经多次在考证已毕，十分坦率地说起这样的意思。如他在《红楼梦考证》结尾说："我的许多结论也许有错误的，——自从我第一次发表这篇《考证》以来，我已经改正了无数大错误了，——也许有将来发现新证据后即须改正的。但我自信：这种考证的方法，除了《董小宛考》之外，是向来研究《红楼梦》的人不曾用过的。我希望我这一点小贡献，能引起大家研究《红楼梦》的兴趣，能把将来的《红楼梦》研究引上正当的轨道上去：打破从前种种穿凿附会的'红学'，创造科学方法的《红楼梦》研究！"①在《〈水浒传〉后考》里，他又以这样的话作结束："我这几篇小说考证里的结论也许都是错的，但我自信我这一点研究的态度是决不会错的。"②他做《治学方法》的演讲，又一次强调："当然，我的假设并不是说就完全正确；但至少可以在这里证明'小心求证'这个工夫是很重要的。"③这等于向读者宣告：我的结论可能是有问题的，读者可以怀疑，但我的"科学的方法"是重要的，"研究的态度"是"决不会错的"，读者须重视，要相信。胡适先生不止一次地表示这个意思，面对如此良苦的用心，我们还能说什么呢？④

3. 附论当代学者对吴敬梓与颜李关系的考证

胡适先生通过将《儒林外史》与程廷祚的《青溪文集续编》进行对比后发现，《儒林外史》里所写卢信侯、沈琼枝、迟衡山的事迹分别与《青溪文集续编》里所记的刘著、葺城女士、樊某的事迹相符，并肯定庄征君的原型就是程廷祚。基于此，他确信吴敬梓创作《儒林外史》受了程廷祚的影响，并进而推出了这样一个结论：吴敬梓受了颜习斋、李刚主、程绵庄一派思想的影响。胡适先生又认为程廷祚"确是一个颜李学的信徒"，"到晚年还是一个颜李信徒"，是"颜学的第三代"，因此，他在后来索性将程廷祚撇开，直接说吴敬梓受了颜李学派的影响，再后来，又说"《儒林外史》是一部宣扬颜李学派的思

---

① 胡适：《胡适文存》卷三《〈红楼梦〉考证》，欧阳哲生编：《胡适文集》(2)，北京大学出版社1998年版，第465页。

② 胡适：《胡适文存》卷三《〈水浒传〉后考》，欧阳哲生编：《胡适文集》(2)，北京大学出版社1998年版，第428页。

③ 胡适：《胡适演讲集》卷二《治学方法》，欧阳哲生编：《胡适文集》(12)，北京大学出版社1998年版，第135页。

④ 关于胡适先生的"科学的方法"，唐德刚先生在《胡适口述自传》第十章的注④里指出："胡氏'整理国故'如他在本文里所列举的'方法'，就有'对'，有'不对'了。他'不对'的地方，便是胡老师把'科学方法'，误为'科学'本身。以为掌握了'科学方法'(其实胡先生的'方法'，只能说是'合乎科学的方法'，而不能径名之为'科学方法')，'科学'便在其中矣。这就'不对'了。"(欧阳哲生编：《胡适文集》(1)，北京大学出版社1998年版，第391页。)我们十分赞同唐先生的看法，因为结论的真实不只是由科学方法决定的。

想的小说”，“吴敬梓是颜李学派的信徒”。也许是觉察到胡适先生直接由吴敬梓与程廷祚的关系就断言他受了颜李学派的影响，还不足以令人信服，因为在胡适先生的结论里，吴敬梓接受颜李学派影响还必须通过程廷祚才能实现，于是后来有学者便努力将吴敬梓与颜李学派的关系向前追溯。吴敬梓(1701—1754)与颜元(1635—1704)的关系已无从求证，因为颜元死时吴敬梓才四岁，所以就从考证吴敬梓与李塨的关系入手，试图证明“吴敬梓受了颜李学派的影响”这个说法确有史实依据。学者们提出的依据归结起来主要有四点：一是李塨是吴敬梓曾祖吴国对任顺天学政时录取的“县学生员第一名”，并对李的文章深为喜爱，为之“开雕行世”，吴敬梓又十分崇敬曾祖吴国对，因而对李塨的文章、思想应当早有接触。二是吴敬梓的长子吴烺是李塨的再传弟子，父子关系极好，犹如“良友”，经常讨论学问，吴敬梓当然会注意到其子的治学思想。三是吴敬梓的至友程廷祚也是李塨的学生，年轻时就向往颜李学说，极为倾倒，吴敬梓与程廷祚交谊极深，时相过从，讨论学问，因而吴敬梓通过程廷祚接触到颜李学说更是理所当然的。① 四是李塨曾于康熙五十九年(1720)冬往南京讲学，程廷祚等人都向李塨请教学问，在此前后，吴敬梓也因父病经常往来大江南北，所以吴敬梓还极有可能亲聆李塨的讲学，即使未曾与会，也能从其亲友中知悉详情。

我们试就这四点说法作些辨析。

先看第一条。吴国对主持府院试录取李塨(1659—1733)为“县学生员第一名”，事在康熙十六年(1677)，其时李塨19岁。吴国对则于三年后，即康熙十九年(1680)十一月初卒于扬州寓舍，这一年李塨22岁，从父命拜颜元为师刚约一年。即便吴国对是在这一年将李文“开雕行世”②，但所雕之文是否能真正代表作为颜李学人物李塨的思想，也还是一个疑问。以吴国对当时的身份推测，他所喜爱的极可能是李塨的应试之文。再退一步讲，吴国对喜欢的即便不只是李塨的应试文章，那李塨本人对自己早年的文章是怎么看的呢？李塨门人阎镐在为《恕谷后集》作的序中解释该书为何称“后集”时，说：“‘后集’者，自康熙癸未以前，仿欧、苏诸大家，先生俱置之，而惟存其后焉者也。”③康熙癸未即1703年，次年颜元卒。可见，李塨也不认为他的早年之文能代表他的文风和思想。当然也可能存在另外一种情形，就是由于曾祖的原因，吴敬梓有可能搜集李塨的书来读。不过，这又需要确切证据的。我们所知道的有下面这样一个事实。李塨对“四书五经”下过一番功夫，还对《大学》、《中庸》、《论语》、《诗经》、《周易》、《春秋》等作了传注。如果说李塨的《诗经传注》在吴敬梓生前还未刊刻，吴敬梓还来不及见到的话，那么雍正年间增修的十三卷本《恕谷后集》也选有李塨说《诗经》的几篇文字；吴敬梓也熟知“四书五经”，还留下了一部说诗的著作《文木山房诗说》。假定吴敬梓研

---

① 若如此推论，似乎也可说“吴敬梓通过程廷祚接触到袁枚的思想也是理所当然的”，因为袁枚和程廷祚关系也很好，程廷祚死，袁枚还给他写了墓志铭。不过，这又是另一桩公案了。

② 实际上，将李文开雕行世之事，更可能发生在李塨被取为生员的当年或次年。

③ 阎镐：《恕谷后集》卷首，《李塨文集》，河北人民出版社2011年版，第312页。

读过李塨的著作，那么李塨关于《诗经》的思想见解他应该是知道些的。如果再假定吴敬梓又服膺李塨，那么他说《诗》就不应该将对自己产生了很大影响的人完全忽略掉。但是，在《文木山房诗说》里，《韩诗》、《毛诗》、郑玄、孔颖达、欧阳修、程子、朱子、都穆(1459—1525)、苏祐(1493—1573)、郝敬(1558—1639)、徐奋鹏(约1560—约1642)、徐光启(1562—1633)、黄道周(1585—1646)、汪琬(1624—1691)等说诗之语都被吴敬梓征引为据或以之代为表明自己的看法，有好几则还直接引用方回、杨慎(1488—1559)、冯复京(1573—1622)的见解说《诗》，却从未涉及李塨说《诗经》的只言片语。如果吴敬梓受了李塨很大影响的话，他说《诗》为何丝毫不言及李塨？不是太令人匪夷所思了吗？

第二条依据也是大可存疑的。吴烺曾经师从刘著，刘著也确曾做过李塨的门生，但刘著不仅是李塨的门生，他还从宣城梅文鼎学过历算之学，而吴烺在刘著门下学的正是历算之学，也就是说吴烺通过刘著所接受的并非是李塨的学术，而是梅氏的历算之学。假定刘著在向吴烺传授历算之学时捎带些李塨的思想，也只是偶尔的、零碎的。况且，从李塨到刘著再到吴烺，再加上从吴烺到吴敬梓这一环，几经辗转之后，吴敬梓接触到的还有多少是作为颜李学人物的李塨的思想？究竟还能借此途径受到颜李学派几许影响？讨论这种“蛛丝马迹”的“影响”，似乎没有多少实质和实际的意义。

再看第四条证据。康熙五十九年(1720)冬，李塨曾到南京，当时有不少学人向他请教问学。吴敬梓时年20岁。假定吴敬梓早年读过颜、李的书，对颜李学说很是信服，这次李塨来南京讲学，如果也照情理来推，他应当不放过这次难得的问学机会，何况又是他十分崇敬的曾祖吴国对曾经喜爱的一个门生呢？但未见任何有关吴敬梓向李塨问学的记载，也没有关于吴国对任一子孙同李塨交游的记载。另据《恕谷先生年谱》卷五载，李塨此行自康熙五十九年(1720)十一月十七至方苞宅投书，至次年正月十七鸡鸣北行，在南京停留仅两月。而吴敬梓因父病经常往来于大江南北之事发生在两年以前，有吴檠《为敏轩三十初度作》诗所说“汝时十八随父宦，往来江淮北复南”①可证。因此，李塨此次到南京期间不存在吴敬梓因父病经常往来大江南北之事。② 以吴氏在当时的声名和吴敬梓本人年轻时的性情，吴敬梓也不大会专程往南京拜访李塨。况且，吴敬梓此时尚处早年，家族遗产之争也未彻底爆发，他中秀才刚两年，正一心进取功名，对颜李之学是否会有兴致，也还是不能贸然断定的问题。再者，李塨这年已经62岁，颜元已去世16年，李塨随毛奇龄等走上南学考订路径也已二十余年。可以说此时的李塨早已非昔日的李塨，颜李之学到了此时的李塨那里也渐趋精致化，不像颜元早时那般锋芒显露。

---

① 吴檠：《为敏轩三十初度作》，金榘：《泰然斋集》卷二附，李汉秋编：《儒林外史研究资料》，上海古籍出版社1984年版，第3页。

② 如果以吴敬梓有“生父”与“嗣父”的说法，那更不可能在康熙五十九年(1720)发生吴敬梓因“生父”吴雯延生病而经常往来大江南北之事。因为据陈美林先生《吴敬梓身世三考》考证，吴雯延在两年前就已去世：“在康熙五十七年(1718)他十八岁时考取秀才，此时雯延刚死不久。”陈美林：《吴敬梓研究》，南京师范大学出版社2006年版，第14页。

钱穆就曾指出："颜氏之学至恕谷而大，亦遂至恕谷而失。"①1721 年，李塨长子李习仁早卒，他在《长子习仁行状》中说："先是，予从王五公、颜习斋游，每言南土无北鄙杀伐声，宜迁。予亦谓金陵地廓人文，或可倡明圣道也。"②据此，李塨在南京就是传颜元之学，也应该不会在无"杀伐声"的江南到处讲那些批评举业、攻诘程朱、宣扬兵农学问的内容，③ 何况清王朝推尊程朱已有时日，加之文网日密，南方学风也早已大变。尤其需要提出的是，李塨南方之行本为"倡明圣道"，可在南方之行的过程中发生了很大改变的恰恰是他自己。钱穆先生于此有详细论述，他在《中国近三百年学术史》第五章"恕谷传略：学术师友大要"中说："恕谷汲汲于通声气、广交游……求以明行习斋之道，意诚慨切矣，然恕谷自称考古几过万卷，显背师门之旨。而恕谷之移情考古，则自南游始。……其后恕谷北返，以晓城告习斋，习斋移书晓城，力言书生文人之非儒。……此论痛快斩截，盖亦屡以告恕谷，若恕谷受其说，可不折入南学考据之途矣。今恕谷务欲广声气，纳交游，而当时南方学风，早已走上考订一路，恕谷亦不得不委曲追随，以自堕于书生文人一类。"④当然，李塨之著书有不得已而为之的一面，如其在五十三岁时作《给郑之书》中自陈："圣道其有人，则传之人；无其人，则书其所学，期于传之后世，岂得已哉！"⑤但这也表明，其传颜氏之学并不如其所愿，所谓"我欲弢之，人且彰之；我故长之，人故短之"。⑥ 由此也可以想见李塨在南方传颜氏之学的情形。退一步讲，即便李塨刚好讲的有批评举业、攻诘程朱、宣扬兵农思想的内容，吴敬梓也听了李塨的讲学，但他是否认同李塨的看法也是值得再作一番探讨的。关于这一点，将在下文作较为详细的比较与论述。

由上所述，学者们讨论吴敬梓接受李塨影响的第一、二、四这三条证据，要么缺乏实质性的史实支撑，要么史实使用有误，都是由推想得来，基本没有说服力。最后说第三条，吴敬梓可能通过程廷祚接受颜李的思想，这应该是四条依据当中最"有力"的一个，胡适先生也为此努力作了考证。但前面已经说过，这条理由如果要成立，必须首先确认这样的判断，即吴敬梓接受了程廷祚的思想也就是接受了颜李学派的思想。而这又是一个可以继续探讨的问题，这里不拟展开。不过有一点可以提出：程廷祚与颜、李是有不同人格与追求的人物，程廷祚宁不要功名也不肯依附权势，颜、李则是耿耿于经济天下的功业且颇为自负的。吴敬梓可以将程廷祚改造成他在《儒林外史》中所推崇的庄

---

① 钱穆：《中国近三百年学术史》，商务印书馆 1997 年版，第 225 页。

② 李塨：《恕谷后集》卷八，《李塨文集》，河北人民出版社 2011 年版，第 414 页。

③ 此处之所以特别提出批评举业、攻诘程朱、宣扬兵农的思想，是因为这是被一些学者视为吴敬梓及其《儒林外史》受到颜李学派思想影响的重要方面。

④ 钱穆：《中国近三百年学术史》，商务印书馆 1997 年版，第 228、230、231 页。

⑤ 李塨：《恕谷后集》卷十一《给郑子书》，《李塨文集》，河北人民出版社 2011 年版，第 445 页。

⑥ 李塨：《恕谷后集》卷十一《给郑子书》，《李塨文集》，河北人民出版社 2011 年版，第 445 页。

绍光，也可以推崇吴泰伯、伯夷、陶渊明及他笔下的王冕、虞博士、杜少卿这一流的人物，但像颜、李这样耿耿于功业的人物不会为《儒林外史》所推重。

二、从《儒林外史》看“吴敬梓与颜李学派”

尽管胡适先生关于“吴敬梓与颜李学派”这个命题的“假设”尚缺乏明确的、直接的史实依据，但这无妨将吴敬梓和他的《儒林外史》同颜李学说作对比研究。通过比较，我们发现，吴敬梓的思想与颜李学说有着截然的分别，即便在那些常被论者用以证明二者思想一致性的方面，吴敬梓与颜李学派实际上也是大异其趣的。尤为重要的是，如果带着“吴敬梓受到了颜李学派的思想的影响”这种认识来观照《儒林外史》的话，会产生严重的偏差；从而，吴敬梓在《儒林外史》里所真正关注的方面和所欲表达的主要内容被遮蔽与被忽略几乎是不可避免的。

1.《儒林外史》推重道德文行而非功名事业

《儒林外史》与颜李学说所推重的方面是不同的：吴敬梓在《儒林外史》里非常推重道德文行，而颜李学派则极为推重功名事业。这种不同是根本性的，因为其所推重的方面不同，其思考问题的角度、眼光等也会迥然有别，甚至对待同样一个问题会表现出相反的看法与态度。下面分别进行讨论。

(1)《儒林外史》推重的是能淳厚风俗的道德文行

纪昀在《阅微草堂笔记》卷一里记有这样一个故事：

> 沧州刘士玉孝廉，有书室为狐所据，白昼与人对语，掷瓦石击人，但不睹其形耳。知州平原董思任，良吏也，闻其事，自往驱之。方盛陈人妖异路之理，忽檐际朗言曰：“公为官颇爱民，亦不取钱，故我不敢击公。然公爱民乃好名，不取钱乃畏后患耳，故我亦不避公。公休矣，毋多言取困。”董狼狈而归，咄咄不怡者数日。刘一仆妇甚粗蠢，独不畏狐。狐亦不击之。或于对语时举以问狐。狐曰：“彼虽下役，乃真孝妇也。鬼神见之犹敛避，况我曹乎！”刘乃令仆妇居此室。狐是日即去。①

知州与仆妇，一为良吏，一甚粗蠢，以立功而言，仆妇显然与良吏不可同日而语。但狐不避良吏而畏仆妇，原因在于，良吏虽然爱民却是缘于好名，并非发自内心爱民，不取钱是缘于害怕后患而不敢取钱，并非真的不爱钱，不想取钱；仆妇虽然仅是一粗蠢之人，但她的孝却是出自真心的。也就是说，从立功的角度来看，这个知州是没什么可指

① 纪昀：《阅微草堂笔记》卷一，上海古籍出版社 1980 年版，第 1~2 页。

责的，但从立德的角度看，他却并无可褒扬之处；而那个仆妇虽然没有什么功业可言，但从道德的角度看，她却是真正值得颂扬的。这个故事显示出的一个意思是：道德比功业更值得尊重，立德比立功更重要。这种意识在古代许多有志节的读书人那里往往是难以释怀的。吴敬梓就是这样的一个读书人。

在吴敬梓看来，道德文行比功名事业更能体现读书人的价值，尤其在天下失道的时代，道德文行更是远比功名事业重要。《儒林外史》通过楔子中王冕的形象以及正文中虞育德、庄绍光、杜少卿等形象的塑造，就表达了这样一种信念。

小说第一回《说楔子敷陈大义，借名流隐括全文》开篇，作者即以一首略带沧桑感的词引出对功名富贵的一番感慨，所谓："功名富贵无凭据，费尽心情，总把流光误。""人生富贵功名是身外之物，但世人一见了功名，便舍着性命去求他，及至到手之后，味同嚼蜡。"耗误时光，费尽心情，求到手的功名却味同嚼蜡，那应当如何做才能寻得人生的立足之处？吴敬梓通过对王冕形象的塑造表达了一种理想的立身方式，即只做人，不做官，做人比做官更重要。《儒林外史》里王冕的事迹与元人徐显《稗史集传》、清人朱彝尊《曝书亭集》等所记王冕（1287—1359）事迹大略相似，但又有明显的不同。其一，徐显《稗史集传》、钱谦益《列朝诗集小传》、朱彝尊《曝书亭集》都说他曾经一试进士举不第，即焚所为文；宋濂（1310—1381）《王冕传》说他"屡应进士举不中，叹曰：'此童子羞为者，吾可溺是哉！'竟弃去"①；《明史·文苑传》说他"屡应举不中，弃去"②。吴敬梓笔下的王冕从未应科举，而且，他还对礼部议定的以《五经》、《四书》、八股文取士之法发了议论："这个法却定的不好！将来读书人既有此一条荣身之路，把那文行出处都看得轻了。"在他看来，朝廷定的这个法给读书人开了荣身之路，会让读书人舍身为此，看轻"文行出处"。像许多有节操的儒家士子一样，吴敬梓将读书人的"文行出处"看得远比荣身显名重要。故而吴敬梓这样安排王冕的言语行止，也正是以此来表达他对明清取士之法的看法。不过由作者借王冕之口说的这番话，我们不难看出，吴敬梓看待科举取士之法，并不着眼于这个制度本身怎么不好，而是从它对读书人"文行出处"所造成的影响的角度看的。那么朝廷定了这样一个会促使读书人看轻"文行出处"的法，读书人应该怎么办？这正是吴敬梓借由王冕的"文行出处"提出而在《儒林外史》里所要回答的重要问题。其二，宋濂《王冕传》、钱谦益《列朝诗集小传》、《明史·文苑传》俱称朱元璋取婺州，物色得冕，置幕府，授以咨议参军，一夕以病死③；朱彝尊《曝书亭集》也说"太祖闻其名，授以咨议参军，而冕死矣"④。吴敬梓笔下的王

---

① 宋濂：《芝园后集》卷十《王冕传》，罗月霞主编：《宋濂全集》，浙江古籍出版社 1999 年版，第 1474 页。

② 张廷玉等：《明史》卷二百八十五，中华书局 1974 年版，第 7311 页。

③ 参见宋濂：《芝园后集》卷十《王冕传》，罗月霞主编：《宋濂全集》，浙江古籍出版社 1999 年版，第 1475 页。钱谦益：《列朝诗集小传》甲前集，上海古籍出版社 1983 年版，第 16 页。张廷玉等：《明史》卷二百八十五，中华书局 1974 年版，第 7311 页。

④ 朱彝尊：《曝书亭集》卷六十四，四部丛刊初编本，第 2 页。

冕不唯不愿做官，而且地方官吏找上门，他也唯恐避之不及，当听说自己曾指点教诲过的吴王要征聘他做官时，他也遵从母亲“不要出去做官”的吩咐，早早地逃往会稽山中。在楔子的结尾，吴敬梓还特地为他辩解说：“可笑近来文人学士，说着王冕，都称他做王参军，究竟王冕何曾做过一日官？”吴敬梓一改前人的传述，将王冕塑造成一个不曾做官，也不愿做官的形象，是因为在一个“文人有厄”的时代，出去不仅做不出什么事，恐怕也不得有什么好收场，所以宁肯居野隐处的好。其三，徐显《稗史集传》、宋濂《王冕传》、朱谋垔《续书史荟要》、钱谦益《列朝诗集小传》、朱彝尊《曝书亭集》都说王冕被人指为狂生。吴敬梓笔下的王冕则是一个具有隐者胸怀又具儒者气象的贤士，吴王拜访他时说“今得见先生儒者气象，不觉功利之见顿消”，他给吴王强调的也是“以仁义服人，何人不服”。这完全不是“狂生”的行止。其四，宋濂《王冕传》、朱谋垔《续书史荟要》、《明史·文苑传》都称他为“通儒”，善画梅；朱彝尊《曝书亭集》说他通《春秋》，读过古兵法，善画梅。宋濂《王冕传》、《明史·文苑传》都称他尝仿《周礼》著书一卷，并说持此以“遇明主，伊吕事业不难致也”①。吴敬梓笔下的王冕则是一位“天性聪明，年纪不满二十岁，就把那天文、地理、经史上的大学问，无一不贯通”的奇才，但他“既不求官爵，又不交纳朋友，终日闭户读书”。而且吴敬梓也将王冕善画梅改成了善画荷花，这一改变是颇具意味的。梅在古代通常是一种凛然之气的象征，而荷花则象征着清白与高洁。《儒林外史》中，王冕眼里的荷花是“苞子上清水滴滴，荷叶上水珠滚来滚去”，清亮无比。吴敬梓的这一改变，更能表达他所要倡导的一种“出淤泥而不染”的品节。吴敬梓重塑王冕的形象以敷陈大义，隐括全文，就是要表达这样一个意思：一个不存功名富贵之心的读书人，他才会成为一个真正的贤士，一个真正的儒者。

小说第三十一回至第三十七回依次呈现的杜少卿、庄绍光、虞育德是吴敬梓尤为倾心塑造的贤人君子形象。《儒林外史》对他们的描写也有如下几点值得注意：

首先，虞博士、庄绍光、杜少卿各有获取功名的机会，却都不慕权势，远离功名，自甘寂寞，都不愿让污浊的利禄玷辱自己的清名。杜少卿出身累代科第之家，地方上有不少官员想抬举他，他却颇不耐烦，一概回绝。汪盐商家送帖请杜少卿陪县主老爷，这对许多人是求之不得的事，而在杜少卿看来：“这人也可笑得紧，你要做这热闹事，不会请县里暴发的举人、进士陪？我那得工夫替人家陪官！”后来又托杜家的熟客臧荼登门请他，说县主老爷仰慕他，他说得更是气壮，还趁势把这位县主老爷嘲弄了一番：“他果然仰慕我，他为甚么不先来拜我，倒叫我拜他？况且倒运做秀才，见了本处知县就要称他老师，王家这一宗灰堆里的进士，他拜我做老师我还不要，我会他怎的？”最后又严词拒绝，断了他的念头：“你这位贵老师总不是甚么尊贤爱才，不过想人拜门生受些礼物。他想着我，叫他把梦做醒些！”（第三十一回）还有一件事。巡抚李大人是杜少卿先祖的门生，执意要举荐他应朝廷征辟，他一再推辞。先说自己菲才寡学，恐有玷

① 参见宋濂：《芝园后集》卷十《王冕传》，罗月霞主编：《宋濂全集》，浙江古籍出版社1999年版，第1474页。张廷玉等：《明史》卷二百八十五，中华书局1974年版，第7311页。

荐牍，又说自己有麋鹿之性，草野惯了，实在推辞不掉，就装作病得很重的样子骗过差官作罢。杜少卿为什么要这样做？他的解释是：“正为走出去做不出甚么事业，徒惹高人一笑，所以宁可不出去的好。”（第三十三回）“我做秀才，有了这一场结局，将来乡试也不应，科、岁也不考，逍遥自在，做些自己的事罢！”（第三十四回）庄绍光是出身于累代的读书人家，十一二岁就会做一篇七千字的赋，天下闻名，他却闭户著书，不肯妄交一人。后应皇帝之召进京，大学士某公欲收之门墙，但他却毫不领情，并且还说出这样的话来：“世无孔子，不当在弟子之列。况太保公屡主礼闱，翰苑门生不知多少，何取晚生这一个野人？这就不敢领教了。”（第三十五回）结果被如愿放还，从此谢绝冠盖，过着恬适自在的日子。虞育德起初也有被荐的机会，那是在第一次上京会试落第后，山东巡抚康大人约他一同出京，住在衙门里，代作些诗文，甚是相得，一位叫尤资深的同事敬佩他的文章品行，就拜了老师，刚好赶上天子求贤，康大人也要荐一个，尤资深就想求康大人荐了他去。虞博士则笑道：“这征辟之事，我也不敢当。况大人要荐人，但凭大人的主意。我们若去求他，这就不是品行了。”尤资深则劝他：“老师就是不愿，等他荐到皇上面前去，老师或是见皇上，或是不见皇上，辞了官爵回来，更见得老师的高处。”虞博士则回应他道：“你这话又说错了。我又求他荐我，荐我到皇上面前，我又辞了官不做。这便求他荐不是真心，辞官又不是真心。这叫做甚么？”（第三十六回）这就是作者笔下的虞博士，看重品行，不为利禄虚名而欺心。后来他中了进士，殿试在二甲，别人比他大的都把年龄写小，唯有他如实写，结果本来朝廷想选他做翰林，却因年龄大只补了南京国子监博士。在一个汲汲于功名富贵的环境中，吴敬梓将他推许的人物都写成真心诚意疏离功名富贵的君子，《儒林外史》对功名的离弃态度也就非常明确了。

其二，小说中的这几位贤人君子，他们都没有值得称道的功业，有的甚至连建立功业的才能或想法都没有。明清时代的章回小说，多乐于将所称许的人物写成能做出一番功业的形象。历史演义、英侠传奇①自不必说，因为这两类小说本来就是以叱咤风云的历史人物或行侠仗义的英雄豪侠作为主要的关注对象；神魔小说也是着墨于那些能扫魔除奸、扶正祛邪的角色。人情小说所关注的主要对象虽然不再是那些能建大功、立大业的人物，但作者仍不吝给予他所推许的主人公以功成名就的机会。到了《儒林外史》，这种局面得到了根本的改变，吴敬梓最为推许的三个人物虞育德、庄绍光、杜少卿都没有立下什么功业。虞博士是中了进士的人，但作者并没有借虞博士的科名把他处理成一个经济天下的良臣，或者是一个造福一方的能员，而是将他塑造成一个为治生而奔忙的平平凡凡的君子，如写他真心实意替人家看坟地，写他救了一个没钱葬父亲的人，可通过这些小事，虞博士的品行就显出来了。庄绍光是个闻名遐迩的人物，不过这多半是得于他的文章品行，至于建功立业的能力着实不能让人恭维。第三十四回写他在应召赴京

---

① 此处“英侠传奇”的说法取自陈文新先生。见陈文新等著《明清章回小说流派研究》（武汉大学出版社 2003 年版）、《中国文学流派意识的发生和发展》（武汉大学出版社 2007 年版）中《英侠传奇审美规范的确立》一节的论述。

的路上遇上了盗贼，外面在打斗，他“坐在车里，半日也说不出话来，也不晓得车外边这半会做的是些甚么勾当”。卧闲草堂评语就说：“最妙在绍光才说‘有司无弭盗安民之法’，及乎亲身遇盗，几乎魄散魂飞，藏身无地，可见书生纸上空谈，未可认为经济。”①其实，这正是作者有意为之，吴敬梓本不愿将他写成能除奸驱恶的良将。他入朝陛见，皇上让他筹划教养之事，他细细做了十策，给皇上的感觉也就是“学问渊深”，可见作者也无意将他写成可以经济天下的能臣。庄绍光就是庄绍光，面对有臧仓小人作梗，“我道不行”的情势，他乐于做的就是恳求恩赐还山，保持自己的清名节操。至于杜少卿，只看他解说《郑风·女曰鸡鸣》一篇便可明了他的志趣。小说这样写道：

> 杜少卿道：“‘女曰鸡鸣’一篇，先生们说他怎么样好？”马二先生道：“这是《郑风》，只是说他‘不淫’，还有甚么别的说？”迟衡山道：“便是，也还不能得其深味。”杜少卿道：“非也，但凡士君子，横了一个做官的念头在心里，便先要骄傲妻子。妻子想做夫人，想不到手，便事事不遂心，吵闹起来。你看这夫妇两个，绝无一点心想到功名富贵上去，弹琴饮酒，知命乐天。这便是三代以上修身齐家之君子。”（第三十四回）

由此看来，杜少卿之志趣也在修身齐家之德，绝不在治国平天下之功，经世致用之术他自然无兴致。而杜少卿说“女曰鸡鸣”的观点正是吴敬梓《诗说》中所表达的看法。

其三，与他们的疏离功名、未做任何功业形成对照，小说将他们的道德文行都写得相当好，有着不错的口碑。对于虞博士，祁太公说他“做的事有许多阴德”，杜少卿说他“不但无学博气，尤其无进士气。他襟怀冲淡，上而伯夷、柳下惠，下而陶靖节一流人物”（第三十六回），余二先生说“看虞博士那般举动，他也不要禁止人怎样，只是被了他的德化，那非礼之事，人自然不能行出来”（第四十七回）。虞博士还是一位很真诚、很实在的人。如杜少卿用度艰难，虞博士就把一份写烈女碑文的事转给了他，还对少卿说：“我那里如你的才情！你拿去做做。”（第三十六回）庄绍光这个形象也是儒雅清高，自甘淡泊，不慕荣利，不屈权势，颇具高风亮节，虞博士也仰慕他的名节。庄绍光同样是一位仁者，辞爵还家的路上，借宿一户人家，这家老夫妻俩都死去，他就出钱买棺木和坟地掩埋，又洒泪祭奠。杜少卿不慕势利，反倒对困窘之人慷慨相助。如起初知县多次托人想见他，他对人说：“他果然仰慕我，他为甚么不先来拜我，倒叫我拜他？况且倒运做秀才，见了本处知县就要称他老师，王家这一宗灰堆里的进士，他拜我做老师我还不要，我会他怎的？”（第三十一回）后来这位王老爷摘了印，处于困厄之中，杜少卿听说他寻不到住处，忙吩咐家人请来到家里住，朋友问杜少卿道：“你从前会也不肯会他，今日为甚么自己借房子与他住？况且他这事有拖累，将来百姓要闹他，不要把你花园都拆了！”杜少卿的回答是：“这王公，他既知道仰慕我，就是一点造化了。我前

---

① 李汉秋辑校：《儒林外史汇校汇评》，上海古籍出版社 2010 年版，第 430 页。

日若去拜他，便是奉承本县知县，而今他官已坏了，又没有房子住，我就该照应他。”(第三十二回)杜少卿这样的品行，与变泰发迹后的匡超人相比，可谓是天壤之别。娄焕文只是个门客，年老患病，杜少卿不仅不打发他回去，还供养在家，精心服侍，直至病危才送他回乡。娄焕文去世，他大哭数次，还到柩前祭奠，又拿银子做佛事。他的至诚，使得陶红一镇上的人都叹息“天长杜府厚道”(第三十三回)。迟衡山称他为“海内英豪，千秋快士”(第三十三回)，是“自古及今难得的一个奇人”(第三十四回)。吴敬梓不写虞博士、庄绍光、杜少卿有多么伟大的功业，而是写他们的一些很平凡、很朴实的事情，但其品行却因此凸显出来，成为污浊社会中良心道德的砥柱，感化着周围的人。

吴敬梓将他最为推许的虞博士、庄绍光、杜少卿都塑造成疏离功名，没有功业，道德文行却很是高尚的形象，显见《儒林外史》对道德文行的重视及对功名事业的离弃态度。他创作《儒林外史》的用心也由此可窥一斑了。尚须提到的是，《儒林外史》里，虞博士、庄绍光、杜少卿等人做得最庄重，也最有影响的一件事就是祭泰伯祠了。之所以要祭泰伯祠，照迟衡山的说法是：“我们这南京，古今第一个贤人是吴泰伯，却并不曾有个专祠。那文昌殿、关帝庙，到处都有。小弟意思要约些朋友，各捐几何，盖一所泰伯祠，春秋两仲，用古礼古乐致祭。借此大家习学礼乐，成就出些人才，也可以助一助政教。”(第三十三回)文昌殿主祀文昌帝君，文昌帝君为职司爵禄、科举之神。清代，每至二月初三日文昌帝君生日，朝廷都要遣大臣前往祭祀，各地学宫也都建有文昌祠，崇奉极盛。关帝庙主祀关圣帝君，起初，关羽并不管读书人的事，到后来，他就几乎成为万能之神，包括司命禄，佑科举，他也因此成了举子心中的科举神。迟衡山说南京古今第一个贤人吴泰伯不曾有个专祠，文昌殿、关帝庙，却到处都有，就显示出许多读书人不是在讲究道德文行，而是在热衷科名利禄。关于泰伯，《论语·泰伯》说：“泰伯，其可谓至德也已矣！三以天下让，民无得而称焉。”①《史记》则将泰伯列为世家第一。吴泰伯舍弃本应得到的功名富贵，远避他乡，是“古今第一个贤人”，祭祀他就意味着对他甘愿离弃功名之“德”的尊崇。

吴敬梓在《儒林外史》里为什么作出这样的选择？一方面他认为自己身处不能有所作为的时代，既然出去做不出什么事业，那么离弃功名就是一个有志节的读书人应当作出的选择。《儒林外史》写庄征君不愿攀附权臣，结果被谗放还；写萧云仙听从郭孝子的劝告，做出了一番功业，不仅功被冒占，而且赔尽家资；写汤镇台出兵平乱，却落个率意轻进、糜费钱粮的罪责，降级调用，被作为好事贪功者之戒；写各地官府利禄之员充斥，等等：这些都显示那是个让人难以有所作为的时代。第八回里写南昌蘧太守，他常记得的也是“宦海风波，实难久恋”，所以风尘劳攘之时，每怀长林丰草之思，终得畅然挂冠归里。另一方面，吴敬梓看到许多读书人汲汲于功名利禄，缺失了道德文行，从官府衙门到市井乡俗，到处弥漫着攀附权势、邀名逐利的风习。面对世风之日益恶薄，《儒林外史》提出的一个解决方案就是倡导像吴地古先贤泰伯身上所体现出来的那

---

① 朱熹：《论语集注》卷四，《四书章句集注》，中华书局 1983 年版，第 102 页。

种极为珍贵的“德”。有了这种“德”，也许读书人就不会再汲汲于功名富贵，就会有更多的人像虞博士等真儒那样看淡功名，乐天知命；有了这种“德”，也许世间兄弟就不会再同室操戈，争财夺产，而是兄友弟恭；有了这种“德”，也许一个礼乐兴、教化敦、风俗淳的社会图景就会出现。

(2)颜李学派推重的是经济天下的功名事业

与吴敬梓不同，颜李学派注重的是经世致用，是经济天下的功名事业。颜元(1635—1704)、李塨(1659—1733)出生的时代比吴敬梓(1701—1754)早四十年以上。他们的青年时代，正处于清朝统治尚未完全稳固之际。梁启超说：“其可称近世学术史之特色者，必推顾、黄、王、颜、刘五先生。五先生之学，应用的而非理想的也。”“习斋行事不少概见，然相传其折竹为刀，以胜剑客，磬控驰射，中六的焉。其著述往往叹息于宋氏之亡，才士摧折，不尽其用。由此观之，颜先生之志犹顾、黄、王之志也。……五先生皆抱经世之志，怀不世之才，深不愿以学著；而为时势所驱迫、所限制，使不得不仅以学著。”①有如此志向的颜元，功名事业自然就成为他最为关注的问题。五十五岁(1689)时，他对朋友张文升说：“如天不废予，将以七字富天下：垦荒，均田，兴水利；以六字强天下：人皆兵，官皆将；以九字安天下：举人材，正大经，兴礼乐。”②直至临终，尚遗言门人：“天下事尚可为，汝等当积学待用。”③“富天下”、“强天下”、“安天下”，这都表明，颜元一生耿耿于心的是“天下事”，是建功立业，这也是他的学术思想得以确立的一个重要前提和基础。

正因为颜元关心的是“天下事”，所以他希望儒者要有经济天下的才能。颜元在评论程朱的时候说：“程、朱当远宗孔子，近师安定，以六德、六行、六艺及兵农、钱谷、水火、工虞之类教其门人，成就数十百通儒。”如此一来，“朝廷大政，天下所不能办，吾门人皆办之；险重繁难，天下所不敢任，吾门人皆任之”。④ 成就具有经天纬地之才的“通儒”以经济天下，这是颜元的志向。但在《儒林外史》里，吴敬梓所推许的绝不是有经济之才的“通儒”，而是有道德文行的“真儒”，或者说是品行高尚，平实真诚，绝非徒邀虚名的有“德”的贤者。第八回里，娄三、娄四公子倒发过一句关于“通儒”的牢骚：“与其出一个斫削元气的进士，不如出一个培养阴骘的通儒。”但二人所言“通儒”与颜元所论“通儒”并不是一回事，也不在一个层面上，前者所重在德行，后者所重在才能。

颜李主张应当以六德、六行、六艺等教人。不过，以所谓“六德、六行、六艺”教人，并非颜元首倡。如《明太祖实录》即载，吴元年(1367)，朱元璋下令设文武二科以

---

① 梁启超：《论中国学术思想变迁之大势》，《清代学术概论》，中国人民大学出版社 2004 年版，第 94、95 页。

② 李塨：《颜习斋先生年谱》卷下，《颜元集》，中华书局 1987 年版，第 763 页。

③ 李塨：《颜习斋先生年谱》卷下，《颜元集》，中华书局 1987 年版，第 794 页。

④ 颜元：《存学编》卷一《由道》，《颜元集》，中华书局 1987 年版，第 40 页。

取士，其令有云：“盖闻上世帝王，创业之际，用武以安天下；守成之时，讲武以威天下；至于经纶抚治，则在文臣，二者不可偏用也。古者，人生八岁学礼乐射御书数之文，十五学修身齐家治国平天下之道，是以《周官》选举之制曰：六德、六行、六艺，文武兼用，贤能并举，此三代治化所以盛隆也。”①颜元还就朱元璋此令作过评说。朱元璋在此令中还讲“文武兼用，贤能并举”，颜元则明显强调的是“武”与“能”。他这样批评宋明两代：“宋、明两代之不竞，陈文达一言尽之，曰：‘本朝是文墨世界。’明太祖洞见其弊，奋然削去浮文，厘定学政，断以选举取士，可谓三代后仅见之英君；卒为文人阻挠，复蹈宋人覆辙。”②虽然提的是“六德、六行、六艺”，但颜元实际上是将“六艺”置于最突出、最重要的地位。如他在《四书正误》卷三里说：“予意孔子立教先以文，即礼、乐、射、御等，宗周公之六艺也；次以行，即孝、友、姻、睦等，宗周公之六行也；终以忠信，即智、仁、圣、义等，宗周公之六德也。”“夫子立教规条，六德是成德事，急难作成。六行是施为处，急难如法。先之以六艺，则所以为六行之材具、六德之妙用，艺精则行实，行实则德成矣。”③在颜元看来，“学自六艺为要”④，“人之为学，必认定子、臣、弟、友；必认定子、臣、弟、友是所以为道，六艺是所以尽子、臣、弟、友之道，方好。譬如子之事父，只对父说孝；臣之事君，只对君说忠不成。必须有事君、父之礼，乐君、父之乐，射以敌君、父之忾，御以代君、父之劳，书、数以办君、父之事，方是臣、子”。⑤ 他在《存学编》卷一里又说：“读尽天下书而不习行六府、六艺，文人也，非儒也，尚不如行一节、精一艺者之为儒也。”⑥颜元对“格物”之“格”意义的论说尤能体现他所谓“六艺”的主张，他说：“但观圣门如何用功，便定格物之训矣。元谓当如史书‘手格猛兽’之‘格’、‘手格杀之’之‘格’，乃犯手捶打搓弄之义，即孔门六艺之教，是也。”⑦这样的人才是承担大任的“致用成功之士”⑧，才是真正的“儒者”。显然，颜元看重的是儒者须有做出实际功业的才能，有了这样的才能方可以做出“实”行，做出“实”行则德就自然成。他甚至认为，不必强求有才者必有德，虽无德只要有才也可以委以重任。如有人曾规劝颜元有务名、轻信、滥交之失，他辩解说，“滥交”正是自己的苦心，因为气数益薄，人才难得，“故才不必德，德不必才，才德俱无，一长亦不忍弃。且人各自成，势难强同。昔蠡人某，恶人也，吾欲治河以救一方，驰寸纸，立集夫五百名，赴吾于数里外，限时不爽也。脱鄙而远之，数十乡为水国矣。又如

---

① 解缙等：《明太祖实录》卷二十二，国立北平图书馆藏红格钞本，第 6 页。
② 颜元：《习斋记余》卷六，《颜元集》，中华书局 1987 年版，第 491 页。
③ 颜元：《四书正误》卷三《述而》，《颜元集》，中华书局 1987 年版，第 194 页。
④ 钟陵：《颜习斋先生言行录》卷上《理欲第二》，《颜元集》，中华书局 1987 年版，第 624 页。
⑤ 钟陵：《颜习斋先生言行录》卷上《学人第五》，《颜元集》，中华书局 1987 年版，第 639 页。
⑥ 颜元：《存学编》卷一《学辨一》，《颜元集》，中华书局 1987 年版，第 50 页。
⑦ 颜元：《习斋记余》卷六，《颜元集》，中华书局 1987 年版，第 491 页。
⑧ 颜元：《习斋记余》卷六，《颜元集》，中华书局 1987 年版，第 492 页。

某子，兄与法乾尝面戒元、元亦曾受其辱，然遇使才，犹将用之也”①。过人的才能、卓著的功业却不是《儒林外史》所看重的方面。吴敬梓笔下王惠的行事恰好表明，有才能、有功业并不意味着有德行。这位王惠是进士出身，补授南昌知府之缺。各上司访查，都称其是江西第一个能员，但他做的是些什么事呢？前太守衙门里的“吟诗声，下棋声，唱曲声”，到他这一任换成了“戥子声，算盘声，板子声”，结果“衙役百姓，一个个被他打得魂飞魄散，合城的人无一个不知道太爷的利害，睡梦里也是怕的”（第八回）。如此德行，恐怕越有才能越是祸害；越有功业，百姓越是遭殃。而且，从吴敬梓对张静斋、严贡生、王德、王仁、汤奉、王惠之流的表现来看，不难发现，《儒林外史》抨弹这些人不是因为他们没有功业，而是讥诮他们无德无行，鄙陋不堪。像颜元所主张的有才而不必论德，更是《儒林外史》所不能认同的。与王惠相映对的是其前任蘧太守。蘧太守自称在南昌待罪数年，不曾做得一些事业，只是虚縻朝廷爵禄，此虽为谦词，不过他没做出什么让上司赏识的政绩确是实情。但作者对他的为政、为人却很是赞赏，这不是因为他做出了什么功业，而是因为他在太守任上，务在安辑，与民休息，只讲个讼简刑清，吟啸自若；是因为他为宦数年，依然布衣蔬食，仍旧保持着儒者仁德的本色。

还需要特别提出的是，颜李基于讲经世致用、求功名事业的用心，是不主张多读书的。在他们看来，多读书不仅无用，反而有害。颜元在回顾自己早年的读书生活时，称自己深受读书之害，因为读书不仅耗竭心思气力，而且使自己终不能入尧舜周孔之道。他认为：“古今旋乾转坤，开务成物，由皇帝王霸以至秦、汉、唐、宋、明，皆非书生也。读书著书，能损人神智气力，不能益人才德。其间或有一二书生济时救难者，是其天资高，若不读书，其事功亦伟，然为书损耗，非受益也。”②读书“不能益人才德”，只“能损人神智气力”，这话在吴敬梓那里，是不可能得到认同的，他在《儒林外史》里给所推赞的隐处人物，如虞博士、庄征君等安排的一个重要事情就是读书。颜元还说：“尧、舜以前圣贤固不读书，近儒阳明先生亦云：‘虽不识一字，亦须还某堂堂的做个人！’岂必多读而后为学？”③他还反问并呼吁：“试观千圣、百王，是读书人否？虽三代后整顿乾坤者，是读书人否？吾人急醒！”④在颜元看来，读书人是无缘做出成圣成王、整顿乾坤的大业的，因此多读书无用，读书人无用。于是，他说自己“但于途次闻乡塾群读书声，便叹曰‘可惜许多气力’；但见人把笔作文字，便叹曰‘可惜许多心思’；但见场屋出入群人，便叹曰‘可惜许多人材’。故二十年前但见聪明有志人，便劝之多读；近年来但见才器，便戒勿多读书，尤戒人观宋人《语录》、《性理》等，曰：‘当如淫声、

---

① 钟陵：《颜习斋先生言行录》卷上《三代第九》，《颜元集》，中华书局1987年版，第654页。

② 钟陵：《颜习斋先生言行录》卷下《教及门第十四》，《颜元集》，中华书局1987年版，第674页。

③ 钟陵：《颜习斋先生言行录》卷下《刁过之第十九》，《颜元集》，中华书局1987年版，第690页。

④ 颜元：《朱子语类评》之《训门人类》，《颜元集》，中华书局1987年版，第249页。

恶色以远之。’”①颜元对宋明理学进行反拨的契机是居养祖母丧。据他自己陈述，他曾遵朱子家礼为养祖母尽哀，而致病殆，觉其有违性情，转觉读程朱之书、信程朱之学害了自己。进而认为，读书耗气伤身，不仅读书人自受其祸，而且读书人临危无匡扶之策，无救难之能，也害了天下，“使生民被读书者之祸”，“书之病天下久矣”，② 由此，他认为不能多读书。李塨虽不像颜元那样偏执，但也教人说，多读书无益身心：“读阅久则喜静恶烦，而心板滞迂腐矣。程子曰：‘玩物丧志。’谓书如佳山艳蕊，爱玩不释，日日登临，而为圣为贤之志反丧矣。”③自己本是读书人，反而视人喜爱读书会像“玩物”一样“丧志”，这种情形并不多见。正是认为多读书反丧志，所以李塨指称多读书就会“起诮者之口，曰‘白面书生’，曰‘书生无用’，曰‘林间咳嗽病猕猴’，而谓诵读以养身心，误哉!”④读书不仅无益身心，而且无益世事，他还教人说：“纸上之阅历多，则世事之阅历少；笔墨之精神多，则经济之精神少。宋明之亡，此物此志也，望贤者勿溺。”⑤他还认为读书有损世道，不足为学：“唐韩退之、宋朱晦庵皆以圣道自任者也，而韩有《符读书城南》诗，朱有《读书乐》诗，则其终身之肆力在诵读矣，况下而为诗人文士与应科举以博富贵者乎？乃千余年成一文墨诵读之世，而人才日下，世教日衰，鱼烂瓦解，莫可收拾，则可知学文之文不专书册，而读解书册不足言学矣。”⑥吴敬梓在《儒林外史》里讽刺有不少读书人为应科举博富贵而不读圣贤书；李塨则劝人说，不要说为诗人文士与应科举以博富贵多读书不好，就是像韩愈、朱熹这样的以圣道自任者，终身肆力于读书也根本不是求学的门径。二者之眼光正相反。颜李戒人勿多读书，要多习学能经世致用、建功立业的本领，之所以有这样的主张，是缘于他们在思考宋明之亡等问题时，认为读书人“读书愈多愈惑，审事机愈无识，办经济愈无力”⑦，因而耽误了天下，祸害了生民。吴敬梓在他那个时代所看到的则是另一番情势，即不少读书人因醉心功名而不讲真正的学问，除了功令文字以外几乎一无所知，所以他赞同多读书。在《儒林外史》里，吴敬梓对那些读了很多书，有真学问的人是非常推赞的。作者或推赞他们知天文、通经史的博学，或推赞他们能诗赋、能作文的才情，或推赞他们喜欢静心读书、著书的雅趣。如，王冕不满二十岁，就把天文、地理、经史上的大学问，无一不贯通，但他既不求官爵，又不交纳朋友，仍终日闭户读书；庄征君生于累代读书人家，十一二岁就会作七千字的赋，天下皆闻，已将四十岁时，仍是闭户著书，不肯妄交一

---

① 颜元：《朱子语类评》之《训门人类》，《颜元集》，中华书局 1987 年版，第 249 页。

② 钟陵：《颜习斋先生言行录》卷上《禁令第十》，《颜元集》，中华书局 1987 年版，第 655 页。

③ 李塨：《恕谷后集》卷十三《与枢天论读书》，《李塨文集》，河北人民出版社 2011 年版，第 481 页。

④ 李塨：《恕谷后集》卷十三《与枢天论读书》，《李塨文集》，河北人民出版社 2011 年版，第 481 页。

⑤ 冯辰：《李恕谷先生年谱》卷二，《李塨文集》附录，河北人民出版社 2011 年版，第 716 页。

⑥ 李塨：《恕谷后集》卷十三《与枢天论读书》，《李塨文集》，河北人民出版社 2011 年版，第 481 页。

⑦ 颜元：《朱子语类评》之《训门人类》，《颜元集》，中华书局 1987 年版，第 252 页。

人；虞博士和杜少卿也有诗文之才，作出来的诗文，人无有不服。还有那个身处风俗恶薄之地、常为矫激之行的虞华轩，也是经史子集无一样不曾熟读，无一样不讲究，无一样不通彻，兵农、礼乐、工虞、水火的学问提了头就知到尾，① 文章是枚马，诗赋是李杜。吴敬梓笔下这些人物的“学问”和行止，颜李肯定不会喜欢，因为他们这些“学问”如何能经世致用？他们这般行止如何能经济天下？而喜好读书、著书更是颜李所批评的耗人心思气力的愚行，诗文字画就被颜元称为“乾坤四蠹”。② 这里很有必要提《儒林外史》第三十四回里的一个情节：庄绍光应召赴京途中遭遇强盗，“坐在车里，半日也说不出话来，也不晓得车外边这半会做的是些甚么勾当”；回去时，见了走尸，也很是慌张害怕。庄绍光是吴敬梓创作《儒林外史》非常推重的一个人物。作者这里写庄征君作为一个读书人十分胆小，显然不是以此作为他的一个弱点来写的，而是如实地写出一个平实的而不是只能膜拜的贤士。或者说，作者写庄征君的胆小，并不是要借此贬低他。但是，如果在颜李看来，这则是一个可以大做文章的地方。对于庄绍光这样只会发一番“像这盗贼横行，全不肯讲究一个弭盗安民的良法”的读书人，颜李必定会把他作为一个读书人无用的例证，来一番口诛笔伐。再者，从《儒林外史》、《文木山房集》、《文木山房诗说》这些文本中，不难发现，吴敬梓一生也读了很多书，经史子集，笔记、传奇，戏曲、章回，无所不涉。总之，颜李戒人勿多读书的主张肯定不会被吴敬梓和他的《儒林外史》所认同。《儒林外史》推重道德文行，多读书，做真学问原本就是道德文行的重要内容。颜李推重功名事业，在他们看来，静心于读书，潜心于这样的“学问”，读书再多，“学问”再大，都是“无用”的，反而是越多越有害于己，越有害于天下。一个说多读书有益于世道，一个说多读书“无用”，差异之大，真可以说是天壤之别了。

钱穆先生曾论颜元之对待宋儒道：“宋儒高自位置，每以道德纯备，学术通明，自负为直接尧、舜、孔、孟之传，而汉、唐君相大儒，事功赫奕，宋儒轻之曰‘杂霸’。习斋评量宋儒，则不从其道德、学术着眼，即从其所轻之事功立论。盖宋儒之所轻，正即习斋之所重也。”③颜元有意与宋儒相对，不从宋儒所重之道德学术着眼，而从宋儒所轻之事功立论，设想颜元如果能在自己的时代看到了与宋儒同样看重道德学问而轻功名

---

① 颜元《存学编》卷一《由道》说，程朱宜以六艺及兵农、水火、钱谷、工虞之类训迪门人，以成就通儒，泽被苍生。（颜元：《颜元集》，中华书局1987年版，第40页。）颜元认为，兵农、礼乐、水火、工虞是通儒应当习训的内容。《儒林外史》里的虞华轩也对兵农、礼乐、水火、工虞极为熟知。但二者有根本的不同。颜元所说的兵农、礼乐、水火、工虞是践履之学；而虞华轩这方面的学问则是讲说之学，所谓“提了头就知到尾”。而且，《儒林外史》写虞华轩通晓这些事也只是说他“学问”博通，是为了与五河县慕势羡财的恶薄乡俗相对。总之，虞华轩虽然通晓兵农、礼乐、水火、工虞之事，但他至多是一个博通的“读书人”，绝不会是颜李所推重的有经济之才的“通儒”，不会为颜李所喜欢。其兵农、礼乐、水火、工虞的学问，反倒极可能被颜李视为“恐亦是作文字理会而已”（颜元：《存学编》卷三《性理评》，《颜元集》，中华书局1987年版，第76页。）的虚语之学。

② 李塨：《颜习斋先生年谱》卷下，《颜元集》，中华书局1987年版，第766页。

③ 钱穆：《中国近三百年学术史》，商务印书馆1997年版，第179页。

事业的《儒林外史》，他也一定痛斥吴敬梓推崇的东西“无用”①，要像批评宋儒那样向他发难：“但以唐、虞、三代之盛，亦数百年而后出一大圣，不过数人辅翼之。若尧、舜之得禹、皋，孔子之得颜、曾，直如彼其难，而出必为天地建平成之业……断无有圣人而空生之者。……兄于契丹，臣于金、元之宋，前之居汴也，生三四尧、孔，六七禹、颜；后之南渡也，又生三四尧、孔，六七禹、颜？而乃前有数圣贤，上不见一扶危济难之功，下不见一可相可将之材，两手以二帝畀金，以汴京与豫矣！后有数十圣贤，上不见一扶危济难之功，下不见一可相可将之材，两手以少帝付海，以玉玺与元矣！多圣多贤之世，而乃如此乎？噫！”②不过如果要让颜元生在吴敬梓的时代，他也可能会赞赏吴敬梓。这是因为颜元的时代正当明清交替之际，不少学者做得最多的是反思宋明之亡的原因，将经济天下的功名事业视为紧要事是很自然的；而吴敬梓所处的时代，清王朝已进入政治社会安定的“盛世”，“为天地建平成之业”在这样的时代已失去现实的基础，而“盛世”景象下日益突出的社会问题，如士风日颓、政教不作等则让不少有识之士极为忧心，他们关注这样的问题并推重道德文行也是势所当然的。

(3)颜李学说与《儒林外史》里的“礼乐兵农”之比较

“礼乐兵农”是颜李学说的一个聚焦点。《儒林外史》里写了礼乐兵农也被视为是吴敬梓受了颜李学说影响的重要证据。但仔细比较一下颜、李的礼乐兵农之论与《儒林外史》里的礼乐兵农之事，就会发现，二者其实不同。

其一，看礼乐思想。颜李学说之“兴礼乐”与《儒林外史》之“修礼乐”意图甚为不同。颜李“兴礼乐”的目的在于倡圣道而黜异端。以颜元为例，颜元视僧道佛老为异端，《颜习斋先生年谱》记他四十四岁时曾说：“为治去四秽，其清明矣乎，时文也、僧也、道也、娼也。”③足见他对僧道佛老痛恨之深。颜元还批评宋、明之世出现了许多名儒而心佛者，他们却被许多“无识”之人尊为儒者，更造成邪正不明，以致使佛氏之害弥天漫地，祸乱天下。而“兴礼乐”就是他为排佛道，倡圣道开出的一剂“治本”的药方。《存人编》卷二说：“吾儒在上者则兴礼乐以化民，在下者则崇仁义以明道，彼佛何所有哉！徒以口舌簧鼓，转相惑诱，遂乱天下至此，吾独不得以口舌救之乎！天相吾道，吾人而在上也，一面兴礼乐，谨学校，以修其本，一面立法禁，施诰命，以治其标；天不相吾道，吾人而在下也，一面崇仁义，励躬行，以修其本，一面详辩论，著书说，以治其标。夫礼乐明，则人才出而操戈排佛者益众，此本而标之之法也；辩论著，则君相悟而礼乐兴，此标而本之之法也。”④礼乐明则人才出，而操戈排佛者众，世人就不再为佛氏所误，圣道得行，天下得安。考察颜、李的著作，其“兴礼乐”最重要的意图就在于借

① 钱穆论颜元有言曰：“习斋反对程朱，只有一意，曰：‘无用。’”(钱穆：《中国近三百年学术史》，商务印书馆 1997 年版，第 178~179 页。)

② 颜元：《存学编》卷二《性理评》，《颜元集》，中华书局 1987 年版，第 67~68 页。

③ 李塨：《颜习斋先生年谱》卷上，《颜元集》，中华书局 1987 年版，第 748 页。

④ 颜元：《存人编》卷二《唤迷途》“第四唤”，《颜元集》，中华书局 1987 年版，第 135 页。

以黜“异端”，倡“圣道”，出人才，安天下。吴敬梓在《儒林外史》里主张习学礼乐，是因为他对读书人中间出现的严重道德缺失极为痛心，“修礼乐”则可以行德化，淳风俗。在文昌殿、关帝庙到处都有的时代，为南京古今第一个贤人泰伯建祠并以古礼古乐致祭，其最重要意图就在于向世人尤其是读书人树起一个高尚的道德典范，在于借此让大家习学些古礼古乐，成就出些知礼知乐的人才，也可以“助一助政教”。显然，颜李主张“兴礼乐”，为的是“辟异端”、“安天下”，指向的是事功之业；吴敬梓在《儒林外史》里强调“修礼乐”，为的是疏功名、“助政教”，指向的是道德文行。

其二，看兵农思想。颜李学派主张治“兵”，主张兵农不分；而兵农问题却不在《儒林外史》关注的视野之内。颜、李都认为应当给予“兵”很高的荣耀，颜元说：“军者，天地之义气，天子之强民，达德之勇，天下之至荣也。”①李塨也说，“军者，民之杰，国之大事，戡乱安民，以定社稷”②，而明王朝让有罪之人充军，是将军所作“罪所”，是非常错误的做法。颜元尤其主张“人皆兵，官皆将”③，应当“教文即以教武”，“治农即以治兵”④；李塨也认为：“治天下有四大端，曰仕与学合，文与武合，官与吏合，兵与民合。……不然，以白面书生为官，以矫虔干没为吏，欲天下之平治，断未之有。”⑤在颜李的“兵农”思想中，“兵农”不分是其核心主张，实际上就是要求读书人文武兼备，官吏兼能，而不是做一个只能文不能武，只能官不能吏的“白面书生”。颜元生当明清易代之际，经历了明王朝迅速瓦解的过程。他在检讨明王朝灭亡的原因时，认识到“自兵农分而中国弱”⑥这样的道理，不满于“衣冠之士羞于武夫齿，秀才挟弓矢出，乡人皆惊”⑦的风气，耻于“儒者不能将，不能相，只会择将相”⑧的无才无能，凄然于宋元以来儒者“愧无半策匡时难，惟余一死报君恩”⑨的可悲，故而，他认为，是明代重文轻武，不重视治兵，兵农相分，官不能将，才造成了四海溃弱、不堪一击的局面。李塨同样也说：“明之末也，朝庙无一可倚之臣，天下无复办事之官。坐大司马堂，批点《左传》；敌兵临城，赋诗进讲。其习尚至于将相方面，觉建功奏绩俱属琐屑，日夜喘息著书，曰：‘此传世业也。’以致天下鱼烂河决，生民涂毒。”⑩基于这种认识，颜元认为，治理天下要在治兵、举材，主张兵农不分，官皆为将；李塨也说：“《平书》

---

① 钟陵：《颜习斋先生言行录》卷下《不为第十八》，《颜元集》，中华书局 1987 年版，第 688 页。

② 李塨：《拟太平策》卷五《秋官》，《李塨文集》，河北人民出版社 2011 年版，第 296 页。

③ 李塨：《颜习斋先生年谱》卷下，《颜元集》，中华书局 1987 年版，第 763 页。

④ 颜元：《存治编》之《治赋》，《颜元集》，中华书局 1987 年版，第 107 页。

⑤ 李塨：《平书订》“建官第三上”，《李塨文集》，河北人民出版社 2011 年版，第 209 页。

⑥ 颜元：《存治编》之《治赋》，《颜元集》，中华书局 1987 年版，第 106 页。

⑦ 颜元：《存学编》卷二《性理评》，《颜元集》，中华书局 1987 年版，第 58 页。

⑧ 颜元：《存学编》卷二《性理评》，《颜元集》，中华书局 1987 年版，第 58 页。

⑨ 颜元：《存学编》卷二《性理评》，《颜元集》，中华书局 1987 年版，第 62 页。

⑩ 李塨：《恕谷后集》卷四《与方灵皋书》，《李塨文集》，河北人民出版社 2011 年版，第 353 页。

若行，一县有百余儒官，有万余练兵，家皆有食，士皆有用，游惰去，异端靖，其庶乎？"①显然，颜李关于"兵农"的思想是有特定时代背景的。在吴敬梓的时代，清王朝已步入"盛世"，社会已经大为安定，"兵"已不再是迫切的问题。况且，颜元的"兵农"思想实则多为论学之词，甚至不免浮想，也并不为时所取，如他曾经颇为自负地说："今使予治兵三年而后战，则孙、吴之术可黜，节制之兵可有胜而无败。若一旦命吾为帅，遂促之战，则诡道实中庸也。"②这种以经济天下之才自居、自命太高的人物，在《儒林外史》里也不会受到推许。

《儒林外史》里也写了三次兵事：一次是宁王江西反乱；一次是萧云仙椅儿山破敌、青枫城取城；一次是汤镇台野羊塘大战。不过，写兵事与表现"兵农"思想并不是一回事。从《儒林外史》的叙写看，吴敬梓写兵事很难与颜、李的"兵农"思想联系起来。写这三次兵事，作者的意向并不在兵，而在写人物和人物的遭逢境遇。叙宁王江西反乱，意在写王惠之仓皇失路；叙椅儿山破敌，意在写萧云仙之忠勇博雅，衬其数奇难封；写野羊塘大战，意在叙汤镇台之欲报效朝廷，却为事势相逼。对这三人的描写，只有萧云仙事同时关涉兵、农，也是被论者视为吴敬梓受颜李"兵农"思想影响的关键证据。但从萧云仙椅儿山破敌、青枫城取城、春郊劝农这些情节对兵农之事的描写来看，其意并不在"兵农"，也根本不能显示出颜李"兵农"思想的痕迹。将小说对萧云仙事的描写视作接受了颜李"兵农"思想的影响，也不能切近其内在的意旨，无法真正理解作者的意图。试看第四十回的一段情节：武书看过萧云仙的"西征小纪"卷子后，说："飞将军数奇，古今来大概如此。……老先生这一番汗马的功劳，限于资格，料是不能载入史册的了。"也就是说，在那样一个以资格限人的时代，儒者为将即便立下汗马功劳，也只是替他人做嫁衣，为他人挣富贵而已，得不到朝廷认可，不能被委以重任，自然很难再有什么大的作为。对以资格限人的做法表示自己的看法，这正是小说写萧云仙事的一个重要用心。第四十六回，三山门贤人饯别，众人又提起萧云仙在青枫城的事。欲攻青枫城时，两位都督都认为那里没有水草，无法出兵打仗，萧云仙则说他在史书上看过，说那

---

① 刘调赞：《恕谷先生年谱》卷五，《李塨文集》，河北人民出版社 2011 年版，第 836 页。

② 钟陵：《颜习斋先生言行录》卷下《不为第十八》，《颜元集》，中华书局 1987 年版，第 689 页。《四库全书总目》卷九十七"存学编四卷"条云："其说于程、朱、陆、王皆深有不满。盖元生于国初，目击明季诸儒崇尚心学，放诞纵恣之失，故力矫其弊，务以实用为宗。然中多有激之谈，攻驳先儒，未免已甚。又如所称打诨、猜拳诸语，词气亦叫嚣粗鄙，于大雅有乖。至谓性命非可言传云云，其视性命亦几类于禅家之恍惚。持论尤为有疵，殆惩羹吹齑而不知其矫枉之过正欤？"卷一百八十四"恕谷后集十卷续刻三卷"条云："塨天分本高，其学自成一家，以经世致用为主，亦具有根柢。然负气求胜，其文或失之粗豪，少古人淳穆之气。其持论又自命太高，自信太过，几于唐、宋、元、明诸儒无一人能当其意，亦未免伤于褊激。盖前明自万历以后，心学盛行，儒、禅淆杂。其曲谨者又阔于事情，沿及国初，犹存商俗。故颜元及塨独力以务实相争，存其说以补诸儒之枵腹高谈，未为无益。然不可独以立训，尽废诸家。譬诸礞石、大黄，当其对症，实有解结涤滞之功，若专服久服，则又生他疾耳。"分别见纪昀等撰，四库全书研究所整理：《钦定四库全书总目》，中华书局 1997 年版，第 1275、2569 页。

里水草肥饶，实际情形果不出其所言，他也因此打了大胜仗。杜少卿因此道："宰相须用读书人，将帅亦须用读书人。若非萧老先生有识，安能立此大功?"显然，杜少卿所言宰相、将帅须用读书人，与颜李主张的儒者须既能将又能相，具有不同的用意和指向：杜少卿之言是赞叹真正的读书人因学问多而能知未曾经历之事，这样的读书人做宰相、将帅才能成大事，强调的是读书人由于博通经史而很有识见，因此可以做出一番功劳；颜李的主张则是针对读书人只会谈性说理、讲学著书，却无治兵取胜、经济天下的才能而发，强调的是读书人由于多读书而损耗心思气力，成为了脆弱无用的书生。颜李也许会赞赏萧云仙治兵取胜的才能，但不会像杜少卿那样钦佩萧云仙的经史学问，而从史书上知道一个地方有没有水草，更可能被他们鄙为琐屑无用的"学问"。

其三，颜李重兵农远胜过重礼乐，而吴敬梓在《儒林外史》里推重的是礼乐。第三十三回里迟衡山闲话说起："而今读书的朋友，只不过讲个举业，若会做两句诗赋，就算雅极的了，放着经史上礼、乐、兵、农的事，全然不问！我本朝太祖定了天下，大功不差似汤武，却全然不曾制作礼乐。少卿兄，你此番征辟了去，替朝廷做些正经事，方不愧我辈所学。"这是《儒林外史》里仅有的一次将"礼乐兵农"合在一起说出，不过，迟衡山说"放着经史上礼、乐、兵、农的事，全然不问"，也意在指说读书人中弥漫的只知做举业而不做学问的风气，其真正的用意在制作礼乐上，所以他紧接着同杜少卿谈起的也是打算建一所泰伯祠并在春秋二仲用古礼古乐致祭的事。巡抚部院举荐杜少卿，也因他是"品行端醇，文章典雅"的"儒修"，并非因为他有治兵取胜、经纬天下的才能。杜少卿如果真的有机会替朝廷做些正经事，也只是兴礼乐、敦教化这些事，兵、农之事不会是他所关注的。而颜元是将兵农之事放在比礼乐之事更重要的位置的，如他说："学兵成了片段方学农，学农成了片段方学礼、学乐。孟子所见极真切，不曾岔了孔子路径；后儒见解全别。"①这对颜李来说是必然的，因为他们一贯主张有用之学、事功之业，主张经济天下，而兵农远比礼乐更能实现他们的志向。这却又是《儒林外史》所不能赞同的，因为吴敬梓尤为推重的是"礼乐"，他期望以修礼乐助成一种重道德文行的社会风气。

还需要提出的是，"礼乐"实际上本来就是儒家思想主导的中国文化传统的重要内容。在原始儒家的经典著作里，"礼"原本就是极受重视的内容，"乐"则经常和"礼"相提并论。如，《论语》、《孟子》里都经常说"礼"，其中《论语·八佾》主论礼乐之事，《礼记》则专门论"礼"，朱熹定《四书》时更将《礼记》中的《大学》、《中庸》两篇析出列在最前面。原始儒家很少论及"兵农"，因为儒家学说本不在解决天下所有问题，而在解决他们所认为的最根本的问题，即主张兴礼乐，行仁政，改变礼崩乐坏的社会状况，建立一种尊卑有序的安定的社会秩序。因此，在儒家经典著作中，即便言及"兵"、"农"，也落脚于仁政爱民、兴礼作乐上。如《论语·子路》云："善人教民七年，亦可以

① 钟陵：《颜习斋先生言行录》卷下《杜生第十五》，《颜元集》，中华书局 1987 年版，第 676 页。

即戎矣”，“以不教民战，是谓弃之”。①《论语·颜渊》则有“子贡问政”一则：“子曰：‘足食。足兵。民信之矣。’子贡曰：‘必不得已而去，于斯三者何先？’曰：‘去兵。’子贡曰：‘必不得已而去，于斯二者何先？’曰：‘去食。自古皆有死，民无信不立。’”②可见，孔子是将“兵”置于次要的位置，而将“民信之”置于重要的地位。再如，齐宣王问孟子齐桓晋文之事，孟子劝他发政施仁，并为他描绘了两幅图景。一幅是：“今也制民之产，仰不足以事父母，俯不足以畜妻子，乐岁终身苦，凶年不免于死亡。此惟救死而恐不赡，奚暇治礼义哉？”③在孟子看来，唯有先发政施仁，使百姓免于饥馁，然后才能兴学校，兴礼义。另一幅是：“五亩之宅，树之以桑，五十者可以衣帛矣；鸡豚狗彘之畜，无失其时，七十者可以食肉矣；百亩之田，勿夺其时，八口之家可以无饥矣；谨庠序之教，申之以孝悌之义，颁白者不负戴于道路矣。”④吴敬梓的《儒林外史》里也有类似的两幅相对比的图景。一幅是孝子因无钱葬父而欲跳水自尽以及一对老夫妻死去无人埋葬组成的百姓困顿无依的图景。另一幅是萧云仙在青枫城招集流民垦田劝农，兴礼乐，施教化，百姓安居乐业，官员勤政爱民，其乐融融的图景。这样两幅相对比的图景表明：统治者须行仁政，施教化，才能使百姓安生业，知礼义，社会才能风俗淳美，安定有序。实际上，《儒林外史》所描绘的青枫城教化行，礼乐兴的景象，本来就是被儒家历代先贤不断重申的一个美好理想。如汉代的董仲舒在《春秋繁露·立元神》中把这种理想概述为“奉天本”、“奉地本”、“奉人本”，吴敬梓在《文木山房诗说》里引用董仲舒的这段话说《豳风·七月》之诗：“举显忠孝，表异慈爱，所以奉天本也；垦草植谷，开辟以足民衣食，所以奉地本也；明以教化，感以礼乐，所以奉人本也。”⑤将这段话与《儒林外史》里萧云仙在青枫城的一番作为合起来看，我们以为，与其说吴敬梓笔下青枫城的图景是受到颜李“礼乐兵农”思想的影响，不如说这是吴敬梓熟读儒家经典，博览汉宋元明诸儒解经之说形成的理想。

其四，“礼乐兵农”原本即为经史上常有的学问，也是科举士子文章里常有的词藻。关于“礼乐”，历代谈“礼乐”的文章多得足可用“汗牛充栋”来形容，无须赘述。至于治兵兴农，也是历代统治者经常面对的问题，朝臣奏章中关于治兵的建言不可胜数，垦荒、均田、修水利的兴农之议也是连篇累牍。“兵农不分”的主张，也非颜元首倡，而是早已被讨论过。如北宋熙宁二年(1069)，御史中丞吕公著上疏有言：“古者兵农不分，而耕战并事。平居无不耕之民，有事无不战之家。故兵籍虽广，而财力不屈。”⑥南宋李纲《论兵》也说：“古者兵农不分，无养兵之费，而有用兵之实。至唐兵制凡三变，其初府卫之制，最为近古；府卫之法坏，变而为彍骑，彍骑之法坏，变而为方镇之兵。

---

① 朱熹：《论语集注》卷七，《四书章句集注》，中华书局 1983 年版，第 148 页。
② 朱熹：《论语集注》卷六，《四书章句集注》，中华书局 1983 年版，第 134~135 页。
③ 朱熹：《孟子集注》卷一，《四书章句集注》，中华书局 1983 年版，第 211 页。
④ 朱熹：《孟子集注》卷一，《四书章句集注》，中华书局 1983 年版，第 212 页。
⑤ 参见周兴陆：《吴敬梓〈诗说〉研究》，上海古籍出版社 2003 年版，第 123 页。
⑥ 赵汝愚：《宋名臣奏议》卷一百二十三，文渊阁四库全书本，第 29 页。

至五季始尽黥以为卒伍，而兵农之分不可复合，乃有养兵之患矣。”①以礼乐兵农为题试科举士子，也时常出现。如明正德六年(1511)殿试即以兵农分合为问：“创业以武，守成以文，昔人有是说也。然兵农一致，文武同方，其用果有异乎？文武之分始于何时？兵民之判起于何代？尝质诸古矣，《书》称尧曰乃武乃文，于舜称文明，禹称文命而不及武，于汤称圣武而不及文，周之谟烈各专其一。且三代迭尚而不言武，周列四民而兵不与焉，何也？”②顺治六年(1649)殿试策问有：“民为邦本，食为民天。自兵兴以来，地荒民逃，赋税不充。今欲休养生息，使之复业力农，民足国裕，何道而可？”③据康熙《全椒县志》载，吴敬梓的伯曾祖吴国缙正是这一榜的进士。顺治十五年(1658)殿试策问有：“今欲使兆庶遂生乐业，咸得其所，庶几衣食足，而礼义兴，人心协正，风俗还醇，敦尚经学而修明性道，君子怀刑，小人亦耻犯法，俾隆古之上理，再见于今日。何道而可？”④吴敬梓的曾祖吴国对就是这一榜的探花。显然，颜李学派主张的“礼乐兵农”之论既非首倡又非自具特色，在缺乏直接、明确的证据支撑的情况下，强调颜李学派“礼乐兵农”的思想影响了《儒林外史》的创作，未免牵强。

据上所述可知，尽管颜李的著作和《儒林外史》里都有礼乐兵农，但颜李的“礼乐兵农”之论与吴敬梓在《儒林外史》里所表现的“礼乐兵农”之事，主旨根本不相干，意向更是各有所异：颜李学派的“礼乐兵农”之论旨在经济天下、建平成之业，故而将功业放在最重要的位置，认为只要“艺精”就能“行实”，然后自然“德成”，甚至只要艺精，能做出实际的功业，无“德”也不重要；《儒林外史》推崇兴礼制乐，意在倡导他那个时代所严重缺失的“德”，或者说吴敬梓最为关注的是道德文行而非经世功业，他认为崇“德”是从根本上解决自己所处时代社会问题极为重要的方案。吴敬梓在《儒林外史》里推重的是道德文行，所以他引为典范的是段干木、柳泄、伯夷、柳下惠、庄光(严光)、陶靖节等一类人物，这正体现了原始儒家诸如“天下有道则见，无道则隐”，“邦有道，贫且贱焉，耻也；邦无道，富且贵焉，耻也”⑤之类的道德理想与人格风范。颜李关注的是经世功业，所以他们所赞许的人物则是张良、韩信、诸葛亮、王安石、陈亮等经济实干之才。因此，如果从《儒林外史》看“吴敬梓与颜李学派”，可以得出这样一个结论：尤为关注道德文行的吴敬梓，不会对颜李学派基于经世致用、以经济天下为志向的言论有兴趣，这实在是因为他所感受、所思考的问题与颜李不一样。倒是王定保在《唐摭言》中所描述的周孔汉唐时的情形可能得到吴敬梓的赞同，即所谓：“周礼：乡大夫具乡饮酒之教，考其德行，察其道艺，三年，举贤者贡于王庭”；“夫子圣人，始以四科齿门弟子”；“汉革秦乱，讲求典礼，亦解循途方辙，以须贤俊。考德行则升孝廉而激

---

① 王瑞明点校：《李纲全集》卷一百四十八《论兵》，岳麓书社2004年版，第1396页。

② 参见郭皓政、甘宏伟编著：《明代状元史料汇编》，武汉大学出版社2009年版，第831页。杨慎为此科状元，吴敬梓说《诗》有几则就是直接引杨慎之语。

③ 邓洪波、龚抗云编著：《中国状元殿试策大全》，上海教育出版社2006年版，第1337页。

④ 邓洪波、龚抗云编著：《中国状元殿试策大全》，上海教育出版社2006年版，第1355页。

⑤ 朱熹：《论语集注》卷四，《四书章句集注》，中华书局1983年版，第106页。

浮俗，抡道艺则第隽造而广人文，故郡国贡士无虚岁矣。由是天下上计集于大司徒府，所以显五教于万民者也”；“我唐治隋法汉，孜孜矻矻，以事华泽。琴瑟不改，而清浊殊途；丹漆不施，而丰俭异致”。① 重德行、察道艺以举贤俊，显五教、厚风俗以广人文，这些都是吴敬梓和他的《儒林外史》所推崇和向往的。

2.《儒林外史》与颜李学派对于科举的不同关注

关于科举制度，尤其是明清时的取士制度，从其施行之时起就不断遭到一些批评甚至攻诘。到了现代社会，对其作彻底的批判更是一度居于主流的声音。考察明清以来对科举取士制度的批评与反思，大略可厘出二端：一是从科举取士对人才和世风所造成的损害这一角度进行批评，黄宗羲、顾炎武及颜元、李塨等人即是；一是从科举取士对读书人的精神、道德及士风所造成的影响这个角度进行反思，吴敬梓即是。二者之间角度不同，用意迥异，故而所关注的方面也截然不同。我们的看法是，《儒林外史》主要关注的是科举社会里读书人的精神、道德及士风问题，而非像颜李那样基本只关注科举取士制度对人才的毁坏。

(1)颜李主要批评明代取士制度毁坏人才

明末清初，一些思想家从妨害人才的角度对明代的科举取士制度进行了批评与反思，主要有黄宗羲、顾炎武等人。他们认为，明代实行的科举取士之法存在不少弊端，这不是一个完善的选拔人才的制度，而且还会对社会风气造成很大的负面影响，应当进行改革完善以防弊除弊。而颜李批评明代取士制度的角度同黄宗羲、顾炎武一样。参照黄宗羲、顾炎武的科举言论，有助于更好地理解颜李批评科举制度的用心。为此，我们先对黄宗羲、顾炎武批评科举的话作大略的考察。

黄宗羲(1610—1695)在批评明代科举取士制度的弊端时，就认为以“时文”试天下之士，不能成就真正的人才，反倒成全了许多空疏不学之徒，“向若因循不改，则转相模勒，日趋浮薄，人才终无振起之时”②，所以他主张对以“时文”取士之法进行改革。黄宗羲还批评明代的“用士”制度也存在很大的弊端，他说，“古之取士也宽，其用士也

---

① 王定保：《唐摭言》卷一，《唐五代笔记小说大观》，上海古籍出版社2000年版，第1576页。钱穆先生在《国史新论》之《中国历史上的传统教育》中说：“孔子门下有德行、言语、政事、文学四科。言语如今言外交，外交政事属政治科。文学则如今人在书本上传授知识。但孔门所授，乃有最高的人生大道德行一科。子夏列文学科，孔子教之曰：‘汝为君子儒，毋为小人儒。’则治文学科者，仍必上通于德行。子路长治军，冉有擅理财，公西华熟娴外交礼节，各就其才性所近，可以各专一业。但冉有为季孙氏家宰，为之理财，使季孙氏富于周公，此已违背了政治大道。孔子告其门人曰：‘冉有非吾徒，小子鸣鼓而攻之可也。’但季孙氏也只能用冉有代他理财，若要用冉有来帮他弑君，冉有也不为。所以冉有还得算是孔门之徒，还得列于政事科。至于德行一科，尤是孔门之最高科。如颜渊，用之则行，舍之则藏，学了满身本领，若使违离于道，宁肯藏而不用。可见在孔门教义中，道义远重于职业。”(钱穆：《国史新论》，三联书店2005年版，第197~198页。)

② 黄宗羲：《明夷待访录》，中华书局2011年版，第62页。

严；今之取士也严，其用士也宽”①，像明代这样，只有科举之一途“程士”，即使像屈原、司马迁、司马相如、董仲舒、扬雄这样的古豪杰之士，也会舍科举之途而无由进取；只依科名用士，读书人只要被科举取中，哪怕倖进之徒也能仅凭科名或列于侍从，或置于郡县，甚至黜落而为乡贡者也终身不用再赴京会试，即授之以官，以致许多无德无能之辈占据禄位，真正有才能德艺之士却被埋没。此即所谓“严于取，则豪杰之老死丘壑者多矣；宽于用，此在位者多不得其人也”。② 所以他主张恢复古代“宽于取”、“严于用”的取士用士之法。还有，明代只以科目取士造成了这样的局面：造就的功名气节之士远远不及汉唐，却徒使庸妄之辈充塞天下。总之，黄宗羲批评明代的科举取士制度是立足于其妨害人才的角度，因而他提出的方案也是如何改革、完善取士用士之法。

顾炎武(1613—1682)也是从明代科举取士的弊端妨害人才的角度立说。如顾炎武谈到，明代科举取士由于拟题范围狭窄，致使士子举业之文“成于剿袭，得于假倩，卒而问其所未读之经，有茫然不知为何书者”，他对此痛心道：“愚以为八股之害，等于焚书，而败坏人材，有甚于咸阳之郊所坑者。”③这里强调的就是明代科举取士之法对人才的严重败坏。他还谈到了明代的科举取士之法败坏人才的一些具体情形。例如，他认为，明代科举取士之法造成了儒者不通经术，以至于天下乏经术之材的局面。《日知录》卷一“朱子周易本义”条说：“今之为科举之学者，大率皆帖括熟烂之言，不能通知大义者也，而《易》、《春秋》尤为缪盭。”④卷十八“书传会选”条说：“愚尝谓自宋之末造以至有明之初年，经术人材，于斯为盛。自八股行，而古学弃；《大全》出，而经说亡。”⑤大多科举士子为考试只记诵应试文章，对经文连大义也不能“通知”，使得真正的经术人才极为缺乏。顾炎武对这种局面非常关注，并认为这种局面乃是因为试士的方法出了问题，所以他提出的方案是必须改革取士之法，若“此法不变，则人才日至于消耗，学术日至于荒陋，而五帝三王以来之天下，将不知其所终矣”⑥。他还指出，科举得中即行授官的做法也是对人才的残害。《日知录》卷十七“出身授官”条就说：“用八股之人才，而使之理烦治众，此夫子所谓贼夫人之子也。”⑦这种做法还使得读书人一第之后，尽弃其学，而以营升纳贿为事，德行不修，士风浮薄，进而会腐坏社会风气，造成人心动摇，天下萌乱，所谓“科举之弊，必至于躁竞，而躁竞之归，驯至于乱贼。自唐

---

① 黄宗羲：《明夷待访录》，中华书局 2011 年版，第 64 页。

② 黄宗羲：《明夷待访录》，中华书局 2011 年版，第 66 页。

③ 顾炎武著，陈垣校注：《日知录校注》卷十六“拟题”条，安徽大学出版社 2007 年版，第 913 页。

④ 顾炎武著，陈垣校注：《日知录校注》卷一，安徽大学出版社 2007 年版，第 7 页。

⑤ 顾炎武著，陈垣校注：《日知录校注》卷十八，安徽大学出版社 2007 年版，第 1010 页。

⑥ 顾炎武著，陈垣校注：《日知录校注》卷十六，安徽大学出版社 2007 年版，第 907 页。

⑦ 顾炎武著，陈垣校注：《日知录校注》卷十七，安徽大学出版社 2007 年版，第 973 页。

迄今，同斯一辙”①。正因为明代科举取士之法存在诸多弊端，所以他提出的方案也都是要对取士与用士制度本身进行改革。

稍后的颜元(1635—1704)、李塨(1659—1733)也是从败坏人才的角度来批评乃至攻诘明代的科举取士制度，但较之黄宗羲、顾炎武等人，颜元、李塨稍显偏激；当黄宗羲、顾炎武等人还在努力为改善科举取士制度而费心的时候，颜李则认为科举取士之法根本不可行，应当恢复“乡举里选”之法。

颜李批评明代科举取士主要基于这样的认识。一方面，他们认为八股无用，以八股取士不能成就经济天下的真才。如颜元在《答齐笃公秀才赠号书》中说：“读得书来只谋举业，才就八股，便谓之才，才有寸进，便谓之成器，此宋、元以来不可解之惑也。不知吾儒自有真才、真器，隐足以型俗开后，见足以致君泽民。如兵、农、礼、乐、水、火、工、虞之类，皆须探讨，使有其具，不然时文虽精，究将何用哉!”②颜元将“举业”“八股”与他眼中能泽被生民的真“学问”相对照，说“时文”再精也无用，不能成就事功之才。二是“八股”“举业”不仅不能成就经济天下的人才，反而严重败坏人才，祸害天下。如颜元严厉批评道：“天下人之入此帖括局也，自八、九岁便咿唔，十余岁便习训诂，套袭构篇，终身不晓习行礼、义之事，至老不讲致君、泽民之道，且无一人不弱不病。灭儒道，坏人才，厄世运，害殆不可胜言也。”③他也像顾炎武那样，认为明代的取士之法戕害人才甚于秦之焚坑：“弃选举取八股，将率天下贤愚而八股矣；天下尽八股，中何用乎！故八股行而天下无学术，无学术则无政事，无政事则无治功，无治功则无升平矣。故八股之害，甚于焚坑。”④显然，颜元批评科举取士制度的重心是落在对经济天下之人才的戕害上。

颜李对科举制度的批评不限于明代的八股取士，他还批评明以前的科举取士之法对人才的消耗。如《朱子语类评》第二百八就批评宋代取士“进士科试文字，学究科试墨义”，结果造成了宋之世干济之才匮乏的局面，终亡于金、元，因而他说：“文字中已无人才，便焚香而礼进士矣；背写经书谓之‘学究’，是文字亦不能作矣，宋世何以愚惑至此。宜其亡于金、元，倍酷残于往代也，又堪流毒千百年哉？吾故曰：去文字之害，则功同神禹。”⑤视明代的八股取士之法及此前种种科举取士之法都是败坏人才的制度，所以颜元认为取士不能用“八股”，不能用“科举”，而应当恢复“乡举里选”之法。

---

① 顾炎武著，陈垣校注：《日知录校注》卷十七“生员额数”条，安徽大学出版社2007年版，第934页。

② 颜元：《习斋记余》卷四《答齐笃公秀才赠号书》，《颜元集》，中华书局1987年版，第466页。原文标点为“使有其，具不然，时文虽精”，误，径改。

③ 钟陵：《颜习斋先生言行录》卷下《杜生第十五》，《颜元集》，中华书局1987年版，第678页。

④ 钟陵：《颜习斋先生言行录》卷下《刁过之第十九》，《颜元集》，中华书局1987年版，第691页。

⑤ 颜元：《朱子语类评》，《颜元集》，中华书局1987年版，第302页。

颜元五十七岁时抵上蔡访张沐，二人说起取士之法，张沐说："如无私，八股可也。"颜元则反驳道："不然，不复乡举里选，无人才，无治道。"①

科举取士制度对社会风气的间接损害，颜、李也有所涉及。如颜元认为科举取士制度使得圣道不行，以致僧道佛老乘虚而入，灭伦伤化，祸害天下。他说，儒者"自幼惟从事做破题，捭八股，父兄师友之期许者，入学、中举、会试、做官而已，自心之悦父兄师友以矢志成人者，亦惟入学、中举、会试、做官而已。万卷诗书，只作名利引子，谁曾知道为何物"。② 举业只为名利引子，以致不知圣道为何物，于是世之邪正不明，圣人不生，礼乐不兴，任由僧道异端惑乱人众，戕贼民生。需要指出的是，颜、李虽然也说到了科举取士制度对世风的败坏，却说得不多，他们最为关注的还是科举取士制度对人才的损害。

其实，科举取士之弊不仅被一些有识之士注意到，明清统治者也发现了以科目选拔人才存在的问题，而且也曾尝试做一些改变。如明太祖朱元璋在吴元年(1367)三月下诏分文武二科取士，"以广求天下之贤"，"应文举者，察其言行以观其德，考之经术以观其业，试之书、算、骑、射以观其能，策以经史时务以观其政事"；"俱求实效，不尚虚文"。③ 并于洪武四年(1371)开科，又规定自后三年一举，著为定例。但问题很快出现了。明开国之初，需要大量有实际能力的干才充任各级官吏，但科举选取的多是未经历练的年轻士子，不能马上派上用场。因此，洪武六年(1373)，朱元璋就诏谕暂停科举："朕设科举，以求天下贤才，务得经明行修、文质相称之士，以资任用。今有司所取多后生少年，观其文词若可与有为，及试用之，能以所学措诸行事者甚寡。朕以实心求贤，而天下以虚文应朕，非朕责实求贤之意也。今各处科举宜暂停罢，别令有司察举贤才，必以德行为本，而文艺次之。庶几天下学者知所向方，而士习归于务本。"④不能有效选拔"能以所学措诸行事"的人才，是朱元璋暂停科举最重要的原因。直到洪武十七年(1384)才重开科举。颜元对朱元璋时科举取士开而又停，停而又开评道："明太祖洞见其弊，奋然削去浮文，厘定学政，断以选举取士，可谓三代后仅见之英君；卒为文人阻挠，复蹈宋人覆辙，则庆、历学术之杂乱，启、祯国事之日非，皆崇尚浮文之祸也。"⑤站在能否出人才的立场上看问题，于是颜李认为，三代以后开创帝王，可与言三代治道者，明太祖一人而已。⑥ 清康熙初年，执政大臣也认为以八股取士对选拔人才无益，而且还在康熙甲辰科(1664)会试、丙午科(1666)乡试、丁未科(1667)会试中一度废止了首场考试的制艺(即八股文，包括四书文和经义文)。

---

① 李塨：《颜习斋先生年谱》卷下，《颜元集》，中华书局1987年版，第771页。

② 颜元：《存人编》卷二《唤迷途》"第四唤"，《颜元集》，中华书局1987年版，第138页。

③ 解缙等：《明太祖实录》卷二十二，国立北平图书馆藏红格钞本，第6页。

④ 解缙等：《明太祖实录》卷七十九，国立北平图书馆藏红格钞本，第4页。

⑤ 颜元：《习斋记余》卷六"阅张氏王学质疑评"条，《颜元集》，中华书局1987年版，第491页。

⑥ 李塨：《颜习斋先生年谱》卷上，《颜元集》，中华书局1987年版，第748页。

由此，立足于科举妨误人才、败坏世风的角度，批评八股取士之法乃至批评整个科举取士制度，是经常被采取的看问题的角度，颜、李也是如此，只不过他们的态度更为决绝，措辞更为激烈。

(2)《儒林外史》主要关注科举社会读书人的精神、道德及士风

《儒林外史》是一部与科举密切相关的小说，黄宗羲、顾炎武、颜元、李塨等也有不少关于科举的言论。但是，与颜、李等将批评的焦点主要指向科举制度对人才的损害不同，吴敬梓在《儒林外史》里思考的主要是科举社会里读书人的精神、道德及士风问题，即在精神层面，关注科举取士对读书人精神心态的影响，着重于对读书人在举业科名面前所呈现的灵魂与精神状态进行思考；在道德层面，关注科举取士对读书人道德文行的影响，着重于对读书人只讲荣身不讲礼义廉耻的现象进行思考；在士风层面，关注科举取士对士习学风的影响，着重于对读书人在功名富贵面前所呈现的性情心术进行思考。吴敬梓对科举社会里读书人精神与道德问题的关注将在后文作详细论述，这里主要讨论科举取士对士风造成的影响。①

以颜、李为参照，在《儒林外史》里，科举取士对士风的影响有两个方面特别值得注意：一方面是不少读书人视举业文章为真学问，是正务，于是有读书人在读墨卷、做时文之外，几乎一无所知；另一方面是以中不中科名来衡量有没有学问。前一方面，周进、范进是其代表。后一方面，鲁编修和高翰林是其代表。先说第一个方面。周进这个人是知道些诗词歌赋的，不过在他看来，这些都是杂览，只有学“文章”才是正务，所以他教训魏好古“当今天子重文章，足下何须讲汉唐”，教训他谈这些杂学是务名不务实，会荒废正务，是“粗心浮气的说话”，勉励他“用心举业，休学杂览”，可见他眼里只容得下举业文章。范进的时文写得如何，这不好说，反正凭着文章加上周进的抬举，他先进了学，又中了举，后来又中了进士。但他的学问确实是极难恭维的，如第四回举人张静斋妄谈刘基，称刘基是洪武三年(1370)开科的进士，“天下有道”三句中的第五名，范进则强不知以为知，故作聪明地插问一句：“想是第三名?”足见他的浅陋无闻，举业之外的学问一无所知。第二十六回，安庆知府向鼎曾就那些进士、翰林的学问发过一番感叹：而今这些中进士、做翰林的，和他说到传道穷经，他便说迂而无当；和他说到通今博古，他便说杂而不精。这番感叹可视为吴敬梓对当时许多读书人眼里所谓的学问的指摘。再说第二个方面，在鲁编修与高翰林这些人眼里，真有学问就得中了举人、进士去，中不了举人、进士就是没有学问。持这样的眼光，他们就可以凭进士、翰林的

---

① 此所称“士风”是专对读书人而言的，包括他们的道德文行、进退出处等方面；“世风”则是泛指整个社会风气。将“士风”与“世风”区分开来，并非意味着二者是可以截然分开的，事实上士风是整个社会风气的一部分。作出如此区分，目的在于强调士风特殊的一面，在于做出这种区分能更真实地说明吴敬梓在《儒林外史》里关注的重点。当然，也不是说《儒林外史》里不关注世风问题，而是说从科举取士所产生的影响的角度看，吴敬梓所主要关注的是士风问题而不是整个社会风气问题，或者说吴敬梓所思考的是读书人应当怎么办的问题，而不是整个社会应当怎么办的问题。

身份骄人傲人，自豪地将自己放在很有学问的读书人之列。第十回写鲁编修看人有没有学问，持的就是这样的口气，他说："他若果有学问，为甚么不中了去?"第三十四回，高翰林对众人说杜少卿也是一样的口吻："他果然肚里通，就该中了去!""征辟难道算得正途出身么?"第四十九回，万中书提起迟衡山和武书的学问，高翰林不屑地说道："那里有甚么学问！有了学问倒不做老秀才了。"吴敬梓对这样的读书人则是持嘲讽的态度，不吝笔墨揭出他们的面目。如第四十九回有一段即旨在调侃高翰林的学问。高翰林为炫耀自己的身份地位与学问识见，主动提起了一个话题。他对庄征君说"马纯上知进而不知退，直是一条小小的亢龙"这样的话深为不满，自视高明地批评道："无论那马先生不可比作亢龙，只把一个现活着的秀才拿来解圣人的经，这也就可笑之极了!"大概在高翰林看来，庄征君只是被朝廷征召过而已，没有科名，所以就没有学问，虽然能注《易》，但也没有学问，像把现活着的马二先生比作亢龙就是没学问的可笑之极的说法；马二先生只是个秀才，所以也没有学问，没有学问岂能比作亢龙。可他的学问马上就被武书揭了出来："要说活着的人就引用不得，当初文王、周公，为甚么就引用微子、箕子？后来孔子为甚么就引用颜子？那时这些人也都是活的。"一般人如果像高翰林这样有身份有地位，刚才还振振有词，瞬间却被迎面一击，应该会狼狈不堪，或者会恼羞成怒。不过高翰林毕竟是高翰林，武书令人难堪的反驳是奈何不了高翰林的，因为他有一副厚颜。于是他回道："足见先生博学。小弟专经是《毛诗》，不是《周易》，所以未曾考核得清。"齐省堂于此处评道："真是老脸，形容到此，笔亦酷矣。"①不过吴敬梓仍没有就此停下，他又让武正字接过《毛诗》的话头，作了一番议论，并说："可见'学问'两个字，如今是不必讲的了!"又借迟衡山之口说："依小弟看来：讲学问的只讲学问，不必问功名；讲功名的只讲功名，不必问学问。若是两样都要讲，弄到后来，一样也做不成。"这分明是批评高翰林之流以有科名充有学问，好在高翰林有一副老脸，是不会羞惧这个的。

在《儒林外史》里，吴敬梓嘲讽一些读书人眼里只有举业文章甚至只有程文墨卷而没有真"学问"，颜、李也批评读书人做举业有害于"学问"。乍看起来，二者在这一点上是相同的，似乎他们都在关注科举与人才的问题。其实不然。首先，二者所谓的"学问"有不同的内涵。颜、李所说的"学问"是经济事业的"学问"，是所谓能富天下、强天下、安天下的"通儒"的"学问"。如颜元在《答何千里》的书中说："今之读书千卷、注书百帙，自负为学者矣，仆止谓之书生。今之作八股名家、古文大家，自负为学者矣，仆止谓之文人。惟见夫习升降、周旋，从事冠昏丧祭、宗庙会同者，仆称为学礼者；见夫习于吹鼓、歌舞，从事五音六律、七声八音者，仆称为学乐者。"②在《答齐笃公秀才

① 李汉秋辑校：《儒林外史汇校汇评》，上海古籍出版社 2010 年版，第 599 页。

② 颜元：《习斋记余》卷四《答何千里》，《颜元集》，中华书局 1987 年版，第 459 页。

赠号书》中又说："读得书来口会说，笔会作，都不济事；须是身上行出，方算学问。"①显然，在颜元看来，读书、注书、作古文与作八股一样，都不是真正的"学问"，必须"身上行出"的"学问"才是真正的"学问"，并且他所谓的"身上行出"也不是在道德践履意义上说的，而是要有实际的能官能将的本领，要有能救危济困的才干。与颜、李所称"学问"不同，《儒林外史》里所说的"学问"是知识的"学问"，是博通经史的"学问"，是喜读书、通诗文、能著书的"读书人"的"学问"。二者所谓的"学问"内涵不同，也就决定了他们所关注的问题有根本的不同：颜、李所说的"学问"是经世致用的"学问"，所以他们关注的是举业对人才的妨害，即八股取士造成儒生徒事口舌纸笔，没有经世致用的"学问"，不能经济天下；《儒林外史》所说的"学问"是博通古今的"学问"，所以吴敬梓关注的是科举社会里的士风问题，或者讽刺读书人因痴迷举业而只视八股文章为真"学问"的浅陋，或者指摘以有科名与否衡量有没有"学问"的鄙俗。如果站在《儒林外史》的立场，知不知苏轼与李清照、苏若兰、朱淑贞这些人就成为一个值得关注的问题，因为读书人如果连这样的常识都不知道，很难说他有博通经史子集的学问的。但是，如果站在颜、李的立场，这根本就不是个问题，即便把与这些人有关的学问都知晓得清楚透彻，颜、李也不会称其有"学问"，因为这些学问在他们看来不能经世致用，不能经济天下，根本就不是真"学问"，只不过是"诗人文士"的学问，"白面书生"的学问。其次，二者看问题的角度不同，所提出的主张也不一样：颜、李从人才的角度看问题，不仅批评"八股""举业"对人才的妨害，甚至批评多读书也妨害人才，以至于妨害天下，故而不赞同多读书；《儒林外史》从士风的角度看问题，认为读书人做举业也无妨，不过只醉心于举业而不讲究学问，又是吴敬梓所嘲讽的，所以《儒林外史》极为推赞那些读了很多书的博通君子。

总之，将《儒林外史》与颜李学说相互参照便可发现，《儒林外史》主要揭示的是科举取士对读书人精神的羁縻、道德的侵蚀及对士风的腐蚀，至于科举取士之法对人才的妨害，吴敬梓则极少关注。与此相应，吴敬梓所提出的解决问题的办法也是从精神和道德层面着手。从精神的层面，吴敬梓倡导读书人在功名利禄面前要追求一种天怀淡定的人生境界，在富贵权势面前要保持自己高贵的人格与尊严，否则的话，本应拥有自尊与高贵的读书人就会变得猥琐可怜、迂腐可笑。从道德的层面，吴敬梓倡导读书人要持有高尚的道德品行，要做贤人君子，不与鄙陋的世俗同流合污。而黄宗羲、顾炎武、颜元、李塨等从妨害人才的角度看八股取士之法或科举制度，他们所提出的解决问题的办法就主要从制度层面着手，或主张对科举取士制度存在弊端的环节进行改革，或主张恢复乡举里选的制度、唐时的选士授官制度等，目的是为了能选拔出有才学、有德艺、可担负起经济天下之重任的干济之才。

---

① 颜元：《习斋记余》卷四《答齐笃公秀才赠号书》，《颜元集》，中华书局 1987 年版，第 466 页。

(3)颜、李与吴敬梓所关注的"德"之比较

前面论述了颜、李侧重于从科举制度可行与否及其对社会风气造成之影响的角度看问题，批评科举取士制度对人才和世风的败坏，并不是说颜、李不关注"德"的问题。但颜、李之关注的"德"与吴敬梓之关注的"德"也有截然的区别。

其一，吴敬梓在《儒林外史》里关注"德"，主要是思考科举取士对读书人的道德品行造成的影响。小说第一回，作者借王冕之口说，用《五经》、《四书》、八股文取士"这个法却定的不好！将来读书人既有此一条荣身之路，把那文行出处都看得轻了"。这意味着，在《儒林外史》里，吴敬梓十分强调以八股文取士之法与读书人看轻道德文行之间的因果联系。而颜、李关注"德"则往往是将其与批评孔孟之后的儒者尤其是宋、明之儒联系①，批评他们徒慕浮文，逞才华，而不知崇实行，虽家读尧、舜、孔、孟之书，而风俗愈坏。

其二，吴敬梓关注"德"的问题，主要意图在于批评读书人不讲道德的无耻，感慨许多读书人不但不能保持高尚的道德品行，成为挽救世风的中流砥柱，反而与恶薄的世俗同流合污，进一步加剧了世风的堕落与败坏。而颜、李之关注"德"与其关注科举制度一样，最终都是将其归转到人才问题上。如颜元就认为，科举取士之法诱使"天下之常人"竭力谋富贵，而汉、唐、宋、明以来之所谓道德则诱使"天下之贤人"竭力谋重望，无论谋富贵还是称道德，都不能"身习其事"，虽代有崇儒重道之名，而真才不出，因此用科举以取士与称道德以系重望，都造成了灭儒道、坑人才、祸天下的后果。这在《习斋记余》卷九《题礼观于乡二章》中说得很明确：

> 人生之所大欲、大荣、大肆力以求之不遑恤其他者，富贵、道德而已矣。天下之常人，诸事不知向慕，贪富贵则有同情焉。天下之贤人，诸事不屑向慕，求道德则有独嗜焉。见夫读汉、宋注疏、作八股帖括、加表、判、论、策者皆富贵矣，下之里巷庠生、监、贡，上之省、府、州、县官吏，再上之六卿、三公，无不从此途得也，天下岂复有不赴此途之常人，人岂复有不竭于此途之心力也哉！见夫闭目静坐、谈性天、集语录、注解经书者称道德矣，汉、唐某某、宋、明某某、从祀孔庙，丁祀春秋矣，大者某派宗主，小者某派传人，高声价，系重望，群然奉为大儒、仰为君子者，无不从此途出也；天下岂复有不赴此途之贤人，人岂复有不竭于此途之心力也哉！而尧、舜之三事，周公之三物，尽亡矣。士大夫曾耳不闻其声，目不睹其形，口不称其言也，其谁身习其事乎？况云不斯须去乎！况云雅、颂得所

---

① 将读书人的道德品行与八股取士制度联系起来在颜李那里偶尔也有。如《颜习斋先生言行录》卷下《杜生第十五》有云："古者弟子为学，先教之事父、事兄，服劳奉养；今世为学，惟教之读书、作文，逸惰其身，而奴隶其父兄，此时文取士之害，读作为学之弊也。"(颜元：《颜元集》，中华书局 1987 年版，第 676 页。)但颜元在这里强调的仍是八股取士制度导致读书人徒有纸上雄文，却不讲身行实践所造成的后果，最终指向的不是道德问题，而是强调为学必须要实行而非虚文。

乎！况云“乐节礼乐”乎！是以无一孔门之儒，而儒道尽灭，秦氏之焚坑不若是烈也。无道法则无人才，无人才则无政事，无政事则无太平。生民不被圣人之泽，而受种种祸乱者，已二千年矣，虽唐、虞洪水，不若是久也。吾深望乎神禹、刘、项矣。①

也就是说，在颜元看来，“天下之贤人”如果肆力于道德而不屑于事功，就如同“天下之常人”贪于富贵而不身习其事一样，都会导致儒道灭亡，人才败坏，政事全无，祸乱频生。因此，无论肆力于道德之“贤人”还是贪图富贵之“常人”，都不如神禹、刘、项这些事功业、谋政事之人。

其三，二者看问题的角度有别，侧重也很不相同。从选拔人才的角度看问题，侧重的是政治道德，或者说是做“官”的道德，颜、李尤为强调的则是能“安天下”之“德”，而非道德品行之“德”。甚至在他们看来，德也要是“有用”之“德”。比如颜元提倡所谓“六府三事之学”，李塨则解释道：“六府三事，此万世亲民之至道也。言水，则凡沟洫漕挽，治河防海，水战藏冰，鹾榷诸事统之矣；言火，则凡焚山烧荒，火器火战，与夫禁火改火诸燮理之法统之矣；言金，则凡冶铸泉货，修兵讲武，大司马之法统之矣；言木，则凡冬官所职，虞人所掌，若后世茶榷抽分诸事统之矣；言土，则凡体国经野，辨五土之性，治九州之宜，井田封建，山河城池诸地理之学统之矣；言谷，则凡后稷之所经营，田千秋、赵过之所补救，晁错、刘晏之所谋为，屯田贵粟实边足饷诸农政统之矣。至三事，则所以经纬乎六府者也。正德，正此金木水火土谷之德也；利用，利此金木水火土谷之用也；厚生，厚此金木水火土谷之生也。”②吴敬梓则是从读书人如何做人的角度看问题，侧重的是个人的道德品行，或者说是做“人”的道德，他尤为推重的是能潜移默化人的君子之德、贤者之德、“真儒”之德。做“官”的道德与做“人”的道德二者之间因侧重各异，就会采取不同角度与眼光看待人的行为，得出很不同的甚至互为反对的看法。比如，《儒林外史》第八回里所写的王惠，若依做“人”的道德，他完全是一个鄙陋狡诈、贪财残暴之徒，但在集权专制的皇权时代，最大的政治道德就是忠于朝廷，王惠能够弹压百姓，震慑一方，政绩卓著，所以各上司访闻，都保荐他是江西第一能员。到了后来，朝廷到处缉捕他，也并不是因为他做人的道德变坏了，而是因为他率先降了宁王，不再忠于朝廷。再如，第二十回里，写曾经对匡超人有过不少帮助的潘三案发入监，托人转说想会一会他，叙叙苦情，匡超人则说：“本该竟到监里去看他一看，只是小弟而今比不得做诸生的时候，既替朝廷办事，就要照依着朝廷的赏罚，若到这样地方去看人，便是赏罚不明了。”若依做“官”的道德，匡超人此番说辞还真是冠冕堂皇，倒也无懈可击，可吴敬梓写他的这种行为，分明是在讽刺他已彻底堕落为一个忘恩负义、卑鄙无耻之徒。又如，第三十七回里，写虞博士巡视考场，揭卷子时发现有一

① 颜元：《习斋记余》卷九，《颜元集》，中华书局 1987 年版，第 554~555 页。

② 李塨：《瘳忘编》，《李塨文集》，河北人民出版社 2011 年版，第 99 页。

个考生将夹带的经文夹进卷子送上了堂，赶忙拿了藏在靴筒里，替他遮掩了过去，等那考生出恭回来，又悄悄地递还了他，过后那考生要拜谢虞博士，虞博士始终推做不认得。如果依做“官”的道德看虞博士的此番举动，那应该是纵容考生舞弊的失职渎职行为，但吴敬梓显然对虞博士的这种做法是赞赏的，因为虞博士此举意在养其廉耻，从做“人”的道德上教化他，这恰显示出虞博士立身待人的极好品行。

以上通过对《儒林外史》与颜、李关注科举的不同情形进行比较，我们可以发现：《儒林外史》与颜、李虽然对科举取士作了关注，但《儒林外史》关注的是科举社会读书人的精神、道德与士风问题，颜、李关注的是科举取士制度对人才与世风的毁坏。颜、李是从制度层面与社会层面思考问题，侧重的是科举制度本身完善与否、可行与否及其对社会风气乃至对国家势运的影响，思考的是为政者应该怎么办的问题，也就是为政者应当采取何种办法以选拔出能经济天下的人才的问题。吴敬梓是从精神层面与道德层面思考问题，侧重的是科举社会里读书人的精神状态、道德品行及名场士习，思考的是读书人应当怎么办的问题，也就是读书人如何对待举业功名、文章学问的问题，而对科举取士之法本身则不作关注。这是二者根本的不同。

3.《儒林外史》与颜李学派视野中的程朱之学

明清时期，统治者看到程朱之学有利于巩固宗法专制的集权制度，遂奉之为儒学的正统，并采取措施极力维护其独尊地位。一方面是将程朱之学作为科举考试最重要的内容，命题主要依据程朱一派所注的《四书》、《五经》，士子作答也须以程朱一派的思想作为依据，不容违逆；另一方面是自上而下建立了对忠孝节义之类行为进行旌扬和奖励的制度，不断强化理学与礼教对整个社会的思想控制及风俗教化作用。统治者这样做的结果是程朱之学被长期定于一尊，社会政治、思想学术、世风人心等出现了不少问题。明王朝的灭亡，使得明清之际的部分知识人将批评矛头指向程朱之学，视其为败坏儒学，防误人才，贻害天下的祸根。清康乾时，统治者仍极力强化唯程朱是尊的政策，程朱之学愈加教义化，对社会风气和士人精神就造成了更严重的损害，这引起一些读书人的深切关注，并为此倍感痛心。颜(元)、李(塨)与吴敬梓正分别处于这两个不同的时代。时代境况、身世经历、思想眼界的不同，使得颜李学派与《儒林外史》视野中的程朱之学在诸多方面显示出根本的分别，这主要表现为：二者在对待程朱之学的态度上迥然相异；二者对待程朱之学各有侧重，各有指向。

(1)《儒林外史》与颜李学派对待程朱之学态度迥异

先看颜李学派对待程朱之学的态度。颜李学派对待程朱之学持的是严厉攻诘的态度，他们将程朱之学与孔孟之道截然判为两途。如颜元在《存学编》卷二《性理评》中称“朱子所见之道与所为之学、所行之教，与圣门别是一家”。① 李塨曾辑有《未坠集》，

① 颜元：《存学编》卷二《性理评》，《颜元集》，中华书局1987年版，第65页。

颜元在为之所作的序中叙述了自己由早年服膺宋儒到后来深痛其害的过程，并由此表示了对天下多崇信程朱之学的伤叹，其攻讦之语极为激烈。他说：“去一分程、朱方见一分孔、孟；不然，则终此乾坤，圣道不明，苍生无命矣。……程、朱之道不熄，周、孔之道不著，圣人复起，不易吾言矣！乃断与之判为两途。”①显然，在颜元看来，程朱之学与孔孟之道乃如水火之不相容，若程朱之学大行，则圣贤之道大废。不仅如此，他还将政事昏愦、世道暗昧也归咎于程朱之学。他在《阅张氏王学质疑评》里说：“今天下百里无一士，千里无一贤，朝无政事，野无善俗，生民沦丧，谁执其咎耶！吾每一思斯世斯民，辄为泪下！武承顾谓‘朱子之道如日月五行之经天’耶！今之世，家咿喔，人朱注，雄杰者静坐读书，著书立言，以缵朱子之统，朝廷用其意以行科甲，孔庙从祀以享蒸尝，尊奉渐拟四配，朱子之道可不谓日月五行之经天耶！尧、舜之三事，周、孔之三物，则扫地矣。”②检视颜元、李塨的著作我们会发现，他们对待程朱之学罕有温和之语，经常是不遗余力地指摘其坏处。颜元还有《朱子语类评》专论朱子之是非，兹举几例以见之。在宋人黎靖德所辑《朱子语类》卷一百二十一载有朱熹这样的事：“朋友乍见先生者，先生每曰：‘若要来此，先看熹所解书也。’”③颜元则据自己的亲身经历批评道：

> 吾尝言“但入朱门者便服其砒霜，永无生气、生机”；不意朱子还不待人入门，要人先服其砒霜而后来此也。痛哉！仆亦吞砒人也！耗竭心思气力，深受其害，以致六十余岁终不能入尧、舜、周、孔之道。但于途次闻乡塾群读书声，便叹曰“可惜许多气力”；但见人把笔作文字，便叹曰“可惜许多心思”；但见场屋出入群人，便叹曰，“可惜许多人材”。故二十年前但见聪明有志人，便劝之多读；近年来但见才器，便戒勿多读书，尤戒人观宋人《语录》、《性理》等，曰：“当如淫声、恶色以远之。”观此卷乃知朱子自贼之原。④

如果说颜氏将朱子之学比作砒霜还只是发其痛恨之意，那么视之如“淫声”、“恶色”则无疑就是痛詈之语了。其对程朱之学严厉决绝的态度也由此可见一斑。又据《朱子语类》卷一百二十三载，朱熹曾就江西之学与浙学二者之弊辩道：“江西之学只是禅，浙学却专是功利。禅学后来学者摸索一上，无可摸索，自会转去。若功利，则学者习之，便可见效，此意甚可忧！”⑤依朱子之意，功利比禅学更可忧，这显然是极力主张经济事业的颜元绝不能认同的，于是他极为严厉地批评道：

---

① 颜元：《习斋记余》卷一《未坠集序》，《颜元集》，中华书局 1987 年版，第 398 页。
② 颜元：《习斋记余》卷六《阅张氏王学质疑评》，《颜元集》，中华书局 1987 年版，第 494 页。
③ 黎靖德：《朱子语类》卷一百二十一，中华书局 1986 年版，第 2917 页。
④ 颜元：《朱子语类评》，《颜元集》，中华书局 1987 年版，第 249 页。
⑤ 黎靖德：《朱子语类》卷一百二十三，中华书局 1986 年版，第 2967 页。

朱子之道千年大行，使天下无一儒，无一才，无一苟定时，不愿效也。宋家老头巾群天下人才于静坐、读书中，以为千古独得之秘；指办干政事为粗豪，为俗吏；指经济生民为功利，为杂霸。究之，使五百年中平常人皆读讲《集注》，揣摩八股，走富贵利达之场；高旷人皆高谈静、敬；著书集文，贪从祀庙廷之典；莫谓唐、虞、三代之英，孔门贤众之士，世无一人，并汉、唐杰才亦不可得。是世间之德乃真乱矣，万有乃真空矣。不惟周、程、张、朱之功效乃见，乡原、佛、老之流祸乃极矣；举世犹蒙蒙也。①

与颜李学派的决绝态度不同，吴敬梓在《儒林外史》里并不认为程朱之学与孔孟之学水火不容，对其作严厉的批评或攻诘，而是将程朱之学视为诸儒解经之中可以“参看”的一家。如果将程朱关于科举取士的言论与《儒林外史》对科举社会里读书人形象的塑造进行对照，更会发现，二者之间实际上有诸多相通之处。归结起来，这些相通之处可以概括为两点：一是他们思考问题的视角相同，《儒林外史》和程、朱一样，当他们涉及科举时，都关注的是科举社会里的人尤其是读书人的精神、道德及士风问题，而且还明确告诉读书人面对举业功名应当怎样做，不应当怎样做；二是吴敬梓在《儒林外史》里通过对相关人物形象的塑造所体现出的识见，也与程、朱关于举业的言论有同工之妙。《朱子语类》卷十三就载有不少程朱说举业的言辞。下面我们据此从两个方面作详细说明。

第一个方面是科举社会士人的精神问题。朱熹认为科举对士人最大的羁累在于举业妨志。他说：“科举累人不浅，人多为此所夺。但有父母在，仰事俯育，不得不资于此，故不可不勉尔。其实甚夺人志。”有人向朱熹问学说“科举之业妨功”，他则强调：“程先生有言：‘不恐妨功，惟恐夺志。’若一月之间著十日事举业，亦有二十日修学。若被他移了志，则更无医处矣！”他还指出：“以科举为为亲，而不为为己之学，只是无志。以举业为妨实学，不知曾妨饮食否，只是无志也。”②《儒林外史》关注问题的角度显然正与朱子同，程、朱诸如此类的看法也是完全能够得到吴敬梓赞同的。《儒林外史》里的周进、范进等人正是被举业功名夺去了心志的典型，是作者既讽刺而又同情的对象。但颜李学派不会对此表示认同，尤其举业“不恐妨功，惟恐夺志”之言，更会遭到视功业为要务的颜李学派的严厉批评。朱熹还认为读书人只要自己立志就能不被习气所污染。有人因科举作馆废学而自咎，朱子则说：“不然，只是志不立，不曾做工夫尔。孔子曰：‘不怨天，不尤人。’自是不当怨尤，要你做甚耶！伊川曰：‘学者为气所胜，习所夺，只可责志。’正为此也。若志立，则无处无工夫，而何贫贱患难与夫夷狄之间哉！”③因此，他主张读书人不能因为举业失却自己的志趣，而应当具有高远的见

① 颜元：《朱子语类评》，《颜元集》，中华书局1987年版，第266~267页。

② 黎靖德：《朱子语类》卷十三，中华书局1986年版，第246页。

③ 黎靖德：《朱子语类》卷十三，中华书局1986年版，第246页。

识，置得失利害于度外，真正地去读圣贤之书，学圣贤的为人。他说："非是科举累人，自是人累科举。若高见远识之士，读圣贤之书，据吾所见而为文以应之，得失利害置之度外，虽日日应举，亦不累也。居今之世，使孔子复生，也不免应举，然岂能累孔子邪！自有天资不累于物，不须多用力以治之者。某于科举，自小便见得轻，初亦非有所见而轻之也。正如人天资有不好啖酒者，见酒自恶，非知酒之为害如何也。又人有天资不好色者，亦非是有见如何，自是他天资上看见那物事无紧要。若此者，省得工夫去治此一项。今或未能如此，须用力胜治方可。"①想想《儒林外史》中的虞博士，正是如朱熹所说的虽也应科举，但却"自有天资"而不为其所累的"高见远识之士"，而又正是吴敬梓倾心推出的在举业功名面前夭怀淡定的人物。《朱子语类》卷一百七还记有朱熹规劝沉迷于举业功名士子的事：

> 寿昌因先生酒酣兴逸，遂请醉墨。先生为作大字《韶国师颂》一首，又作小字杜牧之《九日诗》一首，又作大字渊明《归田园居》一首。有举子亦乘便请之，先生曰："公既习举业，何事于此？"请之不已，亦为作渊明《阻风于规林》第二首。且云："但能参得此一诗透，则公今日所谓举业，与夫他日所谓功名富贵者，皆不必经心可也。"②

朱子此番言辞行事所显明的道理与主张，我们分明可以从《儒林外史》里虞博士、杜少卿等人的身上感受到，也可以从小说开篇那段关于功名富贵的话里见到。这也正是吴敬梓所倡导的一种精神，即读书人在举业功名面前须出淤泥而不染，不失却高见远识，须保持夭怀淡定的心态，真正地读圣贤的书，悟圣贤的道理，学圣贤的行止，具圣贤的胸襟。

第二个方面是科举社会士人的道德和士风问题。朱熹对士人只知追逐仕禄而不讲修身，以致被物欲扰乱于心而失德的现象也持批评的态度。他说："今人皆不能修身。方其为士，则役役求仕；既仕，则复患禄之不加。趋走奔驰，无一日闲。何如山林布衣之士，道义足于身。道义既足于身，则何物能婴之哉！"③读书人汲汲于举业功名、仕禄富贵，而不讲修身，不讲孝悌信义，不讲道德廉耻，这也是《儒林外史》所尤为讽刺的；而如虞博士、庄征君、杜少卿等则正是与之相对的居于下野却"道义足于身"的读书人。朱熹还批评科举士子中普遍存在的只将礼义廉耻、孝悌忠信作为题目里的说辞，而不将其真正放在心上，行在身上的风气。他说："圣贤千言万语，只是教人做人而已。前日科举之习，盖未尝不谈孝弟忠信，但用之非尔。""专做时文底人，他说底都是圣贤说话。且如说廉，他且会说得好；说义，他也会说得好。待他身做处，只自不廉，只自不

---

① 黎靖德：《朱子语类》卷十三，中华书局1986年版，第246~247页。

② 黎靖德：《朱子语类》，中华书局1986年版，第2676~2677页。

③ 黎靖德：《朱子语类》卷十三，中华书局1986年版，第247~248页。

义，缘他将许多话只是就纸上说。廉，是题目上合说廉；义，是题目上合说义，都不关自家身已些子事。”①在《儒林外史》里，对于朱子所非的这种风气吴敬梓也是非常厌恶的。且看第三十四回，高翰林说杜少卿的口气：“诸公莫怪学生说，这少卿是他杜家第一个败类！他家祖上几十代行医，广积阴德，家里也挣了许多田产。到了他家殿元公，发达了去，虽做了几十年官，却不会寻一个钱来家。到他父亲，还有本事中个进士，做一任太守，已经是个呆子了：做官的时候，全不晓得敬重上司，只是一味希图着百姓说好；又逐日讲那些‘敦孝弟，劝农桑’的呆话。这些话是教养题目文章里的词藻，他竟拿着当了真，惹的上司不喜欢，把个官弄掉了。”吴敬梓借高翰林其人其言，为那些只图做官敛财，将“敦孝弟，劝农桑”之类视为教养题目文章里的词藻的读书人画像，这正与朱熹之论有异曲之妙。

要而言之，程、朱与吴敬梓都关注了科举取士对读书人精神、道德及士风造成的影响，若再将《儒林外史》与程、朱对于科举的言论对读，并依惯常的看法，更不能不惊异于二者之间竟然会如此一致。但实际的情形告诉我们无须惊异，因为吴敬梓熟悉朱子，朱子的很多东西他也赞同，所以《儒林外史》中那些科举中人的行止和不少具体情节，才会与朱子说举业的看法相映生辉。如果说二者之间有什么区别的话，那也是很细微的：朱熹论科举夺志意在劝诫士人不能因举业而废学弃道，不讲道德廉耻；而吴敬梓意在倡导一种读书人应当有的精神与道德风貌，即读书人须维持做人的品格尊严，拥有高尚的道德情操，须做一个真儒、贤者、君子。而程、朱、吴敬梓的此番用心则不会被颜李看重，因为在颜李看来，人才的根本不在于精神的自立与道德的高尚，而在于强健的体魄与干济的才能。若没有这些，什么都是妄谈。

至此，我们可以明确地说，吴敬梓对待程朱之学并非持否定态度，而是持一种将其“与诸儒参看”的眼光，并且《儒林外史》里多有与朱子思想遥相辉映之处。这与颜李学派对待程朱之学严厉攻讦的决绝态度截然不同。

(2)《儒林外史》与颜李学派对待程朱之学各有侧重及指向

如果考察颜李学派与《儒林外史》对待程朱之学各自所关注的方面与具体指向，可以更加清晰地理解二者之间的不同。具体言之，颜李学派主要从以下几个方面批评程朱之学。

其一，批评程朱之学损圣道。颜李认为，程、朱虽名为儒，却为佛、老所惑，好谈性道，徒事静坐，故而程朱之学既非圣贤之道，而且损害圣贤之道。如颜元在《由道》篇说：“至宋而程、朱出，乃动谈性命，相推发先儒所未发。以仆观之，何曾出《中庸》分毫！但见支离分裂，参杂于释、老，徒令异端轻视吾道耳。”②《性理评》中又说：“朱子出，而气质之性参杂于荀、扬，静坐之学出入于佛、老，训诂繁于西汉，标榜溢于东

① 黎靖德：《朱子语类》卷十三，中华书局 1986 年版，第 243~244 页。

② 颜元：《存学编》卷一《由道》，《颜元集》，中华书局 1987 年版，第 39 页。

京，礼乐之不明自若也，王道之不举自若也，人材之不兴自若也，佛之日昌而日炽自若也。实学不明，言虽精，书虽备，于世何功，于道何补！……有志于学者承袭其迹，以主敬静坐求道，不至尽奉释、道名号，与二家鼎峙而已。若问自周以来圣贤相传之道，则绝传久矣。"①他在《唤迷途》"第四唤"中也说："程、朱一派好谈性道，置起圣门时习事功不做，盖亦隐为禅惑。"②颜、李尤攻诘佛氏"以空虚不著一物为性"，"故为不忠不孝之教，断绝伦物"，不识道理，所谓"世岂有为僧之人而识道理者乎，岂有识道理之人而为僧者乎？"③因此，他们斥佛氏为"猾寇"，为"玩寇"，为"贼"，为"异端"。而程朱之学与唐之韩愈、明之阳明一样，皆有与贼通气处。颜元在《唤迷途》"第四唤"中还指斥道：

> 周子《太极图说》已多了无极二字。极乃房上脊檩，是最上之称，又加以太字，是就无可名处强指之矣，又何所谓无极乎？至其言性，又不合加一恶字，故程、朱由此皆误言气质有恶，又言气质为吾性害，是即为六贼之意浸过儒道分界矣。朱子尽力与象山辩无极二字，是即为佛之空，老之无隐蔽矣。至程子作诗，说"道通天地有形外，思入风云变态中"，又云"隔断红尘三十里，白云红叶两悠悠"。朱子动辄说气质杂恶，动辄说法门。……所谓与贼通气者，此也。④

为佛、老所惑而损害圣贤之道是颜、李批评程朱之学的重要方面，但这一方面在《儒林外史》里是没有受到关注的，在吴敬梓的其他著作里也没有关于程朱损害圣贤之道的看法。

其二，批评程朱之学误人才，祸天下。颜、李认为，程、朱以读书、章句目儒业，徒事口笔纸墨，不事身习，极误人才。如"居敬穷理"是程朱治学一个非常重要的方面，颜元则在《存学编》卷二中批评"居敬穷理"乃是徒有其文，正是程、朱诸先生所以自欺而自误者，并讥刺它对成就人才丝毫无益。他在《性理评》中批评道："'穷理居敬'四字，以文观之甚美，以实考之，则以读书为穷理功力，以恍惚道体为穷理精妙，以讲解著述为穷理事业，俨然静坐为居敬容貌，主一无适为居敬工夫，舒徐安重为居敬作用。观世人之醉生梦死，奔忙放荡者，诚可谓大儒气象矣。"⑤颜元还指斥朱子必欲人读天下许多书，是将道全看在书上，将学全看在读上，实乃大谬。他认为，读书只是孔门致知之一事，其实致知有更多事须做，如诗书六艺、兵农水火等，而且重要的不是读，而是行，所谓"心中醒，口中说，纸上作，不从身上习过，皆无用也"。⑥《朱子语类评》第

---

① 颜元：《存学编》卷三《性理评》，《颜元集》，中华书局1987年版，第76页。

② 颜元：《存人编》卷二，《颜元集》，中华书局1987年版，第134页。

③ 颜元：《存人编》卷二《唤迷途》"第四唤"，《颜元集》，中华书局1987年版，第137、136页。

④ 颜元：《存人编》卷二，《颜元集》，中华书局1987年版，第136页。

⑤ 颜元：《存学编》卷二，《颜元集》，中华书局1987年版，第59页。

⑥ 颜元：《存学编》卷二《性理评》，《颜元集》，中华书局1987年版，第56页。

八则批评说："先生辈舍生尽死，在思、读、讲、著四字上做工夫，全忘却尧、舜三事、六府，周、孔六德、六行、六艺，不肯去学，不肯去习，那从讨'庸德之行'，那从讨'终日乾乾，反复道也'，千余年来率天下入故纸堆中，耗尽身心气力，做弱人、病人、无用人者，皆晦庵为之，可谓迷魂第一、洪涛水母矣。"①第二百九则说："荆公罢学究科，其识高甚，而朱子犹惜罢此科后人不肯读书；抑解天下万事之败，都起读书者乎？噫！知之者鲜矣。试观尧、舜以至于孔子，那有一圣人教人读书？即有之，亦千头万绪中之一二，而朱子'每书必读取三百遍，欲读尽天下书'，至瞽目而不悔，真可谓纸墨堆中迷魂矣。噫！"②《四书正误》"尧曰"篇也批评说："古人读书，惟取施行，固不沾沾其章句。宋人务读取三百遍，期一字不差。朱子尤欲读尽天下书，耗有用心气于纸墨，何为也？率古今之文字，食天下之神智，扫天下之人才，乱古圣之本学，愚哉妄哉！斯世何不幸，而罹兹大祸也。悲夫！"③颜元不仅批评程朱治学自误误人，还批评其对人才的阻挠。《习斋记余》卷六说："文忠之中夜三起，与晦翁之闻警大哭，皆可谓忠愤，而卒不能为国家发一矢，殪一虏也，非学术误之乎！……卒偕三、五书生，优游朝堂，偷安自娱，作太平无事士夫样……心目中并不见汴京亡，二帝虏，方尽力与热心干国之宰相为敌，方忌妒得军心之大将而阻其任用。……即如朱子终日著述静坐，见一谈中兴之陈同甫便断绝之，而言上表谏和议，志复仇也，有此理乎？"④因此，他说："道学所厌，便是人才。"⑤

在颜李学派看来，误人才最严重的后果是祸天下，所以他们不遗余力地批评程朱是误社稷、害民命的罪魁。颜元认为，程朱给人才造成的一个极其严重的后果就是教读书人徒事读书静坐之学术，极少留心天运、国祚，使得国无干济之才，终致天下溃弱、国家灭亡。如他在《性理评》中颇为痛心地说："此朱子重文轻武不自觉处。其遗风至今日，衣冠之士羞与武夫齿，秀才挟弓矢出，乡人皆惊，甚至子弟骑射武装，父兄便以不才目之。长此不返，四海溃弱，何有已时乎？"⑥《朱子语类评》第一百二十则批评说："惟先生辈以佛氏之实，灭圣人之业，而我中夏之学术尽亡，无由成人才，而一切乃真空矣。呜呼！岂惟吾道哉？虽求老氏之机关巧便，兵、数、刑名，何可得哉？故曰，宋儒为金、辽、元、夏之功臣。"⑦第二百二十一则也说："可怪宋家一代文人、理学，自误一生，并误其君之社稷，民之性命。"⑧很明显，误人才，祸天下，这是颜李学派批评程朱尤为用力之处，但《儒林外史》里也没有涉及这一方面。

---

① 颜元：《朱子语类评》，《颜元集》，中华书局 1987 年版，第 250~251 页。
② 颜元：《朱子语类评》，《颜元集》，中华书局 1987 年版，第 303 页。
③ 颜元：《四书正误》卷四《论语下》，《颜元集》，中华书局 1987 年版，第 229 页。
④ 颜元：《习斋记余》卷六，《颜元集》，中华书局 1987 年版，第 487~488 页。
⑤ 颜元：《朱子语类评》第二百二十则，《颜元集》，中华书局 1987 年版，第 305 页。
⑥ 颜元：《存学编》卷二，《颜元集》，中华书局 1987 版，第 58 页。
⑦ 颜元：《朱子语类评》，《颜元集》，中华书局 1987 年版，第 281~282 页。
⑧ 颜元：《朱子语类评》，《颜元集》，中华书局 1987 年版，第 306 页。

其三，批评程朱之学违逆人的性情。程朱理学中与人性、人情相关而又最遭后人诟病的主张应该是“存天理”，“灭人欲”了。但实际上，“存天理”，“灭人欲”是程朱在当时的政治社会情势下为重建儒学而提出的一个重要命题，原本缘于其深沉的忧患意识和济世情怀。如果不是抽象地看待它，而是放在具体的时代背景下，并在具体的文本语境中仔细考察其“天理”、“人欲”之辨，不难发现，就朱子的本意而言，“存天理”，“灭人欲”并不是什么灭绝人性，不通人情的东西，而是有其特定的意义和价值的。但历史的实际情形也表明，朱子的“存天理”，“灭人欲”之论的确存在极易演变为违逆人情、人性之教义的可能，以颜李学派与吴敬梓对程朱之学的看法为参照，其中有两个方面尤其值得注意。

第一个方面，程朱之学存在被改造成“忍而残杀之具”之礼教的内在理路。程朱有许多“天理”、“人欲”之辨的言论，但对于很多具体物事来说，究竟何为“天理”，何为“人欲”仍是很难把握的问题，朱子提出的一个办法就是定出些规矩教人可以凭据。如《朱子语类》卷四十二就说：“礼谓之‘天理之节文’者，盖天下皆有当然之理。今复礼，便是天理。但此理无形无影，故作此礼文，画出一个天理与人看，教有规矩可以凭据，故谓之‘天理之节文’。有君臣，便有事君底节文；有父子，便有事父底节文；夫妇长幼朋友，莫不皆然，其实皆天理也。”①在这里，朱子认为，“复礼”即是“天理”，但此“天理”无形无影，必须有人制作出来立为规矩，才可以让人有所凭据。如此一来，当统治者把程朱理学拿来作为维护其统治的思想基础时，他们就可以将有利于加强宗法专制的集权制度，有利于控制思想和驯化奴仆的东西规定为“天理”，而这种规定的“合理”“合法”的依据从程朱之学内部就可以找到。可以说，明清时的礼教就是这样以程朱之学为基础建立起来的：统治者从程朱那里随心所欲地寻章摘句，抽出一些他们认可的东西，遮蔽他们不能认可的东西，制定出礼教教义，说这就是“天理”，是“圣贤之道”。然后，凭借威权采取各种手段向全社会灌输，诱迫全社会成员尊奉它。这种情势造成的一个严重后果便是使整个社会弥漫着畸形崇尚孝子节妇、忠臣义烈的风气，也驯化出一批对统治者所规定的理学教条和礼教教义极度虔诚的读书人，戕害别人的同时也在戕害着自己。吴敬梓笔下的王玉辉父女就是那个时代极度奉行这种理学与礼教的受害者，《儒林外史》也正主要是从这个方面对基于程朱之学的明清理学与礼教进行反思。也就是说，《儒林外史》主要指向的是后人尤其是统治者极力推尊他们所规定的理学和礼教的做法，以及因盲目笃信这种理学和礼教而丧失独立思考能力的人们尤其是读书人。颜李学派则从来不从这个角度讨论程朱之学，讨论理学与礼教。

这里尤其需要提出的是，在对待烈妇殉夫之风这一点上，吴敬梓与颜、李的出发点和根本态度更是天壤之别。由《儒林外史》对王玉辉父女形象的塑造可知，吴敬梓对烈妇殉夫这样的事是极不赞同的，对这种风气是十分痛惜的。但颜元却非常推崇烈妇殉夫之事。他在《习斋记余》卷一《烈香集序》及卷五《二烈妇传》里，皆提及顺治间满城范氏

① 黎靖德：《朱子语类》卷四十二，中华书局 1986 年版，第 1079 页。

以未醮女殉夫事，并对其赞颂有加。据李塨《颜习斋先生年谱》卷上载，颜元四十五岁时曾吊蠡县殉夫之徐烈妇。其友人贾吟庵辑蠡人赞徐烈妇之诗为《烈香集》，《烈香集序》即是颜元为此集所作之序。序中赞范氏语云：

> 存人心之真理，以撑持宇宙之真气者，止数忠臣、孝子、节妇耳。忠臣、孝子复有名心为之者，则其真不真未易辨，惟节妇生长深闺，非感之诗、书，非激于亲戚、僚友，率多真。以予所亲耳目之者，若顺治间满城范烈女，未醮殉夫，有庭前海棠顿白之异，郡守胡公苍恒表其事，赞颂遍天下，上自公卿，下至韦布，定兴范孝廉汇成集，颜之曰雪棠纪。板已两刻，传播海内，何其盛也！①

这是一个颇耐人寻味的地方：人们通常将烈妇殉夫同基于程朱之学的明清理学与礼教杀人吃人联系起来，颜元却显然不乐意把烈妇殉夫同程朱之学相提并论。在他看来，忠臣、孝子尚有因出于名心而为忠臣、孝子者，惟有节妇、烈妇非感非激，多出于自己的真心，所谓“率多真”，故而节妇、烈妇比忠臣、孝子之行更可赞。因而他称颂烈妇虽死于一旦却可生于千古，对烈妇之风更是极尽赞誉之辞，称其能“动人心之生理，起宇宙之生气”，并主张大倡烈妇之风以肃闺门、起朝野、振风俗，所谓：“使天下之妇女闻烈妇之风，而皆生尽妇道，死不负夫，则闺门皆虞、夏矣；使天下之臣子，闻烈妇之风，而皆生尽臣子道，死不负君父，则朝野皆虞、夏矣；使天下之兄弟朋友，闻烈妇之风而皆生尽兄弟朋友道，死不相负，则风俗无地不虞、夏矣。”②当仍有论者以王玉辉父女之事发明吴敬梓反对程朱，反对礼教的意义，并称这是因为颜李学派对理学的批判必然会影响到吴敬梓时，应该没有注意到颜、李与吴敬梓在对待烈妇殉夫这种风气上的看法与态度的巨大反差吧。

第二个方面，程朱欲将人变成革尽“人欲”，唯存“天理”的道学之人，还为此专门制作了一些不合宜人情的繁缛礼仪让人有所凭据。可以说，朱子的“遏人欲而存天理”指向的是一种很高的道德境界，为了达到这样的道德境界，他主张人的一言一行、一动一静都要讲个“天理”、“人欲”，须“尽夫天理之极，而无一毫人欲之私”，③ 以止于至善。如《朱子语类》卷四十二就说：“盖人只有天理人欲。日间行住坐卧，无不有此二者，但须自当省察。譬如‘坐如尸，立如斋’，此是天理当如此。若坐欲纵肆，立欲跛倚，此是人欲了。至如一语一默，一饮一食，尽是也。”④卷十三也说：“学者须是革尽人欲，复尽天理，方始是学。”⑤为此，朱子还亲自制定了一些礼仪规范，如《文公家礼》就对冠礼、昏礼、丧礼、葬礼、祭礼等作了详尽的规定。将人的一切言行甚至所思

① 颜元：《习斋记余》卷一《烈香集序》，《颜元集》，中华书局 1987 年版，第 409~410 页。

② 颜元：《习斋记余》卷一《烈香集序》，《颜元集》，中华书局 1987 年版，第 410 页。

③ 朱熹：《大学章句》，《四书章句集注》，中华书局 1983 年版，第 3 页。

④ 黎靖德：《朱子语类》卷四十二，中华书局 1986 年版，第 1079 页。

⑤ 黎靖德：《朱子语类》卷十三，中华书局 1986 年版，第 225 页。

所想都纳入“天理”、“人欲”，连行住坐卧也都要分出个“天理”、“人欲”，然后再革尽人欲，复尽天理，这是常人很难做到的，甚至连圣贤君子要做到也很不容易。朱子就说：“以理言之，则正之胜邪，天理之胜人欲，甚易；而邪之胜正，人欲之胜天理，若甚难。以事言之，则正之胜邪，天理之胜人欲，甚难；而邪之胜正，人欲之胜天理，却甚易。盖才是蹉失一两件事，便被邪来胜将去。若以正胜邪，则须是做得十分工夫，方胜得他，然犹自恐怕胜他未尽在。”①朱子将“天理”、“人欲”如此泛化，试图将人变成革尽“人欲”，唯存“天理”的道学圣人，这实际上是一个很难达到的境界。颜、李对程朱之学违逆人性人情的批评与攻讦正是立足于这一方面而进行的。尤其颜元多次说过，他就是以此为起点，开始对程朱进行反思并“故开一派”②以与之相角的。他在《妄见图》篇中详细记述了自己这一思想转变的历程：

仆自颇知学来，读宋先儒书，以为诸先正真尧、舜、孔、孟也。故于《通书》称其为《二论》后仅见之文；尊周子为圣人，又谓得《太极图》则一以贯之；大程子似颜子；于《小学》称朱子为圣人；于《家礼》尊如神明，曰如有用我者，举此而措之；盖全不觉其于三代以前之学有毫厘之差也。惟至康熙戊申，不幸大故，一一式遵文公《家礼》，罔敢陨越；身历之际，微觉有违于性情者，哀毁中亦不能辨也。及读《记》中丧礼，始知其多错误。卒哭，王子法乾来吊，谓之曰：“信乎，非圣人不可制作，非圣人亦不可删定也！朱子之修礼，犹属僭也。”盖始知其非圣人也。至练后，哀稍杀，又病，不能纯哀思，不若于哀不至时略观书。于是检《性理》一册，至朱子《性图》，反覆不能解。久之，猛思朱子盖为气质之性而图也，猛思尧、舜、禹、汤以及周、孔诸圣皆未尝言气质之性有恶也，猛思孟子性善、才情皆可为善之论，诚可以建天地，质鬼神，考前王，俟百世，而诸儒不能及也。③

李塨《颜习斋先生年谱》卷上也告诉我们，颜元三十四岁时居祖母丧一一式遵《文公家礼》，发觉依其行丧祭礼不仅违逆性情而且伤人体魄，不合古礼，自此悟得周公之六德、六行、六艺，孔子之四教才是正学，而静坐读书，乃程、朱、陆、王为禅学、俗学所浸淫，实非正务。④《儒林外史》对待《文公家礼》则是另一种情形。第三十七回，作者于虞育德、庄绍光、马二先生众人致祭泰伯祠的礼仪过程写来不厌繁复，而且写了百姓扶老携幼欢声雷动的观礼盛况，还特意交代有七八十岁的老人也说从不曾见过这样的礼体。吴敬梓对这番礼体无疑是赞叹有加的。而这番礼体恰主要来自《文公家礼》，黄小田即在祭礼一段文字结束处批云：“此段看似繁重，其实皆文公家礼，吾乡丧祭所常

① 黎靖德：《朱子语类》卷五十九，中华书局 1986 年版，第 1417 页。
② 颜元：《习斋记余》卷六《王学质疑跋》，《颜元集》，中华书局 1987 年版，第 497 页。
③ 颜元：《存性编》卷二，《颜元集》，中华书局 1987 年版，第 20 页。
④ 李塨：《颜习斋先生年谱》卷上，《颜元集》，中华书局 1987 年版，第 725~726 页。

用者也。足见作者相体裁衣斟酌尽善，盖非此不足以称大祭。”①据此可以说，吴敬梓对《文公家礼》是认同和赞许的，而这些礼仪正同儒家经典《礼记》一样，显示了儒家在涉“礼”的事情上一贯坚持的严肃其事的态度和做法。

毋庸更作列举，情事已经非常清晰：吴敬梓与颜李虽然都对理学与礼教违逆人性人情这一点作了关注，但他们关注的侧重点显然不同。吴敬梓关注的是基于程朱之学的明清理学与礼教无视人的生命以致显出“忍而残杀之具”的一面，最终要表明的是这样一个意思：读书人面对理学与礼教时，不能盲目遵奉，就像面对举业功名时须保持精神自立与人格尊严一样，对待理学与礼教也应当有自己的思考，否则就会成为有天下者所规定的理学与礼教杀人吃人的帮凶；颜李学派则直接将统治者所规定的理学与礼教等同于程朱之学，且关注的是程朱之静坐、性理等违性情，伤人身，毁人才，并最终贻误社稷苍生。二者在有些具体问题上的看法更是迥然相对：《儒林外史》认为不合人性人情的烈妇殉夫，颜、李却认为其乃出于真心，烈妇之风大可提倡；而成为颜、李离弃、批评程朱之起点的《文公家礼》却是《儒林外史》所赞同的。

通过以上考察可知，《儒林外史》与颜李学派对待程朱之学有诸多截然的分别：其一，二者的态度有别。《儒林外史》对程朱之学持的是“参看”的态度，有接纳有反思，既不一味尊奉，也不一味拒斥；颜李学派则极力攻诘程朱之学，称程朱之学根本不是儒家的正派，而是浊流，欲将其从儒家中驱除出去。可以说，颜李学派的态度是激烈的，不能容忍程朱；《儒林外史》的态度是理性的，重在告诫人们不能唯程朱是尊。其二，二者关注的方面不同。吴敬梓在《儒林外史》中关注的是当时的统治者奉行理学与礼教所造成的违逆人性人情的社会风气，尤其关注唯程朱是尊对读书人精神的损害；颜李学派关注的是程朱对圣贤之道的损害，尤其关注其对人才的伤害进而对社稷、民命的祸害。他们在一些具体问题如烈妇殉夫、《文公家礼》上的看法更是互为反对。其三，二者的具体指向不同。《儒林外史》指向的是后人的固陋，在吴敬梓看来，程朱之学只是解经诸儒中的一家，不能唯其独尊。后人不加思考辨别，盲目推尊程朱之学，那是后人的固陋不堪，怪不得程朱，程朱之学实际上也有诸多可取之处。颜李学派则指向的是程朱之学自身，他们认为如果不对程朱之学作彻底的清除，它还会继续害圣道，误人才，祸天下，殒民命。基于此，如果从《儒林外史》的立场看颜李学派，吴敬梓很难和颜李学派在如何看待程朱之学的问题上站在一起，也很难赞同颜李学派对待程朱之学的基本态度与看法。

三、“四书五经”与吴敬梓的知识背景

“四书”的说法起自南宋的朱熹，他把《礼记》中的《大学》、《中庸》两篇文章与《论语》、《孟子》合在一起，并加注解，称作《四书章句集注》。“五经”则是早自汉代就有

---

① 李汉秋辑校：《儒林外史汇校汇评》，上海古籍出版社2010年版，第461页。

的说法，指《易》、《书》、《诗》、《礼》、《春秋》这五部书。明清两代，“四书”、“五经”都被定为科举考试的基本内容，并规定《四书》主朱子集注，《易》主程传、朱子本义，《书》主蔡氏传及古注疏，《诗》主朱子集传，《春秋》主左氏、公羊、穀梁三传及胡安国、张洽传，《礼记》主古注疏。后来又稍有变化，如《春秋》不用张洽传，《礼记》只用陈澔集说。① 清代也大抵沿袭明制而略作改易。这表明，作为科举考试基本内容的“四书五经”在明清时就不仅指孔孟等先秦儒家学者著述或删订的经文，也包括后人的传、注、疏在内，而又以程朱之传、注、疏为主。基于此，这里所说的作为吴敬梓知识与思想背景的“四书五经”，自然既包括体现孔孟等原始儒家思想的原典著作，又包括承载程朱等新儒家思想的传、注、疏等文字。吴敬梓是一位思想兼采诸儒、有博通经史学问的读书人，他的知识背景是相当广博的，这里之所以专门提出“四书五经”来加以讨论，乃在于“四书五经”是吴敬梓最熟悉的书，他不仅认真读过，而且作过认真的思考与研究。

1. 从《儒林外史》看“四书五经”

对于吴敬梓来说，最让他痛心的是他那个时代士风日下，连读书人也唯功名富贵是图而看轻文行出处，因此，《儒林外史》最为关注的就是读书人的道德问题，最为推重的也是贤人君子之“德”。而在“四书五经”里，“德”也是最受推重的一个方面，所谓为政须有“德”，做人亦须有“德”。将《儒林外史》与“四书五经”作对比检视，不难发现，《儒林外史》尤为关注与推崇“德”是与吴敬梓熟知“四书五经”分不开的。

其一，在推崇“德”的根本原因与关于“德”的基本看法上，《儒林外史》与“四书五经”是非常一致的。孔孟、程朱于他们各自时代所关切的道德问题，到了吴敬梓的时代仍然非常严重地存在，甚至更为突出，这是熟读“四书五经”的吴敬梓在《儒林外史》里尤为关注道德问题的基础与前提。孔子处在一个礼崩乐坏的时代，所以他对时人不重“德”，不修“德”的风气表示了深深的关切。《论语·述而》即云：“德之不修，学之不讲，闻义不能徙，不善不能改，是吾忧也。”②《论语·卫灵公》亦云：“吾未见好德如好色者也。”③孔子所忧心的诸如不修德，不善不义之类的鄙劣行为与风气，也是吴敬梓在《儒林外史》里所主要讥刺的对象。又如，朱子《孟子集注》云：“有道之世，人皆修德，

① 张廷玉等撰《明史》卷七十《选举志二》载：“初设科举时，初场试经义二道，《四书》义一道；二场，论一道；三场，策一道。中式后十日，复以骑、射、书、算、律五事试之。后颁科举定式，初场试《四书》义三道，经义四道。《四书》主朱子《集注》，《易》主程《传》、朱子《本义》，《书》主蔡氏《传》及古注疏，《诗》主朱子《集传》，《春秋》主左氏、公羊、穀梁三传及胡安国、张洽《传》，《礼记》主古注疏。永乐间，颁《四书五经大全》，废注疏不用。其后，《春秋》亦不用张洽《传》，《礼记》止用陈澔《集说》。”

② 朱熹：《论语集注》卷四，《四书章句集注》，中华书局 1983 年版，第 93 页。

③ 朱熹：《论语集注》卷八，《四书章句集注》，中华书局 1983 年版，第 164 页。

而位必称其德之大小；天下无道，人不修德，则但以力相役而已。”①吴敬梓在《儒林外史》里所描绘的也不是一个有德即有其位的有道之世，而是一个不讲修德而惟以功名富贵角胜的失道之世。吴敬梓与朱子一样关注道德问题，所表达的也是相同的忧患之情。

正是孔孟与程朱都看到他们各自时代为政之德、做人之德出现了令士君子忧心与不耻的局面，于是他们经常将“德”置于比其他物事更优先，更显著，更重要的地位。如关于德与财，《大学》有云：“德者本也，财者末也。”朱子集注于此云：“人君以德为外，以财为内，则是争斗其民，而施之以劫夺之教也。”②皆是强调“德”乃为政做人之本，不可以贪于财而悖乎德。又如，关于德与名，朱子于《论语·颜渊》集注云：“德修于己而人信之，则所行自无窒碍矣”；“不务实而专务求名者”，“虚誉虽隆而实德则病矣”，并引程子之言曰：“学者须是务实，不要近名。有意近名，大本已失。更学何事？为名而学，则是伪也。今之学者，大抵为名。为名与为利虽清浊不同，然其利心则一也。”③吴敬梓对待德与财、德与名也持有同“四书五经”一样的态度，所以，在《儒林外史》里，那些或清廉无私，或诚心济人，或淳正务实的有“德”之士都受到称赞或推崇，而那些贪财逐利之徒、求名做名之流经常成为或被讽刺，或被嘲谑的对象。再如，关于德与力、德与才，《论语·宪问》云：“骥不称其力，称其德也。”朱子集注则引尹氏之言曰：“骥虽有力，其称在德。人有才而无德，则亦奚足尚哉？”④孔子与朱子称道的都是德而非力或才。又如，《春秋左传》襄公二十四年(前549)，记穆叔称人生不朽之三事云：“大上有立德，其次有立功，其次有立言。”⑤将立德置于最上，认为圣人之德虽立于前代，然其惠泽能被于无穷，要胜于勤民定国，御灾捍患，功济于时。由前文《儒林外史》与颜李之说的对比可知，在吴敬梓看来，他那个时代道德问题远比人才问题更需要关注，而立德也远比立功更重要。显然，吴敬梓在《儒林外史》里所表现的对待德与才、立德与立功的看法也与“四书五经”一致。

“四书五经”推崇“德”，不止表现在将“德”置于比其他物事更优先的地位，而且表现在孔孟、程朱时常发明并称扬圣贤之“德”。如朱子作《诗集传》的一个重要意图就是发明圣贤之“德”，其序云：“周南召南亲被文王之化以成德，而人皆有以得其性情之正。”其于《汝坟》诗注云：“文王之德如父母然，望之甚近，亦可以忘其劳矣。”于《麟之趾》诗云：“文王后妃德修于身，而子孙宗族皆化于善。”于《十月之交》诗有云：“王者修德行政，用贤去奸。”⑥至于在《大雅》和《周颂》中，“德”更是被反复申示的。又如，孔子、朱子都极力称扬泰伯之“德”。《论语·泰伯》云：“泰伯，其可谓至德也已矣。三以天下让，民无得而称焉。”朱子集注《论语》亦对泰伯之德极为推赞：“夫以泰伯之德，

---

① 朱熹：《孟子集注》卷七，《四书章句集注》，中华书局1983年版，第279页。
② 朱熹：《大学章句》，《四书章句集注》，中华书局1983年版，第11页。
③ 朱熹：《论语集注》卷六，《四书章句集注》，中华书局1983年版，第138页。
④ 朱熹：《论语集注》卷七，《四书章句集注》，中华书局1983年版，第157页。
⑤ 杨伯峻：《春秋左传注·襄公二十四年》，中华书局1990年版，第1088页。
⑥ 分别见朱熹：《诗集传》，中华书局1958年版，序第2页，第7、132页。

当商周之际，固足以朝诸侯有天下矣，乃弃不取而又泯其迹焉，则其德之至极为何如哉！盖其心即夷齐扣马之心，而事之难处有甚焉者，宜夫子之叹息而赞美之也。”①《儒林外史》最为推重的古圣贤也是泰伯，称他是南京古今第一个贤人，所以，祭泰伯祠也成为吴敬梓极力铺陈的一个大事件。《儒林外史》对泰伯之“德”极为推崇，无疑是“四书五经”成为吴敬梓重要知识与思想背景最直接、最有力的证据之一。

其二，吴敬梓在《儒林外史》里所倡导的“德”的具体内容，诸如，居官治民须有为政之德，做人处世须有君子之德，奉事亲长须有孝悌之德，也都可以在“四书五经”里清晰地找到其背景渊源。

先看居官治民须有为政之德。“四书五经”对为政的基本主张是治民者要行德政、仁政。如《论语·为政》云：“为政以德，譬如北辰，居其所而众星共之。”此语显示孔子推重德政之意甚明。朱子集注于此亦云：“为政以德，则无为而天下归之，其象如此。程子曰：‘为政以德，然后无为。’范氏曰：‘为政以德，则不动而化、不言而信、无为而成。所守者至简而能御烦，所处者至静而能制动，所务者至寡而能服众。’”②无疑，程朱也推重德政，不过与孔子比起来，他们又对德政谈了进一步的看法，即行德政须“无为”。《论语·为政》又云：“道之以政，齐之以刑，民免而无耻；道之以德，齐之以礼，有耻且格。”显然孔子推重的是德礼之政，因为行德礼之政可以让百姓知耻正心而至于善。朱子集注于此则云：“愚谓政者，为治之具。刑者，辅治之法。德礼则所以出治之本，而德又礼之本也。此其相为终始，虽不可以偏废，然政刑能使民远罪而已，德礼之效，则有以使民日迁善而不自知。故治民者不可徒恃其末，又当深探其本也。”③朱子的意思是，政与刑只是治民最“末”的手段与方法，德与礼才是治民的根本所在，因此，治民不可徒恃政与刑，而应当重德与礼以使民日迁善，这才是王天下、安天下的根本。孟子一生奔走也极力以仁政游说诸侯。如《孟子·梁惠王上》记孟子对齐宣王说：“保民而王，莫之能御也。”又记孟子对梁惠王说，若施仁政于民，省刑罚，薄税敛，虽地方百里亦可以王。④《公孙丑下》记曾子言“德”之语云：“辅世长民莫如德。”⑤朱子《孟子集注》也说：“能行仁政，则天下之民归之矣。”“发政施仁，所以王天下之本也。”⑥孟子所谓仁政与孔子所言德政实为一致，朱子就有所谓“德之盛，仁之至也”⑦之说。虽然孔孟与程朱设定的是面对诸侯或君王谈论德政，但其为政以德、为政以礼、为政以仁等主张显然并不限于诸侯或君王。一则这些主张须靠各级为官为吏者才能得到实现，二则为官者若不以德为政，可能会导致国家败亡，所谓“国家之败，由官邪也。官

① 朱熹：《论语集注》卷四，《四书章句集注》，中华书局1983年版，第102页。
② 朱熹：《论语集注》卷一，《四书章句集注》，中华书局1983年版，第53页。
③ 朱熹：《论语集注》卷一，《四书章句集注》，中华书局1983年版，第54页。
④ 朱熹：《孟子集注》卷一，《四书章句集注》，中华书局1983年版，第207、206页。
⑤ 朱熹：《孟子集注》卷四，《四书章句集注》，中华书局1983年版，第242页。
⑥ 朱熹：《孟子集注》卷一，《四书章句集注》，中华书局1983年版，第206、211页。
⑦ 朱熹：《孟子集注》卷八，《四书章句集注》，中华书局1983年版，第294页。

之失德，宠赂章也”。① 也就是说，孔孟与程朱所论之德政对各级为官为吏者都是适用的，历代统治者也是这样要求其各级官吏的，至少是这样宣扬的。吴敬梓在《儒林外史》里对一些为官为吏者的刻画鲜明地传达出与孔孟、程朱一样的识见。如第八回里，作者写蘧太守在南昌任上，务在安辑，与民休息，只落得讼简刑清，衙门里是吟诗声，下棋声，唱曲声；而其接任者王太守的衙门里则换成了戥子声，算盘声，板子声，其贪酷让合城的人无一不知他的利害，睡梦里也是怕的。吴敬梓通过将蘧太守与王太守为政进行对比，表明了他推重无为之德政，斥责滥刑之苛政的鲜明态度，这正与孔孟和程朱的主张非常一致。又如，第三十七回里写虞博士巡视考场时替一个作弊的考生遮掩，过后却推不认得那考生，虞博士这样做是因为他认为读书人全要养其廉耻，其意在促其知耻正心而迁善。第四十七回里，余氏兄弟赞虞博士也着重于他为政以德，以礼义廉耻教化人。余大先生说：“我们县里，礼义廉耻一总都灭绝了！也因学宫里没有个好官，若是放在南京虞博士那里，这样事如何行的去！”余二先生则说：“看虞博士那般举动，他也不要禁止人怎样，只是被了他的德化，那非礼之事，人自然不能行出来。”可以说，蘧太守与虞博士做官所行的正是孔孟与程朱所推重的德礼仁政，而汤奉、王惠等所行酷苛之政不仅是吴敬梓所深恶的，也是孔孟与程朱所痛斥的。

再看做人处世须有君子之德。检视“四书五经”，不难发现，孔孟与程朱经常就诸如什么样的人是“君子”，“君子”如何做人处世之类的问题不厌繁复地申明自己的看法，其所传达的基本思想与重要意图就是教人做修德的“君子”，而不做失德的“小人”；《儒林外史》对道德问题的关注也表达了同样的意思，即做人不能为了功名富贵而看轻道德文行，堕落为卑鄙龌龊之徒，要做品行高尚的君子。将“四书五经”与《儒林外史》相互参照，做人须以“诚”为贵是尤为值得注意的方面。“四书五经”十分强调君子须以“诚”为贵。《大学》即云：“君子必诚其意。”②《中庸》亦云：“诚者，天之道也；诚之者，人之道也。诚者不勉而中，不思而得，从容中道，圣人也。诚之者，择善而固执之者也。”又云：“诚者物之终始，不诚无物。是故君子诚之为贵。”③《孟子·离娄上》亦云：“诚者，天之道也；思诚者，人之道也。至诚而不动者，未之有也；不诚，未有能动者也。”④朱子《中庸集注》则云：“诚者，真实无妄之谓，天理之本然也。诚之者，未能真实无妄，而欲其真实无妄之谓，人事之当然也。圣人之德，浑然天理，真实无妄，不待思勉而从容中道，则亦天之道也。未至于圣，则不能无人欲之私，而其为德不能皆实。故未能不思而得，则必择善，然后可以明善；未能不勉而中，则必固执，然后可以诚身，此则所谓人之道也。”又云：“人之心一有不实，则虽有所为亦如无有，而君子必以诚为贵也。盖人之心能无不实，乃为有以自成，而道之在我者亦无不行矣。”⑤做人做事

---

① 杨伯峻：《春秋左传注·桓公二年》，中华书局 1990 年版，第 89 页。

② 朱熹：《大学章句》，《四书章句集注》，中华书局 1983 年版，第 7 页。

③ 朱熹：《中庸章句》，《四书章句集注》，中华书局 1983 年版，第 31、34 页。

④ 朱熹：《孟子集注》卷七，《四书章句集注》，中华书局 1983 年版，第 282 页。

⑤ 朱熹：《中庸章句》，《四书章句集注》，中华书局 1983 年版，第 31、34 页。

要“诚”要“善”，是孔孟和程朱都强调的“君子”操守的重要方面。吴敬梓在《儒林外史》里也倡导做人须做至诚的君子。马二先生就是这样的一个人。他与蘧公孙、匡超人虽萍水相逢，待他们却出于一片挚诚，不为名，不为利，也不图回报。且看作者对马二先生助匡超人回乡之情形的描写。匡超人说借一两银子就可以回到家，马二先生则说：“不然，你这一到家，也要些须有个本钱奉养父母，才得有功夫读书。”随即开箱子取出十两一封的银子给他，又寻了一件旧棉袄、一双鞋，都递与他，道：“这银子你拿家去，这鞋和衣服，恐怕路上冷，早晚穿穿。”临行之际，马二先生又携着他一同取铺盖，并一直送到江船上，看着上了船，才辞别进城去。马二先生不仅教匡超人读书进取，还想到他须有本钱奉养父母，才读得书，如此无微不至地待素昧平生的匡超人，绝无愧于一个大有德的君子。《儒林外史》对马二先生诚心待匡超人之事娓娓叙来，正显出吴敬梓对马二先生至诚做人处世的由衷赞赏。马二先生固有“迂拙”的一面，专注于他的“迂”当然只会感觉他的可笑；但小说也在以更多的笔墨向读者昭示：马二先生更是个至诚的君子，是个“时文士”中的诚笃博通之士，他其实很可敬又很可爱。第三十六回对虞博士济人的描写也颇有意味，虞博士将那个跳河自尽的孝子救起后，又送了他四两银子，但他并不是以恩人自居，竟还向这个人道出了自己的真实心思：“我这里有十二两银子，也是人送我的，不能一总给你，我还要留着做几个月盘缠，我而今送你四两银子。”这显示虞博士是诚心实意地济人于困厄之中，恰如天目山樵所评：“并非一时豪举博慷慨之名。”①像马二先生、虞博士这样以“诚”为贵的人和事，在《儒林外史》中还有不少，他们寄托了吴敬梓对做人处世之道的思考与理想。对那些以“诚”为贵的人，吴敬梓十分推赞，与之相对，对那些诡诈虚伪之流，《儒林外史》则是极尽讽刺或嘲谑。如，对像王德、王仁、严贡生这些说一套、行一套的无德无行者，吴敬梓就着意刻画他们的寡廉鲜耻。第二十回潘三犯案，匡超人生怕牵连自己，唯恐避之不及，却冠冕堂皇地说了一通替朝廷办事不能赏罚不明的话，其忘恩负义、丧昧良心的嘴脸亦被描摹得惟妙惟肖。第四十七回对卢华轩捉弄成老爹一段情节作淋漓尽致的描绘，尤能显示出吴敬梓对虚伪势利之徒的厌恶与痛恨。吴敬梓如同孔孟、程朱一样，倡导人须做有德的至诚君子，不做无德的鄙劣小人，显然有“四书五经”的知识与思想背景。

最后看奉事亲长须有孝悌之德。教人行孝悌也是“四书五经”的重要内容。如《大学》云：“为人子，止于孝。”②《论语·学而》云：“孝弟也者，其为仁之本与！”又云：“弟子入则孝，出则弟，谨而信，泛爱众，而亲仁。”朱子集注则云：“孝弟，乃是为仁之本，学者务此，则仁道自此而生也。”又引程子之言曰：“孝弟行于家，而后仁爱及于物，所谓亲亲而仁民也。故为仁以孝弟为本。”③《论语·子路》记有子贡问孔子什么样的人才能称为“士”，孔子在“行己有耻，使于四方，不辱君命，可谓士矣”之后，就说

① 李汉秋辑校：《儒林外史汇校汇评》，上海古籍出版社2010年版，第445页。

② 朱熹：《大学章句》，《四书章句集注》，中华书局1983年版，第5页。

③ 朱熹：《论语集注》卷一，《四书章句集注》，中华书局1983年版，第48、49页。

其次是“宗族称孝焉，乡党称弟焉”。① 孝悌无疑是“四书五经”大力倡导的伦理道德规范之一，所以，对那些有孝悌之德的君子，“四书五经”是不吝赞美的。如《论语·先进》赞：“孝哉闵子骞！人不间于其父母昆弟之言。”②在《儒林外史》里，吴敬梓对孝悌之德的关注与关切也是非常明显的。一方面，小说写了一些不孝与伪孝，兄弟失睦的人和事，并对之表现出讽刺和批评的态度。如第四回写范进居母丧期间去知县那里打秋风，吃饭时不用银镶杯箸、象牙箸，却用竹箸从燕窝碗里拣一个大虾元子吃了，意在讽刺假孝伪孝的风气。第七回写荀玫丧母，恰逢考选在即，王惠张罗着帮他匿丧，周进、范进为他求夺情，这些读书人为了功名富贵可大言不惭地用“礼有经，亦有权”等说辞为违“礼”的行为开脱，在他们眼里，居丧行孝也不过是做做样子给人看而已。也有读书人为了科名不惜折腾已亡多年的先人，第四十四回施二就整日里想着迁太夫人的坟，占个好风水，好让自己也能中上进士。吴敬梓对这种事情也极其痛恨，他先让迟衡山、余大先生、武正字就那些葬坟“发富发贵的话”的无稽作了一番郑重其事的议论，最后又让杜少卿对这种风气表明态度，就是让朝廷立个法，如果有人家为讨个好风水要迁葬，就让官府在开挖的时候带上刽子手，如果挖开时发现风水先生说的不合，就“一刀把这奴才的狗头斫下来”，“那要迁坟的，就依子孙谋杀祖父的律，立刻凌迟处死”。③可见吴敬梓对此种风气痛恨到何种程度，原因就是他认为有人为发富发贵而迁葬先人是极大的不孝。此外，还有读书人不敬父母，而孔孟、程朱认为，孝父母不止于养，还须敬。《论语·为政》即云：“今之孝者，是谓能养。至于犬马，皆能有养；不敬，何以别乎？”朱子集注于此云：“言人畜犬马，皆能有以养之，若能养其亲而敬不至，则与养犬马者何异。甚言不敬之罪，所以深警之也。”④《孟子·万章上》也说：“孝子之至，莫大乎尊亲。”⑤这就难怪《儒林外史》第十五回里郑老爹要对温州张氏三兄弟因争财产气病父亲的事发一番“而今人情浇薄，读书的人都不孝父母”的感慨了。至于兄弟失却手足情谊，在《儒林外史》里也不乏其人其事，严贡生争田夺产而从骨肉起戈矛，就是典型的例子。另外，《儒林外史》用相当多的笔墨刻画了一些至孝诚孝、兄友弟恭的形象，并对之表现出赞颂与褒扬的态度。如第十六回写匡超人还是童生的时候侍奉卧病父亲的一段；第三十八回写郭孝子二十年走遍天下，不畏艰险寻得父亲，又尽心侍养直至父亲逝去。笔墨之间显示出吴敬梓对真正孝亲之人的推重。《儒林外史》对那些兄友弟恭的

---

① 朱熹：《论语集注》卷七，《四书章句集注》，中华书局 1983 年版，第 146 页。

② 朱熹：《论语集注》卷六，《四书章句集注》，中华书局 1983 年版，第 124 页。

③ 吴敬梓对为发富发贵而迁葬的风气极其痛恨，一则借迟衡山、余大先生和武正字之口对这种做法的无稽作了郑重其事的议论；二则借杜少卿之口提出了减息这种风气的具体方案。以此为参照，如果吴敬梓关注的是八股取士及理学礼教自身的问题，并对其极为痛恨，他也许会借书中人之口也提出一种解决问题的具体方案吧。但吴敬梓显然并没有这样做。这应该可以作为认识《儒林外史》看问题角度与立场的一个参照。

④ 朱熹：《论语集注》卷一，《四书章句集注》，中华书局 1983 年版，第 56 页。

⑤ 朱熹：《孟子集注》卷九，《四书章句集注》，中华书局 1983 年版，第 307 页。

手足情谊也是深为赞赏的，如倪廷珠与倪廷玺、余大与余二等兄弟之情的描写就可显示出这一点。吴敬梓在《儒林外史》里对孝悌之德倍加推赞，显然也有“四书五经”的影响。

在“德”的问题上，《儒林外史》与“四书五经”表现出诸多共同的关切和共同的看法，这足以明确显示《儒林外史》有着清晰的“四书五经”的知识与思想背景。除此之外，《儒林外史》的一些细节也有“四书五经”的知识与思想背景。例如，第三十一回里王胡子和杨裁缝共谋骗杜少卿一节就与《孟子·万章上》中的“校人烹鱼”一事如出一辙，只不过孟子在给万章讲完子产这个故事之后，加了一句评说：“故君子可欺以其方，难罔以非其道。”①所以，天目山樵评云：“我于《孟子》‘校人’一节悟之。”②将二者参照，也可以说吴敬梓在推赞杜少卿是个君子。又如，《中庸》有云：“虽有其位，苟无其德，不敢作礼乐焉；虽有其德，苟无其位，亦不敢作礼乐焉。”③有位有德，有德有位，才能作礼乐。所以，《儒林外史》第三十五回里，众人商议祭泰伯祠之事，对于谁做主祭，迟衡山的意见是：“这所祭的是个大圣人，须得是个圣贤之徒来主祭，方为不愧。如今必须寻这一个人。”为什么要寻虞博士做主祭？首先他是个圣贤之徒，有其德，有其德方能光大其事；其实，还有一个理由，即虞博士刚好是南京国子祭酒，有其位，有其位方能郑重其事。

总之，从《儒林外史》看“四书五经”，我们可以明确地说，吴敬梓出生在科举世家，早年因为参加科举考试的缘故，他对“四书五经”下了很大的功夫，实实在在地读了，也实实在在地信了，“四书五经”也因而构成了他一生知识与思想的重要基础。当他以圣人贤士在“四书五经”里所说的情形、所讲的道理来观照自己的经历见闻时，发现他也和先代贤圣一样，处在一个礼乐不兴、教化不行而令人黯然伤痛的世道里。于是，他抱着同先代圣贤著述与编注“四书五经”一样的情怀创作《儒林外史》，表达自己对世人尤其是读书人的道德等问题的深切关注，试图以之警起读书人，呼吁他们做有德的君子，做承当责任的贤者。

2.《儒林外史》与《文木山房诗说》

《文木山房诗说》是吴敬梓留存下来的唯一一部治经文字，是他认真研读《诗经》，并在博览诸家解经意旨的基础之上进行鉴别与思考后写成的。沈大成在《全椒吴征君诗集序》里就说：“先生少治毛诗，于郑氏、孔氏之笺疏，朱子之集传，以及宋元明诸儒之绪论，莫不抉其奥，解其症结，猎其菁英，著为《诗说》数万言，醇正可传，盖有得于三百篇者。”④沈氏称吴敬梓说《诗》“醇正可传，盖有得于三百篇者”，是颇中肯綮的说法。他道出了这样一个事实：吴敬梓说《诗》大多关乎政教，系乎风俗，故而“醇正可

① 朱熹：《孟子集注》卷九，《四书章句集注》，中华书局 1983 年版，第 304 页。

② 李汉秋辑校：《儒林外史汇校汇评》，上海古籍出版社 2010 年版，第 393 页。

③ 朱熹：《中庸章句》，《四书章句集注》，中华书局 1983 年版，第 36 页。

④ 沈大成：《学福斋集》卷五《全椒吴征君诗集序》，李汉秋编：《儒林外史研究资料》，上海古籍出版社 1984 年版，第 28 页。

传"。其实，若论在《诗经》学史上的地位，《文木山房诗说》算不上有代表意义的著作。并且，我们发现，吴敬梓说诗有不少看法还有意曲解诗的本意。不过，这并不重要，因为吴敬梓作《诗说》原本就不在于对《诗经》作系统完整的研究，也往往并不以得诗人之意为目的，其主要目的在于发明圣人"删存"《诗经》的意旨，在于通过有选择地说《诗》表达他对自己所关切的一些重要社会问题的看法。如果将《文木山房诗说》与《儒林外史》进行对照，显而易见，《儒林外史》融入了吴敬梓对《诗经》的基本见解，或者更为明确些说，《儒林外史》的创作意图、文本意蕴等与吴敬梓对《诗经》基本内容、思想意旨的见解恰好构成了相互呼应、相得益彰的关系，二者都体现了吴敬梓同样的情怀。这也是"四书五经"构成吴敬梓知识与思想背景的一个重要体现。

(1)《儒林外史》与《文木山房诗说》均关注政教风俗，推重礼乐圣贤

圣贤、礼乐、政教等这些与道德风俗紧密相关的方面，是吴敬梓最为关注的。于是我们看到，是否关乎圣贤，是否关乎礼乐，是否关乎政教成为吴敬梓说《诗》非常重要的一个视角；而崇圣贤，作礼乐以裨政教也成为吴敬梓创作《儒林外史》的重要意向。

吴敬梓说《诗》有一个基本的判断，即《诗经》是关乎圣贤，关乎礼乐，关乎政教的，而构成这种基本判断之基点的是他赞同孔子"删诗"说。孔子"删诗"说最早由司马迁提出，《史记·孔子世家》说："古者《诗》三千余篇，及至孔子，去其重，取可施于礼义，上采契后稷，中述殷周之盛，至幽厉之缺……三百五篇孔子皆弦歌之，以求合《韶》《武》《雅》《颂》之音。礼乐自此可得而述，以备王道，成六艺。"①司马迁的这一说法，在很长一段时间内被后代史家和学者深信。直至唐初，孔颖达作《毛诗正义》才对孔子"删诗"说提出质疑，他说："《书传》所引之诗，见在者多，亡逸者少，则孔子所录，不容十分去九。马迁言古诗三千余篇，未可信也。"②此后，治《诗经》者就孔子是否删诗而争论不已，肯定者如欧阳修、程灏、马端临、顾炎武等，否定者如郑樵、朱熹、吕祖谦、叶适、朱彝尊、王士祯等。总的来说，否定者的理由要胜过肯定者的理由。吴敬梓是明确支持孔子"删诗"说的，而且，在吴敬梓看来，孔子"删存"并论赞《诗经》的用心就是欲借之施礼义以备王道，述礼乐以裨政教。《文木山房诗说》第二则"四始六义之说"就说："孔子论次删存三百余篇。自《关雎》至《殷武》，皆可佩以弦歌，见美刺，以裨政教。如谓'四始'独明兴衰之由，将其余遂无关政教而工歌所不及者乎？"③《关雎》是《诗经》三百零五篇的首篇，《殷武》是末篇。也就是说，吴敬梓认为，经孔子删存下来的《诗经》三百零五篇皆可体现孔子彰"美刺"，述礼乐以"裨政教"的情怀。这可以说是吴敬梓说《诗》的基本立足点。吴敬梓对于《风》、《雅》正变的看法尤其集中体现了他

① 司马迁：《史记》卷四十七，中华书局1982年版，第1936~1937页。

② 毛亨传，郑玄笺，孔颖达疏：《毛诗正义》卷首《诗谱序》，北京大学出版社1999年版，卷首第8页。

③ 参见周兴陆：《吴敬梓〈诗说〉研究》，上海古籍出版社2003年版，第65页。

的这一基本认识。《风》、《雅》分正变是早在汉代《毛诗大序》里就提出来的，但治《诗经》者多将《风》、《雅》之正变与国次、世次相联系。《文木山房诗说》第三则“《风》、《雅》分正变”中则提出这样的见解，他说：“或古人聆音，必有得其兴亡之故于语言文字之外者。今已失其传，唯于其所陈之美刺求之。则当据一诗而各言其孰为正，孰为变；不当以国次、世次拘也。可美者为正，可刺者为变。则美之者《诗》之正，刺之者《诗》之变。如谓其诗虽正，则其音实变。夫孰从聆音而知其故也？”①他还对以国次、世次分《风》、《雅》之正变的看法批评道：“今必断其卷轴，以十三《国》为变风，以《六月》以下、以《民劳》以下为变雅，而于其中称美之词，亦文致其为讥刺。则说《诗》者之过也。至变风之有《豳风》，断不能解以为刺，则云：‘乱极思治，而以《豳风》终焉。’虽或一道，其说亦牵强矣。”②在吴敬梓看来，诸如《诗大序》说“治世之音安以乐，乱世之音怨以怒，亡国之音哀以思”，季札观乐说“其细已甚，民弗堪也，是其先亡乎”，以及古有知音之人仅靠聆音就可以知晓吉凶、兴亡之理于几先，等等，这些都表明《风》、《雅》之正变在音不在诗；若据音言正变当然是最好的，但因音已失其传，故而以诗“所陈之美刺”定正变就是最宜采取的合乎情理的办法。至于何为正，何为变，吴敬梓举例说：“诗之所言夫妇、父子、君臣、昆弟、朋友之事，如夫妇居室为正，则淫奔为变；君明臣良为正，则篡逆为变。”③如此一来，诗“所陈之美刺”、诗之正变就与政教之得失形成对应。诸如夫妇居室、君明臣良即为可美者，为政教之得；而淫奔、篡逆则为可刺者，为政教之失。基于此，吴敬梓说《诗》总是极力彰显圣人“删存”之《诗经》述礼乐、裨政教的意旨，着意发明《诗经》之可美而正者。如果将《儒林外史》与之进行对照，不难得出这样的结论：吴敬梓创作《儒林外史》的情怀正与他眼里孔子“删存”《诗》的情怀相同。

其一，吴敬梓创作《儒林外史》同说《诗》一样，皆“刺”衰世之失教，“美”圣贤之德化。

吴敬梓说《诗》的一个意向就是发明《诗经》“刺”衰世之失教的意旨。《文木山房诗说》说《郑风·子衿》、《秦风·驷驖》、《秦风·蒹葭》等诗即着意于此。对于《郑风·子衿》一诗，朱熹等认为是写男女之情的，《文木山房诗说》第二十二则“子衿”则引《毛诗小序》、《毛诗正义》之说，赞同它是“刺学校废”的，又引程子之语批评说，当乱世之时，“上不复主其教，则无以率之，风俗杂乱浮偷”，所教所习者皆趋利从时之行，故而“人情莫不肆情废惰，为自弃之人”。④ 第二十六则说《秦风·驷驖》诗，则批评秦之失教：“夫秦受岐、丰八百里之地，不闻延访遗老，讲求政教，而唯田猎是务。”“盖先王之礼乐到此而荡然矣。”⑤第二十七则说《秦风·蒹葭》诗，也批评秦之失政：“《蒹葭》

---

① 参见周兴陆：《吴敬梓〈诗说〉研究》，上海古籍出版社 2003 年版，第 70 页。
② 参见周兴陆：《吴敬梓〈诗说〉研究》，上海古籍出版社 2003 年版，第 71 页。
③ 参见周兴陆：《吴敬梓〈诗说〉研究》，上海古籍出版社 2003 年版，第 70 页。
④ 参见周兴陆：《吴敬梓〈诗说〉研究》，上海古籍出版社 2003 年版，第 107 页。
⑤ 参见周兴陆：《吴敬梓〈诗说〉研究》，上海古籍出版社 2003 年版，第 116 页。

之诗，《序》以为秦不能用周礼，致知周礼之人，遥遥在水一方，而不知访求。此所谓天地闭，贤人隐之时乎？”①很明显，吴敬梓说《子衿》、《驷驖》、《蒹葭》诸诗，乃着意于发明其讥刺礼乐荡然、政教废惰、风俗衰乱以致贤人隐处的意蕴。而诸如礼乐废、政教失、风俗衰、贤人隐等种种情形，也分明是《儒林外史》讥刺和批评的重要方面。而且，《儒林外史》所讥刺与批评的不止于政教之失，还呈现了更令人伤叹的局面，即若有圣人贤士作出些兴礼乐、助政教的努力也不能得到主政者真正的重视。于是，我们看到，虞博士等祭泰伯祠虽然也引来一时的欢声雷动，但究竟还是渐被遗忘，终至废弃；萧云仙在青枫城的行德政、兴礼乐、施教化，功业卓著，却受到鄙劣小人的挤陷。我们也听到了吴敬梓的伤叹，他伤叹“甘棠有荫，空留后人之思”（第三十九回末），他伤叹“风流云散，贤豪才色总成空”（第五十四回末）。吴敬梓对“上不复主其教”，“无以率之”的伤叹，正如同孔子等对礼崩乐坏的叹惜一样，都是基于对各自时代政教废惰的忧思之情。

与发明《诗经》“刺”衰世之失教相辅相成的是，吴敬梓还极力发明并称颂圣贤之德化，这主要体现在对《周南》、《召南》里一些诗的解说上。首先，圣贤行德化的根本是圣贤有令世人颂美之德。吴敬梓说《周南·关雎》和《周南·卷耳》之诗，即着意于表彰圣贤之德。对于《周南·关雎》一诗，《文木山房诗说》第四则“后妃”中提出了这样的看法：《关雎》是兼称文王与太姒之德的。“《关雎》，后妃之德也”是《毛诗序》提出的说法，后世治诗者言及此，皆认为后妃之德乃指女子之德。朱熹也这样认为，不过朱熹又作了引申，他引段昌武之语说：“此诗虽美大姒，而实以深见文王之德。”②吴敬梓则直接说后妃之德就是后与妃即君与夫人之德，其彰显文王之德的用意更加鲜明。对于《周南·卷耳》一诗，《文木山房诗说》第六则“卷耳”是全引杨慎之语进行解说的。杨慎说《卷耳》既有“赞”朱子处，又有“病”朱子处：“赞”的是朱子直以为此诗为文王朝会征伐之时太姒思文王之行役而作，因为如此解说乃为“美”圣贤之词；“病”的是朱子说妇人思夫而“陟冈”、“饮酒”、“携仆”、“望砠”，因为如此解说有伤于大义，有损圣贤之德。杨慎还为此辩道：“‘陟冈’者，文王陟之也。‘马玄黄’者，文王之马也。‘仆痡’者，文王之仆也。‘金罍’、‘兕觥’者，冀文王酌以消忧也。盖身在闺门而思在道途。若后世所谓‘计程应说到梁州’、‘计程应说到常山’耳。”③《文木山房诗说》引杨慎说《卷耳》之语，正合于吴敬梓说《诗》极力“美”圣贤而容不得对圣贤有丝毫亵渎的一贯态度。紧接其次，圣贤有令世人感佩之德，圣贤之道就会被及远近。吴敬梓对于《周南·汉广》一诗的解说，也是极力发明其称颂圣贤之德化的意旨。郑玄笺《汉广》之诗云：“《汉广》，德广所及也。文王之道被于南国，美化行乎江、汉之域，无思犯礼，求而不

---

① 参见周兴陆：《吴敬梓〈诗说〉研究》，上海古籍出版社2003年版，第117页。

② 朱熹：《诗集解》卷一，朱杰人等主编：《朱子全书》第二十六册，上海古籍出版社、安徽教育出版社2002年版，第110页。

③ 参见周兴陆：《吴敬梓〈诗说〉研究》，上海古籍出版社2003年版，第77页。

可得也。”①朱熹《诗集传》解释为：“文王之化，自近而远，先及于江汉之间，而有以变其淫乱之俗。故其出游之女，人望见之，而知其端庄静一，非复前日之可求矣。”②而在吴敬梓看来，郑玄、朱熹作此解释，是“舍骚赋而谈诗”，“俱堕入俗情”，③ 仍然关涉男女相悦相求之意，不足以倡明圣贤之德。所以他主张须以骚赋谈诗，也就是以骚赋“香草美人”的比兴之意来谈诗，认为《诗》所言男女之情并非俗情之所谓男女相悦相恋，而是诗人以之表达对圣贤的感佩与思慕。吴敬梓给自己这种解说《诗经》的方式找到的依据是：“圣人之于《诗》，期适于用。作诗之人所咏在此，所感在彼。读其诗者所闻在彼，所感在此，浸淫于肺腑肌骨之间，而莫可名状。闻男女赠答之言，而感发于朝廷之事；闻花鸟虫鱼之注，而感发于性命之功。故曰：‘兴于《诗》。’”④以这种观念说诗，吴敬梓认为《汉广》之诗是以“游女”比“汉神”也即是文王，自然，游女之不可求也就是文王之不可见。于是，《文木山房诗说》第九则“汉神”即认为此诗乃为祠汉神而作，他解释道：“江汉之人，佩文王之德化，而不得见文王，因祠汉神以致其缠绵爱慕之意，幽渺恍惚之思，盖《九章》之滥觞，而后人迎神、送神之曲，皆托始于此。”⑤这样一来，《汉广》就不是关涉男女之情而是宣文王之德化的作品，文王之德化就不止于郑玄、朱熹所说的变“淫乱之俗”，而是被及众人众事。由以上论述可知，着意于发明《诗经》“刺”衰世之失教，“美”圣贤之德化的意旨以裨政教，是吴敬梓说《诗》极其执著的一个方面。

如果从《文木山房诗说》来观照《儒林外史》，便会发现，吴敬梓不仅说《诗》着意于倡明圣贤之德化，他创作《儒林外史》也持有同样的用心。虞博士这个形象即集中体现了吴敬梓的这一用心。虞博士是《儒林外史》里的一个圣人，这既在于他主祭泰伯兴礼乐，也在于他常以礼义廉耻等这些圣贤之道教化人，更在于他的行止可当世人做人处事的典范，他无须禁止人做什么，只要被他的行为举止德化，人自然而然地就不能行出非礼之事来。可以说，《儒林外史》里以德化人的虞博士就如同《文木山房诗说》里所表彰的德化被及遐迩的文王。或许在吴敬梓看来，只要有像虞博士等这样能继承文王之德化的圣人贤士在，恶鄙污浊的世道里就还会存留一片干净的空间，风俗的淳美就还有一些希望，他们行礼乐就会有人也跟着行礼乐，他们讲礼义廉耻就会有人跟着讲礼义廉耻。如果像虞博士这样的圣人去了，贤人君子也会风流云散，世间就会现出这样一种令人黯然伤痛的景象：

> 那南京的名士都已渐渐销磨尽了。此时虞博士那一辈人，也有老了的，也有死了的，也有四散去了的，也有闭门不问世事的。花坛酒社，都没有那些才俊之人；

① 毛亨传，郑玄笺，孔颖达疏：《毛诗正义》卷一，北京大学出版社 1999 年版，第 52 页。

② 朱熹：《诗集传》卷一，中华书局 1958 年版，第 6 页。

③ 参见周兴陆：《吴敬梓〈诗说〉研究》，上海古籍出版社 2003 年版，第 83 页。

④ 参见周兴陆：《吴敬梓〈诗说〉研究》，上海古籍出版社 2003 年版，第 66 页。

⑤ 参见周兴陆：《吴敬梓〈诗说〉研究》，上海古籍出版社 2003 年版，第 82~83 页。

礼乐文章，也不见那些贤人讲究。论出处，不过得手的就是才能，失意的就是愚拙；论豪侠，不过有余的就会奢华，不足的就见萧索。凭你有李、杜的文章，颜、曾的品行，却是也没有一个人来问你。所以那些大户人家，冠、昏、丧、祭，乡绅堂里，坐着几个席头，无非讲的是些升、迁、调、降的官场；就是那些贫贱儒生，又不过做的是些揣合逢迎的考校。（第五十五回）

读书人不讲礼乐文章，不讲道德品行，只以功名富贵论人，做揣合逢迎之事，世间贤人才俊销磨殆尽。吴敬梓为自己所处时代的这样一种局面而满怀忧患，这也正是他在《文木山房诗说》和《儒林外史》里都批评、讥刺衰世之失教，而执著于发明、称美圣贤之德化的一个重要原因。

其二，吴敬梓创作《儒林外史》同说《诗》一样，皆极力遮蔽"违礼"①之情事，发明"温厚"②之意旨。这突出表现在吴敬梓总是有意曲解那些实际上关涉青年男女恋爱、女子怀春思嫁等情事的诗，以使之归于"醇正"。

《周南》、《召南》之诗一向被视为"正风"，吴敬梓自然要发明其温厚合"礼"的意旨。例如，《周南·关雎》明显是一首关乎男女之情的诗。朱熹也承认这一点，只不过他将其视为太姒未嫁之时思慕君子之情，意在强调其性情之正、声气之和，他说："《关雎》之诗，言后妃之德，宜配君子。求之未得，则不能无寤寐反侧之忧；求而得之，则宜其有琴瑟钟鼓之乐。盖其忧虽深而不害于和，其乐虽盛而不失其正，故夫子称之如此。欲学者玩其辞，审其音，而有以识其性情之正也。"③朱熹说《关雎》之诗立意虽然着意称述后妃之德，但毕竟还是在承认《关雎》的确是写了男女之情的基础上加以引申推衍。吴敬梓却断然否认《关雎》关乎男女之情，他说："要之，'后、夫人之行不侔于天地，则无以奉神灵之统而理万物之宜'。则以'寤寐'、'辗转'为太姒思得荇菜，以供宗庙之祭，未为不得诗人之意也。"④也就是说，吴敬梓不仅认为《关雎》所写的是太姒已为文王之妃以后的事，而且认为"寤寐"、"辗转"也绝不是思慕之词，而是太姒思得荇菜以祭宗庙之意。显然，吴敬梓是在有意彻底消解诗中所写的男女思慕之情。大概在吴敬梓看来，圣贤是以德立世的，男女思慕之情则会妨碍圣贤之德。《论语·八佾》中说："《关雎》，乐而不淫，哀而不伤。"⑤如果视《关雎》关涉男女之情，那么多少

---

① 《文木山房诗说》第三十则说《豳风·七月》有云："《诗》所云'公子同归'者，邠之女公子躬率其民，同时出，同时归也。'兕觥'，罚爵也。此无过可罚而云'称彼'，故知举之以誓戒众，使之不违礼。"参见周兴陆：《吴敬梓〈诗说〉研究》，上海古籍出版社2003年版，第123~124页。

② 《文木山房诗说》第二十五则说《唐风·葛生》云："朱子尽去此说，则顾衾枕而思夫，竟是'荡子行不归，空床难独守'之意，似非诗人温厚之旨也。"参见周兴陆：《吴敬梓〈诗说〉研究》，上海古籍出版社2003年版，第115页。

③ 朱熹：《论语集注》卷二，《四书章句集注》，中华书局1983年版，第66页。

④ 参见周兴陆：《吴敬梓〈诗说〉研究》，上海古籍出版社2003年版，第74页。

⑤ 朱熹：《论语集注》卷二，《四书章句集注》，中华书局1983年版，第66页。

会有碍于对圣贤之德的发明。除《关雎》外，说《召南·摽有梅》、《召南·野有死麕》也都是极力消解女子“违礼”之情：《摽有梅》，吴敬梓说它是女父母择婿之诗；《野有死麕》，说它是女父母恶无礼之作。

郑、卫之风一向被斥为“淫声”，但是，一经吴敬梓解释过，也成为与男女情事毫无关涉的诗。如对于《郑风·野有蔓草》，《毛诗序》说：“君之泽不下流，民穷于兵革，男女失时，思不期而会焉。”郑笺引《周礼》云：“仲春之月，令会男女之无夫家者。”①朱熹《诗集传》则说它是写男女邂逅，“相遇于野田草露之间”，“得以适我愿矣”，又“言各得其所欲也”。② 这些说法都承认一个事实，即《野有蔓草》是写男女相会的情诗，这实际上也正合乎诗的本意。但吴敬梓在《文木山房诗说》第二十三则里，明确地说这首诗并不是写男女思期会，而是君子班荆定交之作。再如《鄘风·桑中》③之诗，堪称是一首很有名的“淫”诗。《毛序》说：“《桑中》，刺奔也。卫之公室淫乱，男女相奔，至于世族在位，相窃妻妾，期于幽远，政散民流而不可止。”④朱熹《诗集传》也说：“卫俗淫乱，世族在位，相窃妻妾。故此人自言将采唐于沬，而与其所思之人相期会迎送如此也。”⑤但就这样一首明显关涉男女情事的诗，吴敬梓仍将其解说成是“戴妫答庄姜‘燕燕于飞’而作”⑥，与《邶风·燕燕》一起成了贤者相互酬答的作品。由以上数例显然可见，吴敬梓通过有意地曲解以遮蔽《诗经》中一些诗所写的青年男女恋爱、女子怀春思嫁等情事，这是他说《诗》的一贯立场。

值得注意的是，吴敬梓为遮蔽一些实际上关涉男女情事的诗，采取了这样一种策略，即特意强调这些诗皆非女子自作或是诗人探女子之心而为言，如前述《摽有梅》、《野有死麕》等。因为这样的诗一旦视为女子自作，或托为女子自道其情，那就难以回避其所写的内容关涉女子怀春或男女恋爱等“违礼”之情事。在吴敬梓看来，圣人“删存”《诗》是为了有裨政教，那些“违礼”的、失之温厚的情事是不会为圣人所关注与颂美的。因此，他总是将这样的诗视为托言见志之作。在《文木山房诗说》第三十二则里，吴敬梓借徐光启说《诗》的话明确表达了自己的这一立场：“风人之言，大都托言以见志。如美正刺淫，间或摹画其词，以为惩劝，皆不必正为其人言之也。且《雅》之体，视《国风》为严。王者劳下，尚托为其下之言，以拟议情事，感动人心；而《国风》诸诗

---

① 毛亨传，郑玄笺，孔颖达疏：《毛诗正义》卷四，北京大学出版社 1999 年版，第 320、321 页。

② 朱熹：《诗集传》卷四，中华书局 1958 年版，第 56 页。

③ 《鄘风》亦属广义上的“卫风”。《左传·襄公二十九年》“季札观周乐”载云：“吴公子札来聘”，“请观于周乐。使工……为之歌《邶》、《鄘》、《卫》，曰：‘美哉渊乎！忧而不困者也。吾闻卫康叔、武公之德如是，是其卫风乎？’”（杨伯峻编著：《春秋左传注》，中华书局 1990 年版，第 1161~1162 页。）这里即将《邶风》、《鄘风》、《卫风》统称为“卫风”。

④ 毛亨传，郑玄笺，孔颖达疏：《毛诗正义》卷三，北京大学出版社 1999 年版，第 190 页。

⑤ 朱熹：《诗集传》卷三，中华书局 1958 年版，第 30 页。

⑥ 金和：《儒林外史跋》，李汉秋编：《儒林外史研究资料》，上海古籍出版社 1984 年版，第 129 页。

独断以本文为正，如《行露》、《氓》者之类，皆以为前人所自作，拘之甚矣。如《四牡》、《杕杜》，无《礼经》及《左》、《国》明文可据，其不定为久役而怨其上者乎？毛、郑诸儒虽百口，其何辨哉？”①显然，吴敬梓认为说《诗》断不能只看诗之“本文”写了什么，而应当发明其温厚合“礼”，有裨政教的意旨。也就是说，“原诗人之旨”对于吴敬梓来说并不重要，重要的是以《诗》为教。

吴敬梓之所以极力消解《诗经》里的一些诗所实际关涉的男女情事，一个重要的原因在于吴敬梓认为青年男女恋爱、女子怀春待嫁等情事是“违礼”的，有害于人心世道，有损于政教风俗，是应当被禁止的。例如，《诗说》第八则“桃夭”全引冯复京《六家名物诗疏》来表达他对《周南·桃夭》之诗的看法，其中有云：“《周礼·媒氏》云：‘仲春会男女，奔者不禁，会女之无夫家者。’盖时至仲春，则农桑已兴，婚姻过晚，故不禁奔者。或无夫家，则汲汲然伺而会之。若正为婚姻之时，而复不禁奔，则男女必多野合矣。岂礼也哉！”②由此可见，吴敬梓与朱熹一样，皆将未婚男女恋爱之类情事斥为淫奔、野合。不过，他们说《诗》所采取的策略不同。朱熹是以国次、世次分“正变”，所以对《周南》、《召南》里的一些诗，他也承认写了男女之情，只不过解释为圣君贤夫人之情并予以颂美；对《邶风》以下关涉男女恋爱之类情事的诗直接斥之为淫奔之诗，也就是说在事实上承认其写的是男女恋爱之类的情事，但在态度上则严厉斥责其悖乎“礼”。吴敬梓则以美刺分“正变”，所以无论《周南》、《召南》，还是《邶风》以下关乎男女情事的诗，他都直接否认其关涉男女之情事，不管是恋爱还是互相思慕，因为这样的诗没有任何讥刺之意，圣人删存过的《诗经》怎么会留存些颂美“违礼”之男女情事的诗，这应该是吴敬梓有意曲解此类诗的基本动因。于是我们看到，《诗经》里有不少实际上关涉男女情事的诗，吴敬梓说《诗》时总是竭力否认其与“违礼”的男女情事有关，设法将其解释为诗中所写的乃是完全合乎“礼”的情事。

当然，吴敬梓说《诗》有意消解与遮蔽的“违礼”之情事，不止是青年男女恋爱之情，也包括妇人空闺之思等。上文所述吴敬梓说《周南·卷耳》之诗，即是极力消解、遮蔽妇人思夫之情。又如，对于《唐风·葛生》这首诗，朱熹《诗集传》解说道：“妇人以其夫久从征役而不归，故言葛生而蒙于楚，蔹生而蔓于野，各有所依托，而予之所美者独不在是，则谁与而独处于此乎？”③这种解释在吴敬梓看来，也是有悖于“礼”的，因而他在《文木山房诗说》第二十五则“角枕锦衾”中批评朱子此说“竟是‘荡子行不归，空床难独守’之意，似非诗人温厚之旨也”。④ 此外，吴敬梓说《邶风·凯风》也着意于消解“违礼”之情事。《毛序》说：“卫之淫风流行，虽有七子之母，犹不能安其室，故美七子能尽其孝道，以慰其母心，而成其志尔。”⑤朱熹《诗集传》说：“母以淫风流行，不能自

① 参见周兴陆：《吴敬梓〈诗说〉研究》，上海古籍出版社 2003 年版，第 127~128 页。
② 参见周兴陆：《吴敬梓〈诗说〉研究》，上海古籍出版社 2003 年版，第 81 页。
③ 朱熹：《诗集传》卷六，中华书局 1958 年版，第 73 页。
④ 参见周兴陆：《吴敬梓〈诗说〉研究》，上海古籍出版社 2003 年版，第 115 页。
⑤ 毛亨传，郑玄笺，孔颖达疏：《毛诗正义》卷二，北京大学出版社 1999 年版，第 133 页。

守，而诸子自责，但以不能事母，使母劳苦为词。”①吴敬梓认为，如此解说是“读孝子之诗而诬孝子之母”，七子之母“不安其室”实则是因饮食兴居稍不快意，年老妇人未免嚣凌诟谇，并非思再嫁。② 吴敬梓之所以对七子之母不能自“成其志”，“不能自守”的说法特为辨白，即在于这样解说就将七子之母置于“违礼”之境，是对七子之母的诬诋。总之，致力于发明“温厚”之意旨、遮蔽“违礼”之情事以有裨于政教风化，是吴敬梓说《诗》所极其执著的又一重要方面。而吴敬梓的这种执著恰合乎《论语》里“《诗三百》，一言以蔽之，曰‘思无邪’”③这一判断。

如果从《文木山房诗说》来观照《儒林外史》，显然可见，吴敬梓说《诗》极力消解、遮蔽“违礼”情事以裨政教、益风化的做法，在《儒林外史》中也得到了贯彻。首先，一个最为明显的表现是，吴敬梓将他对于《诗经》的主要见解与思想在小说中通过杜少卿的谈说作了一次集中展示。第三十四回写杜少卿的几个朋友到他家饮酒聚会。宴间，杜少卿与众人谈起了《诗经》。他说到的有《邶风·凯风》、《郑风·溱洧》等几篇诗。说《凯风》就是把《文木山房诗说》第十六则为七子之母辨白的见解复述了一篇，此不赘述。《溱洧》原是写郑国青年男女在河边游春戏谑，并以芍药为赠的情诗。朱熹说“此诗淫奔者自叙之词”④，实际上也承认它写的是未婚男女的恋爱之情，只不过他是以贬抑的态度进行解读，也就是说，这只是褒贬的不同，而非事实的不同。杜少卿则解释为“《溱洧》之诗也只是夫妇同游，并非淫乱”，强调其“并非淫乱”，实际上否认它写的不是未婚男女的恋爱之情，这明显与诗意相悖，但做法正与《文木山房诗说》里极力消解、遮蔽一些诗里实际上所写的男女情事一致。其二，一个更为重要的表现是，《儒林外史》里绝不涉笔男女恋爱，也绝不涉笔“淫乱”⑤。这在古代小说里是个并不多见的现象。钱玄同曾将此列为《儒林外史》的三层好处之一，他说：“中国人做到诗、词、戏曲和小说，大概总要说几句淫秽语。……独有《儒林外史》最为干净，全书中不但没有一句描写淫秽之语，并且没有那些中国文人照例要说的肉麻话。这不是他的大特色吗！照这样一层看来，青年学生可读的旧小说，自然以《儒林外史》为最适宜了。”⑥钱玄同此语可以说恰中吴敬梓的心思，他就是要将《儒林外史》写得不存有任何可“致为风俗人心之害”⑦的笔墨。应当说吴敬梓对才子佳人之类故事是熟悉的，对不少小说里笔涉“淫乱”也不陌生，但他创作《儒林外史》表现出的却是另一种取向。一个显见的原因是，在吴敬梓看来，男女恋爱、“淫乱”等情事都是有害于风俗人心的“违礼”之行，与其淳风俗、

---

① 朱熹：《诗集传》卷二，中华书局 1958 年版，第 19 页。

② 参见周兴陆：《吴敬梓〈诗说〉研究》，上海古籍出版社 2003 年版，第 97 页。

③ 朱熹：《论语集注》卷一，《四书章句集注》，中华书局 1983 年版，第 53 页。

④ 朱熹：《诗集传》卷四，中华书局 1958 年版，第 56 页。

⑤ 此处所说“淫乱”较今之所谓“淫乱”要宽泛得多，故引以示之。

⑥ 钱玄同：《〈儒林外史〉新叙》，《钱玄同文集》第一卷，中国人民大学出版社 1999 年版，第 390~391 页。

⑦ 《闲斋老人序》，李汉秋辑校：《儒林外史汇校汇评》，上海古籍出版社 2010 年版，第 688 页。

助政教的理想相悖，既然他在说《诗》时就极力消解、遮蔽这些情事，当然在自己的创作里更不会涉及。还有更为根本的原因是：吴敬梓以关注、关切社会问题为人生最重要的事情，热切地关注、关切社会问题就意味着有强烈的责任感存于胸中，而传统社会中婚姻讲究父母之命、媒妁之言，男女恋爱通常不以婚姻为归宿，是一种与家庭责任、社会责任都不搭边的感情①，至于“淫乱”之事更无须说。因此，吴敬梓对男女恋爱之类情事总是持否定与轻视的态度，这样就不难理解他为何在《文木山房诗说》里极力消解、遮蔽男女情事，在《儒林外史》里拒绝写恋爱、“淫乱”之类情事了。

与之相对的是，吴敬梓很看重夫妇之伦：一方面特意强调男子要对妻子忠诚，与之偕老；另一方面，男子最起码须承担起基本的家庭责任——养活妻儿。关于前一方面，第三十四回杜少卿关于娶妾的话颇可体现这一点。季苇萧问杜少卿为何不再娶一个标致又有才情的，及时行乐，杜少卿的回答是：“苇兄，岂不闻晏子云：‘今虽老而丑，我固及见其姣且好也。’况且娶妾的事，小弟觉得最伤天理。”在吴敬梓看来，才子佳人，及时行乐，嫌妻娶妾，这都是没有责任感的鄙陋心思，表明他看重夫妇之伦，轻视男女之情，看重责任家庭，鄙视风流行乐。将《儒林外史》对杜少卿与杜慎卿的绘写参照着来看，更能体会吴敬梓的这种立场。关于后一方面，虞博士则是一个典范。虞博士在《儒林外史》里是一位圣人，更怀有以天下为己任的责任感，这不只因为他主祭泰伯祠兴礼乐，时常教人以礼义廉耻，也表现在他是一个富有家庭责任感的人。第三十六回写了他的一件事，虞博士有一次救了一个孝子，还要送他银两，一般人极可能会把它做成一件显得极豪爽的事，但虞博士却没有，他对这个人说：“我这里有十二两银子，也是人送我的，不能一总给你，我还要留着做几个月盘缠，我而今送你四两银子。”这番话使他显得很不爽利。但我们分明能感觉到，吴敬梓对虞博士这样做是很赞赏的，赞赏的就是虞博士乐于助人但又坚守自己基本的人生责任。从吴敬梓的笔下，我们也能感受到虞博士和他的娘子是一对恩爱夫妻，但《儒林外史》绝不写虞博士与他的娘子如何互相思慕，而是把笔墨放在柴米油盐、生儿育女等这些居家度日的平常情事上。

夫妇之伦在“四书五经”里一直是被当作一种重要的社会关系来看待的。如《中庸》云：“君臣也，父子也，夫妇也，昆弟也，朋友之交也：五者天下之达道也。”②此即所谓“五伦”。又有所谓“十义”，《礼记·礼运》云：“父慈、子孝、兄良、弟弟、夫义、妇听、长惠、幼顺、君仁、臣忠十者，谓人之义。”③这种对夫妇之伦的重视，从某种意义上来说，是基于一种对责任的强调。因此，吴敬梓在《儒林外史》里轻视无关责任的男女之情，而重视基于责任的夫妇之伦，显然有“四书五经”的知识与思想背景在内。

---

① 参见陈文新、甘宏伟：《从〈儒林外史〉的立场看〈红楼梦〉》，载《明清小说研究》2010年第1期。

② 朱熹：《中庸章句》，《四书章句集注》，中华书局1983年版，第28页。

③ 杨天宇：《礼记译注·礼运第九》，上海古籍出版社2004年版，第275页。

(2)《儒林外史》与《文木山房诗说》都思考仕隐出处、功名富贵问题

读书人如何看待仕隐出处与功名富贵，是吴敬梓深切关注的又一个方面。于是，读书人面对功名富贵时应当如何做，既成为吴敬梓说《诗》的又一重要视角，也是创作《儒林外史》的又一重要意向。

在《文木山房诗说》中，对《邶风·简兮》和《郑风·女曰鸡鸣》等诗的解说，集中体现了吴敬梓关于读书人如何对待仕隐出处与功名富贵这个问题的见解。吴敬梓的基本见解是，读书人应当做一个不追逐功名富贵、襟怀淡定的贤者。第十七则"简兮"说的是如何对待仕隐出处，吴敬梓认为士君子之可贵即在于其乐天知命，不求显于世。他说：

> 余反复《简兮》之诗，而叹"硕人"之所见浅也。士君子得志则大行，不得志则龙蛇。遇不遇，命也。鸿飞冥冥，弋人何篡？何必以仕为？即不得已而仕，抱关击柝可矣，孰迫之而伶官？既俯首于伶官，即当安于"籥翟"之役。必曲折引申，以自明其所思于庸夫耳目之前，谁其听之耶？《卞和论》云："兰生幽谷，不以无人不芳；玉产深山，不以无工不良。雕之琢之，取以为器。人之乐，非玉之幸也。和既以玉刖矣，以玉殉可也，以玉隐可也。必涕泣涟洏以自明其为玉，何其愚也。"观此，可为诗人进一解。①

显然，在吴敬梓看来，士君子若寻求显名于世，就同卞和自明其为玉一样，都是见识浅陋的表现。实际上，君子之为君子，并不以隐处而有损于君子之名，相反，如果在一个庸夫当道的时世里，一味追求仕进反而让自己的境遇变得很可悲。这也同玉之为玉一样，处之深山仍为良玉，倘若明其为玉经人雕琢反而是其不幸。因为持这种见解，吴敬梓十分赞同冯复京说《秦风·权舆》诗时对那些求用于秦的"贱"士的鄙斥："'无余'、'不饱'，简亵极矣。犹徘徊叹息而咏《权舆》，是'弹铗'而歌之陋习也。秦之士贱，良然。厥后，鞅任而法苛，仪相而约乱。睢修睚眦，泽始呻吟。其用秦者，皆非士也。《诗》歌《权舆》，吾于其来秦也悲其遇，而犹于其去秦也信其贤。"②

以吴敬梓在说《诗》时关于仕隐出处的见解来观照《儒林外史》，便会发现，其对杜少卿、庄征君、虞博士等形象的处理正显示出同样的立场。具体言之，《儒林外史》之所以将虞博士、庄征君、杜少卿等写成隐于野、处于下的贤人君子，就在于吴敬梓认为，在一个庸夫小人揽政的世道里，这些贤人君子倘若热衷寻求仕进就势必伤其本色，倘若隐于野、处于下，反而益增其贤人君子之品性，成为做人处世的典范，能够承担起以德化人的使命，成就一番兴礼乐、裨政教、厚风俗的事业。

第二十则"鸡鸣"其要义乃在于赞颂《女曰鸡鸣》中的士与女，倡导不以功名富贵为

① 参见周兴陆：《吴敬梓〈诗说〉研究》，上海古籍出版社 2003 年版，第 98~99 页。
② 参见周兴陆：《吴敬梓〈诗说〉研究》，上海古籍出版社 2003 年版，第 119 页。

念，而以修身齐家为本的人生。吴敬梓说：

> 窃意此士乃乐天知命而能化及闺房者也。人惟功名富贵之念热于中，则夙兴夜寐，忽然而慷慨自许，忽焉而潦倒自伤。凡琴瑟、罇罍、衣裳、弓缴，无一而非导欲、增悲之具。妻子化之，五花诰、七香车，时时结想于梦魂中，蒿簪、綦缟，亦复自顾而伤怀矣。故王章牛衣之泣，泣其贫也。所以终不免于刑戮。即伯鸾之妻，制隐者之服，犹欲立隐之名也。此士与女岂惟忘其贫，亦未尝有意于隐。遇凫雁则弋，有酒则饮，御琴瑟则乐，有朋友则相赠，士绝无他日显扬之语以骄其妻，女亦无他日富贵之想以责其夫。优游暇日，乐有余闲。此惟三代太和宇宙时，民间或不乏此，而郑当淫靡贪乱之世，乃有此修身、齐家之君子。故诗人述其夫妇之私言，佩诸管弦，便可使威凤翱翔，而游鱼出听也。比户尽如此士女，倘所谓风动时雍者矣。其所关于人心政治者，岂细故哉!①

在这里，吴敬梓以功名富贵为主旨，说了两类人物：一类是如王章夫妻、伯鸾夫妻之辈，“惟功名富贵之念热于中”；一类是如《女曰鸡鸣》中的士与女，乐天知命，绝无一点心想到功名富贵上去。将这两类人物相对照，明确地赞赏《女曰鸡鸣》士与女的人生境界，许之为三代以上修身、齐家之君子。吴敬梓这段说《诗》文字，完全可称得上是《儒林外史》的缩影：在《儒林外史》里，“功名富贵”显然是贯穿始终的一个重要方面，《闲斋老人序》就特别提出“其书以功名富贵为一篇之骨”的说法，而其所说“有心艳功名富贵而媚人下人者；有倚仗功名富贵而骄人傲人者；有假托无意功名富贵自以为高，被人看破耻笑者”正是上述“惟功名富贵之念热于中”一类人物，“终乃以辞却功名富贵，品地最上一层为中流砥柱”者正是“绝无一点心想到功名富贵上去”一类人物，《儒林外史》也是将两类人物相对照而推出，表明自己对待功名富贵的见解。

《儒林外史》与《文木山房诗说》之间的相互呼应、相得益彰，除上述两方面之外，还表现在吴敬梓对《诗经》的一些见解构成了《儒林外史》设置某些情节与塑造某些人物的重要基础。最为明显的是，《儒林外史》第三十四回，杜少卿说《凯风》、《女曰鸡鸣》、《溱洧》诸诗，即是构成小说情节的重要部分，同时这些说《诗》的见解也是理解杜少卿这个形象不可或缺的极重要内容。再如，吴敬梓说《周南·汝坟》之诗的见解构成了他在《儒林外史》里塑造萧云仙这个人物的主要基础。先看《文木山房诗说》第十则“父母孔迩”说《汝坟》之诗，其中有云：“汝旁之国，有家贫亲老之君子，仕于商纣之朝，知国事之日非，见伐木于汝水之测(侧)者，动良禽择木之思。‘君子’，谓文王也。‘既见’、‘未见’，皆拟议之辞。既知其终不可见，故虽劳苦焦悴，犹私幸得近其父母，以遂其孝养之愿。”②既然忠悃之事不可为，退而得近父母以遂孝养之愿也是聊可慰藉的选

---

① 参见周兴陆：《吴敬梓〈诗说〉研究》，上海古籍出版社 2003 年版，第 103~104 页。

② 参见周兴陆：《吴敬梓〈诗说〉研究》，上海古籍出版社 2003 年版，第 85 页。

择。如此说诗，既表现出吴敬梓对贤者忠孝之德的赞美之情，也流露出对朝廷政事之非的嗟怨之意。再看《儒林外史》第四十回里写萧云仙的情节：萧云仙以儒将之身做出了三件功业，即椅儿山破敌、取青枫城，并花数年时间筑城劝农、宣上德、行教化，使得青枫城里现出一派百姓乐业、生产繁荣、文教倡明的景象，但做出如此功业的萧云仙却被追赔银两，并革职回乡。恰好遇着父亲病重而逝，得以侍养父亲，萧云仙自己叹息："人说'塞翁失马，未知是福是祸'。前日要不为追赔，断断也不能回家，父亲送终的事，也再不能自己亲自办。可见这番回家，也不叫做不幸。"将萧云仙此语与吴敬梓说《汝坟》之诗的话对照，其景其情何其相似。萧昊轩对儿子云仙说，诸如"这是朝廷功令，又不是你不肖花消掉了，何必气恼"，"总之，为人以忠孝为本，其余都是末事"之类的话，在表现萧昊轩之可敬可佩的同时，又流露出作者多少对政事之非的沉痛。由此可以说，结合吴敬梓说《汝坟》的见解来审视萧云仙的遭遇，显然能更真实地理解《儒林外史》塑造这个人物形象的用心。

四、由《文木先生传》引出的两个命题

程晋芳的《文木先生传》是研究吴敬梓及其《儒林外史》的重要文献资料。这篇传记为我们提供了了解吴敬梓知识背景的两条重要信息：一个是吴敬梓"援笔立成"的诗赋创作与"其学尤精《文选》"分不开，另一个是吴敬梓"穷极文士情态"的小说创作受到了"唐人小说"的很多启示。实际的情形也表明，《文选》与"唐人小说"是构成吴敬梓知识背景的重要内容，并且对吴敬梓的创作产生了影响。《文木先生传》还告诉我们，《文选》与"唐人小说"对吴敬梓的创作所产生的具有实质性意义的影响是分别体现在诗赋与《儒林外史》中的。如果将《文选》对吴敬梓的创作产生的影响，由诗赋推衍至《儒林外史》，可能不再有实质性意义，甚至可能会在解读《儒林外史》时产生误会。"《儒林外史》和魏晋六朝文学"这一命题，正是将《文选》对吴敬梓诗赋创作的影响拓展至《儒林外史》而形成的，这是我们在本部分首先要讨论的一个话题。我们要讨论的另一个话题是"《儒林外史》与唐人小说"。

1. 从《文选》等看《儒林外史》

程晋芳在《文木先生传》里曾说吴敬梓"其学尤精《文选》，诗赋援笔立成，夙构者莫之为胜"。① 在《寄怀严东有》一诗中他又写道："敏轩生近世，而抱六代情。风雅慕建安，斋栗怀昭明。"②据此，有学者在20世纪80年代初正式提出"吴敬梓和魏晋六朝文学"这一命题，并作了阐述：先是考察吴敬梓的诗赋文创作受到了魏晋六朝文学的影响，进而推衍说，吴敬梓创作《儒林外史》也受到了魏晋六朝文学的影响。但是，说魏

① 程晋芳：《勉行堂文集》卷六，《勉行堂诗文集》，黄山书社2012年版，第802页。
② 程晋芳：《勉行堂诗集》卷五，《勉行堂诗文集》，黄山书社2012年版，第154页。

晋六朝文学影响了《儒林外史》的创作对理解《儒林外史》并不具有实质性的意义。实际上，程晋芳所说“其学尤精《文选》”只能用来观照吴敬梓的诗赋创作，将《文选》与《儒林外史》相提并论不是一个妥帖的做法。而将《儒林外史》、《红楼梦》的文章风貌分别与《文选》进行比较，会有助于进一步澄清对“《儒林外史》与《文选》”这一命题的认识。下面我们分别加以讨论。

（1）“《儒林外史》和魏晋六朝文学”之命题的实质

如果说魏晋六朝文学影响了《儒林外史》的创作，固然可以举出一些例证来。但魏晋六朝文学指称的是一段相当长时期内的文学，而且无论从体式上还是风格上，对其很难以某一种风貌进行概括。因此，讨论“《儒林外史》和魏晋六朝文学”这一命题，很难说得具体，说得清楚。于是论者采取了这样的处理方式，即以程晋芳的看法为依据，着意列出《文选》，将这一命题衍化，并得出了这样的结论：《儒林外史》受到了以《文选》为代表的魏晋六朝文学的影响。如此一来，对象是具体些了，讨论也方便了，但问题也随之而来了。

首先，以“《文选》为代表的魏晋六朝文学”这一说法就有欠严谨。实际上，仅从所编选作品的时代来看，《文选》即不能视为魏晋六朝文学的代表。《文选》由南朝梁武帝长子萧统（501—531）主编，所选“远自周室，迄于圣代”①。往后说，梁陈尚有约七十年的赋、诗、文自然不在编选之列；往前说，《文选》中有不少先秦至两汉时的赋、诗、骚、文等作品。而且，萧统编选《文选》也并非要将其做成一个反映魏晋六朝文学风貌的集子。其实，论者只是将《文选》作为提出问题的话头而已，并不主要从《文选》来看魏晋六朝文学对吴敬梓的影响。其推衍过程大致是这样的：先以“其学尤精《文选》”与“抱六代情”、“风雅慕建安，斋栗怀昭明”作为“吴敬梓受到了魏晋六朝文学的影响”这一结论的基础依据，然后从整个魏晋六朝文学的范围中寻找支撑这个命题的依据，而引起话题的《文选》反倒显得不甚重要了。这也恰好显示，假若果真以《文选》为魏晋六朝文学的代表，会对“《儒林外史》与魏晋六朝文学”这一命题的论证造成极大的拘囿，许多依据还必须到《文选》之外去找。

其次，也是尤为重要的一点，“《儒林外史》和魏晋六朝文学”这一命题对理解《儒林外史》几乎没有实质性的意义。论者对“吴敬梓创作《儒林外史》受到了魏晋六朝文学的影响”这一命题的讨论实际上最终衍变为如下两个问题：一是《儒林外史》的创作受到了《世说新语》的影响；一是《儒林外史》的创作受到了《文选》的影响。

对前一问题的讨论主要着眼于《儒林外史》与《世说新语》在题材上相似，即它们都是写知识分子的。但以今之所谓的“知识分子题材”来证明《儒林外史》同《世说新语》之间的渊源关系，实有些不伦不类。读《儒林外史》可以让人明确地感受到：小说一方面讥刺那些卑鄙龌龊、无德无行之徒，讽刺那些在权势富贵面前势利不堪之辈，嘲谑那些

① 萧统：《文选序》，《昭明文选》，上海古籍出版社1986年版，卷首第3页。

因热衷举业功名而或畏琐或俗陋的人物；另一方面则推崇那些身处礼乐不兴、政教不作的世道里依然讲究礼义廉耻、道德高尚的君子，推崇那些在举业功名面前葆有人格尊严，依然天怀淡定的真儒，推崇那些对当时不容非议与置疑的理学与礼教仍然坚持有自己的思考，真正坚守圣人之道的贤者。总之，其宗旨在裨政教风俗，正世道人心。而读《世说新语》则完全是另外一种感受：这部文言轶事小说是在展示魏晋文士的"风韵气度"，其要"以玄韵为宗"；它是在标举他们身上所呈现的"清逸、爽朗、放旷之美"，其"旨在陶情"。① 而且，综观《儒林外史》与《世说新语》，二者因创作宗旨迥异，其题材也不只是时代内容与特色的不同，而是根本的不同。若以《世说新语》里人物的形迹来理解《儒林外史》里人物的行止，不但无助于理解吴敬梓创作《儒林外史》的意旨，反而会造成很大的误会。前文关于"吴敬梓与魏晋风度"的辨析中所作的有关论述已表明，以《世说新语》所载魏晋名士的行止来类比理解《儒林外史》里人物的行止是需要多么的慎之又慎。

其实，前代的作品是否影响了后代的创作，与二者在题材类型上是否相似或相同并不必然相关。也就是说，题材类型相似或相同并不能说明其间有影响的存在，而题材类型有很大差别的作品之间倒不时会存在明确的影响。例如，《三国志演义》是以三国时期的历史英雄为主角的演义小说，《儒林外史》是以科举与礼教社会里的读书人为主角的小说，就题材类型而言，二者之间差别很大。但可以明确地说，《儒林外史》受到《三国志演义》一些情节的影响，娄三、娄四公子三访杨执中的情节明显就是对刘备三顾茅庐这一情节的戏拟，而将这两者对比也有助于加深对相关人物及作者创作意向等方面的理解。②

对后一问题的讨论则显得很没有必要。既然将"《儒林外史》受到了《文选》的影响"这一命题特意提出来加以讨论，那么最起码这个问题要有提出来加以讨论的必要，有一定的实质意义。因为这个命题一旦成立，人们就可以用《文选》的眼光来审视《儒林外史》。如果发现《儒林外史》与《文选》确有不少方面是相似的，或者有些内容构成了"互文"关系③等，那就说明这个结论的确道出了二者之间一些明显的共同特征或联系。可是，如果发现《儒林外史》只是与《文选》中的若干作品在不太引人注意的方面相似，那么这个结论的意义就大打折扣。实际上，论者对这个命题的论述正是如此，其论证的依

---

① 关于《世说新语》展示魏晋文士"风韵气度"，标举"清逸、爽朗、放旷之美"，其"旨在陶情"的论述，请参见陈文新先生《文言小说审美发展史》(武汉大学出版社 2007 年版)第六章《轶事小说的发生、发展、成熟与繁荣》中的相关内容。

② 参见陈文新、郭皓政《道德理想主义与现实人生困境——论〈儒林外史〉对经典叙事的戏拟》对此所作的论述，该文载《福州大学学报(哲学社会科学版)》2007 年第 2 期，《传统小说与小说传统》(陈文新著，武汉大学出版社 2007 年版)一书亦收入此文。

③ 瑞士学者安如峦(Roland Altenburger)发表在《明清小说研究》1997 年第 1 期的《从互文性看〈儒林外史〉的讽刺手法》中认为："互文性概念是就不同文本之间的关系进行研究、探讨，是对原有的所谓'影响'一说的纠正。互文性理论认为没有完全自给自足的文本材料，相反每一文本都或确切，或隐存地对其他文本有借鉴。"

据是《文选》里有若干作品的讽刺手法对《儒林外史》的讽刺艺术有启示作用，具体是指：李善注阮籍《咏怀》诗时说他的作品“虽志在刺讥，而文多隐避”①；陆机的《吊魏武帝文》有讥刺之辞；孔融的作品也颇有嘲讽，曹丕在《典论·论文》中即说他“至乎杂以嘲戏，及其所善，扬班俦也”②；扬雄的《解嘲》、班固的《答宾戏》都是嘲戏之作③，等等。且不论这些作品所表现出的所谓讽刺手法与《儒林外史》的讽刺艺术本不相同，更不论从讽刺艺术的角度看《文选》显失妥当，仅就《文选》里极少一部分作品的某些并非主要方面的特点与《儒林外史》相类，便提出并讨论“《儒林外史》的创作受到了《文选》的影响”这样的命题，实在有些大而无当，为研究影响而研究影响成了目的，至于对理解《儒林外史》这部小说的思想内容与艺术特色有无实际的促进和帮助，却成了被忽略的问题。如果照此做法，文学史上的许多作家作品都可以提出一长串诸如受了前代某某作家作品的影响这样的命题，但其中的多数命题显然对理解作品并不具有实际意义，不提也罢。

(2)《儒林外史》、《红楼梦》同《文选》文章风貌的比较

吴敬梓“学尤精《文选》”，曹雪芹也非常熟知《文选》，他在《红楼梦》里就向我们透露了这一信息。如第十七回里宝玉向众人说起花木异草时就提到《文选》及选入其中的《离骚》、左思的《吴都赋》与《蜀都赋》。吴敬梓与曹雪芹虽然都熟知《文选》，但《儒林外史》与《文选》在文章风貌上有根本的不同，而《红楼梦》的文章风貌则与《文选》相当接近。这主要可从审美取向上加以认识，即《红楼梦》与《文选》具有某些相同的旨趣，而这些相同的旨趣，《儒林外史》却不具有。

首先来看《文选》选文的旨趣。萧统在《文选序》里说：

> 若夫姬公之籍，孔父之书，与日月俱悬，鬼神争奥，孝敬之准式，人伦之师友，岂可重以芟夷，加之剪截？老庄之作，管孟之流，盖以立意为宗，不以能文为本，今之所撰，又以略诸。若贤人之美辞，忠臣之抗直，谋夫之话，辨士之端，冰释泉涌，金相玉振。所谓坐狙丘，议稷下，仲连之却秦军，食其之下齐国，留侯之发八难，曲逆之吐六奇，盖乃事美一时，语流千载。概见坟籍，旁出子史，若斯之流，又亦繁博，虽传之简牍，而事异篇章，今之所集，亦所不取。至于记事之史，系年之书，所以褒贬是非，纪别异同，方之篇翰，亦已不同。若其赞论之综辑辞采，序述之错比文华，事出于沈思，义归乎翰藻，故与夫篇什，杂而集之。④

---

① 萧统编，李善注：《文选》卷二十三，上海古籍出版社1986年版，第1067页。

② 《文选》选孔融的作品只有两首，即卷三十七《荐祢衡表》、卷四十一《论盛孝章书》一首。曹丕《典论·论文》编选在《文选》卷五十二，其评孔融语见萧统编、李善注：《文选》，上海古籍出版社1986年版，第2271页。

③ 扬雄的《解嘲》与班固的《答宾戏》尤不可作为《儒林外史》受到魏晋六朝文学影响的依据。

④ 萧统：《文选序》，《文选》卷首，上海古籍出版社1986年版。

萧统在这里专门陈述了他对经、史、子之文以什么样的眼光来定取舍，其中有一点是非常重要的，即不具“辞采”、“文华”与“翰藻”之文，就不在《文选》的选编范围内。对于赋、诗、骚这些集部之文，萧统在其《文选序》中没有强调“辞采”、“文华”与“翰藻”，当然，这并不意味《文选》在编选赋、诗、骚之文时，未考虑其是否具有“辞采”、“文华”与“翰藻”，而是因为至少在萧统以前的时代，“辞采”、“文华”与“翰藻”原本就是赋、诗、骚之文的一大特色，自然没有必要再特别提出加以强调。总之，从理论宗旨上说，只有具“辞采”、“文华”与“翰藻”之文才有可能被编选入《文选》。而实际情形也极少有例外，尤其值得注意的是，《文选》里所选的赋、诗、骚无论在篇幅还是数量上都占据多数，而这些尤其是与《红楼梦》、《儒林外史》里的文字可资参照的部分。

一个最为明显的现象是，《红楼梦》有不少文辞华美的诗词曲赋等，而《儒林外史》除了开篇和结尾各有一首并不以文辞翰藻见长的词之外，再没有什么诗词曲赋之类。虽然其间也有几拨名士开了诗会，但作者也只是写其俗陋可笑的场面，至于作的诗是个什么样子则不得而知，也无关紧要。假如放在《红楼梦》里，书中人物所作之诗可是要写入小说的，因为那正是表现人物性格，暗示人物命运等所不可缺少的部分。

如果将《儒林外史》、《红楼梦》与《文选》里的文字作具体的对比分析，更可见出《红楼梦》与《文选》的审美旨趣之相近，而《儒林外史》与《文选》的审美旨趣则迥然相异。兹举两例加以说明。

第一个例子，《儒林外史》与《红楼梦》、《文选》在写感情的文字上有不同的风格。《红楼梦》与《文选》里都有写感情的文字，《儒林外史》里也有写感情的文字。但后者与前者有很大的差别。比如，《文选》里写“哀伤”之情者，赋有司马相如的《长门赋》，潘岳的《寡妇赋》，江淹的《恨赋》、《别赋》等，诗有嵇康的《幽愤诗》、曹植的《七哀诗》(明月照高楼)、潘岳的《悼亡诗》等，骚有宋玉的《九辩》五首等，这些诗赋之文皆是逞辞增华，反复咏叹，极尽哀伤之意。但吴敬梓绝不会安排这样的文字来表现自己笔下人物的感情，曹雪芹则显然乐意这样做。且看《儒林外史》是如何写王玉辉在女儿殉死后他的感情的。送烈女入祠时，作者只这样写：“王玉辉到了此时，转觉心伤，辞了不肯来。”往严州、西湖的船上，只写他“一路看着水色山光，悲悼女儿，凄凄惶惶”。游西湖时，也只写他“见船上一个少年穿白的妇人，他又想起女儿，心里哽咽，那热泪直滚出来”。这几乎就是写王玉辉在女儿殉夫这件事上他的感情的全部文字了。很难设想，吴敬梓会在《儒林外史》里为王玉辉创制一首像江淹《恨赋》、潘岳《悼亡诗》等那样的诗赋，以表现王玉辉对女儿的悲伤之情，如果真的这样，那就要彻底颠覆吴敬梓写王玉辉这个人物的本意了。再看《红楼梦》是如何写人物的感情的。十分具有代表性的就是第二十七回黛玉泣残红一段了。小说写宝玉将要来到昔日与黛玉葬花之处，“只听那边有呜咽之声，一面数落着，哭的好不伤心”，原来是黛玉在此“一面低吟，一面哽咽”。①

① 曹雪芹著，陈文新、王炜辑评：《红楼梦》(百家汇评本)，长江文艺出版社 2005 年版，第 176 页。

倘若《红楼梦》仅如此写黛玉的伤心，必显不出什么出奇之处，自然与《儒林外史》写王玉辉的悲伤没有什么轩轾之分了。但曹雪芹不是吴敬梓，他是定要让人肝肠寸断才肯罢休的。于是他就让黛玉吟得一首《葬花词》，边哭边念，以致宝玉听得“不觉恸倒山坡上，怀里兜的落花撒了一地”。假定让曹雪芹把黛玉所吟《葬花词》从《红楼梦》里去掉，那这样一来，黛玉之悲切便其情顿减，后来宝玉悲恸之文也就失去了着落处。显而易见，《红楼梦》里对感情的表现具有与《文选》里写感情的文字同样的风貌，而《儒林外史》则从来不在这方面用太多笔墨。

第二个例子，《儒林外史》与《红楼梦》、《文选》在写景的文字上风格也有区别。《文选》里写景物的文字以富赡华丽为特色自不必说，而且有不少篇章就是专以辞采、翰藻来夸饰景物之壮丽宏赡的。兹以可资对照的“游览”一类诗赋为例论之。其赋有王粲的《登楼赋》，孙绰的《游天台山赋》，鲍照的《芜城赋》等；诗有曹丕的《芙蓉池作》，谢混的《游西池》，谢惠连的《泛湖出楼中玩月》，谢灵运的《游南亭》、《石壁精舍还湖中作》、《登石门最高顶》、《于南山往北经湖中瞻眺》、《从斤竹涧越岭溪行》，谢朓的《游东田》，江淹的《从冠军建平王登庐山香炉峰》，沈约的《宿东园》等。这些诗赋中的景物描写多是作者登临游览、言志抒怀之作，相对而言，其对景物的描写能与作者的心志胸襟相呼应。辞采、文华与翰藻自然是一大特色。而《儒林外史》显然没有也不会在景物描写上大费笔墨；《红楼梦》里对景物的描写虽然不会像《文选》里有些写景物的作品那样刻意逞辞，但其辞采翰藻仍有很鲜明的特色。先看《儒林外史》第十四回写西湖的文字，是相当有代表性的一段景物描写。文中这样写：

> 这西湖乃是天下第一个真山真水的景致。且不说那灵隐的幽深，天竺的清雅，只这出了钱塘门，过圣因寺，上了苏堤，中间是金沙港，转过去就望见雷峰塔，到了净慈寺，有十多里路，真乃五步一楼，十步一阁，一处是金粉楼台，一处是竹篱茅舍，一处是桃柳争妍，一处是桑麻遍野。那些卖酒的青帘高扬，卖茶的红炭满炉，士女游人，络绎不绝，真不数“三十六家花酒店，七十二座管弦楼”。

看来真是热闹煞人，不过也就热闹煞人而已，吴敬梓对西湖这“天下第一个真山真水的景致”仅作了一个总体的介绍，至于这里面的景致究竟如何，通过吴敬梓的描写，我们并不能得到很多信息。吴敬梓的用意在于以此衬托马二先生的“俗”气与西湖之景致人情的不协调，仅写出其热闹繁华足矣，而若对景物作细致的描写显然与创作的意旨不相合。又如，第八回对娄氏兄弟回家途中在船上所见之景致的描写也是以简淡之笔显其幽雅，表现两人突然从京华尘土中离开而生出的另一种感受。

再看《红楼梦》里的情形。第十七回“大观园试才题对额”一段，也可视作游览文字了。其中对大观园里多处景致的描写让人俨然如入其境，视其形，睹其色，闻其香。兹录一段以为对照：

步入门时，忽迎面突出插天的大玲珑山石来，四面群绕各式石块，竟把里面所有房屋悉皆遮住。且一树花木也无，只见许多异草：或有牵藤的，或有引蔓的，或垂山岭，或穿石脚，甚至垂檐绕柱，萦砌盘阶，或如翠带飘飘，或如金绳蟠屈，或实若丹砂，或花如金桂，味香气馥，非凡花之可比。①

这段文字颇有骚、赋之文的姿采，而且宝玉还为此景致引《文选》里的骚赋之文以证，他说道："想来那《离骚》《文选》所有的那些异草，有叫作什么霍纳姜汇的，也有叫作什么纶组紫绛的；还有什么石帆、清松、扶留等样的，见于左太冲《吴都赋》。又有叫作什么绿荑的，还有什么丹椒、蘼芜、风莲，见于《蜀都赋》。"②将上面的两段文字与《文选》里的赋、诗、骚稍作对比，就不难发现，《红楼梦》颇舍得在景物描写上花费笔墨，而《儒林外史》对景致的描写要粗略得多，显然《红楼梦》之写景更接近《文选》里赋、诗、骚之文的风格。而且，从整部小说来看，《儒林外史》写景的片断也屈指可数，而《红楼梦》写景之处则要多很多。

需要说明的是，强调《儒林外史》与《红楼梦》里写情、写景的文字在风格、旨趣上的区别，并不是要在二者之间分出高低上下。我们认为，这只不过是吴敬梓与曹雪芹各自采取了与自己的创作宗旨相宜的处理方式而已。美国学者夏志清在谈到《儒林外史》楔子里对王冕放牛时看到的雨后湖中景物的描写时，这样说道："对于用传统方式写作的吴敬梓来说，他没有借助于诗词骈赋的语汇，却能够如此精确而生动地进行景物描绘，这不能不说是一个奇迹。"称赞其是"将古文描写的风格融于小说之中"。③ 可以说，吴敬梓与曹雪芹分别以不同的文体风格创作了两部都非常伟大的小说。

从审美取向这一方面，将《儒林外史》、《红楼梦》同《文选》进行对照，我们可以得出这样的结论：吴敬梓尽管学精《文选》，但他显然未将《儒林外史》写得富有辞采、文华与翰藻；相对而言，《红楼梦》则是以辞采、文华与翰藻为一大特色的。之所以会有如此迥然不同的风貌，大略在于：吴敬梓创作《儒林外史》旨在裨政教风俗，正世道人心，讲究辞采、文华与翰藻则与其宗旨不合；而曹雪芹创作《红楼梦》其要在写婉曲动人的感情，写人物对其周围人事与景物的感受，写对美好事物陨落的伤感，而这恰好须借助辞采、文华与翰藻来曲尽其致。

从《文选》看《儒林外史》与《红楼梦》，除了可以从审美取向这一层面进行认识外，还可以从题材内容上发现一些区别，即，有不少会被《红楼梦》与《文选》所选择或容许的内容，却会被《儒林外史》所排斥。前文已述，无论在理论宗旨上，还是在实际的情形上，萧统编选《文选》，一个重要的方面是文章须有辞采、文华与翰藻才可能会被纳

① 曹雪芹著，陈文新、王炜辑评：《红楼梦》(百家汇评本)，长江文艺出版社 2005 年版，第 104 页。

② 曹雪芹著，陈文新、王炜辑评：《红楼梦》(百家汇评本)，长江文艺出版社 2005 年版，第 104 页。

③ [美]夏志清著，胡益民等译：《中国古典小说》，江苏文艺出版社 2008 年版，第 208 页。

入其选文的范围。当然还有两个方面：一是“事出于沉思”；二是还要是雅正之文。前一方面，《文选序》里说得很明白。关于后一方面，王运熙先生曾就此作过论述，他说：“注意辞采、翰藻，是《文选》选录作品的一个重要标准，但还不能说是唯一的标准。《文选》选文的另一个重要标准是注意风格的雅正。萧统在《答湘东王求文集及诗苑英华书》中指出，文章应当做到‘丽而不浮，典而不野，文质彬彬’。”①由此，可以再加上这两个方面，只要有辞采、文华与翰藻，且不失沉思、雅正之美的文章就可能被选编入《文选》，至于文章的题材是什么内容，萧统则不加限制。于是，我们看到，《文选》里选入不少关涉男女思遇，表现怀思哀怨之情，讨论女性之美这类题材的作品。关涉男女思遇的，如宋玉的《高唐赋》、《神女赋》，曹植的《洛神赋》、《美女篇》等；写怀思哀怨之情的，如司马相如的《长门赋》，班婕妤的《怨歌行》，曹丕的《燕歌行》，潘岳的《寡妇赋》，江淹的《别赋》、《杂体诗》(秋月照帘笼)等；讨论女性之美的，如宋玉的《登徒子好色赋》等。对于《红楼梦》来说，男女思恋之情、表现女性之美这类题材本来就是其关注的主要内容，且较之《文选》，可谓有过之而无不及。由前文关于吴敬梓对待男女恋爱等类情事之态度的考察可知，上述内容必定会被《儒林外史》所排斥。总之一句话，对于关涉男女之情、女性之美这类文字，是萧统编选《文选》所容许的，是《红楼梦》所着意表现的，但却是《儒林外史》所有意回避的。

因此，我们可以说，假定让萧统以编选《文选》的眼光来看《儒林外史》，他不会喜欢这部小说，倒是《红楼梦》可能会引起他很大的兴趣。

这里我们还需要说明的是，探讨既有文学、思想、文化传统对吴敬梓及其创作的影响，是《儒林外史》研究非常重要的方面，一些相关命题的提出与阐释，无疑拓展和深化了对吴敬梓及其《儒林外史》的研究和理解。不过，由上面所关注的“《儒林外史》和魏晋六朝文学”、“《文选》与《儒林外史》”、“《世说新语》与《儒林外史》”等命题的实际情形，我们认为，探讨既有文学传统对吴敬梓及其《儒林外史》创作的影响，应当以促成对作家作品有更深刻、更真实的理解为宗旨；而学界对既有文学审美传统、思想文化传统影响《儒林外史》创作的研究也有必要再经历一个去粗存精、去伪存真的反思过程。

2.《儒林外史》与唐人小说

程晋芳在《文木先生传》里说，吴敬梓“仿唐人小说为《儒林外史》五十卷，穷极文士情态，人争传写之”。② 的确，读《儒林外史》可以明显感受到其中有不少人物形迹或故事情节源自唐人小说。但这些内容一经吴敬梓再创造后融入《儒林外史》的文本和时代语境，就具有了与原来的人物形迹及故事情节不同的意义。具体而言，吴敬梓创作《儒林外史》对唐人小说进行再创造，既有对唐人传奇里的人物尤其是豪侠形象的解构与颠覆，又有对传奇或笔记里一些情节的解构与颠覆。

---

① 王运熙：《〈文选〉选录作品的范围和标准》，载《复旦学报》(社会科学版)1988年第6期。

② 程晋芳：《勉行堂文集》卷六，《勉行堂诗文集》，黄山书社2012年版，第802页。

（1）《儒林外史》对唐人传奇豪侠形象的解构与颠覆

唐人传奇在题材的选择上以爱情、豪侠、隐逸为中心，这种选择体现出传奇作家追求"无关大体"的浪漫人生的情怀。①《儒林外史》对唐人传奇的一些人物形迹与故事情节进行了再创造，体现出的则是一种关乎政教风俗的社会责任意识。这种再创造主要表现在吴敬梓对唐人传奇塑造的豪侠形象所进行的解构与颠覆上。

侠兴于春秋战国时代，至汉武帝时代，也一度有急于义的游侠出现，但侠尤其是豪侠的形象在文学史上大放异彩却是发生在唐人传奇里。在后世广为流传的豪侠形象里，有不少出自于唐人传奇。如蒋防《霍小玉传》里的黄衫豪士，裴铏《传奇》里的昆仑奴、聂隐娘，袁郊《甘泽谣》里的红线，皇甫氏《原化记》里的车中女子，康骈《剧谈录》里的田膨郎、三鬟女子，杜光庭《虬髯客传》里的虬髯客等。唐人传奇作家所呈现的豪侠形象通常具有这样一些品格：

其一，他们常感于情，激于义，为不平事、危难事挺身相助。例如，在《霍小玉传》里，李益给霍小玉留下山河之誓后却负盟愆期。霍小玉多方召致，李益终不肯前往。黄衫豪士潜听此事，感霍小玉之多情，怒李益之薄行，遂强挟李益至霍小玉处，使霍小玉得以面斥负盟之人。《传奇》里的昆仑奴磨勒得知崔生思慕红绡妓，遂挺身助成二人之好。《甘泽谣》里的红线则以非常之行化解了一场可能发生的战乱，使万人得以全其性命。李朝威《柳毅传》里的柳毅也具有豪侠的品格。当柳毅听得龙女诉完自己的遭遇后，他马上说道："吾义夫也。闻子之说，气血俱动，恨无毛羽，不能奋飞。是何可否之谓乎！然而洞庭，深水也。吾行尘间，宁可致意邪？惟恐道途显晦，不相通达，致负诚托，又乖恳愿。子有何术，可导我邪？"②侠义心肠跃然而出。

其二，唐人传奇作家笔下的豪侠形象通常不以勇力或刀剑相胜，其中不少还有飞檐走壁、来无影去无踪的功夫，凡人奈何不得他们。如，《传奇》里的昆仑奴磨勒就是一位很了不得的人物。一品功臣家门垣邃密，扃户甚严，他却能负持崔生与红绡妓飞出峻垣十余重，一品大臣家的守御竟毫无惊动。后来一品大臣家命甲士五十人，严持兵仗，围住崔生的院子，试图擒住磨勒。"磨勒遂持匕首飞出高垣，瞥若翅翎，疾同鹰隼，攒矢如雨，莫能中之。顷刻之间，不知所向"。③《原化记》里，车中女子之功夫也极其厉害，她能将宫苑之物轻易窃去。后来一位吴郡举人受此牵累被系，所系之处屋顶有七八丈高。小说这样写车中女子的身手："忽见一物如鸟飞下，觉至身边，乃人也。以手抚生，谓曰：'计甚惊怕，然某在无虑也。'听其声，则向所遇女子

① 关于唐人传奇在题材选择上的特色，陈文新先生《文言小说审美发展史》（武汉大学出版社2007年版）第七章里说："唐人传奇之所以被称为'传奇'，乃是由于它的'无关大体'。就具体的题材指向而言，传奇之'奇'与爱情、豪侠和隐逸三者的联系非常密切。"

② 李朝威：《柳毅传》，汪辟疆校录：《唐人小说》，上海古籍出版社1978年版，第62页。

③ 裴铏：《传奇·昆仑奴》，汪辟疆校录：《唐人小说》，上海古籍出版社1978年版，第269页。

也。云：‘共君出矣。’以绢重系此人胸膊讫，绢一头系女人身，女人耸身腾上，飞出宫城，去门数十里乃下。”①《剧谈录》里的田膨郎也能于宫禁之中窃得皇帝的白玉枕。还有三鬟女子，他将潘将军的念珠盗走，潘将军的朋友王超答应帮助寻找，他知道这是三鬟女子“偶与朋侪为戏”所为，后应约在慈恩寺塔院等候取珠。小说这样写三鬟女子的功夫：“时寺门始开，塔户犹锁，女子先在，谓超曰：‘少顷仰观塔上，当有所见。’语讫而走，疾若飞鸟。忽于相轮上举手示超，歘然携念珠而下。”②《传奇》里的聂隐娘则更加神奇非凡，其本领俨然已至“人莫能窥其用，鬼莫得蹑其踪”③的境界。

其三，唐人传奇作家笔下的豪侠形象常保持着神秘的身份和行迹，除非确有必要，从不显露自己的本领。如《传奇》中的昆仑奴磨勒在崔家为奴，崔生却一直不晓得他的能耐，因此当磨勒问他心中为何事抱恨不已时，崔生还看不起他，说了“汝辈何知，而问我襟怀间事”④这样的话，可见昆仑奴一直是深藏不露的，只有到了能为主人谋事之时，才自荐出手。随后读者才知，原来昆仑奴是个非凡之人，不仅能解隐语，还对一品大臣家的情况了如指掌，功夫更是十分了得。《原化记》中的车中女子也很神秘，作者以一位吴郡举人的视角看她：

> 见一女子从车中出，年可十七八，容色甚佳，花梳满髻，衣则纨素。二人罗拜，此女亦不答。此人亦拜之，女乃答。遂揖客入。女乃升床，当局而坐，揖二人及客，乃拜而坐。又有十余后生皆衣服轻新，各设拜，列坐于客之下。陈以品味，馔至精洁。饮酒数巡，至女子，执杯顾问客：“闻二君奉谈，今喜展见，承有妙技，可得观乎?”……客又沈思良久曰：“某为学堂中，著靴于壁上行得数步。自余戏剧，则未曾为之。”女曰：“所请只然，请客为之。”遂于壁上行得数步。女曰：“亦大难事。”乃回顾坐中诸后生，各令呈技。俱起设拜，有于壁上行者，亦有手撮椽子行者。轻捷之戏，各呈数般，状如飞鸟，此人拱手惊惧，不知所措。少顷女子起，辞出，举人惊叹，恍恍然不乐。⑤

作者用了这么多笔墨，读者仍然无法知晓这车中女子的根柢，反而愈显神秘，这也正是传奇作家的用心所在，惟有神秘方显其奇。直到后文才知，此女子更在诸人之上，远非凡俗之辈，但也仅知她是个车中女子，我们并不能得到更多的信息。

唐人传奇里的豪侠形象具有这样一些不同凡俗的品格，使得他们在文学史上大放异

---

① 皇甫氏：《原化记·车中女子》，《太平广记》卷一百九十三，中华书局1961年版，第1451页。

② 康骈：《剧谈录》卷上，《唐五代笔记小说大观》，上海古籍出版社2000年版，第1465页。

③ 裴铏：《传奇·聂隐娘》，汪辟疆校录：《唐人小说》，上海古籍出版社1978年版，第272页。

④ 裴铏：《传奇·昆仑奴》，汪辟疆校录：《唐人小说》，上海古籍出版社1978年版，第268页。

⑤ 皇甫氏：《原化记·车中女子》，《太平广记》卷一百九十三，中华书局1961年版，第1450页。

彩。陈文新先生在谈到侠的形象在唐人传奇中大放异彩的因由时，说道：

> 对侠的兴趣和崇拜，产生于两种心理需要：一是心理上的安全需要。时局动荡，万方多难，身处乱世，随时可能遭遇不测。人们渴望出现那种所向无敌而又富于正义感的英雄，由他们来支撑这倾斜的世界。二是心理上的超越需要。文弱书生，碌碌百姓，太渺小了！但人们又向往那个生龙活虎、气势奔放的人生境界。在想象中设计自己，在展望中超越自己，虽是泡影，却毕竟是五光十色、富于魅力的泡影。①

的确，有不平事幻想着有豪侠出来主持正义，有不能事幻想着有豪侠出来援手相助，这是唐人传奇传达出来的一种天真烂漫的意趣。吴敬梓在《儒林外史》里则打碎了这种天真烂漫，对唐人传奇里的豪侠形象作了解构与颠覆，然后融入自己创设的语境里，表现出与唐人传奇迥异的情趣和意蕴来。

吴敬梓对唐人传奇里豪侠形象的解构与颠覆，在塑造张铁臂、沈琼枝和凤四老爹这几个人物时表现得尤其突出。这几个人物当中最典型的又莫过于张铁臂。张铁臂出现在小说的第十二回、第十三回。到了第三十一回、第三十二回、第三十七回他又出现在杜少卿那里，不过他不再是以侠客的身份出现了，而是改头换面做了有假斯文相的游医，名号也由“张铁臂”换成了“张俊民”。我们这里主要是看侠客“张铁臂”。张铁臂与唐人传奇里的豪侠显然不可同日而语。首先他为人极不厚道，绝非良善之辈，更没有什么侠义之心。唐人传奇里的豪侠为人仗义，而他专为骗人，他说的诸如“惯会路见不平，拔刀相助，最喜打天下有本事的好汉；银钱到手，又最喜帮助穷人”之类的话，只不过是为求得娄氏兄弟的信任，投其所好而编造的虚辞。其次，张铁臂绝不会让自己保持在深藏不露的状态，如果这样的话，那他上娄府的用心就难以实现。因此，他和娄氏公子一见面就吹嘘自己力大无比，说自己曾经一挣，结果把压在膀子上有四五千斤力的牛车送过去几十步远，又说自己武艺尽多，马上十八，马下十八，鞭、锏、挝、锤、刀、枪、剑、戟，都还略有些讲究，并且现场表演了一番舞剑的功夫。虚虚实实，就是用尽心机让娄氏兄弟相信自己的确是个十分了得，又很有义气的侠客。最后，张铁臂“腾身上房”的表演显得十分拙劣。不能说张铁臂是没有什么真能耐的平庸之辈，最起码他的剑舞得很是娴熟，用超群绝伦、炉火纯青之类来形容也不算太过，这说明他的确有硬功夫。实际上，凭着舞剑加吹嘘，他就已经获得了娄氏兄弟的赞叹，而成为娄府的上客。不过，大概张铁臂以为，仅靠这些东西骗人还不能十拿九稳，于是就故意显露自己另外一套功夫，有路不走，走房上，无非就是想把自己装扮成能飞檐走壁、来无影去无踪的侠客。其结果是来时“房上瓦一片声的响”，“从屋檐上掉下来”，去时又“听得一片瓦响”。这里，吴敬梓分明是在表达这样一个意思：张铁臂这是在弄巧成拙。稍有点清醒意识的人不能不对此多少存点戒心。吴敬梓这样写可以说是对唐人传奇豪侠形象的颠

---

① 陈文新：《文言小说审美发展史》，武汉大学出版社 2007 年版，第 246~247 页。

覆，也可以说是对实际情形的还原。因为一个人只要不是把自己放在虚构乃至虚幻的世界里，没有谁会相信唐人传奇里昆仑奴、聂隐娘、车中女子、三鬟女子等豪侠飞檐走壁、来无影去无踪的功夫是现实中确实存在的。也许张铁臂并非不知自己这样做有可能被娄氏兄弟发现自己的拙劣，但张铁臂还是做了，因为他经过反复的试探，已经有极大的把握确认自己能够以此再增加些在娄氏兄弟心中的分量，而娄氏兄弟也就真的信了他那番侠肝义胆的说辞，奉上了五百两银子。由此，我们可以说，吴敬梓有意把张铁臂塑造成与唐人传奇里的豪侠形象相反的样子，一方面是揭擿像张铁臂这样虚妄无良之辈的厚颜无耻，另一个更重要的方面还是以此衬写娄氏兄弟已经陷入了天真烂漫的遐想里不能自拔。他们真的以为天下的英雄侠客、贤士君子都让自己幸运地遇上了。从这个意义上说，娄三、娄四公子同第五十四回里那个妓馆献诗的呆名士丁言志一样可笑。

再来看沈琼枝和风四老爹。这两个人物都是有原型的。不过原型归原型，“有原型”最重要的意义在于表明人物不是有意幻设而来。关键还要看作者是怎么塑造他们的。

沈琼枝这个人物，曾被作为《儒林外史》里乃至中国文学史上妇女谋求自立的典型，或者发明她敢于向封建礼教挑战的意义，或者视之为妇女解放的希望之光，等等。由此，塑造沈琼枝这个形象也被作为吴敬梓及其《儒林外史》反对礼教的一个重要依据。但在《儒林外史》里，沈琼枝是在第四十回紧接萧云仙之后出现的，吴敬梓也是将她作为一个“侠”女来塑造的。但她这个“侠”女又完全不能和唐人传奇里的那些女侠相提并论。在唐人传奇里，聂隐娘、红线、车中女子、三鬟女子这些女侠都神奇非凡，身捷如燕，她们如果想做什么事的话，无论进入戒备森严之所还是处于刀光乱箭之中，皆如入无人之境，来得了，走得了，官府奈何不了她们，只有惧怕警戒的份儿。因此，她们往往可以随心所欲地戏弄别人，甚至连宫禁之地也可以戏耍一番。而沈琼枝呢，第四十一回里，武书说她：“看他虽是个女流，倒有许多豪侠的光景。他那般轻倩的装饰，虽则觉得柔媚，只一双手指却像讲究勾、搬、冲的。论此时的风气，也未必有车中女子同那红线一流人。却怕是负气斗狠，逃了出来的。”看来吴敬梓是有意把她与车中女子、红线联系在一起的。沈琼枝也的确是把自己当作女侠来行事的，她的口气也颇有几分女侠的气概：“我而今一乘轿子抬到他家里去，看他怎模样看待我。”于是就叫一乘轿子把自己抬进了盐商宋为富的家里，结果几天没人理她，她就打了一包袱金银器皿、珍珠首饰逃了出来。但她这样做，无非就是不肯去伏低做小，想做个正室，没能如愿，正如武书所说，“负气斗狠”而已。① 看起来她也进得去，出得来，只是这种虽大胆但其实无谓

① 《文艺评论》2012 年第 10 期刊有白金杰《〈儒林外史〉对夫妇人伦的思考》一文，文中将沈琼枝放在“红袖添香”的传统“知音”模式下观照，对沈琼枝这一形象作了别具眼光的解读。文中指出，“沈琼枝自送上门的行为其实与《平山冷燕》中的冷绛雪入山府十分相似，都是恃才使气而已，不同的是冷绛雪以才气、傲气获得了尊重，这是才子佳人小说的套路，而吴敬梓则以冷静调侃的笔调，嘲讽了这一不甚明智的举动”。由此，吴敬梓塑造沈琼枝就不仅是对唐人传奇里女侠形象的颠覆，也是对传统“红袖添香”的才子佳人模式的颠覆。正如文中所说的那样，沈琼枝和聘娘一样，都陷入了“对自我才貌的肯定，期冀借此成就一段改变境遇的缘法，其情感来源于对红袖添香的迷恋，其结局则带有南柯梦碎般的悲剧色彩”。

的斗气，既给父亲讨来麻烦，也让自己身陷窘境，孤立无援，竟至于跪求杜少卿娘子救她，倘若不是知县敬她有才而开脱她，也恐怕祸事难了。而且，最终的结果也只是"断还伊父，另行择婿"，可若不是她欲做正室而把自己送上门，原本不就是这样么？这里也可看一下程廷祚在《与吴敏轩书》谈"葺城女士"之事的情形：

> 彼既生于名门，嫁于旧族，岂宜一丧所天，而两家戚属遂扫地以无余者乎？此非所以使人无疑也。以茕茕之嫠妇，而屡设机阱，以利人之所有，又非所以为名也。居可疑之地，为无名之举，衣冠巾帼，淆然杂处，窃资以逃，追者在户，以此言之，非义之所取也。将为红拂之投药师、文君之奔相如乎？而今皆无其人矣。……吾恐强暴之徒，方设计于隐微而取之，如网罗之于飞鸟；斯时虽欲杀身以自明，刎颈以见志，勇无所用其力，智无所施其计。自经沟渎，人莫之知，轻于鸿毛，其又奚悲矣。女士其知之乎？①

"葺城女士"是沈琼枝的原型，当然吴敬梓是作了不少改造的。比如"葺城女士"是嫁而丧夫被扫地出门窃资以逃，沈琼枝则是自己上门谋求正室未得而窃资以逃；"葺城女士"是"屡设机阱，以利人之所有"，沈琼枝未有此事，等等。但"葺城女士"与沈琼枝在"为无名之举"、"窃资以逃"等方面则是相同的。现实中吴敬梓如何看待"葺城女士"已不可详知，我们只知道程廷祚曾写书给吴敬梓，劝他："足下有矜奇好异之心，而抱义怀仁，被服名教，何不引女士以当道，令其翻然改悔，归而谋诸父母之党，择盛德之士而事之，则足下大有造于女士，而自处之道，可谓善矣。"②这似乎显示出，吴敬梓对待"葺城女士"不甚热心，不然的话为什么程廷祚还特意写封书信和他讨论这件事。不过，在《儒林外史》里，杜少卿如何对待沈琼枝，吴敬梓是作了详细交代的。杜少卿虽然敬沈琼枝会做诗文，不慕富贵奢华，但也仅此而已。所以，尽管沈琼枝跪求杜少卿娘子搭救，但当差人到杜少卿家来缉捕时，杜少卿也只是说："此刻却在我家。我家与他拿了去，就像是我家指使的；传到扬州去，又像我家藏留他。他逃走不逃走都不要紧，这个倒有些不妥帖。"在第三十二回里有一件事可资对比，县里的王太爷被摘印，无人肯借房子给他住，杜少卿却不顾拖累把他请到家中，还说"就是我家藏了强盗，也是没有人来拆我家的房子"。两相对比，对于沈琼枝，杜少卿竟还顾虑自家藏留她传到扬州去不妥帖，可见杜少卿对于她在宋为富家的此番行事并不看好。由《儒林外史》对杜少卿处理沈琼枝事的安排，我们可以推测，吴敬梓是认可程廷祚对"葺城女士"的看法的。其实，正如天目山樵评所说："琼枝行径正与凤四老爹相同，观其作为似乎动听，而实无

① 程廷祚：《青溪文集续编》卷六，参见李汉秋编：《儒林外史研究资料》，上海古籍出版社1984年版，第18~19页。

② 程廷祚：《青溪文集续编》卷六，参见李汉秋编：《儒林外史研究资料》，上海古籍出版社1984年版，第19页。

谓。”①沈琼枝的故事也正表明，在现实中搬演豪侠之行事是行不通的。

凤四老爹出现在第四十九至第五十二回。同样以“侠”的名号行事，凤四老爹比起张铁臂，当然品行要好得多。他是个极有义气的人，喜管不平事，也不求任何报谢。尽管他也有硬功夫、真力气，不过因他没有张铁臂那样的坏心思，所以也不轻易显露自己的本事，也不漫无边际地自我吹嘘。这是他在形迹上与唐人传奇里的豪侠相似的地方。但是我们又分明感到凤四老爹与唐人传奇里的豪侠很不一样。在唐人传奇作家笔下，诸如黄衫豪士、昆仑奴、柳毅这等侠肝义胆者，不是为仗义做事，他们是出于正义感才挺身而出助成他人之好或者解救他人于危难，或者说，他们所做之事在助成他人的同时也成就了自己豪侠的英名。而凤四老爹要做什么事的话，用他自己的话说就是因为“一时偶然高兴”，至于这事以豪侠的身份该做不该做，有没有必要去做，做了有没有意义，这些他全不管。且看凤四老爹办的几件事：一是撺掇秦中书、高翰林等替万青云把假中书弄成了真中书，并靠强辩与耍横替他宁息了一场“焰腾腾的官事”；二是在往杭州途中替同船的丝客人讨回了因风月事被人掳去的银子；三是陈正公因贪财放债被毛二胡子骗走一千多两银子，他以力气镇住毛二胡子，为陈正公完了这件横事。显然，凤四老爹帮这些人了断的都不是什么光明正大之事，净是些“打不得官司告不得状”的龌龊事。至于在胡八乱子家做客，同众人一起引逗胡八乱子与自己较试功力，结果折了胡八乱子的脚，更不是豪侠所当为。天目山樵的评语说：“所谓豪杰者，必其人身被奇冤，覆盆难雪，为之排难解纷，斯为义士。下面至于丝客、陈正公之被骗，稍助一力犹之可也。如万中书者，冒官撞骗，本非佳士，特高翰林旧交，秦中书乡愚，慕势因亲及友，与凤四老爹何涉？乃为之出死力以救之，何义之有？”②这话不无道理。可以说，吴敬梓赋予了凤四老爹以豪侠的仗义和某些形迹，但却没有将豪侠的正义感也赋予他。于是，凤四老爹的命运着实令人担忧：他这样一味图高兴做事不考虑后果，最终可能逃不过官府的锁拿，到时谁为他宁息官事？他做的又净是些无谓的事，除了秦中书之流会说他是个仗义的豪杰，又有谁会将豪侠的名号加在他的身上？其实，不要说凤四老爹这样的侠客，就是像萧云仙那样做的都是些配得上豪侠名号的正义之事，吴敬梓也还是给他安排了另外一种人生——替朝廷效力，尽管这种人生在龌龊的现实中结局也并不怎么好，但究竟做的还是诸如劝农桑、行礼乐、兴政教之类可以在青史上留名的事。第三十九回里，郭孝子对萧云仙说：“这冒险借躯，都是侠客的勾当，而今比不得春秋、战国时，这样事就可以成名。而今是四海一家的时候，任你荆轲、聂政，也只好叫做乱民。”这大致代表了吴敬梓对侠的一种认识。

吴敬梓在《儒林外史》里对豪侠形象进行解构与颠覆，也许有这样一个意思要表明：唐人传奇里豪侠的形迹与行事是不可信以为真的，更是不能在现实中效仿的。否则的

① 李汉秋辑校：《儒林外史汇校汇评》，上海古籍出版社2010年版，第504页。

② 李汉秋辑校：《儒林外史汇校汇评》，上海古籍出版社2010年版，第634页。“下面”当作“下而”。

话，就要么会像娄三娄四公子那样成为人们的笑柄；要么会像沈琼枝那样不但无济于事，反而让自己陷于困窘之境；要么会像凤四老爹那样只图一味高兴做些无谓之事，身前结局、身后声名都着实堪忧。第五十五回里，吴敬梓对南京名士渐渐销磨尽之后的世情有这样一句感叹："论出处，不过得手的就是才能，失意的就是愚拙；论豪侠，不过有余的就会奢华，不足的就见萧索。"据此可以设问，在吴敬梓眼里如何才算得豪侠？我们也可以这样回答：从《儒林外史》来看，豪侠不在形迹而在胸襟，不在一味逞强斗狠而在一副侠义心肠，小说中的虞博士、杜少卿可以说是吴敬梓心目中的侠者。

(2)《儒林外史》对唐人小说情节的解构与颠覆

上面我们以吴敬梓对人物形象的塑造为侧重，考察了《儒林外史》对唐人传奇豪侠形象的解构与颠覆，接下来我们以吴敬梓对唐人小说情节的化用为侧重，探讨《儒林外史》对唐代传奇与笔记一些情节的解构与颠覆。《儒林外史》是有不少化用唐人小说情节之笔的，这在前文已经指出，如《传奇》、《桂苑丛谈》等，吴敬梓都从中有所取材。其中尤以写张铁臂与娄氏兄弟之间的故事体现得最为集中，最具代表性。

在幻设的"侠"世界里，赋予"侠"以奇异的本领已不再为一些传奇作家所满足，他们又赋予自己笔下的"侠"以奇特的"法术"。《传奇》中所写的聂隐娘就是这样。先是聂隐娘和她父亲说自己曾于白日在都市中刺杀人，然后"以首入囊，返主人舍，以药化之为水"，又写聂隐娘毙杀精精儿之后，"拽出于堂之下，以药化为水，毛发不存矣"。①在裴铏的笔下，这只是表现聂隐娘既有奇异的本领，又有奇特的法术，"志异"是其讲述这个故事的宗旨。《儒林外史》里的张铁臂则将传奇作家幻设的这一"法术"直接拿来蒙骗娄氏兄弟。他对娄氏兄弟说："我不过两个时辰，即便回来，取出囊中之物，加上我的药末，顷刻化为水，毛发不存矣。二位老爷可备了筵席，广招宾客，看我施为此事。"张铁臂所说完全采自聂隐娘施"法术"的情节。但吴敬梓却不是以此来表现张铁臂的奇能异术，而是显示他为行骗而费尽心机的卑劣。可就这样颇显拙劣的吹嘘，娄氏兄弟竟然还相信了，这是对两位自视为"怀才不遇"的富贵公子最直接的调侃与嘲谑。

唐末杜光庭的《虬髯客传》里也记有这样一段："客曰：'吾有少下酒物，李郎能同之乎？'曰：'不敢。'于是开革囊，取一人头并心肝。却头囊中，以匕首切心肝，共食之。曰：'此人天下负心者，衔之十年，今始获之。吾憾释矣。'"这一段是表现虬髯客急天下之义，对负心者"衔之十年"终将其斩杀。接后，虬髯客与李靖、红拂约好在太原相见之期，小说写："言讫，乘驴而去，其行若飞，回顾已失。公与张氏且惊且喜，久之，曰：'烈士不欺人。固无畏。'促鞭而行。及期，入太原。果复相见。"②这一段情节在表现虬髯客神秘神奇的同时，也写了他不欺人。这一情节也被吴敬梓采入《儒林外

---

① 裴铏：《传奇·聂隐娘》，汪辟疆校录：《唐人小说》，上海古籍出版社 1978 年版，第 270~272 页。

② 杜光庭：《虬髯客传》，汪辟疆校录：《唐人小说》，上海古籍出版社 1978 年版，第 179 页。

史》。小说第十二回里写张铁臂对娄氏兄弟说："我生平一个恩人，一个仇人。这仇人已衔恨十年，无从下手，今日得便，已被我取了他首级在此。……但我那恩人已在这十里之外，须五百两银子去报了他的大恩。自今以后，我的心事已了，便可以舍身为知己者用了。"然后，张铁臂约好回来的时辰，得过银子，便腾身而起，上了房檐，行步如飞，只听得一片瓦响，无影无踪去了。此时待在家里的娄氏公子则焦躁不安："四公子向三公子道：'张铁臂他做侠客的人，断不肯失信于我，我们却不可做俗人。'"将虬髯客之语及李靖夫妇对话、张铁臂及娄氏兄弟对话的文字、情节相互参照，我们相信吴敬梓化用了《虬髯客传》里的这一情节。当然，张铁臂是不能和虬髯客相提并论的，虬髯客确是杀了负心之人，且是急天下之公义，而张铁臂完全是设骗的虚辞，即便虚辞也是为私仇。同样，娄氏兄弟也不能和李靖夫妇类比，李靖、红拂，一个胸有胆略，一个见识不凡，而娄氏兄弟除了激愤牢骚之外，实在看不出他们有什么胆略与见识。

《桂苑丛谈》里"崔张自称侠"一段更是与《儒林外史》里娄氏公子被张铁臂骗的情节相对应了。且看"崔张自称侠"的文字：

> 进士崔涯、张祜下第后，多游江淮。常嗜酒，侮谑时辈，或乘饮兴，即自称豪侠。……一夕，有非常人装饰甚武，腰剑手囊，贮一物流血于外，入门谓曰："此非张侠士居也?"曰："然。"张揖客甚谨。既坐，客曰："有一仇人，十年莫得，今夜获之，喜不可已。"指其囊曰："此其首也。"问张曰："有酒否?"张命酒饮之。客曰："此去三数里有一义士，余欲报之，则平生恩仇毕矣。闻公气义，可假余十万缗，立欲酬之，是余愿矣。此后赴汤蹈火，为狗为鸡，无所惮。"张且不吝，深喜其说，乃倾囊烛下，筹其缣素中品之物量而与之。客曰："快哉！无所恨也。"乃留囊首而去，期以却回。及期不至，五鼓绝声，东曦既驾，杳无踪迹。张虑以囊首彰露，且非己为，客既不来，计将安出？遣家人将欲埋之。开囊出之，乃豕首也。因方悟之而叹曰："虚其名，无其实，而见欺之若是，可不戒欤!"豪侠之气自此而丧矣。①

显然，《儒林外史》里娄氏兄弟受张铁臂之骗一段文字的架构、布局乃仿此而来。娄三、娄四公子相当于这里的崔涯、张祜，那位非常之人就相当于张铁臂了。但"崔张自称侠"这段故事，讲的无非就是崔张因常以豪侠自居，结果被骗子利用骗去一大笔财物，因而醒悟，豪侠之气顿丧。《儒林外史》以仿自"崔张自称侠"的情节为主干，同时融入聂隐娘施"法术"，及虬髯客与李靖、红拂之间的一些情节内容，写成张铁臂与娄氏兄弟之间的一段故事，无疑具有了更多的蕴涵，表达了与唐人小说中原来的情节迥然不同的意旨——"崔张自称侠"一段文字，写崔张受骗是其宗旨，而《儒林外史》娄氏公

① 严子休：《桂苑丛谈》，《唐五代笔记小说大观》，上海古籍出版社2000年版，第1560~1561页。

子与张铁臂之间的文字，则显示娄氏兄弟已经深陷自我幻设的遐想世界里，表明娄氏公子是到了该回到现实世界，不要再做那些图虚名事的时候了。由此可见，《儒林外史》对唐人小说的一些情节进行了仿写与重组，但这种仿写与重组显然不是简单地沿袭，而是化用得浑然无迹，并且表达了更为丰富的内容。

最后，由《儒林外史》对唐人小说中的豪侠形象及一些情节的解构与颠覆，我们有充分的证据说吴敬梓创作《儒林外史》接受了唐人小说的影响。而且从唐人小说来观照《儒林外史》的一些人物和情节，对读懂吴敬梓所塑造的一些人物和设置的一些情节也大有裨益，乃至不可或缺。不过，我们似乎没有必要再去证明吴敬梓的诗赋文创作也受到了唐人小说的影响，因为这实在难以解说。同样，吴敬梓的赋诗文创作无疑从《文选》那里受益匪浅，不过，也似乎没有必要说他创作《儒林外史》也受了《文选》的影响，因为这样一个命题，也只能勉为搪塞，并没充分有力的证据支撑它。这也可以表明，影响研究的结论是不能随意拓展的。同时，如果参照吴敬梓对唐人小说情节仿写的相似程度来反观前面讨论过的"《儒林外史》在题材内容上受到了《世说新语》的影响"这一命题时，更显出其还远远缺乏说服力。甚至我们可以认为，由于吴敬梓根本不认同仅一味任诞而无益于政教风俗，甚至还"非汤、武而薄周、孔"的魏晋风流，他是在有意不让自己所褒扬的人沾染上魏晋名士的形迹。

第三章　论对《儒林外史》基本立场的误读

《儒林外史》是一部与科举紧密相关的小说。因此，如何看待小说中与科举相关的内容，也就成为《儒林外史》研究中经常讨论的问题。20世纪尤其是50年代以来，学界所习惯的视角就是从制度层面解读《儒林外史》中的科举内容，所习惯的“话语”则是认为吴敬梓通过创作《儒林外史》要表达的是对科举的反对态度、对八股取士的反对态度等，也就是以“反科举”、“反八股取士”等说法来看待《儒林外史》的基本立场。但如果放在更大的背景下，在与其他文本的对比中观照，便会发现，从制度层面解读《儒林外史》中的科举内容，是难以真实理解吴敬梓所真正关注的方面和他的基本立场的。而要真实理解《儒林外史》就应该像吴敬梓那样从科举制度“影响知识分子心态的角度”①看问题，这一章我们就采取这样的角度对“反科举”、“反八股取士”等之类话语进行反思，以期对《儒林外史》的基本立场有一个合乎历史实际情形的把握。

一、“反科举”话语的考察与辨析

自隋唐实行设科取士制度，迄于清廷宣布废除科举，科举取士制度在中国社会延续了一千余年。其间，对这一制度的争论也一直相伴随。但至少在近代社会以前，这些争论并不从根本上反对科举制度。虽然元代一度停开科举数十年，但也并非是由于科举制度自身的原因所致。到了近代，尤其是晚清，对科举取士制度进行声讨并主张废除它的声音才开始出现并越来越强。科举取士终于在20世纪初被正式废除。科举制度虽然被废除了，但对它进行批评的声音并没有因其被废除而停止，反而是不曾间断，并一度形成了更为严厉的批判势头。现代学术史上的“反科举”话语就是在这种情势下生成并不断被复述的，而对于关涉科举的小说，人们也总是努力发明其反对科举制度或揭露科举制度罪恶的意义。《儒林外史》作为一部与科举关系非常密切的小说，其“反对科举”、“反对八股取士”的意义尤其得到强调。

1.“反科举”话语的生成与复述

科举取士制度已经被废除，但对它的批判却一度兴起，这到底是什么缘故？经由对

① 陈文新：《士人心态话儒林》，华中理工大学出版社1994年版，第3页。

20世纪《儒林外史》研究中“反科举”话语生成及复述之情形的考察，可以发现：现代社会对科举制度的批判，其用意已主要不在科举制度，而是有更为根本的原因，或者说是在为别的事情而指摘或批判科举取士制度。

20世纪50年代以前，胡适对待科举制度的心思可以视作一个比较典型的案例。我们这里即以胡适先生为例，看他批评科举制度是基于什么样的缘由。1925年9月29日，胡适先生在武昌大学做了题为《新文学运动之意义》的演讲，他在演讲中说：“科举是维持死文学之唯一方法。”①胡适先生为什么要下这样的断语？这是因为，胡适先生不遗余力地提倡“活”的白话的新文学，批判“死”的文言的旧文学，但他发现当时有一种势力要摧残新文学，禁令白话文，逆“活的文学之运动”的时代潮流而动。由此他追溯说，“死”的文学之所以能够得以维持，能够苟延残喘二千多年，祸根就在于科举方法的实行。他认为，正是因为科举方法的实行，“在这二千年之中，上等的人，有知识的人，既不反对，下等的人，一般民众，也只得由他们干去，由此下等人学上等人，小人物学大人物，要官作，要利禄，也不得不如此，方法未尝不美，至于谈到了文学那一层，那就不够谈了”。② 显然，在这里胡适先生批评科举制度是立足于科举损害文学的立场，其用意乃在为提倡“活”的白话的新文学张本。1931年12月30日，胡适先生在北京大学做了题为《中国文学过去与来路》的演讲，他讲中国文学过去大约有四条来路，其中第三条就是“来源于国家所规定的考试”。他批评道：“国家规定一种考试的体裁，拿这种文章的体裁去考试人材，这是一种极其机械的办法，如唐朝作赋，前八字一定为破题，以后就变为八股了，这是机械的，越机械越好，像五言律诗、七言律诗，都是这一种的东西。”③并强调，这一条路“虽是与中国文学影响很大；但是有害的，没有什么价值”。④ 这里也是强调科举考试对文学的严重妨害。可以说，为提倡新文学的目的而以科举来说事，是胡适先生批评科举的重要原因，而且这批评由于是在演讲中进行的，故而颇显出偏激来。⑤ 如他将五言律诗、七言律诗视为和八股一样“机械”的东西，明

---

① 胡适：《胡适演讲集》卷一《新文学运动之意义》，欧阳哲生编：《胡适文集》(12)，北京大学出版社1998年版，第25页。

② 胡适：《胡适演讲集》卷一《新文学运动之意义》，欧阳哲生编：《胡适文集》(12)，北京大学出版社1998年版，第23页。

③ 胡适：《胡适演讲集》卷一《中国文学过去与来路》，欧阳哲生编：《胡适文集》(12)，北京大学出版社1998年版，第29页。

④ 胡适：《胡适演讲集》卷一《中国文学过去与来路》，欧阳哲生编：《胡适文集》(12)，北京大学出版社1998年版，第30页。

⑤ 演讲的重要取向就在于要激起听众产生一种带有鲜明倾向性的情绪，因此，演讲词往往需要随时做结论，下断语，故而有时难免片面、偏激之论。这与学术著作不同，学术著作的追求在于传达经得起推敲的结论、知识，必须讲究严谨。有意思的是，胡适先生关于科举的不少看法最初而且经常出现在演讲词中，他还乐于将自己对待科举的态度直接移植到他的研究对象上去。不过我们也不能苛求胡适先生，因为学术研究并不是他所致力的事业，他的事业是以一些研究作为手段宣传他的思想主张，推广他的“科学的方法”，胡适先生多次明确表示过这个意思。这里有胡适先生的良苦用心，也有他的坦率与可爱，但他的这种做法显然不应被一个严谨的学者所效仿。

显是为提倡新体诗而贬抑旧体诗的偏激语。批评科举制度本身不仅不是胡适先生的根本目的，而且若不是从科举损害文学的角度看问题，胡适还认为科举的“方法未尝不美”。正是胡适先生一直存有为提倡新文学等张本和扫清障碍这样的心思，他又认为《儒林外史》是批评科举的一个极好教材。于是，他就一再强调《儒林外史》批评科举的意义。在作于1920年的《吴敬梓传》里，胡适先生提出，《儒林外史》这部书的宗旨是“批评明朝科举用八股文的制度”。在《吴敬梓年谱》里，他再次表示了同样的看法。胡适先生之外，还有些学者也谈到《儒林外史》与科举的问题。例如，钱玄同在作于1920年的《〈儒林外史〉新叙》中说吴敬梓“能够讪笑举业”①；鲁迅在《中国小说史略》里以马二先生论举业一段为例，说书中“攻难制艺及以制艺出身者亦甚烈”②；沈雁冰的《〈红楼梦〉〈水浒〉〈儒林外史〉的奇辱》文中也说过“《儒林外史》是极力反对科举的”③；刘经庵的《中国纯文学史》也一样说《儒林外史》“是一部反对科举的小说”④；谭正璧《中国小说发达史》为了说明《儒林外史》打破了其他小说描写人物“往往恶人始终露他的奸猾，善人处处是仁义举动”的“不合理的写法”，也说吴敬梓因“要写科举之毒人，所以一个起先是万里寻亲的孝子，一与文人结交，便酸气冲天，行为腐化”⑤，等等。但是，他们都没有展开对《儒林外史》中科举内容的具体讨论。总的来说，胡适先生对这一问题的讨论最为引人注目，他的态度与心思在当时也最具代表性，他强调《儒林外史》是批评八股文取士的科举制度的，主要是基于“文学革命”的目的，或者说主要是为提倡“活”的白话的新文学，批判“死”的文言的旧文学的目的。⑥

到了20世纪50年代，国内兴起了《儒林外史》研究的第一次热潮。这是缘于1954年恰逢吴敬梓逝世两百周年，众多文化名人、作家、学者聚会纪念，以此为契机，《儒林外史》受到一次空前的、集中的关注。也就在这次研究、讨论的热潮中，科举制度尤

① 钱玄同:《〈儒林外史〉新叙》，《钱玄同文集》第一卷，中国人民大学出版社1999年版，第399页。

② 鲁迅:《中国小说史略》，《鲁迅全集》第九卷，人民文学出版社2005年版，第229页。

③ 载于1924年4月7日的文学研究会定期刊物《文学》。

④ 刘经庵:《中国纯文学史》，江苏文艺出版社2008年版，第239页。

⑤ 谭正璧:《中国小说发达史》，上海光明书局1935年版，第424页。

⑥ 《儒林外史》等小说对于胡适先生最重要的意义在于，它们是演示“科学的方法”的材料，是随手拿来支撑其论点的“资料”。因而，对待同一部小说或同一个命题，他会在不同的时期，或者适应于不同场合与论点而关注小说的不同侧面，也会有前后不同的说法。比如，对于《儒林外史》，他说过，“批评明朝科举用八股文的制度”是“全书的宗旨”(《吴敬梓传》)，也说过它“是部骂当时教育制度的书，批评政治制度中的科举制度”。(《胡适演讲集》卷四《找书的快乐》，欧阳哲生编:《胡适文集》(12)，北京大学出版社1998年版，第551页。)《胡适口述自传》在谈到“国语的文学，文学的国语”时又说它是“讽刺十八世纪中国士子的小说”。(《胡适口述自传》第八章《从文学革命到文艺复兴》，欧阳哲生编:《胡适文集》(1)，北京大学出版社1998年版，第334页。)比较而言，最后一种说法最接近《儒林外史》的宗旨，但也只是注意到了讽刺的一面。其实《儒林外史》还有褒扬的一面，比如虞博士、庄征君、杜少卿以及马二先生的为人等，而对待另一些士子如娄氏公子、杜慎卿等的某些行止也只是笑谑，虽无褒扬，但也称不上讽刺。

其是八股取士开始受到非常严厉的批判，在《儒林外史》研究中，对“反科举”、“反八股取士”的论述开始盛行起来。如有学者指出，八股取士是一种“罪恶制度”，是一种“瞎胡闹的制度”，是统治者“牢笼士子，统制文化，禁锢思想，腐蚀人心的主要办法”，“当时做官的，就多是这种八股取士制度所培养训练出来的愚妄与无耻的人，所以政治吏治的黑暗窳败是当然的事”，并且认为《儒林外史》在开头几回里，作者就先对“八股制度的本身作了深刻有力的揭露和攻击”。① 又有学者认为，“吴敬梓出身于八股世家，想要走科举功名的路，真是探囊取物，易如反掌，然而吴敬梓绝不这样做。他认识到八股文，决不是考选人才的办法，只是皇帝的愚民政策，是困死人才的毒计，是统制思想的武器”，他“痛恨这种制度，决心不从科举里求功名，决心要摧毁那种根深蒂固的社会心理”。② 这些评论为了宣扬吴敬梓反对八股取士的决绝态度，已经无视他多次参加科举考试而又多次失败的经历了。还有学者说：“这个时候八股的气焰特别嚣张，八股的遗毒特别普遍而严重，这是吴敬梓所不能容忍的，所以用全力来攻击。”“吴敬梓的辛辣的讽刺，主要是针对着封建社会的吃人的礼教，和封建统治阶级愚弄知识分子的科举制度。”③总之，在当时的评论中，论者有时也会列举《儒林外史》写了科举社会的读书人如何可怜、可笑，如何卑劣、丑恶等，但归结到最后，却都是以此强调吴敬梓和他的《儒林外史》所针对的是科举制度、八股取士，而对其态度的评论则不是批判就是攻击，不是反对就是痛恨。

已经废除几十年并且不可能死灰复燃的古代科举制度，为什么又突然引起了这么多关注，而且对它又几乎是一边倒地严厉批判？由论者的具体论述不难发现，这主要是为适应清算旧制度、旧思想、旧文化，建立新制度、新思想、新文化的需要。下面的这段论述尤能显示出当时发明《儒林外史》“反科举”、“反八股取士”意义的动因所在：

> 人们反抗现实，常常从他们的切身利益出发。他们选择那他们认为最厉害地阻碍着他们的出路、束缚着他们的自由发展的势力，作为攻击的目标；当他们的攻击比较深入时，就必然会提高到对一种社会制度的反抗，于是他们的斗争便具有了广泛的社会的性质。如果他们所反抗的对象正是窒息社会进步的制度和势力时，他们的切身利益也就和广大人民的利益一致，成了人民的要求的体现者，从而他们的反抗行动也就成了进步的革命的行动了。
>
> 知识分子的吴敬梓，便从知识分子的切身感受出发，进而攻击那桎梏着知识分子和社会思想的科举制度和八股习尚；他明确地认识到他所攻击的对象，乃是妨碍知识分子和社会正常发展的根本性质的祸害。④

---

① 吴组缃：《〈儒林外史〉的思想与艺术》，载《人民文学》1954 年 8 月号。

② 刘大杰：《〈儒林外史〉与讽刺文学》，作家出版社编辑部：《儒林外史研究论集》，作家出版社 1955 年版，第 87 页。

③ 陆侃如：《略论吴敬梓和他的〈儒林外史〉》，载《文史哲》1954 年 5 月号。

④ 何满子：《论儒林外史》，古典文学出版社 1957 年版，第 8 页。

可以说，正是基于“革命”的目的，对诸如科举、八股、礼教、理学等这些属于旧时代的东西进行批判就是必然的事，“反科举”、“反八股”以及“反礼教”、“反理学”等之类的话语自然因顺应情势而得到强调，并成为评判吴敬梓及其《儒林外史》思想的“定论”。在此后很长时间内，《儒林外史》的评论只要涉及科举、八股等话题，总是按这一话语模式进行重述，而且对科举的批判也越来越严厉，对《儒林外史》批判科举的意义也越来越被放大。如有评论者指出：“批判科举制度还是维护科举制度的斗争，是封建社会后期激烈进行着的变革还是守旧，前进还是倒退的政治斗争的一个方面。吴敬梓对科举制度的批判，就是对末期封建政治的批判，是倾注着作家要求改革的进步思想和满腔热情的。”①显然，20世纪50年代至70年代末，对《儒林外史》“反科举”、“反八股取士”意义的发明与复述，主要是基于思想批判、文化批判的目的。既是批判，专注于科举制度及八股取士之法的坏处就是很自然的了。或者说，此一时期对八股取士之法及科举制度作完全的批判，实是执其一端进行评论的必然结果。其实，如果持以学术的态度来看问题，就不难发现，明清取士制度有不得不然之情势，其对社会政治也自有其重要意义。如钱穆先生谈到中国历史上的考试制度时，这样指出：“明、清两代考试内容，均重经义，而又以朱子一家言为准。因诗赋只论工拙，较近客观，经义要讲是非，是非转无标准，不得不择定一家言，以为是非之准则。既择定了一家言，则是者是，非者非，既是人人能讲，则录取标准又难定。于是于《四书》义中，演变出八股文。其实八股文犹如唐人之律诗。文字必有一定格律，乃可见技巧，乃可评工拙，乃可有客观取舍之标准，此亦一种不得已。至于八股流害，晚明人早已痛切论之。顾亭林至谓：‘八股之害，等于焚书，其败坏人才有甚于咸阳之坑。’然清代仍沿袭不改。但若谓政府有意用八股文来斲丧人才，此则系属晚清衰世如龚定庵等之过激偏言。”②观钱穆先生所论，或有助于我们改“执其一端”而为“执其诸端”的眼光来看待明清取士制度，进而有益于我们真实理解《儒林外史》里的科举内容。但在20世纪50年代至70年代末的情势下，如钱穆先生所论是不会也不能提出的。此因当时诸多对八股、科举的评论已掺入太多非学术的因素，论者之目的很大程度上也已不在学术，吴敬梓和他的《儒林外史》的价值蜕变为社会政治思想的注脚，也就是很自然的事了。

这一时期《儒林外史》的研究，论者往往将八股取士制度视为旧时代社会腐坏的罪魁祸首，并特别强调它是统治者压制人才、摧残人才、困死人才的工具。这样就出现了一个悖论——既然那个社会是应该灭亡的，科举制度尤其是八股取士造成了那个社会的腐坏，那么统治者用它摧残人才、压抑人才岂不等于自掘坟墓？若从那个社会应该灭亡的角度看，八股取士制度应该被视为加速那个社会“必然灭亡”进程的“功臣”才对。造

① 全椒县·滁县地直·安徽大学《儒林外史》评论组：《儒林群丑的讽刺画卷——评吴敬梓的〈儒林外史〉》，安徽人民出版社1977年版，第32页。

② 钱穆：《国史新论》，三联书店2005年版，第254~255页。

成这种悖论的一个重要原因是，论者给科举取士制度赋予了太多它本来承当不了的东西，然后又以它不能实现这些东西来作为批评的理由。其实科举考试也只是科举社会选举人才的一个环节，科举制度也只是整个社会运行的一个环节，不能指望通过它解决社会的全部问题，甚至许多与其相关的问题也不能指望通过它得到解决，比如八股取士制度应当非常有效地选拔出人才，应当担起改善社会风气的重任，等等。而"反科举"、"反八股取士"等之类的话语，持着强调"反科举"的立场，却往往无意或有意地这样来看问题。

20世纪80年代初左右，又兴起了一次《儒林外史》研究热潮，这次是以纪念吴敬梓诞生二百八十周年为契机。这时，虽然思想批判、文化批判的需要已经有所淡化，但有一种思维定势仍在深刻地发生着影响，即科举、八股取士是个坏东西，吴敬梓是进步作家，不会不批判它，反对它。于是，"反科举"、"反八股"这一话语继续被复述和阐发着，只不过有些学者认识到说《儒林外史》"反科举"似乎文本论据不足，于是将其具体指为反对八股取士，但这并未从根本上改变"反科举"这一话语模式，只是在对象上相对具体了些，在范围上缩小了些，在措辞与看法上不再那么激烈。

由于《儒林外史》的评论与研究主要是为适应情势而兴起的，或者是受已有话语模式的影响，故而在"反科举"、"反八股"生成与复述的过程中，结论往往不是经由对文本作全面细致的分析再作出，而是习惯于预先持有一个论点，再去寻找证据，这不能说是学术研究所应当持有的态度。此外，还有这样一个现象特别值得注意，即论者常将明清时代社会出现问题的主要原因归咎于科举制度，尤其是八股取士。将社会的腐坏归于八股取士，归于科举制度，这显然是本末倒置的。八股取士之所以能让那么多人沉迷其中，关键的是它与功名富贵相连。其实，在一个社会当中，整体上人们总是趋利避害的。因此，只要能带来功名富贵，带来利益的东西，总会受到一些人的追逐。所谓"兴孝则有割股、庐墓以邀名者矣，兴廉则有恶衣菲食、敝车羸马以饰节者矣。相率为伪，借虚名以干进取。及莅官后，尽反所为，至庸人之不若"，① 就是同样的道理。蒲松龄《聊斋志异》"盗户"一则所记的故事或许更能说明这一点。兹引如下：

顺治间，滕、峄之区，十人而七盗，官不敢捕。后受抚，邑宰别之为"盗户"。凡值与良民争，则曲意左袒之，盖恐其复叛也。后讼者辄冒称盗户，而怨家则力攻其伪；每两造具陈，曲直且置不辨，而先以盗之真伪，反覆相苦，烦有司稽籍焉。适官署多狐，宰有女为所惑，聘术士来，符捉入瓶，将炽以火。狐在瓶内大呼曰："我盗户也！"闻者无不匿笑。

异史氏曰："今有明火劫人者，官不以为盗而以为奸；逾墙行淫者，每不自认奸而自认盗：世局又一变矣。设今日官署有狐，亦必大呼曰'吾盗'无疑也。"

章丘漕粮徭役，以及征收火耗，小民常数倍于绅衿，故有田者争求托焉。虽于

① 赵尔巽等：《清史稿》卷一百八，中华书局1976年版，第3151页。

国课无伤，而实于官橐有损。邑令钟，牒请厘弊，得可。初使自首；既而奸民以此要上，数十年鬻去之产，皆诬托诡挂，以讼售主。令悉左袒之，故良懦多丧其产。有李生为某甲所讼，同赴质审。甲呼之“秀才”；李厉声争辨，不居秀才之名。喧不已。令诘左右，共指为真秀才。令问：“何故不承?”李曰：“秀才且置高阁，待争地后，再作之未晚也。”噫！以盗之名，则争冒之；秀才之名，则争辞之：变异矣哉！①

在蒲松龄讲述的故事里，讼者之所以争相冒称盗户，李秀才之所以争辞秀才之名，皆是因为趋利之性使然。当然，在《儒林外史》里，如果有读书人好不容易中了个秀才的话，他是不会不认的。世道坏而诸事弊，荣禄开而文行薄，论者未必不知社会的腐坏并不能主要归于八股取士，归于科举制度，他们还是在以这种看法观照《儒林外史》，结果就把吴敬梓笔下的一些与八股取士制度非直接相关，甚至没有关系的内容也用作证明科举制度罪恶的证据，显然并不妥当。这正表明，为了情势的需要而非出于学术上的求真求实难免会刻意强调《儒林外史》“反科举”、“反八股取士”等之类的意义，也就难免会对其作过度的发明与阐释，从而偏离吴敬梓的真实用意。

2.“反科举”话语与历史的实际情景——以黄宗羲、顾炎武等关于科举的言论为例

在现代社会中，人们对科举制度进行批判时，往往会举古人的言论为证。在这一过程中，有这样一种现象特别值得注意，即前人那些赞同科举制度的言论被忽视或被遮蔽，而只选择那些对科举有批评的言论来作为论据。但即使如此，这些被选择出来作为论据的言论还是受到了很严重的“误读”，与历史的实际情景存在很大的偏差。实际上，明清以来直至历史进入近代社会之前，对科举制度和八股取士表示出现代意义上的“反对”态度的情形极难见到。此以《儒林外史》研究中论者常列举的黄宗羲、顾炎武关于科举的言论为例，考察“反科举”话语对历史真实情景的“误读”情况。

现代学者常习惯于从黄宗羲、顾炎武的著作中摘录一些言论，以证明他们是八股取士或科举制度的坚决反对者，并以之作为《儒林外史》“反科举”、“反八股取士”的思想文化背景。但如果将这些似乎很激烈的说法放在具体的文本语境和历史语境中作细致全面的审视，便会发现，他们的言论是被今人切割与曲解了的。

先来看黄宗羲对待科举取士的看法与态度。检视黄宗羲的言论，我们会发现：黄宗羲批评明代科举取士针对的是利用这种方式在选举人才过程中存在的某些弊端，并不从根本上否定科举取士制度，而是主张对其进行改善以便更有效地选取人才、振兴人才。更明确些说，黄宗羲的批评针对的主要是明代科举取士中以八股文试士存在的弊端以及科举取士授官环节中取之严、用之宽的弊端。关于明代科举考试以时文取士存在的弊端，黄宗羲对它的批评归结起来主要有两个方面。

---

① 蒲松龄著，张友鹤辑校：《聊斋志异会校会注会评本》，上海中华书局1962年版，第1086~1087页。

第一个方面，黄宗羲认为以时文取士存在容情容私之弊。他指出，时文“今日之弊，在当时权德舆已尽之”。① 唐德宗贞元二十年(804)，福建观察使柳冕曾就革取士之弊事向礼部侍郎权德舆作书，认为明六经之义、合先王之道不在于注疏。他说：“其有明六经之义、合先王之道者以为第一等，其有精于诵注者与精于诵疏者以为次等，不登此二科者以为下等，不亦善乎？且明六经之义、合先王之道，君子之儒，教之本也；明六经之注与六经之疏，小人之儒，教之末也。今者先章句之儒，后君子之儒，以求清识之士，不亦难乎？是以天下至大，仕人至众，而人物殄瘁，而廉耻不兴者，亦在取士之道未尽其术也。”②对柳冕的主张，权德舆回驳说：“明经者，仕进之多数也；注疏犹可以质验，不者，有司率情，上下其手，既失其末，又不得其本，则荡然矣。”③黄宗羲引权德舆之论指言当时以时文取士之弊，即是说以时文取士，由于不像注疏那样可以质验，会给有司率情舞弊留下空间，导致本末俱失。吴敬梓在《儒林外史》中也揭示了以八股文取士存在容情的可能。第三回写周进在广东学道任上主持童生考试，他将范进的卷子用心用意地看了一遍，心里不喜：“这样的文字，都说的是些甚么话！怪不得不进学。”后又从头至尾看了一遍，觉得有些意思；看罢第三遍，才不觉叹息道：“这样文字，连我看一两遍也不能解，直到三遍之后，才晓得是天地间之至文，真乃一字一珠！可见世上糊涂试官不知屈煞了多少英才！”吴敬梓对此持什么态度，暂且置之不论，但他揭示了这样一种情形：以八股文决定取中与否，考官的喜好与耐心等主观因素有可能对其有不小的影响；也可以这样说，即便文章真的写得还行，如果不合乎考官的喜好，或者碰上考官不耐心细读，还真可能屈煞一些时文写得好的“英才”。比如，马二先生的八股文应该写得很不错，可他为什么只能做个秀才而中不得举人，恐怕与他写八股文不去“揣摩”考官的喜好或写得太讲理法，太有含蕴，不容易读懂有关。④ 第四十九回里写高翰林说他“讲了半生，讲的都是些不中的举业。他要晓得‘揣摩’二字，如今也不知做到甚么官了”，这可以说是点中了马二先生不能取得科名的一个要害。

《儒林外史》与黄宗羲关于科举的言论，都涉及了以八股文取士当中存在的容情容

---

① 黄宗羲：《明夷待访录·取士上》，中华书局2011年版，第62页。同篇，黄宗羲追述科举考试之帖书、墨义的历史时说：“唐进士试诗赋，明经试墨义。所谓墨义者，每经问义十道，五道全写疏，五道全写注。宋初试士，诗、赋、论各一首，策五道，帖《论语》十帖，对《春秋》或《礼记》墨义十条，其九经、五经、三礼、三传、学究等，设科虽异，其墨义同也。王安石改法，罢诗赋、帖经、墨义，中书撰大义式颁行，须通经、有文采，乃为中格，不但如明经、墨义，粗解章句而已。然非创自安石也，唐柳冕即有‘明《六经》之义，合先王之道者以为上等，其精于传注与下等’之议。权德舆驳曰：‘注疏犹可以质验，不者，有司率情，上下其手，既失其末，又不得其本，则荡然矣。’”

② 柳冕：《与权侍郎书》，李昉等编：《文苑英华》卷六百八十九，中华书局1966年版，第3547页。

③ 权德舆：《答柳福州书》，李昉等编：《文苑英华》卷六百八十九，中华书局1966年版，第3548页。

④ 陈文新先生在《士人心态话儒林》(华中理工大学出版社1994年版)一书中专设《范进考中秀才的奥秘》一篇讨论了以八股文取士的偶然性。

私现象，但二人对此态度又有不同。对于取士过程中是否存在容情容私，《儒林外史》虽然有所反映，但吴敬梓的用意却并不在此，他真正关注的问题是读书人如何对待举业功名，即读书人应当看轻举业功名，而如果看重举业功名，就会对精神与灵魂形成羁縻，进而看轻道德文行。而在黄宗羲看来，以八股文取士存在容私容情的可能，这是一个不可忽视的很严重的弊端，必须加以改变以杜绝科举取士过程中的容情容私之弊。而且黄宗羲认为，不管采取什么方式取士，如果失之严肃公正，都不是可取之法。如他论取士之法说：“取士之弊，至今日制科而极矣。故毅宗尝患之也，为拔贡、保举、准贡、特授、积分、换授，思以得度外之士。乃拔贡之试，犹然经义也，考官不遣词臣，属之提学，既已轻于解试矣。保举之法，虽曰以名取人，不知今之所谓名者何凭也，势不得不杂以贿赂请托。及其捧檄而至，吏部以一义一论试之，视解试为尤轻矣。准贡者用解试之副榜，特授者用会试之副榜。夫副榜，黜落之余也。其黜落者如此之重，将何以待中式者乎？积分不去赀郎，其源不能清也；换授以优宗室，其教可不豫乎！凡此六者，皆不离经义，欲得胜于科目之人，其法反不如科目之详，所以徒为纷乱而无益于时也。”①由此可见，相比八股取士之法来说，黄宗羲更为关注的是科举取士会因缺乏严肃公正而产生弊端。如果以八股文取士存在这样的弊端，他就主张改革以八股文取士之法；如果以其他取士之法存在这样的弊端，他也主张改革其他的取士方式。也就是说，能否严肃公正地选举出真正的人才是黄宗羲关注科举取士制度的一个焦点。

第二个方面，黄宗羲认为，以八股文取士，士子不再诵读先儒之义学，而只诵读一些实为饾饤之剿说的时文，以致转相模勒，日趋浮薄，连空疏不学之人也可以借之而进取科名。不过，以八股文取士虽然有这些弊端，但八股文所考的经义又是科目取士不能缺少的内容，不可废罢，因为“若罢经义，遂恐有弃经不学之士，而先王之道益视为迂阔无用之具”。② 于是，黄宗羲主张“复墨义古法，使为经义者全写注疏、大全、汉宋诸儒之说，一一条具于前，而后申之以己意，亦不必墨守一先生之言。由前则空疏者绌，由后则愚蔽者绌，亦变浮薄之一术也”，③ 虽然这样做未必足以得天下之士，但可以趋天下之士于平实，而通经学古之人可出。明代科举考试采用的八股文是以规定的宋儒所注四书五经为范围来命题，又要求“代圣贤立言”，以阐说经义。很显然，黄宗羲主张变今之时文而复古之墨义，并不是要将与时文有关的一切全部废弃，只是主张改“代圣贤立言”为写注疏而申之以己意，主张不墨守一儒之言而取诸儒之说，以绌空疏与愚蔽，变浮薄与剿说，以趋天下之士于平实，以革时文取士存在的弊端。黄宗羲所致力的仍是改善这个制度，他认为，八股所考的经义还要考，但要对考试的方式进行改革，这与光绪后期对八股取士的严厉声讨直至再后来的直接废八股、废试帖、废经义相比，完全不在一个意义层面上。

---

① 黄宗羲：《明夷待访录·取士上》，中华书局2011年版，第55~56页。

② 黄宗羲：《明夷待访录·取士上》，中华书局2011年版，第62页。

③ 黄宗羲：《明夷待访录·取士上》，中华书局2011年版，第62页。

对于整个科举取士制度，黄宗羲也未曾表示反对，他批评的是明代取士之法失之太严，而用士之法又失之太宽，以致形成了在野者多豪杰枉屈之才，而在位者又多幸进之徒的局面。他说：

> 古者乡举里选，士之有贤能者，不患于不知。降而唐宋，其为科目不一，士不得与于此，尚可转而从事于彼，是其取之之宽也。《王制》论秀士，升之司徒曰选士；司徒论选士之秀者，升之学曰俊士；大乐正论造士之秀者，升之司马曰进士；司马论进士之贤者，以告于王而定其论。论定然后官之，任官然后爵之，位定然后禄之。一人之身，未入仕之先凡经四转，已入仕之后凡经三转，总七转，始与之以禄。唐之士，及第者未便解褐，入仕吏部，又复试之。韩退之三试于吏部无成，则十年犹布衣也。宋虽登第入仕，然亦止是簿、尉、令、录，榜首才得丞判，是其用之之严也。宽于取则无枉才，严于用则少幸进。
>
> 今也不然。其所以程士者，止有科举之一途，虽使古豪杰之士若屈原、司马迁、相如、董仲舒、扬雄之徒，舍是亦无由而进取之，不谓严乎哉！一日苟得，上之列于侍从，下亦置之郡县，即其黜落而为乡贡者，终身不复取解，授之以官，用之又何其宽也！严于取，则豪杰之老死丘壑者多矣；宽于用，此在位者多不得其人也。①

基于这种认识，黄宗羲主张拓宽取士之法，科举而外，荐举、太学、任子、郡邑佐、辟召、绝学、上书等皆可用作取士之法，而用士之法则务要严。他还对每一种取士之法都作了较为具体的设计，总之皆在取之宽，用之严。如他“仿朱子议”设计的科举之法是：

> 第一场《易》、《诗》、《书》为一科，子午年试之；《三礼》兼《大戴》为一科，卯年试之；《三传》为一科，酉年试之。试义各二道，诸经皆兼《四书》义一道。答义者先条举注疏及后儒之说，既备，然后以“愚按”结之。其不条众说，或条而不能备，竟入己意者，虽通亦不中格。有司有不依章句移文配接命题者，有丧礼服制忌讳不以为题者，皆坐罪。第二场周、程、张、朱、陆六子为一科，孙、吴武经为一科，荀、董、扬、文中为一科，管、韩、老、庄为一科，分年各试一论。第三场《左》、《国》、《三史》为一科，《三国》、《晋书》、《南北史》为一科，新、旧《唐书》、《五代史》为一科，《宋史》、有明《实录》为一科，分年试史论各二道。答者亦必摭事实而辨是非。若事实不详，或牵连他事而于本事反略者，皆不中格。第四场时务策三道。凡博士弟子员遇以上四年仲秋，集于行省而试之，不限名数，以中格为度。考官聘名儒，不论布衣、在位，而以提学主之。明年会试，经、子、史科，亦依乡闱分年，礼部尚书知贡举。登第者听宰相鉴别，分置六部各衙门为吏，

---

① 黄宗羲：《明夷待访录·取士下》，中华书局2011年版，第64、66页。

> 管领簿书。拔其尤者，仿古侍中之职在天子左右，三考满常调而后出官郡县，又拔其尤者为各部主事。落第者退为弟子员，仍取解试而后得入礼闱。①

可见，说黄宗羲反对科举制度，实在是误会他了。实际的情形是，他对科举试士、取士到选官授职的各个环节都作了设计，意在取之宽、用之严。归结起来，至少有三点需要注意：其一，主张用科举之法取士的同时，也要采取其他多种方法取士；其二，主张对考试内容和方式进行改革完善，如内容上主张要考经义的同时再大量增加史论和诸子之学，方式上改以八股文试经义为以“墨义古法”试经义等，务求有效选拔出博通经史诸子的人才；其三，主张在拓宽取士之法的同时，严格用士之法，使真正有才能德艺的人在位。很难想象，一个人如果反对科举制度，还会去为完善这个制度，用好这个制度而如此煞费心思。

与黄宗羲同时代的顾炎武批评的也是明代科举取士的弊端，而非从根本上否定科举取士制度。顾炎武认为，明代的取士之法造成了读书人只习功令文字而不知经传子史之学的空疏学风。在这一点上，顾炎武和黄宗羲一样，有着同样的关切。顾炎武注意到了这种现象，因读书人只将经义论策视作功令文字，助成了浮薄的学风，偶“有一二好学者，欲通旁经而涉古书，则父师交相谯呵，以为必不得颛业于帖括，而将为坎轲不利之人”。② 于是，读书人只知读十八房之刻，不知有经史就成了一种普遍的现象。他对此深为痛心：“天下之人，惟知此物可以取科名，享富贵，此之谓学问，此之谓士人，而他书一切不观。昔丘文庄当天顺、成化之盛，去宋元未远，已谓士子有登名前列，不知史册名目、朝代先后、字书偏旁者。举天下而惟十八房之读，读之三年五年，而一幸登第，则无知之童子，俨然与公卿相揖让，而文武之道，弃如弁髦。嗟乎！八股盛而六经微，十八房兴而《廿一史》废！”③明代的取士之法助成了空疏学风、恶劣士风，进而造成了一个更严重的后果，就是消耗人才，以至于世风日下，国运日衰。他在《日知录》卷十六“经义论策”条指出：“科名所得十人之中，其八九皆为白徒，而一举于乡，即以营求关说为治生之计。于是在州里，则无人非势豪，适四方，则无地非游客，而欲求天下之安宁，斯民之淳厚，岂非却行而求及前人者哉？”④他还特别批评以经义论策取士之法对人才的消耗：“今之经义论策，其名虽正，而最便于空疏不学之人。”⑤《生员论中》

---

① 黄宗羲：《明夷待访录·取士下》，中华书局 2011 年版，第 69 页。

② 顾炎武著，陈垣校注：《日知录校注》卷十六“十八房”条，安徽大学出版社 2007 年版，第 906 页。

③ 顾炎武著，陈垣校注：《日知录校注》卷十六“十八房”条，安徽大学出版社 2007 年版，第 905~906 页。

④ 顾炎武著，陈垣校注：《日知录校注》卷十六“经义论策”条，安徽大学出版社 2007 年版，第 908 页。

⑤ 顾炎武著，陈垣校注：《日知录校注》卷十六“经义论策”条，安徽大学出版社 2007 年版，第 907 页。

则批评明代的取士之法催生出了当代的“时文”，而此“时文”一出，弄巧之风行，选举之事废矣。他指出：“国家之所以取生员而考之以经义、论、策、表、判者，欲其明六经之旨，通当世之务也。今以书坊所刻之义，谓之时文，舍圣人之经典，先儒之注疏与前代之史不读，而读其所谓时文。时文之出，每科一变，五尺童子能诵数十篇而小变其文，即可以取功名，而钝者至白首而不得遇。老成之士，既以有用之岁月，销磨于场屋之中，而少年捷得之者，又易视天下国家之事，以为人生之所以为功名者，惟此而已。故败坏天下之人材，而至于士不成士，官不成官，兵不成兵，将不成将，夫然后寇贼奸宄得而乘之，敌国外侮得而胜之。”①

明代的科举取士为什么会造成如此严重的后果？顾炎武认为，一个十分重要的原因就是明代科举考试拟题过于狭窄，使读书人只需习帖括，诵程文而无需通经史就能够取得科名，这就给空疏不学，节抄剽盗留下了充分的空间。他说：“今日科场之病，莫甚乎拟题。且以经文言之，初场试所习本经义四道，而本经之中，场屋可出之题，不过数十。富家巨族，延请名士，馆于家塾，将此数十题各撰一篇，计篇酬价，令其子弟及僮奴之俊慧者，记诵熟习。入场命题，十符八九，即以所记之文抄誊上卷，较之风檐结构，难易迥殊。《四书》亦然。发榜之后，此曹便为贵人，年少貌美者多得馆选。天下之士靡然从风，而本经亦可以不读矣。予闻昔年五经之中，惟《春秋》止记题目，然亦须兼读四传。又闻嘉靖以前，学臣命《礼记》题，有出《丧服》以试士子之能记否者。百年以来，《丧服》等篇皆删去不读。今则并《檀弓》不读矣。《书》则删去《五子之歌》、《汤誓》、《盘庚》、《西伯勘黎》、《微子》、《金縢》、《顾命》、《康王之诰》、《文侯之命》等篇不读。《诗》则删去淫风、变雅不读。《易》则删去《讼》、《否》、《剥》、《遯》、《明夷》、《睽》、《蹇》、《困》、《旅》等卦不读，止记其可以出题之篇，及此数十题之文而已。‘读《论》惟取一篇，披《庄》不过盈尺。’因陋就寡，赴速邀时。昔人所须十年而成者，以一年毕之。昔人所待一年而习者，以一月毕之。成于剿袭，得于假倩，卒而问其所未读之经，有茫然不知为何书者。”②正因为科举试士环节存在这样的弊端，那些心中只有科名，没有真学问的人，也能靠投机取巧获取科名，读书人学风、心术即由此而变坏。顾炎武对此批评道：“夫昔之所谓三场，非下帷十年，读书千卷，不能有此三场也。今则务于捷得，不过于《四书》一经之中，拟题一二百道，窃取他人之文记之。入场之日，抄誊一过，便可侥幸中式，而本经之全文，有不读者矣。率天下而为欲速成之童子，学问由此而衰，心术由此而坏。”③与不学之徒也能靠取巧获得科名相对，那些真正的博通经史、文质得中之俊反而不能被选拔出来，或为坎坷不利之人，或为隐伏草野之士。于是，顾炎武不无愤激地说：“愚以为八股之害，等于焚书，而败坏人材，有甚

① 顾炎武：《亭林文集》卷一《生员论中》，《顾亭林诗文集》，中华书局 1983 年版，第 23 页。

② 顾炎武著，陈垣校注：《日知录校注》卷十六“拟题”条，安徽大学出版社 2007 年版，第 912~913 页。

③ 顾炎武著，陈垣校注：《日知录校注》卷十六“三场”条，安徽大学出版社 2007 年版，第 911 页。

于咸阳之郊所坑者。”①这句话也经常被论者引用以证顾炎武是激烈反对八股取士的。但顾炎武所关注问题的实质内容是八股取士么？由上面我们不厌繁复引录的顾氏谈“拟题”、谈“科场”的言论可以见出，顾炎武所关注的实质是，他认为明代科举试士沿袭了过去“拟题”范围太过狭窄，科场之法太易之“病”，而这方便了那些“剿袭”、“假倩”、“节抄剽盗”之人，方便了那些觊倖之人、营求患得之人。这还可以从他对以经义论策取士的批评中得到佐证。宋代王安石曾改革试士之法，罢诗赋及明经诸科，命中书撰大义式颁行，本为引导士子成为通经兼有文采之士，而实行起来的效果却出乎意料。之前试帖经、墨义，士子专诵经文及注疏而不求解义；之后试经义论策，士子则又专诵王氏章句仍不求解义，以至于连进士御试答策，也多系在外准备之文，工拙不甚相远，难于考较，更严重的是“使学者不治《春秋》，不读《史》、《汉》”。② 顾炎武就此认为，经义论策在宋时就已证明是败坏人才的“虚无之学”，而明代的“时文”沿袭了以经义论策试士之法，尤便于士子“展转相承”，更是杜撰无根之语。如果这种试士之法不变，“则人才日至于消耗，学术日至于荒陋，而五帝三王以来之天下，将不知其所终矣”③。由此可见，顾炎武痛陈“八股”之害的实质，乃在于批评其沿袭且加剧了以经义论策试士“便于空疏不学之人”的弊病。正是这样，尽管顾氏对明代的八股取士、对以经义论策取士作出如此激切的抨弹，但他并未主张废弃以八股取士、以经义论策取士之法，而是对之进行认真设计，提出救弊防弊的意见。仍先以“拟题”为例，为了改变以往以经义论策取士“便于空疏不学之人”的弊病，他提出了“拟题”应“更其法，而予之以难”④的方案：第一，“凡《四书》、《五经》之文，皆问疑义，使之以一经而通之于《五经》。又一经之中亦各有疑义，如《易》之郑、王，《诗》之毛、郑，《春秋》之《三传》，以及唐宋诸儒不同之说，《四书》、《五经》皆依此发问。其对者，必如朱子所云：‘通贯经文，条举众说，而断以己意。’”⑤这是通过增加发问的内容，改变发问的方式，提高作答的要求，促使士子通诸经，晓诸说，并有自己的见解。第二，“所出之题，不限盛衰治乱，使人不得意拟，而其文必出于场中之所作，则士之通经与否，可得而知，其能文与否，亦可得而验矣。又不然，则姑用唐宋赋韵之法，犹可以杜节抄剽盗之弊。盖题可拟，而韵不可必，文之工拙，犹其所自作，必不至以他人之文，抄誊一过，而中式者矣。其表题专

---

① 顾炎武著，陈垣校注：《日知录校注》卷十六“拟题”条，安徽大学出版社 2007 年版，第 913 页。

② 顾炎武著，陈垣校注：《日知录校注》卷十六“经义论策”条，安徽大学出版社 2007 年版，第 908 页。

③ 顾炎武著，陈垣校注：《日知录校注》卷十六“经义论策”条，安徽大学出版社 2007 年版，第 907 页。

④ 顾炎武著，陈垣校注：《日知录校注》卷十六“拟题”条，安徽大学出版社 2007 年版，第 916 页。

⑤ 顾炎武著，陈垣校注：《日知录校注》卷十六“拟题”条，安徽大学出版社 2007 年版，第 913 页。

出唐宋，策题兼问古今，人自不得不读《通鉴》矣”。[①] 这是为避免士子场前“意拟”、“节抄剽盗”所设计的方案，以保证士子必于场中自作策文，促使士子务必阅古今，通经史。如此就会出现这样的良好局面：“抑士子之知其难也，而攻苦之日多。多一攻苦之人，则少一群居终日言不及义之人，而士习可渐以正矣。”[②]总之，顾氏主张科举试士不能止于帖括，不能止于记诵，要重通经史，重真学识，应该“责士子以兼通《九经》，记《通鉴》历代之史”[③]，中好学能文之士，黜营求患得之徒。

顾炎武还认真讨论了“试文格式”，批评许多科举士子根本就不懂何为真正的八股。他通过八股文体格式流变的梳理，特意将“八股文”与“所谓时文”区分开来：“经义之文，流俗谓之八股，盖始于成化以后。股者，对偶之名也。天顺以前，经义之文，不过敷演传注，或对或散，初无定式，其单句题亦甚少。成化二十三年会试，‘乐天者保天下’文，起讲先提三句，即讲‘乐天’四股，中间过接四句，复讲‘保天下’四股，复收四句，再作大结。弘治九年会试，‘责难于君谓之恭’文，起讲先提三句，即讲‘责难于君’四股，中间过接二句，复讲‘谓之恭’四股，复收二句，再作大结。每四股之中，一反一正，一虚一实，一浅一深。其两扇立格，则每扇之中，各有四股。其次第之法，亦复如之。故今人相传谓之八股。若长题则不拘此。嘉靖以后，文体日变，而问之儒生，皆不知八股之何谓矣。《孟子》曰：‘大匠诲人，必以规矩。’今之为时文者，岂必裂规偭矩矣乎？”[④]尤其明初之后，“功令益密，恐有藉以自炫者，但许言前代，不及本朝”；“于是国家之事，罔始罔终，在位之臣，畏首畏尾，其象已见于应举之文矣”。[⑤] 八股文在文体格式上愈益被裂偭，在内容上也愈益蜕变为无益于经学，不切于时事的举业“时文”。

如此用心地讨论明代取士之法存在的问题，并用心提出各个环节防弊救弊的方案，可见，我们并不能说顾炎武是反对科举制度或反对八股取士的人物。他一直在反思明代取士之法存在的能够引起流弊的一些做法，痛陈其以守祖宗旧制为托，一味相持不变的拘执；他只是主张对取士之法作些改变，革除其中“便于空疏不学之人”的弊病，以选拔出真正有经史之学，能施于国用的人才。后来，有学者从他的论说中摘章寻句，并以之为证据将他评断为坚决反对八股取士的人物，实际上在很大程度上偏离了顾炎武的意

---

① 顾炎武著，陈垣校注：《日知录校注》卷十六“拟题”条，安徽大学出版社 2007 年版，第 914 页。

② 顾炎武著，陈垣校注：《日知录校注》卷十六“拟题”条，安徽大学出版社 2007 年版，第 916 页。

③ 顾炎武著，陈垣校注：《日知录校注》卷十六“拟题”条，安徽大学出版社 2007 年版，第 916 页。

④ 顾炎武著，陈垣校注：《日知录校注》卷十六“试文格式”条，安徽大学出版社 2007 年版，第 919 页。

⑤ 顾炎武著，陈垣校注：《日知录校注》卷十六“试文格式”条，安徽大学出版社 2007 年版，第 920 页。

思。顾炎武关于“生员”的言论应该能很好地帮助我们理解他真实的立场与态度。顾炎武曾在《生员论中》力主废生员，并对生员之行径进行揭擿：“废天下之生员而官府之政清，废天下之生员而百姓之困苏，废天下之生员而门户之习除，废天下之生员而用世之材出。今天下之出入公门以挠官府之政者，生员也；倚势以武断于乡里者，生员也；与胥史为缘，甚有身自为胥史者，生员也；官府一拂其意，则群起而哄者，生员也；把持官府之阴事，而与之为市者，生员也。”①此主张不可谓不决绝，此言辞不可谓不激烈。但如果以为顾炎武真的是主张废除天下生员，主张要废除科举取士制度，那就错认了，他实际上是要主张拓宽取士之法。顾炎武紧接着在《生员论下》中就对自己的“废生员”说作了解释：“问曰：废天下之生员，则何以取士？曰：吾所谓废生员者，非废生员也，废今日之生员也。请用辟举之法，而并存生儒之制，天下之人，无问其生员与否，皆得举而荐之于朝廷，则我之所收者，既已博矣，而其廪之学者为之限额，略仿唐人郡县之等……约其户口之多寡，人材之高下而差次之，有阙则补，而罢岁贡举人之二法。其为诸生者，选其通儁，皆得就试于礼部，而成进士者，不过授以簿尉亲民之职，而无使之骤进，以平其贪躁之情。”②“请用辟举之法，而并存生儒之制”，尤能显示顾炎武并非是要废除科举取士之制，而是主张不应以“生员”之资格限人，应当拓宽取士之途，严格擢士之制。这与黄宗羲采取的是同样的看问题的角度和立场。另外，他的批评也并不只对于以八股文取士，以其他方式取士过程中的做法，只要能够引起流弊，他也持批评态度，主张进行改革。如他对宋金以来刻录程文、墨卷以为举人之式的做法批评道：“文章无定格，立一格而后为文，其文不足言矣。唐之取士以赋，而赋之末流，最为冗滥。宋之取士以论策，而论策之弊，亦复如之。明之取士以经义，而经义之不成文，又有甚于前代者，皆以程文格式为之，故日趋而下。”③文体有格式，文章无定格，所以这里顾炎武对“裂规偭矩”的“时文”进行批评，真正要表达的是对为文章立“定格”的不满，而不管是以赋取士、以论策取士，还是以经义取士，所以他才说：“欲振今日之文，在毋拘之以格式，而俊异之才出矣。”④这再次表明，只摘取顾炎武严厉批评科举取士的话，却不思考这些话的真实用心，更遮蔽他对科举取士之法的各个环节所作的建设性的方案设计，然后简单地作出判断说顾炎武反对八股取士，反对科举制度，是难以真实把握他所关注与讨论问题的实质内容的。

至于顾炎武不从根本上否定八股取士，否定科举制度，为何还将明代的科举取士之法对人才的败坏说得那么严重，甚至将其与国运之衰弱联系起来，这也许和 20 世纪初

---

① 顾炎武：《亭林文集》卷一《生员论中》，《顾亭林诗文集》，中华书局 1983 年版，第 22 页。

② 顾炎武：《亭林文集》卷一《生员论下》，《顾亭林诗文集》，中华书局 1983 年版，第 24 页。

③ 顾炎武著，陈垣校注：《日知录校注》卷十六“程文”条，安徽大学出版社 2007 年版，第 921 页。

④ 顾炎武著，陈垣校注：《日知录校注》卷十六“程文”条，安徽大学出版社 2007 年版，第 922 页。

新文化运动的那些人物对待儒家和孔子的做法类似，即在既有观念根深蒂固的情况下，出于改革科举取士制度中存在的能引起流弊的做法，以达到振兴人才的意图，将其与国运盛衰、天下兴亡联系起来，不失为一种为造成振聋发聩效果，以达到振衰起弊目的的可选策略。

上面考察了黄宗羲、顾炎武对明代取士之法的立场与态度，其实即便是对八股从未说过什么好话的颜元，也不是彻底排斥八股文。据《颜习斋先生年谱》记，颜元四十一岁时向及门受教者申订教条二十有余，其中的“作文”条说：“每逢二、七日，题不拘经书、史传、古今名物，文不拘诗、辞、记、序、诰、示、训、传，愿学八股者听。俱须用心思维，题理通畅。”①可见，对八股文批评非常严厉的颜元也不是主张完全将其彻底废弃，只不过他要求愿学八股者，也须用心思维，题理通畅，要求士子不能“惟业八股”②，而应当立志于经世致用的学问。

陈文新先生在《〈红楼梦〉的现代误读》第一章里指出，胡适“红学”的误区就在于他看待《红楼梦》经常是“以判断代替理解”。③“以判断代替理解”，这在20世纪的人们看待科举制度，看待八股取士，更是普遍的现象，而这也深刻影响了对《儒林外史》中科举内容的讨论。今人为了给“反科举”、“反八股取士”之类话语张本，而对黄宗羲、顾炎武等关于科举的言论作有鲜明倾向性的选择、遮蔽乃至切割，这正是为了便于“判断”而所必然要采取的做法。论者将黄宗羲、顾炎武等的某些说法从具体的文本语境中抽出，看似他们对科举制度、对八股取士的批评极其猛烈，大有欲废之而后快的气势，而实际情形却远非如此。这也是“以判断代替理解”所必然会出现的结果。

3. 关于吴敬梓“嫉时文士如雠”

程晋芳(1718—1784)在《文木先生传》里说，吴敬梓“生平见才士，汲引如不及。独嫉时文士如雠，其尤工者，则尤嫉之。余恒以为过，然莫之能禁。缘此，所遇益穷”。④“嫉时文士如雠”是吴敬梓留给程晋芳的一个深刻印象，这也通常被论者引为吴敬梓痛恨八股文的重要证据。

在为吴敬梓作序、作传的人当中，唯有程晋芳特别提到他对“时文士”的态度，这大概是程晋芳对“时文”比较关注的缘故。如程晋芳就和袁枚(1716—1797)认真讨论过“时文”。《随园诗话》卷六第八十二则、卷八第五十四则记有两人讨论的情形，他们讨论的看法是：时文与诗有一贯之理，不能时文，则诗之气脉不贯；但是时文之学又不宜过深，不然就会有害于诗，有害于古文，一个人时文做得很好，诗就不能传，深于时文

---

① 李塨：《颜习斋先生年谱》卷上，《颜元集》，中华书局1987年版，第743页。

② 李塨：《颜习斋先生年谱》卷上，《颜元集》，中华书局1987年版，第743页。

③ 陈文新：《〈红楼梦〉的现代误读》，齐鲁书社2008年版，第60~72页。

④ 程晋芳：《勉行堂文集》卷六，《勉行堂诗文集》，黄山书社2012年版，第802页。

与精于诗不可两能。① 实际上，“嫉时文士如雠”只是程晋芳提到的吴敬梓为人的一个侧面，也是在一定意义上才有道理。若拘执于程晋芳的这句话，认为时文写得越好的人，吴敬梓就越嫉之，似乎吴敬梓是以时文写得好坏来确定他对待周围人的态度。果真如此，吴敬梓就难免偏执。很难想象，如果吴敬梓是这样的一个人，他的《儒林外史》还如何能成为一部“以公心讽世之书”？而且，程晋芳还说吴敬梓“缘此，所遇益穷”，若果真依此，也未免把吴敬梓“所遇益穷”的原因看得过于简单。再者，程晋芳对吴敬梓的看法固然有他的道理和根据，但程晋芳只是吴敬梓众多亲友中的一个，他的看法也只是从他见闻的吴敬梓的行止中得到的。因此，程晋芳的看法只能作为认识吴敬梓的一个重要参照，如果拘执于程晋芳一个人的看法，拘泥地理解“嫉时文士如雠，其尤工者，则尤嫉之”这句话，对吴敬梓的认识就难免出现偏颇。若要全面地理解程晋芳的这句话，真实地认识吴敬梓，就必须作细致的考察。

首先来考察吴敬梓交游的一些情况。上面提到袁枚与程晋芳讨论“时文”，其中有一次是由郭运青引起的话题。侍讲郭运青访袁枚，在他那里读到某公诗册，便说道：“诗虽工，气脉不贯。其人殆不能时文者耶?”得到袁枚的证实，郭运青颇为自己高明的眼力而得意。② 郭运青显然是一个懂时文的内行，时文也应该写得相当好。如果拘执于程晋芳的看法来判断的话，吴敬梓对他应该是嫉之如仇的。事实却非如此。郭运青，其名郭肇镄(1713—?)和吴敬梓都是全椒人，21 岁中举人，24 岁中乾隆丁巳恩科进士，授翰林院检讨。1741 年，升翰林院侍讲。1752—1753 年间，二人还有诗赠答，吴敬梓赠答郭之诗虽未见，但郭赠答吴之诗《佛香阁诗存》尚存有《赠吴聘君敬梓四首》、《答吴聘君敬梓》。③ 可以确定地说，吴敬梓或许和郭肇镄不是深交，但绝不至于因他的时文写得好而嫉之如仇。其实程晋芳本人也是个懂时文的内行，这可以由《随园诗话》卷六第八十二则所记得知。程晋芳也认同郭肇镄对时文的见解，然后袁枚和程晋芳两人之间

---

① 《随园诗话》卷八第五十四则记：“程鱼门云：‘时文之学，有害于古文；词曲之学，有害于诗。’”论者常把程晋芳的这句话一分为二地看，即“时文之学，有害于古文”是“正确”的看法，因为它表明了程晋芳对“时文”的深恶痛绝，而“时文”正是应该痛恨的；“词曲之学，有害于诗”则是“错误”的看法，因为它表明了程晋芳对词曲的轻视态度，而词曲却是不该轻视的。然后，“正确”的看法取之、用之，“错误”的看法则弃之、蔽之。这样一分为二地看问题实则缺乏“了解之同情”的态度，是先存一种成见而对古人进行是非评判，是则取之，非则弃之，很难说是实事求是的态度。清代纪昀说“文各有体，得体为佳”，这也一直是古人非常明确的观念。程晋芳这番关于时文与古文、词曲与诗的见解恰可视为“得体”之论。程晋芳将二者对举着说，也就必须将二者对举着理解，而不能舍“是”弃“非”。下面的理解会更切近程晋芳的意思，即时文之学过深，以时文为古文，就会使古文的功能、价值和品位等受到损害，同样，词曲之学过深，以词曲为诗，也会使诗的功能、价值和品位等受到损害。作如此理解，也与程晋芳同袁枚讨论时文的说法相吻合。程晋芳在这里并无明确痛绝时文，鄙视词曲的意思。对时文抱有成见的论者一见到时文“有害于古文”之类文字，就以为觅得知音，如获至宝，不作辨析就引以为程晋芳痛绝“时文”的证据，称之替古人“多情”，亦不为过。

② 袁枚：《随园诗话》卷六，人民文学出版社 1982 年版，第 197 页。

③ 郭肇镄生平及赠答吴敬梓之诗，见李汉秋编：《儒林外史研究资料》，上海古籍出版社 1984 年版，第 334~335 页。

还有一番问答：

> 余曰："古韩、柳、欧、苏，俱非为时文者，何以诗皆流贯？"程曰："韩、柳、欧、苏所为策论应试之文，即今之时文也。不曾从事于此，则心不细，而脉不清。"余曰："然则今之工于时文而不能诗者，何故？"程曰："庄子有言：'仁义者、先王之蘧庐也；可以一宿，而不可以久处也。'今之时文之谓也。"①

程晋芳与袁枚的这番问答是否发生在吴敬梓生前，暂未可知。不过这并不重要，因为程晋芳对时文的看法吴敬梓肯定觉察得到，程晋芳本人就说，他觉得吴敬梓"嫉时文士如仇"，于是"余恒以为过"。程晋芳是个懂时文的内行，但吴敬梓也并未嫉之如仇，交往反而相当密切。而且，吴敬梓还推许程晋芳为"才士"，这可以从程晋芳的文字中得知，他在《严东有诗序》中说："吾友吴君敏轩于世落落寡推许，独盛称严生东有，以为才士，间谓余曰：'始识子时，年二十四，吾尝语子，以为子才可及，年不可及。今东有亦犹是也。'"②

很明显的是，程晋芳说吴敬梓"嫉时文士如仇，其尤工者，则尤嫉之"，是将其与"见才士，汲引如不及"相对而言的，也就是说"才士"和"时文士"这两种人比较起来，吴敬梓较喜欢汲引"才士"，而不喜欢"时文士"。只强调吴敬梓汲引"才士"，或只强调他嫉"时文士"，都不能真实地理解程晋芳的意思。程晋芳这里所说的"时文士"、"才士"之所指为何，仍可以从《严东有诗序》中得到一些重要的信息，他说：

> 东有名蔚起，四方人士争与交。顾欿然不自足，思沉酣经史，为不朽业，以贪多务奇为无足恃。噫，东有之志即余曩日之志也！顾余学未成，深有愧于敏轩之矜许。今东有能坚其志，而以余为鉴，不以功名人事扰之，则敏轩所期望于朋者，微东有，其谁属耶？③

结合具体的语境和程晋芳在《严东有诗序》中的这番感慨可知，沉酣经史的严东有及"曩日"之程晋芳本人，都被吴敬梓推为"才士"；而"时文士"应该指的是只用心于时文，扰于功名人事的科举士子。也就是说，吴敬梓嫉之如仇的是那些眼里只有功令文字，没有经史学问，只汲汲于功名，而看轻文行出处的读书人。倘若有读书人时文写得好，但却不以功名为意，吴敬梓则未必嫉之；假若这人的品行又不错，那吴敬梓倒还会推许其为贤人君子了。这与吴敬梓看待读书人"怪诞"行止的态度相类。在《儒林外史》第十二回里，小说通过一个细节对权勿用的"怪诞"作了嘲讽，但如果就此认为吴敬梓反对"怪

---

① 袁枚：《随园诗话》卷六，人民文学出版社1982年版，第197页。

② 程晋芳：《勉行堂文集》卷二，《勉行堂诗文集》，黄山书社2012年版，第730页。

③ 程晋芳：《勉行堂文集》卷二，《勉行堂诗文集》，黄山书社2012年版，第730页。

诞”却又并非如此。如，“名士王冕戴高帽，穿阔衣，正怪诞得很。市井四奇人之一的季遐年，不修边幅，穿着一件稀烂的直裰，靸着一双破不过的蒲鞋，又何尝不怪诞？怪诞是否值得肯定，关键在于怪诞的外表下是否有深厚的底蕴。王冕人品极高，不妨目空千古地任诞。季遐年不贪人的钱，不慕人的势，风骨铮铮，也自具任诞的资格”,① 而对权勿用，与其说作者是在嘲讽他的怪诞，倒不如说是在嘲讽他的徒有其表、人品浅俗。同样的，也可以说，与其认为吴敬梓嫉之如仇的是那些“尤工”时文的人，毋宁说他是嫉恨那些眼里只有时文与功名，却无经史学问，又无道德品行的读书人。

其实，时文写得好不好，并不是吴敬梓看待人的关键，甚至不是他看待人的主要方面。这不仅从上述吴敬梓交游的情形中体现出来，《儒林外史》所呈现的情形更可见出这一点。《儒林外史》里以时文专家知名的应该数马二先生和鲁小姐了。马二先生是八股文专家，而且是个认真敬谨的八股文专家，这是没有什么疑问的。马二先生生活中的主要内容就是四书五经、八股举业，除此之外，他几乎不对其他东西感兴趣，所以他的生活显得很是缺乏情趣，吴敬梓也通过游西湖的一段文字，描摹了他的一些迂腐可笑的行事。不过也只是写他可笑而已，作者并没有对他表示出什么厌恶之类的情绪，更没有嫉之如仇。反而，吴敬梓更多的是写他的可敬与可爱，写他的豪爽与挚诚。从做人上来看，马二先生丝毫无愧于一位君子、一位贤者。祭泰伯祠修礼时，他居初献虞博士、亚献庄绍光之后为“终献”，凭他的道德品行完全承当得起。鲁小姐的八股文功夫也非常厉害，“十一二岁就讲书、读文章，先把一部王守溪的稿子读得滚瓜烂熟”，到了十五六岁上，“王、唐、瞿、薛，以及诸大家之文，历科程墨，各省宗师考卷，肚里记得三千余篇”，自己作出来的文章也是理真法老，花团锦簇。鲁编修说她要是个儿子，几十个进士、状元都中来了，的确不是自命之辞。对这位女流中的八股才女，吴敬梓写了她对丈夫、儿子举业功名的企望，对她和蘧公孙“才子”“才女”之配作了些嘲谑，但同样也没有把她写成可恶、可恨的形象。其实，鲁小姐除了对丈夫、儿子抱有举业功名这点极俗气的心思外，她做人的品行也极不错，得知公公患病，她明于大义，不顾母亲的劝阻，执意去婆家侍疾。到婆家之后，公公已去世，丈夫承重，她则上侍孀姑，下理家政，井井有条，亲戚无不称羡。如果以贤妻良母、孝德女子称鲁小姐，她着实无愧。这充分表明，在《儒林外史》里，吴敬梓也并没有以八股文写得好坏来“定位”他笔下的人物。

另外，吴敬梓本人也是对八股文极为内行的读书人。如，《儒林外史》第十一回鲁编修那段关于八股文与诗赋的议论，第十三回马二先生那段关于八股文理法和八股选文的议论，他们教人时的“八股文口气”固然极为浓重，不过，其中所包含的对八股文的见解，若不是作者对八股文有过一番极好的功夫，是很难写得这么真切到位的。而吴敬梓也并未对自己的八股文功夫有过什么悔恨之词。

因此，无论是从吴敬梓与时文行家的交游情形来看，还是从《儒林外史》对人物的

---

① 陈文新：《士人心态话儒林》，华中理工大学出版社 1994 年版，第 65 页。

表现来看，程晋芳关于吴敬梓“嫉时文之士如仇，其尤工者，则尤嫉之”的说法都是不能作表面地、拘执地、孤立地理解的，只有具体地、多侧面地、多角度地了解吴敬梓和他的《儒林外史》，才能获得接近真实情形的认识。

4. “反科举”话语对《儒林外史》基本意旨的遮蔽——以虞博士为例

在《儒林外史》的评论与研究中，固守“反科举”，“反八股取士”的话语模式，往往会偏离或遮蔽文本所显示的基本意旨。其中最具代表性的就是对虞博士这一形象的认识。在“反科举”，“反八股取士”的话语下，虞博士一直是一个不受重视的存在，这大概是从虞博士身上实在发掘不出多少“反科举”，“反八股取士”之类意义的缘故。因为虞博士显然不符合科举的坚定反对者的标准：一则虞博士不像楔子里的王冕那样批评以《四书》、《五经》与八股文取士不是个好法子，也不像杜少卿那样说“我做秀才，有了这一场结局，将来乡试也不应，科、岁也不考，逍遥自在，做些自己的事罢”，他最多也就是和武书说过“我也不耐烦做时文”（第三十六回）这样的话；二则他参加过好几次科举考试，还中了进士，做了南京的国子监博士。显然，以“反科举”，“反八股取士”的眼光审视虞博士，他身上“进步”的东西实在不多，“局限”倒是不少。

但是我们分明可以感觉到，在《儒林外史》里，虞博士是作者最为推重的一个人物。吴敬梓是将虞博士作为一位圣人来写的。首先作者将他的出生地安排在麟绂镇，而“麟绂”的说法是与孔子联系在一起的。晋王嘉《拾遗记》卷三“周灵王”条云：“夫子未生时，有麟吐玉书于阙里人家，文云：‘水精之子，系衰周而素王。’故二龙绕室，五星降庭。征在贤明，知为神异，乃以绣绂系麟角，信宿而麟去。相者云：‘夫子系殷汤，水德而素王。’至敬王之末，鲁定公二十四年，鲁人锄商田于大泽，得麟，以示夫子，系角之绂，尚犹在焉。夫子知命之将终，乃抱麟解绂，涕泗滂沱。”①基于这样的说法，黄小田评和天目山樵评都以此认为虞博士是书中第一人，是《儒林外史》中的圣人。他名“育德”，字“果行”，也是来自于《易经》的“君子以果行育德”。很显然，书中将“圣人”、“君子”、“真儒”、“名贤”这些名号都赋予虞博士，表明作者在他身上寄寓着理想中读书人应当有的高尚人格与人品，即人格上，乐天知命，无忧无惑，天怀淡定；人品上，修身齐家，知礼行礼，以德化人。

就前者而言，《儒林外史》写虞博士对待生活中得失的态度尤能表现出这一点。小说第三十六回写，有一年虞博士失了馆，娘子问他怎么办，他的回答很有意味：“不妨。我自从出来坐馆，每年大约有三十两银子。假使那年正月里说定只得二十几两，我心里焦不足，到了那四五月的时候，少不得又添两个学生，或是来看文章，有几两银子补足了这个数。假使那年正月多讲得几两银子，我心里欢喜道：‘好了，今年多些。’偏家里遇着事情出来，把这几两银子用完了。可见有个一定，不必管他。”过了些时，果然祁太公来说，远村上有一个姓郑的人家请他去看葬坟。虞博士带了罗盘，用心用意地

---

① 王嘉：《拾遗记》卷三，中华书局1981年版，第70~71页。

替他看了地，葬过了坟，那郑家谢了他十二两银子。吴敬梓笔下的虞博士有这样的襟怀，自然不会把中举、中进士、做官看得很重，更成不了范进、周进那样的人，也成不了王惠、汤奉之流；作者又特意凸显他的这种襟怀与实际的生活情形是那么接榫，可见吴敬梓对虞博士天怀淡定之品格真是由衷地推崇。关于"知命"，《论语·尧曰》章末有："子曰：'不知命，无以为君子也。不知礼，无以立也。不知言，无以知人也。'"①这里的"知命"，《论语注疏》作如此理解："命，谓穷达之分。言天之赋命，穷达有时，当待时而动。若不知天命而妄动，则非君子也。"②又云："仁者乐天知命，内省不疚，故不忧也。"③朱熹则引程子之言云："知命者，知有命而信之也。人不知命，则见害必避，见利必趋，何以为君子？"④君子乐天知命就无所忧，无所惑，不趋利，不强动。吴敬梓写他最为推崇的虞博士之乐天知命，正是照圣人所推崇的样子进行的。同时，虞博士和他的娘子又何尝不是吴敬梓和他笔下的杜少卿说《女曰鸡鸣》诗所标举的夫妇的典范？由此，像虞博士这样的人，他存在的意义当然不会成为今人之所谓"反科举"、"反八股取士"、"反礼教"、"反理学"之类的"斗士"，但他却是在以自己无忧无惑、天怀淡定的品格，为那些醉心功名、趋利逐势的读书人树起了一个精神自立的榜样。而这正是吴敬梓塑造虞博士这个形象的良苦用心之一，也是他推尊虞博士的重要方面。

就后者而言，吴敬梓推赞虞博士知礼行礼，教人以礼义廉耻，自不必多说，这由《儒林外史》对他主祭泰伯场面的表现，对他日常言行的叙写以及书中人物对他由衷地评赞和追思可以看出来。这里只看虞博士修身齐家的品格。虞博士是一个品行高尚的读书人，无论做什么事都显出他是一个让人敬佩的人。他知恩思报，替公子毕姻，"所聘就是祁太公的孙女，本是虞博士的弟子，后来连为亲家，以报祁太公相爱之意"。他待家人亦至诚，祁府陪嫁一个丫头，喜事已毕，他便把使女配了管家，管家拿十两银子交使女的身价，他则说："你也要备些床帐衣服。这十两银子，就算我与你的，你拿去备办吧。"妻儿老小他更是时常牵挂在心。若在别人，补授一个南京国子监博士的闲官应该是多么沮丧，他则欢喜道："南京好地方，有山有水，又和我家乡相近。我此番去，把妻儿老小接在一处，团圞着，强如做个穷翰林。"当我们把虞博士与诸如攀高附贵之匡超人和自作风雅之杜慎卿这些人对比的时候，便能感觉到吴敬梓娓娓叙写虞博士这些行止的用心，即意在倡导读书人要像虞博士那样做一个修身齐家的君子，因为修身齐家的君子走到哪儿，就能给那里污浊的风俗带来一阵清新、淳美。

吴敬梓将虞博士当作一位圣人来写，可以说这个人物倾注了他对读书人的一种期待，期待有更多的读书人像虞博士那样洗去精神与灵魂里畏琐与污浊的东西，做个"真儒"，做个君子。也正因为如此，吴敬梓才一再借小说中的人物提起虞博士，告诉人们这是一个难得的好读书人。直到小说的结尾，吴敬梓还在说："那南京的名士都已渐渐

---

① 朱熹：《论语集注》卷十，《四书章句集注》，中华书局 1983 年版，第 195 页。

② 何晏注，邢昺疏：《论语注疏》卷二十，北京大学出版社 2000 年版，第 308 页。

③ 何晏注，邢昺疏：《论语注疏》卷十四，北京大学出版社 2000 年版，第 223 页。

④ 朱熹：《论语集注》卷十，《四书章句集注》，中华书局 1983 年版，第 195 页。

消磨尽了。此时虞博士那一辈人，也有老了的，也有死了的，也有四散去了的，也有闭门不问世事的。”作者的伤感正显示出对虞博士这班人的追思与敬仰。

但在以“反科举”、“反八股取士”之类的话语模式下，虞博士被忽略了，变成了一个不怎么重要或者有很大“局限性”的存在。但由上所述可见，如果忽略了虞博士，也就偏离和遮蔽了吴敬梓创作《儒林外史》最重要的用心，也就不能说是真正理解了《儒林外史》的基本意旨。这也可以表明，只有突破“反科举”、“反八股取士”之类的话语模式，持以了解之同情的态度，才能更好地理解吴敬梓和他的《儒林外史》。

二、《儒林外史》关注科举社会的读书人而非科举制度

在《儒林外史》第一回里，王冕批评以《五经》、《四书》、八股文取士“这个法却定的不好”，这往往被理解为吴敬梓在此明确地表示了对八股取士的反对态度。而后面的话“将来读书人既有此一条荣身之路，把那文行出处都看得轻了”，则一直被视为吴敬梓反对八股取士制度的原因。在“反科举”、“反八股取士”话语之下，作这样的理解是必然的。但是，读《儒林外史》后我们分明感到，吴敬梓所关注的是科举社会里的人尤其是读书人，而非关注科举制度本身。如果对照黄宗羲、顾炎武等关于对科举取士之法进行改革完善的言论，更可清晰地看到这一点。同时，再联系小说开篇关于功名富贵的那番感慨，对作者借王冕之口所说的话作这样的理解应该更符合小说文本的实际情形，即吴敬梓着重要表现的是很多读书人因抵挡不住举业功名的诱迫而看轻了文行出处，看重了功名富贵；或者说，吴敬梓说“法定的不好”是强调这种取士的办法会对读书人的精神与道德造成“不好”的影响，而不是着眼于“这个法”本身怎么“不好”。具体而言，《儒林外史》关注科举社会的读书人主要集中于两个层面：一是精神层面，关注科举取士制度对读书人灵魂与心态的影响，着重对读书人在举业功名面前所表现出的精神心态进行思考；二是道德层面，关注科举取士制度对读书人道德文行的影响，着重思考读书人在科举功名面前只讲荣身富贵，不讲礼义廉耻的现象进行思考。

1. 从《儒林外史》看科举社会读书人的精神心态

五代王定保《唐摭言》卷一里，曾载述唐代进士科牢笼天下英彦的境况：“进士科始于隋大业中，盛于贞观、永徽之际；缙绅虽位极人臣，不由进士者，终不为美，以至岁贡常不减八九百人。其推重谓之‘白衣公卿’，又曰‘一品白衫’；其艰难谓之‘三十老明经，五十少进士’；其负倜傥之才，变通之术，苏、张之辨说，荆、聂之胆气，仲由之勇武，子房之筹画，弘羊之书计，方朔之诙谐，咸以是而晦之，修身慎行，虽处子之不若；其有老死于文场者，亦无所恨。”随后，又借用两句诗感叹道：“太宗皇帝真长策，赚得英雄尽白头！”①可见，科举取士制度的确是一个引“天下英

① 王定保：《唐摭言》卷一，《唐五代笔记小说大观》，上海古籍出版社 2000 年版，第 1578~1579 页。

雄入吾彀中”①的好办法。在吴敬梓的笔下，读书人重举业科名的心理变得更加强烈。归结起来，在《儒林外史》里，读书人面对举业功名时的灵魂与精神状态主要表现为三种情形。

第一种情形，以《儒林外史》第二至五回里的周进、范进、严监生等为代表的读书人，他们禁不住举业功名的诱逼，被磨耗得丧失了基本的人格与尊严，完全成了畏琐可怜的举业功名的痴迷者。

在科举社会，尤其是明清时代，有没有科名，科名的高低，科名是正途还是异路，这些决定读书人身份的尊卑、地位的高下，极大地影响着读书人生存与生活的境遇。《儒林外史》写周进、范进、严监生等人物的时候，着重展示了以科名的有无、高低来看待读书人的鄙薄乡俗，正是他们抵挡不住恶俗世情的诱逼，才始终沉迷于举业功名。

先看周进、范进。科举时代，许多读书人不懈地奔竞于科场，甚至为之耗费终生也在所不惜，精神与灵魂被举业功名磨耗得或畏琐或颠狂。周进、范进就是这样的典型。众多读书人之所以汲汲于科举功名，屡战屡败而终不能放弃，一个重要的因素就是，有科名的读书人与没有科名的读书人，其生存境遇差别很大。明清之制，正规的科举考试分院试、乡试和会试三级，院试是最低一级。童生如果在院试中通过，就取得生员的资格，也就是进了学，俗称秀才，这是最低的科名了。秀才不能做官，但他们在地位上已高出一般读书人，比如可以戴方巾，可以和知县分庭抗礼，而且可以享有一些经济上的待遇。院试过不了关，就一直是童生，也就是未进学，就什么待遇也没有。在《儒林外史》第二回里，六十多岁的周进见了小他几十岁的梅玖又是谦让又是作揖，不肯僭礼；梅玖对周进态度傲慢，还颇为自得地说，“我们学校规矩，老友是从来不同小友序齿的”，后来又就周进吃斋一事大做文章，一再刻毒地当众羞辱他，弄得他脸上红一块白一块。之所以会如此，就是因为梅玖已经是个进了学的秀才，而周进连学也未进。尽管一个秀才的身份也好不到哪里去，但毕竟算是有了科名，有了参加乡试的资格，而周进连这个资格都没有获得。至于在举人面前，周进根本不被待见。如王举人就对他说：“你只管去批仿，俺还有别的事。”而且王举人吃饭时撒了一地的鸡骨头、鸭翅膀、鱼刺、瓜子壳，还让他昏头昏脑地扫了一早晨。第三回里，范进中举之前，十二月天还穿着麻布直裰，冻得乞乞缩缩，家里穷得连锅都揭不开了，只得抱了生蛋母鸡去卖了换米救急。而一旦中了举人，周进、范进的境遇马上就发生了天上人间的转变。周进中了举人，汶上县的人，不是亲的也来认亲，不相与的也来认相与；当初那个曾煽动众人辞了周进的馆的申祥甫听见这事，也在薛家集敛了分子，亲自上门贺喜。范进中了举人，“同在桑梓，一向有失亲近”的乡绅张静斋很快就登门认世弟兄，送银两，送房子，随后又有许多人来奉承他，有送田产的，有送店房的，还有那些破落户，两口子来投身为仆图荫庇的，只两三个月，家里奴仆、丫鬟都有了。这都是科名所带来的。唐人笔记《玉泉子》里所记的一个故事尤能显示读书人及第前后的瞬间变化：

---

① 王定保：《唐摭言》卷一，《唐五代笔记小说大观》，上海古籍出版社2000年版，第1578页。

赵惊妻父为钟陵大将，惊以久随计不第，穷悴愈甚。妻族益相薄，虽妻父母不能不然也。一日，军中高会，州郡谓之春设者，大将家相率列棚以观之。其妻虽贫，不能无往，然所服故弊，众以帷隔绝之。设方酣，廉使忽驰吏呼将，将且惧。既至，廉使临轩手持一书笑曰：“赵惊得非君之婿乎?”曰：“然。”乃告之：“适报至，已及第矣。”即授所持书，乃榜也。将遽以榜奔归呼曰：“赵郎已及第矣!”妻之族即撤去帷帐，相与同席，竟以簪服而庆遗焉。①

有没有科举功名，差别如此之大。难怪科举时代有不少读书人那么热衷举业，吴敬梓笔下的周进、范进就是他们当中的典型代表。周进累年蹭蹬，六十多岁还没有进学，弄得稂不稂莠不莠的，只得跟着人记个账弄碗现成饭吃，可郁积在他心中的辛苦与屈辱以及对科名的悬望一直不曾寻个出处，所以才有省城贡院里撞号板，哭得昏天黑地、凄惨伤心的那一幕。当金有余和众人商议凑钱，帮他纳监进场时，他马上趴在地上磕头：“若得如此，便是重生父母，我周进变驴变马也要报效!”范进二十岁应考，考过二十余次，五十多了还在奔竞于科场，以致被科举功名诱迫得神魂颠倒，畏琐可怜。吴敬梓通过周进、范进的遭遇揭示了这样一种情形：科举时代，朝廷重科名，世情也就重科名，于是读书人有没有科名，其境遇就有了天壤之别，这些因素所构成的强大力量诱迫着众多的读书人像周进、范进这样，虽屡战屡败，然终放不下举业功名之心。

再看严监生。关于严监生这个形象，卧评即说他为“吝啬”的“看财奴”②，黄小田评语中也说过他“悭吝”。后来，论者也多把他同葛朗台等欧洲文学史上的一些吝啬鬼形象相提并论，尤其临死前因为两茎灯草总不肯咽气一段情节，被视为严监生悭吝的“铁证”。而且，这个细节来源于吴敬梓之子吴烺(1719—1771?)所听到的一个真实故事，阮葵生(1727—1789)则又将这个故事记载在《茶余客话》卷十五“守财奴”条下。因为这，严监生是守财奴似乎无可置疑了。但如此理解严监生实际上忽略了非常重要的两点：一是吴敬梓将这个故事写进《儒林外史》时已经作了改造；二是这个细节只是严监生一生中的典型事件之一，而严监生在《儒林外史》里也不是一个孤立的存在。如果只注意到这个细节的来源和这个细节本身，无视严监生一生的行事，无视严监生是处在《儒林外史》所呈现的特定情境之中的人物，便以悭吝或吝啬鬼为严监生“盖棺定论”，未免误解了这个形象以及吴敬梓塑造这个形象的意图。如果视严监生为吝啬鬼的话，就必须至少解决如下两个问题：其一，严监生是否具有吝啬鬼的典型性格特征；其二，在《儒林外史》里，严监生形象所依托的文本语境和文化语境如何能造成他的悭吝性格。

---

① 阙名：《玉泉子》，上海古籍出版社编：《唐五代笔记小说大观》，上海古籍出版社 2000 年版，第 1428 页。

② 卧闲草堂评第五回回评云：“此篇是从‘功名富贵’四个字中偶然拈出一个‘富’字，以描写鄙夫小人之情状。看财奴之吝啬，荤饭秀才之巧黠，一一画出，毛发皆动，即令龙门执笔为之，恐亦不能远过乎此。”李汉秋辑校：《儒林外史汇校汇评》，上海古籍出版社 2010 年版，第 74 页。

第一，如果以典型的吝啬鬼形象作参照，严监生其实与他们是很不相同的。有不少论者以为，葛朗台与严监生都是吝啬鬼，他们的差异只在于两者基于不同时代风尚与民族性格。那我们就以中国文学史里固有的悭吝形象来与严监生进行对比，此仅以古代小说戏曲里的典型悭吝形象为例。主要有这样一些：《太平广记》卷一百六十五所收《笑林》里的汉世老人，徐复祚的杂剧《一文钱》里的卢至，冯梦龙《喻世明言》卷三十六《宋四公大闹禁魂张》里的张富，纪昀《阅微草堂笔记》卷五所记的孙天球，等等。将这些悭吝形象与严监生作仔细比较，会发现在如下几个方面有显著不同。其一，严监生对自己和家人都极度节俭，需要花钱的时候却颇为慷慨；在他濡染下的原配王氏也极度节俭，对外人却时常施舍。而悭吝者视财如命，对己对人在任何时候都舍不得。如汉世老人，“或人从之求丐者，不得已而入内，取钱十。自堂而出，随步辄减，比至于外，才余半在。闭目以授乞者，寻复嘱云：‘我倾家赡君，慎勿他说，复相效而来。’”①又如张富因极为悭吝，被人唤作禁魂张员外，他宁可自缢而死，也不舍得家财。其二，严监生的最终目的不是攒积财富，而是备着“有急事好拿出来用的”，备着用在能够显排场成大事的地方，如他为扶正赵氏、为王氏办丧花了很多银子。悭吝者则把攒积财富作为唯一目的，贪得无厌，并以此为嗜好。如卢至见了钱财如蝇子见血，他自白：“通宵计算把牙关扣。就使扬子江潮变酒浆，心中只是还不勾。”②其三，严监生是个富有人情味的人。如王氏病渐重，“每日四五个医生，用药都是人参、附子”，而他自己病得骨瘦如柴，却舍不得银子吃人参。王氏死后，严监生想及她的好处，也渐因思念她而患上了病，卧评所论极有道理：“除夕家宴，忽然被猫跳翻篾篓，掉出银子来，因而追念逝者，渐次成病，此亦柴米夫妻同甘共苦之真情。”③悭吝者则没有一点儿人情味。如孙天

---

① 李昉等编：《太平广记》卷一百六十五，中华书局1961年版，第1207页。

② 沈泰编：《盛明杂剧》，山东画报出版社2004年版，第287页。

③ 李汉秋辑校：《儒林外史汇校汇评》，上海古籍出版社2010年版，第74~75页。当然，第五回有这么一段，赵氏在王氏床前数次哭诉自己的心思，王氏终于向她说自己死了就让严监生将她扶正做个填房。小说写：“严致和听不得这一声，连三说道：‘既然如此，明日清早就要请二位舅爷说定此事，才有凭据。’”黄小田就此评道：“赵氏不足道，严监生也听不得一声，是早有死王氏之心。”有读者也据此认为严监生心狠情薄，当然不必讳言，此时的严监生的确显得寡情薄义。这里不妨推测一下严监生此时的心思。严监生是把名分看得很重的。他的原配病得日甚一日，万一王氏死了而赵氏还是妾的名分，按宗法观念，妻出之子为嫡子，妾出之子为庶子，那么赵氏和他唯一的系妾出的儿子都在名分上有违碍，就会名不正言不顺，这可能使他一家得更加小心翼翼地生活下去，何况还有他一直小心侍候着的两位见钱眼开的舅爷在。因此，他才会那么急迫地要请二位舅爷说定此事，以有个凭据；他才会不惜银两，遍请诸亲六眷，立王氏遗嘱，又是拜天地，又是告祖宗，大操大办此事。而事情在后来的发展也印证了严监生的这种心思并非没有来由。严贡生占他留下的家产就是先从名分上找说辞。严贡生起初称赵氏为二奶奶，机会一来，他就改叫赵新娘了，并说：“赵新娘是没有儿女的，二相公只认得他是父妾，他也没有还占着正屋的……替他搬过东西去，腾出正屋来，好让二相公歇宿。……二相公称呼他‘新娘’，他叫二相公、二娘是‘二爷’、‘二奶奶’。再过几日二娘来了，是赵新娘先过来拜见，然后二相公过去作揖。我们乡绅人家，这些大礼都是差错不得的。”严贡生此言虽然无耻，但也正合乎宗法家庭正名定分的道理。由此，固然严监生此时的作为很是没有情义，但也没有理由因此而怀疑他和王氏平日里的同甘共苦，也无须怀疑日后他思念王氏的真情。

球，“虽妻子冻饿，视如陌路”，“不轻用一钱”。① 又如，禁魂张看见管家给一个穷汉两文钱，就训道：“好也，主管！你做甚么，把两文撇与他？一日两文，千日便两贯。”②把穷汉讨来的钱也占了，还叫人打了他一顿。其四，严监生是个可悲的形象，他不仅被作者同情，而且从接受者的角度观照严监生的一生行事，也始终让人笑不起来，直至他监终时为两茎灯草而伸出两根指头，依然让人感受到的是他的可悲与可怜。而吝啬鬼通常是被嘲讽或被戏谑乃至被挖苦的可笑形象。如孙天球，病革之际还将一生所积陈于枕前，一一抚摩，临死还在说：“尔竟非我有乎？”爱财至于如此地步，《阅微草堂笔记》的作者纪昀对他是戏谑的；从接受者的角度，孙天球也是一个令人忍不住发笑的形象。另外，悭吝者待人通常是倨傲不屑的，鲜有像严监生这样胆小怕事的。由此看来，严监生的确与吝啬鬼有着根本的不同，绝不是所谓时代风尚与民族性格的差异所能解释得了的。其实，《儒林外史》里也有几个啬细非常的人，第十八回写的胡三公子，第五十二回写的毛二胡子、陈正公都是，如果将严监生和这些视一文如命的人进行比较，也可看出严监生在对待钱财以及为人方面都与他们大不相同。

第二，将严监生放在小说的文本语境里，如果视其为吝啬鬼，就会生出一些无法得到合理解释的问题。《儒林外史》从第二回到第二十回，写了一批有读书人身份的形象，严监生之前有周进、范进、张静斋、严贡生、汤奉等，之后则有王惠、娄三、娄四、鲁氏父女、蘧公孙、马二先生、匡二等，与严监生同时的有王德、王仁。考察《儒林外史》对这些形象及其相关的人物的绘写，不难发现，这近二十回要表现的是科举社会里的读书人是如何对待文行出处的。具体言之，小说这一部分的主要意图在于呈现科举社会读书人的精神状态与道德文行以及科举取士制度对士风的影响。如果将严监生视为“吝啬鬼”，放在小说的整体布局中，就会产生一些必须要给予合理解释的问题。诸如，吴敬梓为何要在这里插入一个吝啬鬼的形象？从科举取士的角度看，这种制度可以造成一些醉心于举业功名的人，也可以造成一些没有经史学问，不讲道德品行的人，但如何能够产生出一个吝啬鬼来？从功名富贵的角度看，对功名富贵的追逐本来就是要过得体面和尊贵，很难想象会造一个吝啬鬼出来。从道德文行的角度看，像严监生这样的“吝啬”与有没有道德文行也联系不上。总而言之，严监生这样的形象若被视为“吝啬鬼”的话，对展现科举社会里读书人的精神状态和士风是否有意义？除非将小说对严监生的描写视为与上下文没有联系的孤立存在，而这正是多数论者得出严监生为吝啬鬼结论时习惯采用的办法。总之，如果不是孤立地，而是放在小说的文本语境里来看待严监生，视其为吝啬鬼是极不妥当的。

我们再来看一位国外学者是如何看待严监生的。美国学者夏志清先生曾就严监生临死前的那个场面论道：

---

① 纪昀：《阅微草堂笔记》卷五，上海古籍出版社 1980 年版，第 86 页。

② 冯梦龙编撰：《喻世明言》卷三十六，中华书局 2009 年版，第 336 页。

脱离上下文看，这个故事是一幅守财奴的绝妙的漫画，但是对一个小说家来说，他在写这个精彩的篇章时，首先应当考虑的是：它是否合适？当严致和第一次出场时，作者告诉我们他是一个有钱、俭省而又胆小的人，但很快我们就看到，为了他哥哥的诉讼案子，他也花了十几两银子。他的第一个妻子王氏死时，王氏的两个哥哥支持他将他的妾赵氏立为正室，为了酬谢他们的帮助，严致和再三地给了他们几大笔钱。在他妻子的葬礼上以及在居丧期间，他用了四五千两银子。一个真正的吝啬鬼不可能在他已死的妻子身上花费如此多的钱，也不至于在妻子死时那样不经心以致让两个舅奶奶将衣服、金银、首饰厚颜无耻地偷了去。①

我们上面的讨论正与夏志清先生这段论述在一些主要方面不谋而合。但是，夏先生绕了一圈最终还是又返回原地，仍然将严监生视为吝啬鬼，这缘于他的这一困惑："然而，吴敬梓却又为严致和安排了一个两根灯芯的故事(这或许是作者虚构，或许是在一本笑话书中读到的)，这个故事太妙了，以致难以割爱，这样，严致和就作为一个极端的吝啬鬼而死去，尽管这与前面章节给人的印象相矛盾。"②这里，夏志清先生实际上最终还是将严监生的故事孤立起来看了，或者说，他的联系上下文只是在严监生故事的内部联系上下文，这是远远不够的。以现代的小说观看待严监生，说他这个形象具有典型性，他的性格非常鲜明，这是不错的。但严监生这个形象不只是因为其性格的典型与鲜明才存在，他更重要的是为《儒林外史》这个有机整体而存在，脱离了这个整体及其所依托的文化背景，他就很容易仅被理解成同巴尔扎克笔下的葛朗台一样的吝啬鬼，但这显然是极为片面的。只有将严监生放在整个小说的文本语境以及那个时代的文化语境当中，才能真实理解他的性格，理解吴敬梓在周进、范进之后接着安排他这个形象的意图。

关于严监生这个形象，下面的两段文字才是真正读懂了他：

他畏惧舒展的活力充沛的人生。在他眼里，可怕的不是"两茎灯草"费油，可怕的是赵氏尚未充分意识到压缩自己的必要性。如果是为了严贡生、王德、王仁，即使点一百茎灯草，他严监生也不会在意；然而，这是赵氏在"享用"，那便万万使不得。那会带来灾祸的。畏灾惧祸是贯串严监生一辈子的主题，这一主题的重要性远远地超过了人生的其他问题。所以……只有当赵氏亲手挑掉一茎灯草时，他才放心地走了，卑微地走了。

如果一定要拿严监生跟人比较，他倒有些接近于(五代)王定保《唐摭言》中的湛贲：彭伉、湛贲都是宜春人，又是连襟。彭伉中进士时，湛贲还是县吏。妻族为

① [美]夏志清著，胡益民等译：《中国古典小说》，江苏文艺出版社2008年版，第214~215页。
② [美]夏志清著，胡益民等译：《中国古典小说》，江苏文艺出版社2008年版，第215页。

彭设宴庆贺，客人都是官人名士。彭坐在首席，满座的人都向他表示倾慕。湛贡来后，妻家不让他入席，在后阁用饭，他毫无难色。湛贡所受的侮辱够叫人难堪的了——同是女婿，彭坐首席，他连上酒席的资格也没有；可他居然逆来顺受。如此自认卑贱，他还敢于与彭伉平起平坐地享受人生么？严监生对享受“两茎灯草”也满怀恐惧，这不过是自认卑贱的极端表现罢了。①

接下来的问题就是，严监生为什么要这般自认卑贱、自我压缩？可以说，科举取士制度将读书人依科名的不同自然区分出森严的等级，以及不同等级之间境遇的巨大差别，是导致严监生如此自我作践的极为重要的因素。

明清时代的科举取士，院试、乡试、会试通过者分别获得生员(俗称秀才)、举人(俗称孝廉)与贡士(经殿试后称进士)的名号，其间差别不必赘述。但是有科名的读书人不是只有三个等级这么简单，比如进士还要分出三甲，一甲又被分出状元、榜眼与探花等。此外还有繁多的名目，其间也各有差别。这里以生员、监生与贡生为例述其分别。生员分为三个等级，等级的划分是府、州、县学根据每三年须举行一轮的两次大考(即岁考和科考)的成绩来决定：一般初进学的生员或岁、科考成绩在三、四等的生员为附学生员，简称附生；岁、科考成绩在二等的称为增广生员，简称增生；岁、科考成绩最优的称为廪膳生员，简称廪生。清代贡生有岁贡、优贡、拔贡、恩贡、副贡等分别。岁贡是每岁按资历挨次在廪生中选拔一次；优贡是每三年在廪生和增生中选拔一次；拔贡是每十二年考选一次；恩贡是遇国家庆典时朝廷恩赐的贡生，不过也是按资历选拔；副贡是乡试每五名中举者可增一名副榜，贡入太学，叫副榜贡生，简称副榜。可见，贡生相当于举人副榜，虽然不能参加直接会试，但他们的地位比一般秀才已高出好多；而且贡生的来源相当正规，除例贡外(这种情况很少)都是正途出身，虽然会按资历选拔，但也都是生员中成绩好、等次高的。清代的监生有优监、恩监、荫监、例监。优监在附生中选拔。恩监是指对先圣先贤后裔恩准入监者，或由汉军八旗文官子弟恩准入监。荫监又分恩荫和难荫：恩荫是京官四品以上，外官三品以上，武官二品以上，按例可特准一子入国子监就读；难荫，专指品官因公殉难，封荫其子入国子监读书者。例监就是通过纳捐取得监生资格。可见，监生比一般秀才稍强一些，但要低于贡生不少，而且来源可以说相当芜杂，除优监从附生中选拔外，都不是正途出身，即所谓异路功名。监生可以参加乡试，但即便能考中进士，这出自杂流的身份是怎么也脱不掉的，并会因此影响他的名分和地位。科举制度弄出这么多名目，划分出这么多等级，自然也规定了不同等级、不同名目之间地位的尊卑、待遇的不同。除了少数读书人能顺利地从童生而生员而举人而进士外，大部分读书人都要为这繁多的名目与等级而耗费青春，甚至奔竞终生。当然，这是统治者使读书人入其彀中施行的极有效、极巧妙的制度。

正是科举取士制度有这么多的名目与等级，不同名目与等级之间又有很大的差别，

① 陈文新：《士人心态话儒林》，华中理工大学出版社1994年版，第183、184~185页。

这就直接引起世俗的舆论也以科名的不同来看待读书人(这当然包括读书人也同样依科名对待自己，湛贲、严监生就是这样的典型例子)。吴敬梓在《儒林外史》里就呈现了科举社会里形成的这种风气：乡俗看待一个读书人，只看他的科名是高还是低，是正途出身还是异路功名。

在这样的背景下，再来看监生严致和，便能理解他的性格了。监生按等级本就比不上贡生。并且，严致中的贡生名号属岁贡，也就是从最高一级的生员中选拔出来的；而严致和的“监生”名号既不会是靠恩准和恩荫得来，也不会是优选得来，是他通过纳捐得来的。这应该是监生名号中最被人瞧不起的一种了。他临终前和两位舅爷说的话正透露出他在心中郁积了多年的想法：“我死之后，二位老舅照顾你外甥长大，教他读读书，挣着进个学，免得像我一生，终日受大房里的气!”由这番话，可以发现：第一，严监生一生的最大企望是能进个学。可以设想，严监生可能像周进、范进一样，经过了屡次的科场奔竞也没能进学，最终连个生员的身份也没取得。至少能够确认，没能进学是严监生始终藏在内心深处的苦痛。尽管他很有钱，但在他看来，科名对于读书人才是最重要的。无奈只好花钱捐个监生的资格。也正因为此，他才会把自己对科名的企望寄托在儿子身上。第二，严监生一辈子受兄长的气，他把这归因于自己没能进学，没能获得货真价实的科名。至于严贡生欺负严监生，是否真因为自己是正途出身的岁贡，而弟弟是异路出身的最让人看不起的例监，这无法得知。但至少严监生自己是这么认为的。正因为这个，他才对大房里的欺负忍气吞声一辈子，只到临死才不顾体面地说出来。

一个读书人因为科名的缘故，自认卑贱，极度压缩自己，忍辱负重地过一辈子，这显示出有些读书人的灵魂已被举业功名完全吞噬，精神已被举业功名严重摧折。从这一意义上来看，严监生的自我压缩与自视卑贱，比周进撞号板、范进发疯更能显示出科举制度对一些读书人精神与灵魂所产生的深入骨髓的影响。

另外，从表现科举取士制度对读书人精神与灵魂影响的角度来看，吴敬梓写严监生与写周进、范进，在情节发展的处理上采用的都是相同的笔法。小说第三回关于周进郁极而撞号板和范进喜极而发疯的情形，是作者写这两个人物的用笔重心所在。之前，写周进受羞辱，被冷落，写他的受尽辛苦、忍辱负羞；写范进乞乞缩缩的寒酸样，写他被丈人骂得狗血喷头的窘迫样。这都是在为撞号板、发疯的情节作铺垫，是意在展示读书人的精神与灵魂被举业功名诱迫得沉迷癫狂的状态。同样，对严监生自我压缩、自视卑贱的描写，也是在为那两茎灯草的事，为临终前那番总结他一生处境，表达他一生痛苦的话作铺垫。而两茎灯草的情节也同周进撞号板、范进发疯一样，都具有对科举社会读书人的精神与灵魂进行烛照的意义。

由上所述，吴敬梓对周进、范进、严监生这些形象的塑造，主要呈现了读书人面对举业功名时的一种心灵与精神状态。吴敬梓对这些因耿耿于举业功名以至于生活得猥琐可怜的读书人，所持的主要是讽刺而又同情的态度。这与他们是不是人才无关，而是因为他们被举业科名斫削了元气，灵魂为之羁縻，精神因之摧折。

《儒林外史》第八至十三回里塑造了两位显宦子弟的形象，这两位就是娄三、娄四公子。吴敬梓在《儒林外史》里塑造的娄氏兄弟形象应该如何理解？吴敬梓为什么要塑造这样的形象？我们认为，娄氏兄弟也是吴敬梓为烛照科举社会里读书人的精神与心灵而塑造的形象：他们因科名蹭蹬，而激起一肚子不合时宜的牢骚，代表了科举社会里读书人当中“怀才不遇”者一类。

娄三公子名琫，是个孝廉；娄四公子名瓒，在国子监读书。祖父为太保公。父亲为中堂，在朝二十余年，死后赐祭葬，谥文恪。长兄在京师为官，时任通政司大堂。娄氏兄弟称得上是出身高官显宦之家，却未得早年中鼎甲，入翰林，遂放弃了举业，可又因之而甚为不平。于是，在他们身上就表现出落第公子的某些习气和“怀才不遇”者的心态。

其一，《儒林外史》里，娄氏兄弟一出场，就很快给读者留下了这样的印象：自视才高，时常怨愤不平，喜欢发表些与时宜相违的偏激言论。

娄氏兄弟因科名未能如愿，于是激起了满腹牢骚，即便呆在京师，他们也忍不住作些“自从永乐篡位之后，明朝就不成个天下”之类的议论，弄得兄长也听不过，怕惹出事，劝他们回了湖州老家。在姑丈蘧太守家烹茗清谈，说起宁王反叛之事，娄四公子又起了兴致：“据小侄看来，宁王此番举动，也与成祖差不多。只是成祖运气好，到而今称圣称神，宁王运气低，就落得个为贼为虏，也要算一件不平的事。”娄氏兄弟的牢骚偏激本缘于自视才高却又自认时运不济。比较一下娄三、娄四公子对成祖和宁王的议论，便会发现一些很有意思的地方：如果以看成祖的眼光，他们应该说宁王也是图谋篡位；如果以看宁王的眼光，他们应该称颂成祖英明。可是这兄弟二人不是如此，他们攻讦成祖，却为宁王鸣不平。这固然表现出不以成败论人的识见，不过也不能因此而高估了娄三、娄四公子的胸襟。他们实际上是在以运气论人，成祖运气好他们攻讦，宁王运气不好他们不平，这并不比以成败论人高明到哪里去。尤其值得关注的是：娄三、娄四公子为何表现出不以成败论人的识见，却又陷于以运气论人的偏狭？不妨作这样的推测，娄三、娄四公子若以成败论人，那他们不能中鼎甲、入翰林，岂不是把自己也置于没才学、没本事的读书人之列了；可如果以运气论人，娄氏兄弟就能给自己找到一个充分的可以沾沾自喜的理由了：我们兄弟没中鼎甲、入翰林不是因为没学问、没本事，而是因为运气不好。从这一角度看，娄三、娄四公子还真算是高明，原来是在借别人酒杯浇自己块垒，用宁王说事的确能够达到耸人听闻的效果，只是太不谨慎，太过轻率了些。接着再看娄氏兄弟后面的议论，更可以证明这种推测是合乎他们的心思的。蘧太守又对娄氏兄弟说起他的孙子：“自你表兄去后，我心里更加怜惜他，已替他捐了个监生，举业也不曾十分讲究。近来我在林下，倒常教他做几首诗，吟咏性情，要他知道乐天知命的道理。”娄氏兄弟赞赏其高见，可说出来的还是不无激愤之言：“俗语说得好：‘与其出一个斫削元气的进士，不如出一个培养阴骘的通儒。’”（第八回）娄氏兄弟提起这样一句俗语，实则含有这样的意思在里面，即我们兄弟与其做一个斫削元气的进士，不如做一个有阴骘的通儒。再进一步讲，也就是说：我们兄弟不是没有中进士的才，连做通儒的才都有，只怪我们运气不好。这样的话，要在高翰林、施御史那里，肯定是不通的，所谓有操守的到底要从科甲出身。不过，求同存异的话，娄氏兄弟实际上和他们也有一点是完全相通的，即都很看重科甲，不然的话，娄氏兄弟也不会对自己没能中进士、入翰林的事一直耿耿于怀。

像娄氏兄弟这样自感不遇于时而偏激怨恚的读书人，在科举时代不乏其人。王定保在《唐摭言》里就摭取了一些这样的读书人，王泠然是其中的一个代表。王泠然，唐玄宗开元五年(717)进士，但一直未能得官，就向御史高昌宇、燕国公张说写信要求他们为自己谋得一官。《唐摭言》分别在卷二“恚恨”条、卷六“公荐”条辑录了王泠然的这两封书信。这里，仅以他写给张说的信为例述之。在给张说的信中，王泠然先以炫己：

> 公复为相，随驾在秦，仆适效官，分司在洛，竟未识贾谊之面，把相如之手，则尧、舜、禹、汤之正道，稷、契、夔、龙之要务，焉得与相公论之乎？

接以责人：

> 天丧斯文，凋零向尽，唯相公日新厥德，长守富贵，甚善，甚善。是知天赞明主而福相公。当此之时，亦宜应天之休，报主之宠，弥缝其阙，匡救其灾，若尸禄备员，则焉用彼相矣！

后竟至于诋难：

> 仆窃谓今之得举者，不以亲，则以势；不以贿，则以交；未必能鸣鼓四科，而裹粮三道。其不得举者，无媒无党，有行有才，处卑位之间，仄陋之下，吞声饮气，何足算哉！何乃天子令有司举之，而相公令有司拒之！则所谓“欲德不用”，徒张此意，事与京房《易传》同。故天下以大旱相试也。去年所举县令，吏部一例与官。举若得人，天下何不雨？贤俊之举，楚既失之；县令之举，齐亦未得。夫有贤明宰相，尚不能燮理阴阳，而令庸下宰君，岂即能缉熙风化？①

《唐摭言》的作者王定保认为，对像王泠然这样不求己反责人的行事，非君子之儒所为，他应当反之于己，得失以道，而非望之于人，以致爱憎竞作。不过，比较而言，王泠然的恚恨是为个人功名，虽怨天尤人，倒也直白，就是想做“相公一株桃李”，非徒为自炫；而娄氏兄弟的偏激之论，固然不是没有道理，但只为逞口舌之快，于事无补，于己无益，看来是显露自己不同于常人的识见，实则是对不能得科甲耿耿于心，不免有借惊

---

① 此三段引文见王定保：《唐摭言》卷一，《唐五代笔记小说大观》，上海古籍出版社 2000 年版，第 1627、1628、1629 页。

人之论以博取声名之嫌。

其二，在娄氏兄弟身上，因科名蹭蹬而表现出的又一特征是：他们有极强的知音难觅之感，以至于妄认“同道”。

像娄氏兄弟那样对成祖和宁王所发的骇俗之言，自然很少有人敢表示赞同，这是可能触忤朝廷的议论，可不是小事情。马二先生就曾被县里的差人唬得面如土色，托辞就是他的朋友蘧公孙忤逆朝廷，最终以此为要挟挤干净了他身上的银两。其实，有娄氏兄弟这样看法的应该不乏其人，宁王和他的臣子就是想效仿成祖才起兵的。但是在当时那种情势下，极少有人敢冒大不韪之险说出来，所以，长兄也怕惹出事劝他们回老家，刚好他们苦无知音，呆在京城也甚觉无聊。回到家乡，娄氏兄弟的议论依然受到沮抑，姑丈蘧太守对他们妄言天下、非议朝政的行止，就正色提出告诫：“成败论人，固是庸人之见，但本朝大事，你我做臣子的，说话须要谨慎。”自己的一番识见无人响应，娄氏兄弟颇有知音难觅的感慨。恰巧，府上的家人邹吉甫向他们谈起新市镇上有个杨执中，此人说过“本朝的天下要同孔夫子的周朝一样好的，就为出了个永乐爷就弄坏了”这样的话。娄氏兄弟不由大惊，竟然还有和他们一样对永乐爷表示不满的人，真是踏破铁鞋无觅处，不想在乡间遇上了知音，马上向邹吉甫探询这人的来历。又听说杨执中为人忠直不过，又好看的是个书，就将他认作了穷乡僻壤的读书君子。得知他因为欠债被收监，回家收拾停当之后，就派人救这位身陷囹圄的“同道”。

不过，娄氏兄弟将杨执中引为知音，实在是有些自作多情了。杨执中说永乐的坏话和娄氏兄弟论成祖篡位，尽管都是对成祖永乐皇帝表示出不满，实则有根本的不同，怀有不一样的心思。邹吉甫那番说酒汁淡与薄的话是从杨执中那里学来的，正可表示杨执中的意思，娄氏兄弟也认为“乡下一个老实人，那里得知这些话”（第九回）。杨执中说永乐爷是将他和洪武爷相比，娄氏兄弟论成祖是将他和宁王相比。二者拿来比较的对象不同，所表露的心思也就迥然有别了。如前所述，娄氏兄弟说成祖和宁王是在以运气论人，是因未能中科甲而激成牢骚。杨执中则似乎是在以人情说世道，是抱怨永乐时的人情比洪武时的人情薄了。为什么杨执中有这样的抱怨？看看他的行止和他的家庭就可以明白了：东家因他为人“正气”，就托他管总，他却不肯用心料理，只管出外闲游或垂帘看书，凭着伙计糊弄，称他为“老阿呆”实在是没有枉屈他。家里又穷极，常日只好吃一餐粥，两个儿子又都是蠢人，既不做生意，又不读书，还靠着他养活，且时常在外面喝酒赌钱。如果说娄氏兄弟论成祖和宁王也还不乏识见的话，那么杨执中这样又穷又酸的“老阿呆”不怪自己不做营生，不善持家，却怪永乐弄坏了天下，实在是不着边际，不免有些大言不惭。书中说永乐的还有一位杜慎卿，他说：“本朝若不是永乐振作一番，信着建文软弱，久已弄成个齐梁世界了！”搁下孰是孰非之辩，杜慎卿论永乐的气度要远胜于这位杨执中。总之，可以确定的是，杨执中和娄氏兄弟议论永乐，本是缘于不同的遭际，基于不同的眼界。可是，娄氏兄弟一听到这位杨执中和他们一样说永乐的坏话，也就不论是不是抱有和自己相同的心思了，反正都是对永乐爷表示不满，肯定是志同道合了。正如卧闲草堂所评说的那样：“此时即有百口称说杨执中为不通之老阿呆，亦不能疏两公子纳交之殷也。”①因为对娄氏兄弟来说，盼到这样的“知音”实在是太难了。由此也可见，娄氏兄弟识人的眼光实在不能让人恭维。从后来的情形看，娄氏兄弟三顾草庐拜访杨执中，待他十分虔敬，又认他是个襟怀冲淡的人，其实他根本承负不起这番敬重，应该感到很惭愧。不过杨执中是不会惭愧的，他相与娄氏兄弟本来就是想做个食客，蹭份不要钱的酒饭吃而已。鲁编修和娄三公子说：“这样的人，盗虚声者多，有实学者少。我老实说：他若果有学问，为甚么不中了去？只做这两句诗当得甚么？就如老世兄这样屈尊好士，也算这位杨兄一生第一个好遭际了，两回躲着不敢见面，其中就可想而知。依愚见，这样人不必十分周旋他也罢了。”有学问就得中了去，固为鄙陋之见；称杨执中是躲着不敢见，固是猜度之词；但他说杨执中之流“盗虚声者多，有实学者少”，却也的确近情，他对娄氏兄弟的劝告也不失忠恳，不过鲁编修这“俗气不过”的话他们是听不进去的。后来，杨执中向娄氏兄弟荐举权勿用，称权勿用“真有经天纬地之才，空古绝今之学，真乃‘处则不失为真儒，出则可以为王佐’”，称他有“管、乐的经纶，程、朱的学问”，乃是“当世第一等人”，为投娄氏兄弟之所好，不吝虚溢之词，以耸娄氏兄弟之听闻，更是极不忠厚。但娄氏兄弟不仅不怀疑，反而认为乡间真有此等人，这样自己又能结识一个有才而不遇于时的“知音”了，为此还专门将一个亭子题匾为“潜亭”，以示等权潜斋来住的意思。而权勿用其人实际上是比呆头呆脑的杨执中还可笑的人，他不种田，又不做生意，坐吃山空，举止又怪模怪样，人品也上不了层次，至于在乡里的口碑更是糟糕得不行。从与杨执中、权勿用这些不呆即怪之人的际遇来看，娄氏兄弟真是盼知音盼得着急了。

其三，娄氏兄弟还热衷于求名做名，以至于将自己遐想为历史上贤人俊士风云际遇的主角，结果一场豪举落得一场扫兴，“无限壮心”化作一时笑谈。应该说，娄氏兄弟还是确实有些经史学问的，只是因科名蹭蹬，一番功名事业心没个施为处，故转而求名做名。这主要体现在不断引起他们遐想的与杨执中的一段遇合历程之中。娄氏兄弟的遐想是从听知杨执中那番说永乐的话开始的。这遐想一开始，杨执中这个人物的行为做事，便在娄氏兄弟那里不断被过滤幻化，变得越来越崇高。起初，从邹吉甫那里听得杨执中的事，本来是杨执中不肯用心料理生意，只顾自己闲游看书，任由伙计乱来，亏空了七百多两银子，辜负了东家的托付，是个十足的“老阿呆”。娄氏兄弟却将他认作穷乡僻壤的读书君子，反责怪东家是守钱奴，杨执中是受了东家凌虐。接着，他们花了七百多两银子将杨执中救出，过了一月有余，杨执中却迟迟不肯来谢。娄氏兄弟不胜诧异之际，想到了越石甫的故事，将杨执中想成了越石甫那样的人物，于是，更觉得他有高绝的学问和不寻常的人品，越发值得仰慕。只可惜这位杨执中并非其人，实际情况是杨执中根本不知道是谁救了他，也不想去打听谁救了他，只是抱着不必管他，落得身子干净的心理，继续过他那不持家，不营生的“老阿呆”日子。倘若要知道娄府兄弟救了他，他巴不得连夜去相与。娄氏兄弟将杨执中想象成越石甫，其微妙的心思也颇可玩味。越

① 李汉秋辑校：《儒林外史汇校汇评》，上海古籍出版社2010年版，第127页。

石甫，又作越石父。《晏子春秋》卷五《内篇杂上》第二十四则、《吕氏春秋》卷十六《观世》篇、《史记》卷六十二《管晏列传》、《新序》卷七《节士》都载有晏子与越石父的事。这个故事讲的是晏子在去晋国的路上，途经中牟，遇到了敝冠反裘负刍的越石父正在路边歇息，看他是个君子，就将他从主人那里赎出，使他得免劳苦冻饿，并且“解左骖以赠之”，又载着他一起回去。“解左骖以赠之”，马在当时是一种非常显尊贵的馈赠之物，而赠以左骖更表示对受赠者的尊敬之意。越石父被晏子赎出，不再为人之臣仆，而且又给予这么尊贵的礼遇，依照常理，越石父应该表示感激才是，但接下来发生的事情却颇出人意料：

> 至舍，不辞而入，越石父怒而请绝，晏子使人应之曰：“吾未尝得交夫子也，子为仆三年，吾乃今日睹而赎之，吾于子尚未可乎？子何绝我之暴也。”越石父对之曰：“臣闻之，士者诎乎不知己，而申乎知己，故君子不以功轻人之身，不为彼功诎身之理。吾三年为人臣仆，而莫吾知也。今子赎我，吾以子为知我矣；向者子乘，不我辞也，吾以子为忘；今又不辞而入，是与臣我者同矣。我犹且为臣，请鬻于世。”晏子出，见之曰：“向者见客之容，而今也见客之意。婴闻之，省行者不引其过，察实者不讥其辞，婴可以辞而无弃乎！婴诚革之。”乃令粪洒改席，尊醮而礼之。越石父曰：“吾闻之，至恭不修途，尊礼不受摈。夫子礼之，仆不敢当也。”晏子遂以为上客。①

上面所列记有晏子与越石父故事的几部书中，除《史记》外，在记述完这个故事后，都载有托君子之口所作的论赞，论赞说：“俗人之有功则德，德则骄，晏子有功，免人于厄，而反诎下之，其去俗亦远矣。此全功之道也。”论赞对晏子“免人于厄，反诎下之”的高尚道德不吝褒扬之辞。娄氏兄弟将杨执中遐想为越石甫，那么他们就自然可以与晏子同列了。不过，娄氏兄弟欲礼贤求士，却又生出几多顾虑：四公子认为，虽然帮救了他，但仰慕他就应该先到他家相见订交，不能盼他来报谢，这是俗情；三公子则提出，“公子有德于人，愿公子忘之”，若先到他家，就等于是要特地自明这事，也是俗情。去也俗，不去也俗，都无益声名，这让娄氏兄弟颇费了一番踌躇与权衡。最终还是抵不住对“高人”杨执中的想往，商定前去相访，在娄氏兄弟看来，有这等极高品行的人，实在不忍因为这些缘故与之隔绝，错过一番际遇。天目山樵于此处将娄氏兄弟与虞博士、杜少卿二人作了对比，评道：“虞、杜济人，情由中出，全是真诚，二娄则枝枝节节有许多计议，盖求为名高耳。”②此正可谓是对娄氏兄弟心思的洞鉴之论。

三顾草庐访杨执中的一段若遇若合的奇妙见闻，更让娄氏兄弟一片访贤觅士之心愈来愈盛。杨执中俨然成了一位身处飘飘仙境中品高德重的高人雅士，他们俨然成了礼贤

---

① 吴则虞：《晏子春秋集释》，中华书局1982年版，第353页。

② 李汉秋辑校：《儒林外史汇校汇评》，上海古籍出版社2010年版，第122页。

好士的信陵君、春申君一列的贤公子。正因为娄氏兄弟油然生出的无限遐想，使得他们在审视杨执中的时候，怎么看怎么觉得此人非可等闲视之。在第十一回里，吴敬梓这样写杨执中居室内的布置：

> 壁上悬的画是楷书朱子《治家格言》，两边一副笺纸的联，上写着："三间东倒西歪屋，一个南腔北调人。"上面贴了一个报帖，上写："捷报贵府老爷杨讳允，钦选应天淮安府沭阳县儒学正堂。京报……"

杨执中早年补廪，乡试过十六七次，始终未能中得举人，到老了终得一教官，于是视若至宝。鲁编修只是当着娄氏兄弟的面说杨执中一句："他若果有学问，为甚么不中了去？"他们就直说鲁编修是个俗气不过的人。杨执中辞了教官，报帖却还一直贴着，将他的这般做派与鲁编修相比，鲁编修固然俗不可耐，不过杨执中也实在算不上什么雅人。但在娄氏兄弟看来，鲁编修是俗气不过的，而杨执中是雅致不过的。这也许是在于：鲁编修说杨执中果有学问，为甚么不中了去，正说到他们的短处，娄氏兄弟正为自家运气不好没能得中鼎甲而愤激不平，最不喜欢听鲁编修这样的话，自然鲁编修是俗气不过的；而杨执中却和他们一样都是科名蹭蹬，正可同命相通，还有他们数月以来越积越浓的无限遐想，加上杨执中那番力辞教官不就的谈吐，以及杨执中居处之地的小小草屋、一方小天井、几枝梅花、满壁诗画、一副对联，不由得娄氏兄弟不将杨执中看作雅极了的高人贤士，自己当然也就飘飘如游仙境了。

各色人等聚齐之后，娄氏兄弟便做了一件极助声名的事——莺脰湖宴宾。这番聚会进行了一整夜，船上数十盏羊角灯映着湖光月色，照耀如同白昼，一派乐声大作，声闻十余里，惹得两边岸上的人，望若神仙，无人不羡。如此动静必定令娄氏兄弟雅名远播，他们也必定心满意足。莺脰湖宴宾，在娄氏兄弟看来，肯定觉得是一件雅极了的事，而吴敬梓对其场景的描写及最后的一句按语却分明透出嘲谑："席间八位名士，带挈杨执中的蠢儿子杨老六也在船上，共合九人之数。当下牛布衣吟诗，张铁臂击剑，陈和甫打哄说笑，伴着两公子的雍容尔雅，蘧公孙的俊俏风流，杨执中古貌古心，权勿用怪模怪样：真乃一时胜会。"

到后来，娄氏兄弟对杨执中、权勿用，尤其是张铁臂诸人的心思和手段也许有些察觉。比如，张铁臂得到娄氏兄弟赠送的五百两银子，丢下血淋淋的"人头"走后，娄氏兄弟在家等他回来，小说这样写娄氏兄弟的心思：

> 四公子向三公子道："张铁臂他做侠客的人，断不肯失信于我，我们却不可做俗人。我们竟办几席酒，把几位知己朋友都请到了，等他来时开了革囊，果然用药化为水，也是不容易看见之事。我们就同诸友做一个'人头会'，有何不可？"……等了三四个时辰，不见来，直等到日中，还不见来。三公子悄悄向四公子道："这事就有些古怪了。"四公子道："想他在别处又有耽搁了。他革囊现在我家，断无不

来之理。”

娄氏兄弟已是将信将疑。可是在梦幻没有破灭之前，他们还是宁信其实不信其虚的，因为娄氏兄弟遇到的那些场景正巧和他们依靠无限遐想编织起来的梦幻极为契合，而且娄氏兄弟也正准备靠这些人“众星捧月”做一场“人头会”，为自己再添上一段“谁人不羡”的佳话呢。只是再后来，精心准备的“人头会”变作令他们面面相觑的“猪头会”，权勿用又被差人从家里带走，这些很失面子的尴尬事，应该能让他们先前远播的雅名化作人们的笑谈，娄氏兄弟或许是意识到了这一点，从此闭门整理家务，休问世情。《儒林外史》对娄氏兄弟的绘写显示：读书人科名蹭蹬，大可不必牢骚不平，也不必有什么知音难觅之感，若再热衷于求名做名，可能名未得到，反而终成笑柄。其实，读书人有更多有意义的事情去做。

不过，在吴敬梓笔下，娄氏兄弟虽爱发牢骚，喜好做名，但他们的品行还是不错的。他们待人谦和，忠厚和平，绝无贵公子派头，断不做那些以功名富贵骄人傲人的事，也断不倚仗家族势位横行乡里。如在两公子初访杨执中途中，有人冒用他家名义耍横，他们也只是指说人家不应该在河道里行凶打人，坏娄家名声，并无怪罪，反倒告诉这家仆人不必向主人说起此事。可以说，娄三、娄四公子尚不失为贤者，倘若他们不为科名蹭蹬而牢骚不平，不热衷求名做名，而是出于真诚做些帮衬人的事，他们是可以和杜少卿同列的，因此，对于娄氏兄弟，吴敬梓在笔墨间流露的多是一种调侃而非讥讽。但是，这种调侃也足可以表明，吴敬梓不赞赏读书人因所谓“怀才不遇”而怨愤牢骚的名士习气，其所谓的怀“才”不遇，怀的也不是什么“真才实学”之“才”。

像马二先生这样的读书人，他不像周进、范进、严监生等那样被举业功名事磨耗得畏琐可怜，也不像娄三、娄四公子那样因功名不遂而耿耿于怀、牢骚不平，他是八股举业十分虔诚的崇奉者。八股举业在他的日常生活中，在他的精神世界里，占有极其重要的位置，可以说他的心里除了举业科名，就是八股文章，这使他经常显出迂拙与孤陋来。

首先，马二先生对待八股文章的态度非常虔诚，这与当时将八股文视为功令文字的取巧风气颇不相宜；同时，八股文成为他生活中的主要内容，又使他整个人都显得八股气很重，与身边的人事风俗、繁华景致很不协调。

马二先生留给人的一个很独特的印象是他对八股文章有着特别的虔诚与严谨。在吴敬梓笔下，不能说马二先生除了八股文之外什么都不懂。由他那段关于写文章不可带词赋气，批文章也不可带词赋气的见识可知，马二先生的确是懂得些诗词歌赋的，否则的话，他不会将时文与诗词歌赋的分别把握得那么细致。① 小说还直接交代过，马二先生

① 至于他不知道李清照、苏若兰、朱淑贞这些人，那极可能是他对女子不感兴趣的缘故。由马二先生游西湖时，女人不看他，他也不看女人的情形可知，他的眼里和心里是没有女人的，当然他也不会引起女人的注意。在这个意义上，马二先生不知道李清照与范进不知道苏轼完全不能同样看待：范进不知苏轼为何时人说明他除了知道些时文之外，没有其他学问；马二先生不知道李清照是缘于他对八股文章里词赋气的排斥，自然不会在词赋上去用工夫，费心思。

看过蘧公孙“补辑”的《高青丘集诗话》，还看过《纲鉴》。只是，马二先生从来不把诗词歌赋、经史学问这些东西作为自己的事业。马二先生是在科场经历了屡战屡败之后，转而以批选时文墨卷为业的，所以，他极为用心的事业就是认真做出好的八股选本，以代圣贤立言，正后生心术，以明文章理法，成就些能真正做出好文章的举业之才。正因为如此，马二先生做选本不同于卫体善、随岑庵这些人：卫、随这些人做选本是依照随“国运的盛衰”而变动的“法则”来做的，所谓“洪、永有洪、永的法则，成、弘有成、弘的法则”，实际上是迎合风气选“时文”；马二先生则坚信“文章总以理法为主，任他风气变，理法总是不变”的道理，所以他不会去揣摩所谓“洪、永的法则”或“成、弘的法则”以投合风气，而是细心钻研不变的理法，如所谓虚实反正、吞吐含蓄之法等。马二先生选批时文也有不同于其前辈的眼光：前辈的批语，常有些风花雪月的字样，马二先生认为这会让后生们想到诗词歌赋的路上去，坏了心术；马二先生的识见是，文章不可带注疏气，注疏气会使文章少文采，词赋气尤在所忌，词赋气会有碍圣贤口气，可见马二先生眼里的好文章就是要有文采但不能有词赋气，他还认为批文章也容不得词赋气，所以他选文总是采取《朱子语类》、《朱子或问》上的精语。① 若与匡超人比起来，马二先生批文章的态度则是非常认真：匡超人六日之内就批完了三百多篇文章，不用催就批得“又快又细”；马二先生三百篇文章要批两个月，书店催着还要发怒，时常为了一个批语要做半夜，不肯苟且下笔，就为了让人读了这一篇，能悟出十几篇的道理。齐省堂评语说马二先生的评选“必足为后学津梁，岂若信口乱道、信手乱涂者哉”②，正是推赞他对八股文章极为敬谨认真的态度。从理论宗旨上来说，明清两代以八股文取士有一个重要的意图，就是希望借此能让科举士子认真读《四书》、《五经》，好好理解圣贤所讲的道理，真正能做出“代圣贤立言”的好文章，同时通过做八股文领悟到做文章的理法。不过，理论宗旨总归是理论宗旨，实际的情形是八股文只不过被大多数读书人当作获取科名的“敲门砖”。他们并不真的想着去读圣贤之书，行圣贤之道；所谓文章的不变理法对他们来说也不重要，重要的是逐一时之风气，投考官之习好。在他们看来，圣贤书就是“能中”的书，好文章就是“能中”的文章，这样做出来的八股文是真正意义上的“时文”，这虽然与朝廷的宗旨相违，却能增加考中的机会。很显然，马二先生与这大多数的读书人不一样，他对待八股文的看法及态度与以八股文取士的理论宗旨是一致的。

实际上，八股文本来就是因科举考试而产生的一种文体，也只有在科举考试中才能真正派上用场。例如，马二先生游西湖时看到书店里有自己选的《三科程墨持运》时，就欢喜地问书店人：“这书可还行?”结果人家告诉他：“墨卷只行得一时，那里比得古书。”这正说明绝大多数读书人也只是将八股选本当作科举考试的应急读物，读马二先

---

① 有论者将马二先生说八股文与词赋的那段话拿来也用以证明他的迂腐，其实，从“文各有体，得体为佳”的角度看，马二先生的见识并非不妥。

② 李汉秋辑校：《儒林外史汇校汇评》，上海古籍出版社 2010 年版，第 179 页。

生选本的人恐怕极少有谁去体会文章里的圣贤口气与不变理法，也极少有谁去由他一篇的批语而悟想几篇的道理，如卫体善就说，他看见马二先生的选本，就让子弟把他的批语涂掉了读。马二先生却把选评八股文作为一项能够泽惠后生，可以传之久远的事业而十分认真地去做，实在是枉费了心力。而且，马二先生也应该是想通过老老实实地做好八股文章，中得个名副其实的举人、进士。然而，中与不中科名却并不根本取决于八股文章好与不好。比较而言，高翰林所谈的“举业金针”——“揣摩”二字对中科名而言可能更有效。卫体善说，正是马二先生把选事坏了，说他终日讲的是些杂搅，一味乱闹，好墨卷也被他批坏了，大概也是说马二先生不知“揣摩”风气，批的净是些对中科名无用的话。实际情况是，马二先生最厌恶“杂搅”，不过他厌恶的“杂搅”指的是那些有碍圣贤口气的诗词歌赋，也应该包括那些揣摩风气的批语，大概在马二先生看来，带词赋气和投合风气的文章都不是好文章。在八股文实际上已经蜕变为功令文字的情况下，马二先生维护八股文章所谓的圣贤口气和不变理法，实在与当时的风气极不相容。他期望凭借自己眼中的好文章在举业上进取，结果却补廪二十四年，考过六七个案首，还只是个秀才，也应该是情理之中的事。从这个意义上看，高翰林说他不懂“揣摩”，讲的净是些不中的举业，的确有些道理。马二先生对八股文持有十分虔敬、严谨的态度，即便在举业中屡战屡败也不去揣摩风气，也不做取巧之事，只认准圣贤的口气与不变的理法，这显示出统治者推行的那一套关于八股取士的理论宗旨已经完全融入他的思想与灵魂，他是从心底相信并维护这一套的。现代作家张天翼谈起马二先生就作了个很有意思的比喻：“他好像是那种最虔诚的和尚——为了真正信佛而修行的，做起佛事来也诚心诚意。然而他没有得到正果。而那些已经得到了正果的和尚，倒未必有他这样的信念。”①这正揭示了马二先生对待八股文章是真正的虔诚。

马二先生对八股文章特别的虔敬与严谨，使得他的思想与精神都受到八股文章的熏染，显出很重的八股气，故而他的生活看起来了无生趣，整个人也时常显得又迂又呆。游西湖一段就极形象地呈现了马二先生的迂态。在那天下第一个真山真水景致的西湖胜境，他只是不知路径地乱走，幽深的名寺、清雅的古刹都匆匆掠过，没游出一丝的兴致。其间的最大收获，就是在一个鲜有人进的大楼内无意发现了里面供的仁宗皇帝御书，被吓了一跳，于是慌忙整头巾，理直裰，以扇子当笏板，扬尘舞蹈，恭恭敬敬地拜了五拜。还有就是见了书店里发卖的“处州马纯上先生精选《三科程墨持运》”而着实欢喜了一回。游了一遭西湖，马二先生对那里的山色美景应该有些许心旷神怡的感受，不过这感受说出来也完全合乎八股文章的不变理法，绝无丝毫的词赋气，依然是纯正的“代圣贤立言”的口气，所谓“真乃‘载华岳而不重，振河海而不泄，万物载焉！’”(第十四回)美好的景致应该是最能逗起诗词歌赋之兴致的，不过马二先生认为“作文之心如人目”(第十三回)，而人目中是容不得丝毫的尘土屑和金玉屑的，做八股文章、批八股文章是这样，甚至面对山水美景也是这样。在西湖这个士女游人络绎不绝的金粉之地，

---

① 张天翼：《读〈儒林外史〉》，载《文艺杂志》(桂林版)1942年第1期。

马二先生完全是一个极不和谐的可笑存在。马二先生被八股文章熏染得毫无生趣，是其迂的一面。他还有呆的一面，即由于胸中惟有八股文章，马二先生失去了基本的判断力。县里的差人以蘧公孙事设圈套榨干他身上的九十多两银子，洪憨仙一眼就认准可以利用他作诱饵骗胡三公子的钱财。在这两椿事中，马二先生之所以被骗子认准，略施小计就让他中圈套，一个重要的原因就是他看起来很呆，是很容易受骗的那种人。好在马二先生是个为人至诚的君子，所以《儒林外史》只让骗子在老实的马二先生那里得逞一次，而且在差人那里被诈骗去的银子又在洪憨仙那里如数得到了补偿。

要之，明清统治者设计以八股文取士的制度，理论上的宗旨是要让应考的士子们读圣贤之书，“代圣贤立言”，做出合乎理法的好文章。《儒林外史》展示的却是这样的情形：许多读书人并不读圣贤之书，悟想圣贤的道理，而是只读程文墨卷，揣摩风气，投合考官喜好，因为只有如此，才会获得更多中科第、谋取功名富贵的机会；当然，也有像马二先生这样的读书人，一方面虔诚于八股文章要“代圣贤立言”的理论宗旨，容不得圣贤的口气受到任何妨碍；另一方面执著于八股文章不变的理法，不苟于迎合风气，但这样做的结果是被熏染成了现实生活中迂执孤陋的可笑角色。在这个意义上，就前者而言，以八股文取士的理论宗旨不能被有效实现，是一个很失败的做法；就后者而言，以八股文取士会让人变得又迂又呆，也表明这是一个“定的不好”的法子。

其次，马二先生对举业功名极为崇奉，因此他看待什么总首先想到举业功名上去，他劝人教人也总往举业功名上引，他成了被八股取士之法诱入“彀中”的读书人当中极为典型的一个。游西湖时，马二先生在城隍山片石居看见几个人围着一张桌子，摆着一座香炉，就想到他们应该是请仙判断功名大事；听见他们提起的是李清照、苏若兰、朱淑贞，不知都是些什么人，料想不是管功名的，不如去罢。庄征君说马二先生“知进而不知退，直是一条小小的亢龙”(第四十九回)，就有说他一心进取，不肯舍弃功名的意思。马二先生胸中时刻装着八股举业，而且总不忘以举业功名劝励后生。他对以八股文取士是极为推崇的，所谓“本朝用文章取士，这是极好的法则，就是夫子在而今，也要念文章、做举业”(第十三回)，于是劝蘧公孙时就告诉他说，既然出身名门又有大才，就应该致力于举业，并为此还发了一番“‘举业’二字是从古及今人人必要做的”这样的“宏论”。他还认为，读书人唯有通过八股举业才可以出头，唯有通过八股举业才可以光宗耀祖，所以他劝素昧平生的匡迥说：“你如今回去，奉事父母，总以文章举业为主。人生世上，除了这事，就没有第二件可以出头。……只是有本事进了学，中了举人、进士，即刻就荣宗耀祖。这就是《孝经》上所说的‘显亲扬名’，才是大孝，自身也不得受苦。古语道得好：‘书中自有黄金屋，书中自有千钟粟，书中自有颜如玉。’……你回去奉养父母，总以做举业为主。就是生意不好，奉养不周，也不必介意，总以做文章为主。那害病的父亲，睡在床上，没有东西吃，果然听见你念文章的声气，他心花开了，分明难过也好过，分明那里疼也不疼了。这便是曾子的‘养志’。”(第十五回)短短一席话，马二先生再三教匡迥回去奉养父母，须总以文章举业为主。

当然，在《儒林外史》里，十分推崇八股文章并且以举业功名劝人教人的并不止马二先生，还有鲁编修父女。在吴敬梓笔下，若论道德品行，鲁编修虽然无可称赞，却也无可指摘，但他又分明让人感到更加俗陋不堪。这是因为他张口官禄功名，闭口八股举业，原本还有些道理的话，由他以八股文的口吻说出，就显得不那么中听。鲁编修的俗气尤其表现在他一直想着能有个人继进士的家声。对他自己来说，中了进士，做了翰林院编修，功名也是顶好的了。但他有个最大的遗憾，就是没个儿子好教他八股举业。先是把姑娘当儿子，从五六岁就开始请先生教《四书》、《五经》，再大些又教讲书、读文章、做八股，女儿果然不负他的教训，十五六岁就做得一手理真法老的好文章，只可惜是个女儿，不能中进士、中状元。后来招蘧公孙入赘，门户相称，公孙看起来又少年美才，谁知女婿又不肯做举业，文章只可勉强成篇，还都是些诗词上的话，不是正经文字，心里很是着闷。最后没有办法，就想着娶一个如君，早养出个儿子教他读书，好接进士的书香，无奈夫人又不同意，竟忧愁抑郁，患了痰症，半身麻木，口眼歪斜。陈和甫为他切脉，道以其病症缘于"身在江湖，心悬魏阙"，正是作者借书中人之口对鲁编修念念不忘以举业功名继家声之心思的嘲谑。在鲁编修的教训下，女儿鲁小姐对八股举业也情有独钟，晓妆台畔，刺绣床前，摆满了文章，每日丹黄烂然，蝇头细批。夫婿一入门，即开始想着他不日成个少年进士，自己就能做夫人。婚后不久，就用"身修而后家齐"为题目试公孙，谁知公孙不耐烦这样俗事，竟然愁眉泪眼，大叹夫君"误我终身"，于是常以举业百般劝公孙，公孙却嫌她俗气，夫妇两个总说不到一块，更是闷上加闷，整日眉头不展。杜少卿说《女曰鸡鸣》诗云："但凡士君子，横了一个做官的念头在心里，便先要骄傲妻子。妻子想做夫人，想不到手，便事事不遂心，吵闹起来。你看这夫妇两个，绝无一点心想到功名富贵上去，弹琴饮酒，知命乐天。这便是三代以上修身齐家之君子。"（第三十四回）即是吴敬梓借杜少卿之口对鲁小姐这类人俗陋心思的鄙夷。《唐摭言》卷八记载，湛贲为县吏，妻家贺宴，皆官人名士，湛贲则甘心在后阁用饭，其妻忿而责之："男子不能自励，窘辱如此，复何为容！"湛贲受到妻子激劝，孜孜进取，终得登第。① 鲁小姐胸中大概装有一些这样的故事。无奈公孙不像湛贲那样可激可劝，于是有了儿子，就把希望寄托在儿子身上，四岁时就开始每日拘在房里讲《四书》，读文章。吴敬梓笔下的鲁小姐以一女子也视八股举业为正经事业，不挣得功名只算做不成器，这正合着鲁编修自己中了进士还想着有人能接进士书香的心思。鲁小姐之俗陋乃源于鲁编修之俗陋，鲁编修之俗陋经鲁小姐之俗陋的衬托更显俗极不堪。

以鲁编修父女为参照看马二先生，马二先生并不像鲁编修父女那样让人感到俗陋不堪，这大概是因为鲁编修父女不仅教人劝人时总怀着鄙陋的心思，而且更持骄人的态度以举业功名看待人，如鲁编修所谓"若果有学问，为甚么不中了去"（第十回），鲁小姐所谓"自古及今，几曾看见不会中进士的人可以叫做个名士的"（第十一回）；而马二先生则是以一片热肠谆谆教诲后生，齐省堂评说："马二先生论举业，真是金科玉律，语

---

① 王定保：《唐摭言》卷八，《唐五代笔记小说大观》，上海古籍出版社2000年版，第1648页。

语正当的切，足为用功人座右铭。”①“上回与蘧公孙论举业，此回与匡超人论用功养志，真是后生药石之言。”“马二先生逢人教诲，谆谆不倦，自是热肠一片。”②更重要的是，马二先生待人也是一心的至诚与朴实。如果再以周进、范进、严监生为参照看马二先生，则他们都是被科举取士制度所牢笼的读书人，但周进、范进、严监生这些人是被科举所带来的天壤之别的境遇所诱迫，他们艳羡的是功名所带来的财富与地位；马二先生则更多的是崇拜举业功名所带来的荣耀，视举业功名为唯一能出头和显亲扬名、荣宗耀祖的事，而于“利”字却不讲不辨。③ 将马二先生与娄三、娄四公子相比较，他们在《儒林外史》里都可以说属于时运不济、科场不利的读书人，但娄三、娄四公子由此而生出牢骚不平，包括对科举取士也流露出些许愤激；而马二先生则虔诚地崇奉以八股文章取士的制度，视之为极好的法则。将马二先生与王玉辉相比较，他们都是读书读得又迂又呆，没有自己的思想，识见也十分有限，统治者推行哪一套，他们就虔诚地崇奉哪一套，成了统治者所推行的政治制度或意识形态的忠实奴仆，也因而失去了正常的人情与生活的情趣，他们的区别在于王玉辉将灵魂全部交给了理学与礼教，故而他的言行显现出忍情的道学气；马二先生则将身心全部交给了八股与举业，故而他的生活呈现出迂腐的头巾气。

由此可以说，如果对科举取士制度从读书人精神影响的层面看马二先生，《儒林外史》呈现的主要是马二先生的迂执与孤陋，而吴敬梓对待其迂执与孤陋，笔墨之间流露出的主要是善意的笑谑。

读书人面对举业功名时所表现出的精神与心灵状态有如上三种情形，吴敬梓的态度也有所区别，或者是讽刺而又同情，或者是嘲谑与调侃，或者是善意的笑谑。但也有一点是共同的，就是吴敬梓对他们这些人在举业功名面前所表现出的种种情态都是贬抑的、否定的态度。那读书人面对举业功名应当怎么办？《儒林外史》里塑造了虞博士、庄征君、杜少卿这些人。在吴敬梓笔下，他们当然不醉心举业、贪羡功名，但显然也不对举业功名持拒斥的态度，他们对待举业功名就像对待很平常的物事，从从容容，得之仍谦恭，不得也坦然。在他们看来，人生有许多东西比举业功名更重要，更有意义，更能体现读书人的价值。也就是说，《儒林外史》推崇虞博士、庄征君、杜少卿等人的一个重要方面，就是他们虽也同样身处科举社会，同样面对功名富贵，表现出来的却是读书人精神的自立。通过对这些人物的表现，吴敬梓告诉读书人，面对八股举业，面对功名富贵，虞博士、庄征君、杜少卿这些人就是榜样。

2. 从《儒林外史》看科举社会读书人的道德文行

《儒林外史》对科举社会里读书人的精神心态有着深切的关注，对科举社会里读书

① 李汉秋辑校：《儒林外史汇校汇评》，上海古籍出版社 2010 年版，第 179 页。

② 李汉秋辑校：《儒林外史汇校汇评》，上海古籍出版社 2010 年版，第 202 页。

③ 第十五回黄评有云：“马二先生……于‘义利’二字不特不讲，并不能辨。”参见李汉秋辑校：《儒林外史汇校汇评》，上海古籍出版社 2010 年版，第 202 页。

人的道德文行也同样如此。八股取士制度对读书人的道德文行会造成什么样的影响？吴敬梓的看法是：用《五经》、《四书》、八股文取士，会诱使许多读书人沉迷于“此一条荣身之路”，他们会因之看重功名富贵，看轻道德文行。故而，吴敬梓创作《儒林外史》还有一个更重要的意图就是对八股取士的科举社会里读书人的道德文行问题进行思考。为此，他在《儒林外史》里呈现了科举社会里各色各式不同程度地丧失了礼义廉耻的读书人形象，同时也树立了科举社会里读书人中的真儒、君子形象。

不讲道德仁义的读书人，张静斋、王惠等可以算作一类。乡绅张静斋举人出身，做过一任知县，为人趋炎附势、欺压邻里，不学无术却又口若悬河，从他为知县汤奉出的办理牛肉官司的法子又可见出其为官之残忍、苛毒。较之张静斋，王惠则更为严酷狠毒，且贪婪狡诈。未上任，就先打探地方人情有什么出产，任上则务为繁苛，扰民虐民，“衙役百姓，一个个被他打得魂飞魄散，合城的人无一个不知道太爷的利害，睡梦里也是怕的”。像张静斋、王惠之流都应该是凭写的“道德”、“仁义”文章考中举人或进士的，然而他们只为讨好上司，敛财升官。所谓“道德”、“仁义”之类，在他们那里只是“文章里的词藻”，是万不会在身上行出来的。对科举社会里的这类读书人，吴敬梓是以讥诮的笔墨揭露其丑恶，抨弹其贪毒。与这些人形成鲜明对照，吴敬梓也写了同样科第出身却清廉爱民的官员形象，如蘧太守、少卿之父杜太守等。蘧太守任上，讼简刑轻，与民休息，务在安辑，行的是仁德之政；杜太守做官也是“全不晓得敬重上司，只是一味希图着百姓说好”。作者以此告诉读书人，为官做宰就应该像蘧、杜等太守一样，将“文章里的词藻”当作真，做百姓喜欢的有仁有德的官员。

严贡生与王德、王仁之流则可以说是读书人当中礼义廉耻丧尽的一类。他们披着读书人的外衣，说着冠冕堂皇的话，却做着卑鄙无耻的事。吴敬梓对读书人中的这一类极其痛恨，经常是在他们说出一番冠冕堂皇的话之后，接着写他们卑鄙龌龊的勾当，甚至当场揭出他们的厚颜无耻。如严贡生刚对张静斋和范进大言不惭地说过“小弟只是一个为人率真，在乡里之间，从不晓得占人寸丝半粟的便宜”，就有家里的小厮来问他早上强关邻居家猪的事，横行之事已然暴露，可这位贡生仍然恬颜强辩，回去后还把穷邻家的腿都打折了。还有，前文写他吹嘘“历来的父母官都蒙相爱”，“汤父母容易不大喜会客，却也凡事心照”，“着实关切”，后文就写汤知县对他事事严加驳斥。又有，他一边驱赶弟媳，强占弟弟家房产，一边嘴里还说着“我们乡绅人家，这些大礼都是差错不得的”，弟媳哭闹，他又说“像这泼妇，真是小家子出身，我们乡绅人家，那有这样规矩”。他强赖船家船资，更是一副无赖行径。如此刻画一个人物横夺硬赖、强辞恬颜的无耻嘴脸，从笔墨之间，我们可以清晰地感受到吴敬梓对这种人厌恶至极的情感态度。与严贡生同样嘴脸的还有王德、王仁兄弟，以“无德”、“无仁”之谐音为他们取名，就已显明吴敬梓对待他们的情感态度。妹妹病危，妹夫严监生欲将妾室扶正，得银子之前，两人“把脸本丧着，不则一声”，得了银子之后，马上替妹夫“理直气壮”、“义形于色”起来，一个说“你不知道，你这一位如夫人关系你家三代。舍妹殁了，你若另娶一人，磨害死了我的外甥，老伯老伯母在天不安，就是先父母也不安了”；另一个拍着桌子道“我们念书的人全在纲常上做工夫，就是做文章，代孔子说话，也不过是这个理。你若不依，我们就不上门了”。正做着没有礼义廉耻的事，却又满嘴礼义廉耻的话。在《儒林外史》里，这类读书人是打着“礼义廉耻”旗号的丧尽天良者。对于他们，吴敬梓常作穷形尽相的揭擿，以烛照出他们丑恶的灵魂。

像张静斋、王惠等一类，及严贡生、王德、王仁一类，这些都是有科名而无德无行之徒。还有为了求得科举功名而置礼义道德于不顾的几类读书人：有的为了功名不惜设法为违礼行为寻找说辞，如王惠、荀玫等；有的为了功名而忘恩负义，如匡超人；有的为了功名而不惜折腾已逝的先人，如施二等。先说荀玫等人。第七回里写荀玫因母亲归天，欲报丁忧，恰当考选在即，王惠赶忙教他瞒下此事，候考选过了再处，免得迟误功名。匿丧行不得，又求老师周进、范进保举夺情，却又于例不合，无奈才递呈丁忧，告假治丧。在这些人眼里，为了功名可以置孝亲于不顾。再看匡超人。他原本是一个极知孝养、品行不错的后生，然而科第取来，便“心只系乎两榜”（第十六回回末）。为了攀附高门可以昧心再娶，并且将父亲的临终遗言、孝养母亲之事都丢到九霄云外；为了脱开干系，以替朝廷办事的虚辞为借口，全然不顾潘三过去对自己的情义；一有科名，便对自己有过资助之恩、谆谆之教的马二先生显出不恭，成了一个大言不惭、丢掉廉耻的人。对于这些读书人的作为，吴敬梓也是持否定的态度。第十五回里，差人郑老爹感慨“而今人情浇薄，读书的人都不孝父母”；第二十六回里安庆知府向鼎说那些中进士、做翰林的对事君交友的所在，全然看不得。这都表明，吴敬梓对待这些人是深为不齿的。还有第四十四回的施二先生。他认准兄长中了进士，自己不曾中，是太夫人的地葬得不好，只发大房，不发二房，于是不理兄长的哭求，硬是迁葬了。杜少卿的态度是应当依子孙杀祖父的律，把他们立刻凌迟处死，这明确显出吴敬梓对这施二之流这样的作为是极其痛恨的。

还有读书人一得科名，便置名教于科名之下，不知礼法，不知高低。第四十六回写唐二棒椎的侄子同他同榜得中，叔侄又是同门，于是侄子拜他写帖子就自称“门年愚侄”。当唐二棒椎问余大先生如何回帖时，余大先生气道：“人生世上，是祖、父要紧，是科名要紧？”“既知是祖、父要紧，如何才中了个举人，便丢了天属之亲，叔侄们认起同年同门来？这样得罪名教的话，我一世也不愿听！二哥，你这位令侄，还亏他中个举，竟是一字不通的人。若是我的侄儿，我先拿他在祠堂里祖宗神位前先打几十板子才好！”对这种一有科名便丢天属之亲的做派，吴敬梓必是赞同余大先生的看法，他对读书人因举业功名而将孝悌信义等置于脑后的无礼是极鄙视的。

《儒林外史》还表现了有些读书人以科甲论操守的恶俗。如第四十九回，万中书、施御史等人谈起马二先生。万中书说马二先生被学道保题了优行，进了京，倒是个功名的捷径。施御史就接上话说：“这些异路功名，弄来弄去始终有限。有操守的到底要从科甲出身。”对这等鄙陋之论，蘧景玉对新任太守王惠所说的话正可与之针锋相对，即“人生贤不肖，倒也不在科名”。这也是吴敬梓的见解。

总之，《儒林外史》呈现了科举社会里许多道德文行堕落的读书人形象，并且也不乏揭擿乃至痛恨之语。尽管如此，但吴敬梓从没有通过叙述人或者书中的口吻，主张对科举取士制度进行改变或者废弃以挽救道德危机。《儒林外史》所做的是一再极力提倡读书人应当做有德有行的君子：一方面是先后树立起王冕、蘧太守、马二先生、杜少卿、庄征君、虞博士等这些或为真儒，或为君子，或为贤士，或为仁者的形象作为读书人的榜样。另一方面是借书中一些人之口告诉读书人应当做什么样的人，怎么做人。如第十七回匡太公给匡二留下的遗言是："功名到底是身外之物，德行是要紧的，我看你在孝弟上用心，极是难得，却又不可因后来日子略过的顺利些，就添出一肚子里的势利见识来，改变了小时的心事。我死之后，你一满了服，就急急的要寻一头亲事，总要穷人家的儿女，万不可贪图富贵，攀高结贵。"还有一个例子需要特别提出：虞博士在巡考的时候，看到一个考生作弊，他不但不抓，而且随行的要捉这个考生，虞博士反而给拦下来，替他遮掩，为的是养其廉耻。从小说叙写这个场景的笔墨看，吴敬梓显然对虞博士的这种做法是非常赞赏的。试设想一下，如果吴敬梓真的着意于揭露科举考试的弊端，或者反对科举考试制度，那么他还这样写虞博士么？应该是让虞博士做 些诸如怎样防止科举考试作弊的事情，就是让虞博士或书中其他人物发一番科举考试怎么弊端丛生的言论，或者干脆对科举制度作些批判，哪怕是只言片语也行。但是吴敬梓写的却是虞博士替考生遮掩以养其廉耻的事，也就是让考生在科举考试中老实考试，诚实做人。这就说明，在吴敬梓看来，从道德上养读书人廉耻是最重要的，至于科举取士制度存在的弊端或者这个制度合理不合理，根本不在关注的范围内。养读书人礼义廉耻是不是真的能有效地解决问题，这是另外一个问题。但小说中的描写告诉我们，这正是虞博士致力的事情，也是吴敬梓赞赏的事情。

* * * *

由对《儒林外史》所关注内容的考察可知，吴敬梓最为忧心的是读书人醉心于八股举业，汲汲功名富贵，有的甚至因之而丧失人格与尊严，变得畏琐可怜，有的则与恶鄙的世俗同流合污，乃至堕落到更为卑鄙无耻的地步。借用鲁迅的话说，《儒林外史》是"机锋所向，尤在士林"①，而非机锋所向，尤在八股取士制度。正因为此，吴敬梓关注的不是八股取士在制度层面上的合理与否或者有没有弊端，他最为关注的是读书人能不能在科举社会里不慕势，不逐利，不邀名，保持读书人自立的精神与灵魂、高贵的尊严与人格、高尚的道德与情操；关注的是读书人能不能在鄙薄的世俗中像虞博士等人那样做一个有德的淡定君子，做一个担负起人生责任的真儒，做一个承当社会良心的贤者，以平凡而具感召力的行止教化周围的人。实际上，即便八股取士从制度层面上来看是合理的，但如果读书人醉心于八股举业，沉迷于功名富贵，一样不会为《儒林外史》所看重；如果道德品行上又非常不堪，那《儒林外史》就要对他作犀利的讽刺了。同时，小说楔子开端那段关于功名富贵的感慨也已非常清晰地表明，吴敬梓的认识绝不在以反对科举制度来解决问题这样浅薄的层面上，而是比这要深刻很多。由此可以说，《儒林

① 鲁迅：《中国小说史略》，《鲁迅全集》第九卷，人民文学出版社 2005 年版，第 228 页。

外史》不是在反对八股取士制度，而是在讽刺八股取士制度下的人，尤其是读书人的俗陋与恶鄙，是在提倡一种读书人面对功名富贵时所应当有的精神与道德境界。

站在《儒林外史》的立场上看，可以说，八股取士制度下读书人的精神、道德与士风问题，绝不是对八股取士制度进行改革乃至废弃就能解决的，所谓“古来荣禄开而文行薄，岂特八股为然”。① 远者，如后汉桓谭在建武四年(28)曾上疏光武帝说：“陛下若能轻爵禄，与士大夫共之，而勿爱惜，则何招而不至，何说而不释，何向而不开，何征而不克!”②桓谭此语意在谏光武用人，但也颇揭示了荣禄对士人的巨大诱惑力。近者，如马二先生论举业那段实际上也正揭示了历史上的真实情形。只要能给人带来功名富贵，什么取士制度并不是关键，统治者总会找到某种让“天下英雄入吾彀中”的办法，而且，任何制度只要与功名富贵挂钩，就总会随之产生许多道德问题。再来看《儒林外史》，吴敬梓笔下的读书人，当然有周进、范进、严监生等痴迷于举业功名的畏琐与自贱，但也有虞博士、杜少卿等的随缘与淡定；当然有严贡生、王惠等的无耻与贪酷，但也有蘧太守、杜少卿之父等的爱民与清廉；当然有匡超人等的忘恩负义，但也有马二先生的至诚待人。这些都是吴敬梓所写的科举社会里的读书人，但他们的精神心态或道德文行却形成了鲜明的对照。这也充分表明，举业本身并不是《儒林外史》所关注的紧要问题，紧要的问题是读书人如何对待举业，也就是读书人如何在举业功名面前像虞博士、杜少卿等人那样天怀淡定，保持人格尊严，而不是像周进、范进、严监生那样丢弃了人格自尊与生活；如何在举业功名面前仍然能像马二先生那样不失君子本色，而不是像匡超人那样变得无耻与堕落。于是，《儒林外史》直接批评八股取士只有一处，即在楔子里托王冕之口说以《四书》、《五经》和八股文取士“这个法却定的不好”。但就是这仅有的一处对八股取士的批评，也还是着重于“这个法”对读书人精神、道德与士风所造成的影响而言，即“这个法”会诱使读书人看轻文行出处。至于“这个法”本身是否有什么弊端，比如是否会容情容私，是否会损害人才等制度层面的内容，却并非《儒林外史》所关注的内容。如果参照前面所述黄宗羲、顾炎武等将批评的锋芒指向八股取士之法乃至整个科举制度本身，更可明确见出，《儒林外史》所关注的是科举社会里的读书人而非科举制度本身。

三、《儒林外史》与两部关涉科举之小说的比较

在吴敬梓(1701—1754)的《儒林外史》之前和之后，也出现了其他一些关涉科举的小说。将《儒林外史》与这些小说进行对照，可以为我们理解其基本立场提供更多观照的侧面和角度。此仅以蒲松龄(1640—1715)的《聊斋志异》、李汝珍(1763？—1830？)的《镜花缘》如何看待举业功名为例，与《儒林外史》进行比较，以期形成一些更具体、更

① 李汉秋辑校：《儒林外史汇校汇评》第一回，上海古籍出版社2010年版，第13页。
② 袁宏：《后汉纪》卷四，中华书局2002年版，第65页。

明确的认识。

1.“公心”与“孤愤”：从《儒林外史》、《聊斋志异》看举业

鲁迅先生在《中国小说史略》里说《儒林外史》是一部“秉持公心，指擿时弊”之书，蒲松龄在《聊斋自志》里说他的《聊斋志异》是一部“孤愤之书”。“公心”与“孤愤”，这正是《儒林外史》和《聊斋志异》在创作意向及内在意蕴上的基本分别。这两部书对待举业的立场与态度也可由此出发来进行认识。

吴敬梓出生于一个科第世家，弱冠之年考取秀才，后屡应乡试不第，中经家庭变故，不再应科举考试。蒲松龄出生于一个贫寒之家，十九岁应童子试，以县、府、道三试第一，补博士弟子员，一时文名籍籍。后数度应乡试，却一直未第，直到康熙五十一年(1712)才以七十二岁高龄援例补岁贡生，获得一个相当于举人副榜的身份。吴敬梓、蒲松龄在举业之路上的经历有着某些相似，如他们都较早考取了秀才，又都屡应乡试不第。但是，二人的选择却迥然有别：吴敬梓选择了退出，蒲松龄则一生都奔竞于场屋。与他们不同的人生选择相应，吴敬梓与蒲松龄从举业功名出发思考问题的角度各异，对科场、考官的关注程度和态度也颇为不同。

其一，对待士子因科举未第而生出的怀才不遇之情，吴敬梓和蒲松龄表现出迥异的态度：《聊斋志异》时常显露出浓重的士鲜知己之感；《儒林外史》对怀有知音难觅之感的名士则不免调侃。

兹以吴敬梓与蒲松龄对某些相似情事的不同处理方式为例来说明《儒林外史》与《聊斋志异》的这一分别。《儒林外史》第二回写周进六十多岁还未曾中过学，顾老相公请他在家里三个年头，他家顾小舍人就中了学。《聊斋志异》里，《叶生》写叶生困于名场，形销骨立而亡，于是魂授友人之子，结果得中亚魁。二者情事非常相似，但在叙事处理上却很是不同。吴敬梓紧接着写的是，顾老相公将周进请到家中，亲自奉他三杯，尊在首席。周进点了梁灏八十岁中状元的戏，顾老相公为此初时不大喜欢，后来听到梁灏的学生却是十七八岁就中了状元，才知是替他儿子发兆，方才喜了。吴敬梓如此处理是在呈现科举社会里的一种世态人情。同样的情事，《聊斋志异》则是另一番笔墨。蒲松龄极力绘写叶生因感于丁氏知遇之恩而死生以从的情事，文中写丁公谓叶生：“君出余绪，遂使孺子成名。然黄钟长弃奈何!”①叶生对道：“是殆有命。借福泽为文章吐气，使天下人知半生沦落，非战之罪也，愿亦足矣。且士得一人知己，可无憾，何必抛却白纻，乃谓之利市哉。”蒲松龄在十九岁时受知山东学政施闰章后，始终再未遇到赏识自己文章的考官，而蒲松龄本人对自己的八股文是期许甚高的。参照蒲松龄的这一经历，叶生之言实为作者自况。在讲完这个故事之后，他还为此发了一番深深的感慨：“魂从知己，竟忘死耶？闻者疑之，余深信焉。同心倩女，至离枕上之魂；千里良朋，犹识梦

① 下文所引《聊斋志异》原文均据张友鹤辑校：《聊斋志异会校会注会评本》，中华书局1962年版，余不另注。

中之路。而况茧丝蝇迹，呕学士之心肝；流水高山，通我曹之性命者哉！嗟呼！遇合难期，遭逢不偶。行踪落落，对影长愁；傲骨嶙嶙，搔头自爱。叹面目之酸涩，来鬼物之揶揄。频居康了之中，则须发之条条可丑；一落孙山之外，则文章之处处皆疵。古今痛哭之人，卞和惟尔；颠倒逸群之物，伯乐伊谁？抱刺于怀，三年灭字；侧身以望，四海无家。人生世上，只须合眼放步，以听造物之低昂而已。天下之昂藏沦落如叶生其人者，亦复不少，顾安得令威复来，而生死从之也哉？噫！”这段感慨文字可谓是字字积郁着蒲松龄遇合难期，渴望得到知己赏识的绵绵愁恨。

吴敬梓与蒲松龄对这一相似情事的不同处理方式，实际上代表了《儒林外史》与《聊斋志异》在表达内容上的一个区别，即《儒林外史》往往着意于科举社会里的士人心态、社会风习，而《聊斋志异》则习惯于抒写士无知己的不遇之感与失落之情。不过，还不仅如此，《聊斋志异》里所时常表达的士子不遇之感，在《儒林外史》里则丝毫未见。这大概在于：蒲松龄一生都为再没有一个考官能看上自己的文章极为苦恼，深为命运不公而感愤；吴敬梓则于几番不第后不再汲汲举业功名，已持一种较为坦然的态度。吴敬梓在说《邶风·简兮》诗时有云：“士君子得志则大行，不得志则龙蛇。遇不遇，命也。”①在这里，他认为读书人应当乐天知命，不必非得追求科名不可。《儒林外史》楔子开篇的那两阕词和那段关于功名富贵的感慨，则与吴敬梓说《简兮》诗的见解恰可相互响应：“功名富贵无凭据，费尽心情，总把流光误。”“人生富贵功名是身外之物，但世人一见了功名，便舍着性命去求他，及至到手之处，味同嚼蜡。自古及今，那一个是看得破的！”以这种见识，吴敬梓对读书人因为科名未遂而生出的“怀才不遇”之感不以为然。这从《儒林外史》对娄三、娄四公子因未中鼎甲而激成满腹牢骚的调侃与嘲谑中可以分明地感受到。因此我们可以说，在举业功名上，吴敬梓在几番未遂之后逐渐认命了，看淡些了，但蒲松龄一生也没能从对举业功名的渴求之中走出来。

其二，《儒林外史》对科场、考官偶有涉及，但其主要用意不在批评科场弊事，对考官也鲜有微词；《聊斋志异》对科场、考官则用了相当多的笔墨，且对科场之弊事、考官之昏庸极为痛恨。

《儒林外史》里涉及科场、考官的文字很少，仅有如下几处：一是第三回“周学道校士拔真才”一节；二是第二十六回鲍文卿帮知府向鼎巡查考场时为考生遮掩一节；三是第三十七回虞博士为作弊考生遮掩一节。第二十六回这样写考场里的情形：那些童生，有代笔的，也有传递的，大家丢纸团，掠砖头，挤眉弄眼，无所不为，还有一个童生挖墙洞，伸手要到外头接文章。吴敬梓对这些是看不上眼的，但他所做的安排并不是惩罚这些考生，而是在鲍廷玺要抓那童生见知府时，让鲍文卿拦了下来，并且把那童生挖的洞补好，又把他送进号里去接着考。黄小田于此评道：“不敢多事，留其廉耻，士君子且难能之。”天目山樵也说：“盛德事也。”②这也正合乎吴敬梓的看法与态度。在第三十

---

① 周兴陆：《吴敬梓〈诗说〉研究》，上海古籍出版社2003年版，第99页。

② 李汉秋辑校：《儒林外史汇校汇评》，上海古籍出版社2010年版，第323页。

七回写虞博士为作弊考生遮掩一节里，作者借虞博士之口说出了这样做的用意，即“读书人全要养其廉耻”。这正是吴敬梓写科场作弊，写考官替考生遮掩的良苦用心，其意正在表明：对待科场士子舞弊情事，“解怀脱脚，认真搜检”是不能解决问题的，只有养其廉耻，唤起读书人讲究道德文行之心才是根本之策。总之，对鲍文卿和虞博士的做法，《儒林外史》显然是非常赞赏的。至于周进，他那番“用心举业，休学杂览”的说辞自然很是鄙俗，但如果以考官的身份来看他，他还算不上是一个糊涂昏庸的试官，尤其是作者的主要用意也不在揭露或讽刺他的糊涂。

与《儒林外史》形成鲜明对照的是，《聊斋志异》对科场、考官投入相当多的关注，并对科场弊事和昏庸的考官极尽嘲讽乃至挖苦。指斥科场弊风的文章有《考弊司》、《于去恶》等。在《考弊司》里，虚肚鬼王堂下两旁石碣上写的是“孝弟忠信”、“礼义廉耻”，楹间对联是“曰校、曰序、曰庠，两字德行阴教化；上士、中士、下士，一堂礼乐鬼门生”，可是辖下秀才初见他，都要按例割髀肉，财贿丰厚则可赎免，作者为此借书中人之口愤怒大呼：“惨惨如此，成何世界!”并不无揶揄地说：“此辈惟与阎罗近，呼之或可应耳。”作者对此等情事痛恨无比，就让他在阎罗那里受“刀割指端，抽筋出”的严酷刑罚。《于去恶》写阴间士子于去恶文章作得好却落第，恰遇桓侯翼德巡阴曹裂碎地榜，又将他取中。蒲松龄篇末录王阮亭之言道：“数科来关节公行，非啖名即垄断，脱有桓侯，亦无如何矣。悲哉!”这正是对科场舞弊之风的指摘，他也希望有桓侯这样的巡查官主持公道，肃科场之风，不再使“陋劣幸进，而英雄失志”。于是叹道：“余每至张夫子庙堂，瞻其须眉，凛凛有生气。又其生平喑哑如霹雳声，矛马所至，无不大快，出人意表。……宁知文昌事繁，须侯固多哉!”讽刺考官者如《司文郎》、《贾奉雉》、《三生》等。《司文郎》写瞽僧能以鼻代目辨文章优劣，王生焚己作，僧嗅而颔之：“君初法大家，虽未逼真，亦近似矣。我适受之以脾。”余杭生焚己作，僧则“咳逆数声，曰：‘勿再投矣！格格而不能下，强受之以鬲；再焚，则作恶矣。’”然而结果却是王生下第，余杭生上榜。作者借瞽僧之口感叹，瞽僧“虽盲于目，而不盲于鼻；帘中人并鼻盲矣”。而选中余杭生的那位试官之文更是让瞽僧向壁大呕，下气如雷。蒲松龄设置这样的情节表达的是对科场试官的辛辣嘲讽。《贾奉雉》写贾奉雉才名冠于一时，可是总不得售，有郎秀才指给他作为标准的文章，大多是那些为贾奉雉所鄙弃的，故而不屑，郎秀才就告诉他：“帘内诸官，皆以此等物事进身，恐不能因阅君文，另换一副眼睛肺肠也。”这无疑又是蒲松龄借郎秀才之口对科场试官的指斥。后贾奉雉竟又落第，怛怛不得志，“遂取前所指示者强读之。未至终篇，昏昏欲睡，心惶惑无以自主”，这就是试官所取的文章。作者又写贾奉雉“戏于落卷中，集其葛冗泛滥，不可告人之句，连缀成文”，“竟中经魁”，而贾再读旧稿，“一读一汗。读竟，重衣尽湿。自言曰：‘此文一出，何以见天下士矣！’”于是羞而遁去。在这里，蒲松龄对被试官取中文章之冗滥不堪，言之再三，也是在表达他对有眼无珠之试官的愤慨。《三生》则更显示出对不识文之试官的切齿痛恨，乃至有诅咒之意，文中写某试官主衡文，却“黜佳士而进凡庸”，于是也安排他在阎王那里受抉双睛、白刃剖心之刑，以伸千万抑郁士子之气。

蒲松龄为何对考官如此痛恨？或许他自己的话能显露出一些因由来，他在《王子安》篇末“异史氏曰”这样描绘秀才入闱的心理，其中有云：“初失志，心灰意败，大骂司衡无目，笔墨无灵，势必举案头物而尽炬之；炬之不已，而碎踏之；踏之不已，而投之浊流。从此披发入山，面向石壁，再有以且夫、尝谓之文进我者，定当操戈逐之。无何，日渐远，气渐平，技又渐痒；遂似破卵之鸠，只得衔木营巢，从新另抱矣。”①写得如此惟妙惟肖，或许是先生自道吧。而此番言辞也或可表明：蒲松龄大骂试官，大骂科场，乃因痛恨科场之不公，考官之不明，并非意味着是对科举制度表示反对。

在关于《儒林外史》和《聊斋志异》的研究中，有一种做法是试图断定蒲松龄与吴敬梓，谁比谁“反对科举制度”更彻底，然而这却是对他们的误解。显然可见的是，吴敬梓后来看淡了举业功名，而蒲松龄一生都未能从举业功名中走出来。据此，似乎是吴敬梓比蒲松龄“反对科举制度”更彻底。但如果持此看法再来观照《儒林外史》和《聊斋志异》，如下的情形就难以给予合理的解释：蒲松龄对科场和考官作了嘲讽乃至诅咒，而吴敬梓则持的是另一种态度，即不是批评科场舞弊或者作痛恨考官之语，反而是赞赏虞博士等人为考生遮掩，以养其礼义廉耻之心的做法。如果一定要从“反对科举制度”的角度来看待，这里显示出的情形应该是蒲松龄比吴敬梓更彻底。造成这种两难境地的根本原因主要在于，论者抓住小说揭露了科场之弊事讽刺了考官之昏庸等某一些方面，就一厢情愿地将其提升至“反对科举制度”的高度。实际的情形是，蒲松龄一生都没有放弃通过科举取士来改变自己命运，实现自己人生理想的期盼，他只是期望科场能够清肃，试官能有识文慧眼，这样自己就可以凭“好文章”考取功名，实现抱负。因此，尽管他对科场和考官进行嘲讽乃至诅咒，但并不能就此说他是反对科举制度的。蒲氏自云：“集腋为裘，妄绪幽冥之录；浮白载笔，仅成孤愤之书”②，而他关于知己难得的愤慨，他对科场、考官的指摘，正是其内心之“孤愤”的外在表现。同样，对于吴敬梓来说，如果由《儒林外史》讽刺科举社会里一些读书人的畏琐或鄙陋等情态就推衍出他是反对科举制度的，也很不妥当。鲁迅说，“迨吴敬梓《儒林外史》出，乃秉持公心，指擿时弊，机锋所向，尤在士林”，而其讽刺指擿之意乃在于以此唤起读书人的自尊自立之魂，警醒读书人的礼义廉耻之心，并非欲对科举制度作口诛笔伐，反对之，废除之。

要之，《儒林外史》与《聊斋志异》都以举业作为书中的一个焦点，但二者并不是要对科举制度作根本上的反对，这两部小说实际上表达的是吴敬梓和蒲松龄各自不同的关注角度和创作意向：吴敬梓在于以“公心”指擿“士林”之畏琐鄙陋；蒲松龄在于抒知音难觅的“孤愤”之情。

---

① 蒲松龄著，张友鹤辑校：《聊斋志异会校会注会评本》卷九，上海中华书局 1962 年版，第 1239～1240 页。

② 蒲松龄著，张友鹤辑校：《聊斋志异会校会注会评本》卷首《聊斋自志》，中华书局 1962 年版。

2. “讽世”与“谑世”：从《儒林外史》、《镜花缘》看举业

郑振铎在其《清初到中叶的长篇小说的发展》中这样评论吴敬梓和他的《儒林外史》：

> 《儒林外史》也是一位没落的世家子弟之所作；但他的态度却不是凄惋，不是留恋，而是愤激与讽刺。《红楼梦》是绮丽若蜀锦瓯绸的，精致而漂亮；但《儒林外史》却有点像泼妇骂街，虽粗豪而少含蓄，虽痛快而欠深入。这是一位不得意的满腹经纶的文士的所作，满望着有用世的机会，而那机会却终不到他那里去。……他对于世事，几无当意者；凡诗人、文豪、达官、显宦、富绅、地主，殆无不是“丑恶”的自身。而可谈的人，却反在市井屠沽之辈。甚至为隶胥的，为优伶的，为武士的，其可尊敬反过于士大夫万万。即八股文专家的酸儒的马二先生也比舞文弄墨的诗人们更可爱些。“礼失而求诸野”，故作者此书始于王冕的不求闻达，而终结于写几个市井里的文人们……并不是作者便以为他们是最高的范式，却为了愤激不平，才舍彼而取此。①

郑振铎从《儒林外史》与《红楼梦》在语言风格上的区别入手，发现《儒林外史》“有点像泼妇骂街”，进而推衍出《儒林外史》是吴敬梓为了愤激不平所作。这和胡适的做法有一处相像，即都是从自己的喜好与立场出发对其进行评判，扬此抑彼。只不过胡适是从思想见地的立场出发，扬《儒林外史》抑《红楼梦》；郑振铎则是从文学艺术的立场出发，扬《红楼梦》而抑《儒林外史》。如此仁者见仁，智者见智，虽则各有自己的道理，但总难免偏颇。如果说《儒林外史》“有点像泼妇骂街”这种说法可以接受的话，那么李汝珍的《镜花缘》则显然更甚之。如第一回写百果仙子道：“那位嘴上无须，脖儿长长，脸儿黑黑，行动迂缓，倒像一个假道学。仔细看去，宛似龟形，若非乌龟大仙么?”②此等文字更可说是“虽粗豪而少含蓄，虽痛快而欠深入”，但读来分明让人感觉到这是在笑谑，而这也正合乎作者的用意。在《镜花缘》的最后一回末尾，作者写道：“其友方抱幽忧之疾，读之而解颐，而喷饭，宿疾顿愈。”“小说家言，何关轻重？……自家做来做去，原觉得口吻生花；他人看了又看，也必定拈花微笑；是亦缘也。”③令人解颐喷饭，令人会心而笑，这正是李汝珍创作《镜花缘》所期望达到的一个效果。如果以此为参照来看《儒林外史》的话，也就不能简单地以痛骂举业或反对科举之类的话语来评论它。④ 接下来，我们来比较一下《儒林外史》与《镜花缘》分别是如何看待举业的。

---

① 郑振铎：《清初到中叶的长篇小说的发展》，《郑振铎全集》第六卷，花山文艺出版社 1998 年版，第 350 页。此文原刊于《申报月刊》1934 年 7 月、8 月号上。

② 李汝珍：《镜花缘》，上海古籍出版社 2006 年版，第 2 页。

③ 李汝珍：《镜花缘》，上海古籍出版社 2006 年版，第 487 页。

④ 黄小田《儒林外史评序》中亦说：“其实作者之意为醒世计，非为骂世也。”李汉秋编：《儒林外史研究资料》，上海古籍出版社 1984 年版，第 136 页。

先看对待科举考试的态度。在《镜花缘》里，李汝珍有意开科举考试的玩笑。如第二十二回里，白民国的教书先生说林之洋是个懂文墨的通家，林之洋马上发誓："俺如骗你，情愿发誓，教俺来世变个老秀才，从十岁进学，不离书本，一直活到九十岁，这才寿终。"又道："你只晓得长寿，那知从十岁进学，活到九十岁，这八十年岁考的苦处，也就是活地狱了！"①岁考折腾生员的情状跃然而现，显然李汝珍是在以此笑谑科举考试。《儒林外史》则未对科举考试作什么笑谑或批评，他讽刺的是醉心科举考试的读书人的猥琐与鄙陋。而且，就吴敬梓所推崇的人物如虞博士、庄绍光、杜少卿等人而言，他们虽不以举业功名为念，但也并不刻意拒斥科举考试，只是他们处之坦然，乐天知命。

再看对待举业之文的态度。《镜花缘》第九回讲唐敖吃过朱草未久，只觉腹痛，响了一阵，登时浊气下降，微微有声。小说写：

> 林之洋用手掩鼻道："好了！这草把妹夫浊气赶出，身上想必畅快，不知腹中可觉空疏？旧日所作诗文，可还依旧在腹么？"唐敖低头想了一想，口中只说"奇怪"，因向多九公道："小弟起初吃了朱草，细想幼时所作诗文，明明全都记得，不意此刻腹痛之后，再想旧作，十分中不过记得一分，其余九分再也想不出，不解何意。"多九公道："却也奇怪。"林之洋道："这事有甚奇怪？据俺看来，妹夫想不出的那九分，就是方才那股浊气。朱草嫌他有些气味，把他赶出。他已露出本相，钻入俺的鼻内，你却那里寻他？其余一分并无气味，朱草容他在内，如今好好在你腹中，自然一想就有了。俺只记挂妹夫中探花那本卷子，不如朱草可肯留点情儿？妹夫平日所作窗稿，将来如要发刻，据俺主意，不须托人去选，就把今日想不出的那九分全都删去，只刻想得出的那一分，包你必是好的。若不论好歹，一概发刻，在你自己刻的是诗，那知朱草却大为不然。可惜这草甚少，若带些回去给人吃了，岂不省些刻工？朱草有这好处，九公为甚不吃两枝？难道你无窗稿要刻么？"②

这与《聊斋志异·司文郎》所讲之情可谓有异曲之妙，李汝珍和蒲松龄一样，都将其写得煞有介事，但蒲松龄之笔墨让人感到他是在辛辣嘲讽，而李汝珍此番笔墨则不禁令人捧腹；蒲松龄意在嘲讽试官之有眼无珠，李汝珍则是在笑谑举业之文。然而在《儒林外史》里却没有对试官有眼无珠的嘲讽之笔，也没有对举业文章的笑谑之词，倒是有两处关于八股文的精彩见解：一处是第十一回鲁翰林说八股与诗赋之相通；另一处是第十三回马二先生说八股文之理法。虽然作者对鲁翰林之八股口吻，对马二先生的之迂执都有嘲讽，然而二人所言八股文的道理恰是吴敬梓的心得之见，也许他还为这样的识见而颇为自得呢！这倒也不奇怪，因为吴敬梓本意不在要对八股文说道些它的坏处，他关心的

① 李汝珍：《镜花缘》，上海古籍出版社 2006 年版，第 105 页。
② 李汝珍：《镜花缘》，上海古籍出版社 2006 年版，第 39~40 页。

是做八股文的读书人的精神、道德与人格。

总之，将《儒林外史》与《镜花缘》相比较，我们有这样一个结论：《镜花缘》不时拿举业之事、举业之文作笑谑之语，无论从作书之意图，还是从接受之效果，它都是诙谐启颜之书。① 但《儒林外史》却不关注举业自身如何，而是关注做举业的人如何，更重要的是吴敬梓不作痛骂语，也不作笑谑语，他是通过讽刺表达对这样一个问题的思考，即读书人在举业功名面前应该如何做。正因为如此，《儒林外史》才不愧为一部"有思想的小说"。

① 鲁迅在《中国小说史略》第二十五篇《清之以小说见才学者》论《镜花缘》有云："其于社会制度，亦有不平，每设事端，以寓理想；惜为时势所限，仍多迂拘，例如君子国民情，甚受作者叹羡，然因让而争，矫伪已甚，生息此土，则亦劳矣，不如作诙谐观，反有启颜之效也。"（鲁迅：《中国小说史略》，《鲁迅全集》第九卷，人民文学出版社 2005 年版，第 259 页。）陈文新《传统小说与小说传统》下编之《〈镜花缘〉：中国第一部长篇博物体小说》亦云："《镜花缘》与传统的笑话文学缘分特深。""能够一针见血地揭示其危害，而笔端又没有义愤填膺的色彩"，这正是李汝珍"富于睿智与含蕴的诙谐"。（陈文新：《传统小说与小说传统》，武汉大学出版社 2007 年版，第 365、367 页。）

结　语

以“误读”研究切入对《儒林外史》现代学术史的考察，我们发现，在对诸如“吴敬梓与儒家”、“吴敬梓与魏晋风度”、“吴敬梓与颜李学派”及“吴敬梓与程朱理学”、“吴敬梓与礼教”、“吴敬梓与科举制度及八股取士”等命题进行现代解读的过程中，有这样一个很值得注意的现象，即论者往往自觉不自觉地将自己对待儒家、魏晋风度、颜李学派，对待程朱理学、礼教，对待科举制度、八股取士等的看法、立场和态度附加给了吴敬梓和他的《儒林外史》。其实，如何认识儒家、魏晋风度、颜李学派，如何认识程朱理学、礼教，如何认识科举制度、八股取士等，既可以作为社会命题看待，也可以作为学术命题来讨论。说它们可以作为社会命题，意思是对这样一些命题，社会的成员可以带有明确倾向性的看法，并且不一定要找出什么理由或者拿出什么证据来证明这种看法是真实的，是合乎实际情形的；社会的某一个时代对其也可以有一种占主流的意见，或反对或认同，或赞扬或贬抑。作为社会命题，人们可以明确表示自己的立场与态度，判断与评价是最重要的。但是，如果将它们作为学术问题来讨论，就要对它作全面客观的考察与分析，得出合乎历史事实的认识，并严谨地得出结论，既不夸大其辞，更不臆断附会。作为学术命题，学者必须将其放在具体的时代语境与文本语境里审视，分析与了解是最重要的。也就是说，同样的问题，作为社会命题与作为学术命题是有不同的处理方式的，前者注重态度、立场，后者看重事实、证据。鲁迅先生的做法或许能给我们一些启迪。

鲁迅先生对待宗法专制社会里所宣扬的忠孝贞节等这些愚民残民、毁灭人性的伦理道德是非常痛恨的，斥之为吃人的东西，尤其是对残害妇女的贞节观念更是嫉之如仇，不遗余力对之口诛笔伐，这从他的小说、杂文里都可以清晰地看到。例如，他在 1918 年 7 月发表的杂文《我之节烈观》里，就对那些“制造并赏玩别人苦痛的昏迷和强暴”的道德家们的行径进行了犀利的揭擿：

> 节烈这两个字，从前也算是男子的美德，所以有过“节士”，“烈士”的名称。然而现在的“表彰节烈”，却是专指女子，并无男子在内。据时下道德家的意见，来定界说，大约节是丈夫死了，决不再嫁，也不私奔，丈夫死得愈早，家里愈穷，他便节得愈好。烈可是有两种：一种是无论已嫁未嫁，只要丈夫死了，他也跟着自

尽；一种是有强暴来污辱他的时候，设法自戕，或者抗拒被杀，都无不可。这也是死得愈惨愈苦，他便烈得愈好，倘若不及抵御，竟受了污辱，然后自戕，便免不了议论。万一幸而遇着宽厚的道德家，有时也可以略迹原情，许他一个烈字。可是文人学士，已经不甚愿意替他作传；就令勉强动笔，临了也不免加上几个"惜夫惜夫"了。

总而言之：女子死了丈夫，便守着，或者死掉；遇了强暴，便死掉；将这类人物，称赞一通，世道人心便好，中国便得救了。大意只是如此。①

在这段文字里，鲁迅对待礼教的态度十分鲜明，将投枪和匕首毫不留情地掷向伪善丑恶的道德家们。

再来看另一段文字。在《中国小说史略》第二十三篇《清之讽刺小说》里，鲁迅先生论及王玉辉之女殉夫一节时，他这样说：

此外刻划伪妄之处尚多，掊击习俗者亦屡见。其述王玉辉之女既殉夫，玉辉大喜，而当入祠建坊之际，"转觉心伤，辞了不肯来"，后又自言"在家日日看见老妻悲恸，心中不忍"(第四十八回)，则描写良心与礼教之冲突，殊极刻深(详见本书钱玄同序)；作者生清初，又束身名教之内，而能心有依违，托稗说以寄慨，殆亦深有会于此矣。②

以现代的眼光看，王玉辉之女殉夫的事无疑是宗法专制的贞烈观念戕害妇女生命的又一罪证。但是，鲁迅先生在这里并没有就此大做文章，发明王玉辉之女殉夫一节文字反映礼教残害妇女的意旨，然后再严厉痛斥，也没有据此得出吴敬梓和他的《儒林外史》是反对礼教的结论。正因为此，其"描写良心与礼教之冲突，殊极深刻"，以及"束身名教之内，而能心有依违，托稗说以寄慨"的评论，正可以说"深有会于"吴敬梓矣。

比较这两段文字，不难看出二者在文章风格与处理方式上的明显差别。当然，不能说鲁迅在写《中国小说史略》的时候对礼教不再那么痛恨了。这主要是因为前者是杂文，女子节烈和礼教的问题是作为社会命题来对待的，当然要鲜明地表明自己的立场和态度。后者是学术著作，女子节烈和礼教问题是作为学术命题来对待的，这就必须尊重事实，客观公允地作结论，而不是随意地将自己的态度和立场移植给吴敬梓和他的《儒林外史》。③

然而，当我们回顾20世纪以来《儒林外史》学术研究的历史时，便会发现，鲁迅先

① 鲁迅：《坟·我之节烈观》，《鲁迅全集》第一卷，人民文学出版2005年版，第122页。

② 鲁迅：《中国小说史略》，《鲁迅全集》第九卷，人民文学出版社2005年版，第232页。

③ 关于鲁迅对待杂文和学术著作，对待社会命题和学术命题的不同处理方式，陈文新先生《〈红楼梦〉的现代误读》第一章《胡适的误区：以判断代替理解》就作过论述，参见该书第70~71页。

生这种对待社会命题和学术命题的不同处理方式并没有引起人们的注意，更没有给予足够的重视。于是出现了这样一种现象：研究者在对吴敬梓和他的《儒林外史》进行讨论时，往往以对待社会命题的态度来对待学术命题，将对社会命题的看法不同程度地移植为学术命题的结论，以致很少做了解与分析的工作，更多的是在判断与评价，且往往是以自己当下对某个问题的认识为标准进行判断与评价。① 以对待八股取士制度为例，受废除科举以来的观念的定势所规定，先判定科举制度是不好的东西，对它进行不遗余力的批判，然后又将这种批判意识赋予《儒林外史》和吴敬梓。于是，在寻找证据证明结论时就不得不采取下面的做法：一是根据结论的需要，只选取与其相一致的材料，而于结论不利的材料则有意忽略，或者设法对其进行消解，曲为辩护，甚至曲意解释。如，为证明科举制度或八股取士是腐朽的，只列述那些对科举制度或八股取士持指摘态度的看法，而那些对科举制度或八股取士持赞同态度的看法却不在考虑之列，或以进步与局限之类的批评模式进行淡化处理。二是不去也不敢对史实材料作具体深入的剖析对比，只取其大体相同，大致吻合，以致使可能颠覆自己结论的关键性差异被表面的、浅层的相同所遮蔽。如，同样是指摘科举制度或八股取士，有的可能只是主张对某些环节进行改革，以便更有效地选拔出所需人才；有的可能只是对科场是非的牢骚愤激之言，并非要对科举制度或八股取士进行批评；当然也有的可能是从根本上反对它，主张废除它。但仅仅因他们都表现出对科举制度与八股取士甚或是某一环节持批评的态度，就得出他们都是反对科举制度，反对八股取士的结论，往往失之偏颇。三是自觉不自觉地断章取义或者臆测附会。如，关于顾炎武对待八股取士的态度，论者多引“八股盛而六经微，十八房兴而廿一史废”；“八股之害，等于焚书，而败坏人材，有甚于咸阳之郊所坑者”等语，以证顾氏是反对八股的，却不论顾氏此言的具体语境和社会背景。而实际情形是，离开了具体的文本语境、时代语境和文化语境，这些话的意思就与顾氏在原文中所要表达的意思产生了很大的偏差，以之做论据就不免偏颇乃至错误。采取这样的做法之后，对于科举制度、八股取士就很容易得出这样的结论，即自明末清初以来，整个社会的有识之士都对科举制度、八股取士持反对和抨击的态度。吴敬梓又处于这样一个思潮之中，他的《儒林外史》也自然就是反对科举制度，反对八股取士的，而吴敬梓创作《儒林外史》所真正关注的方面，所真正想要表明的意思却被忽略了。其实，如果作为一般

① 鲁迅作有《透底》一文，文章发表后，祝秀侠与鲁迅有书信来往。鲁迅回复祝秀侠的信中说：“八股无论新旧，都在扫荡之列，我是已经说过了；礼拜五六派有新八股性，其余的人也会有新八股性。例如只会‘辱骂’‘恐吓’甚至于‘判决’，而不肯具体地切实地运用科学求得的公式，去解释每天的新的事实，新的现象，而只抄一通公式，往一切事实上乱凑，这也是一种八股。即使明明是你理直，也会弄得读者疑心你空虚，疑心你已经不能答辩，只剩得‘国骂’了。”（鲁迅：《伪自由书》，《鲁迅全集》第五卷，人民文学出版社 2005 年版，第 111～112 页。）现代《儒林外史》的研究就曾一度出现过“只抄一通公式，往一切事实上乱凑”的情形。由鲁迅的这段话，我们也可以了解，鲁迅的杂文尽管时常“横眉冷对千夫指”，但他对待“每天的新的事实，新的现象”却并不只是“判决”，而是“具体地切实地”去解释它们。对于特别需要理性与严谨的学问，鲁迅更是“具体地切实地”去作解释。

主要参考文献

[1]《稗史集传》，[元]徐显撰，明刻本。
[2]《传统小说与小说传统》，陈文新著，武汉大学出版社 2007 年版。
[3]《春秋左传注》，杨伯峻编著，中华书局 1990 年版。
[4]《大学或问》，朱熹撰，朱杰人等主编《朱子全书》，上海古籍出版社、安徽教育出版社 2002 年版。
[5]《大元圣政国朝典章》，中国广播电视出版社 1998 年影印元刊本。
[6]《而已集》，鲁迅著，《鲁迅全集》第三卷，人民文学出版社 2005 年版。
[7]《20 世纪中国古代文学研究史(小说卷)》，黄霖、许建平等著，东方出版中心 2006 年版。
[8]《二程遗书》，[宋]程颢、程颐撰，朱熹编，上海古籍出版社 2000 年版。
[9]《坟》，鲁迅著，《鲁迅全集》第一卷，人民文学出版社 2005 年版。
[10]《福建通志》，[清]谢道承等撰，文渊阁四库全书本。
[11]《复堂词话》，[清]谭献撰，唐圭璋编《词话丛编》，中华书局 1986 年版。
[12]《顾亭林诗文集》，[清]顾炎武撰，华忱之点校，中华书局 1983 年版。
[13]《桂苑丛谈》，[五代]严子休撰，阳羡生校点，《唐五代笔记小说大观》，上海古籍出版社 2000 年版。
[14]《国史新论》，钱穆著，三联书店 2005 年版。
[15]《红楼梦》(百家汇评本)，[清]曹雪芹著，陈文新、王炜辑评，长江文艺出版社 2005 年版。
[16]《红楼梦的两个世界》，余英时著，上海社会科学院出版社 2006 年版。
[17]《〈红楼梦〉的现代误读》，陈文新著，齐鲁书社 2008 年版。
[18]《后汉纪》，[东晋]袁宏著，张烈点校，中华书局 2002 年版。
[19]《后汉书》，[南朝宋]范晔撰，[唐]李贤等注，中华书局 1965 年版。
[20]《胡适文集》，欧阳哲生编，北京大学出版社 1998 年版。
[21]《皇明世说新语》，[明]李绍文撰，明万历刻本。
[22]《晦庵先生朱文公文集》，[宋]朱熹撰，朱杰人等主编《朱子全书》，上海古籍出版社、安徽教育出版社 2002 年版。

读者的阅读或者只为发掘某一方面的所谓现实意义，这样做也未尝不可，但是作为学术研究，尤其一定要作出评判的话，就不能囿于一隅而妄下论断，失于严谨的结论不应当出现在严谨的学者笔下。

再者，从阅读接受的角度来看问题，如果继续以社会命题的结论植入学术命题的研究之中，发明并强调吴敬梓在《儒林外史》里所谓的反礼教、反八股取士、反理学等方面的内容，而不对其作具体的语境分析，那就很难理解为什么到了礼教、八股取士、理学早已废弃的今天，还有不少读者喜欢读这部小说？难道还是反礼教、反八股取士、反理学等方面的意义吸引并感动着他们？这是对《儒林外史》进行解读时应当深思的一个问题。如果对这个问题有了清晰的认识，在解读《儒林外史》时，就会多一些客观的分析，少一些主观的评判，揭示出更多合乎历史实际情形的东西。因为对于学术命题而言，其主要任务在于揭示事实，不在于表明态度，更不容揣度臆断，颠倒事实。至于对某一现象、某一问题应该持什么态度，那应该留给读者自己，越俎代庖地替读者表明态度未必会得到他们的认可。

总之，考察《儒林外史》的现代学术史，我们发现，研究者以对待社会命题的态度与方式处理学术命题，往往不是从小说文本出发，而是从社会背景、文化传统和思想观念等出发，先持有一个来自于小说文本外的结论，然后以之审视小说文本，从中寻找出能为结论所用者来印证它，若印证吻合，结论便得到证明。以这种研究理路，小说文本存在的意义就是充当社会命题的注脚，而《儒林外史》研究自身的学术品格则部分甚至全部丧失。如何让《儒林外史》的研究回归到学术本身，鲁迅先生的做法启示我们：学者可以对某个社会命题有自己鲜明的立场，但当处理与之有关的学术命题时，不能让它成为自己立场的注脚，而应当通过对相关文本及材料史实作细致深入的考察、比较、辨析，获得尽可能接近历史本来面貌的认识，进而得出合乎实际的结论。如果依此来审视《儒林外史》的现代学术史，关于吴敬梓及其《儒林外史》的研究，还有不少命题可以继续展开讨论，还有不少可以拓展或深入的空间。

[23]《嵇康集校注》，戴明扬校注，人民文学出版社 1962 年版。
[24]《江南通志》，[清]黄之雋等撰，文渊阁四库全书本。
[25]《介存斋论词杂著》，[清]周济撰，唐圭璋编《词话丛编》，中华书局 1986 年版。
[26]《晋书》，[唐]房玄龄等撰，中华书局 1974 年版。
[27]《镜花缘》，[清]李汝珍著，上海古籍出版社 2006 年版。
[28]《旧唐书》，[后晋]刘昫等撰，中华书局 1975 年版。
[29]《剧谈录》，[唐]康骈撰，萧逸校点，《唐五代笔记小说大观》，上海古籍出版社 2000 年版。
[30]《李大钊文集》，中国李大钊研究会编注，人民出版社 1999 年版。
[31]《李纲全集》，[宋]李纲著，王瑞明点校，岳麓书社 2004 年版。
[32]《李塨文集》，[清]李塨著，邓子平、陈山榜点校，河北人民出版社 2011 年版。
[33]《礼记译注》，杨天宇撰，上海古籍出版社 2004 年版。
[34]《礼与十八世纪的文化转折——〈儒林外史〉研究》，商伟著，严蓓雯译，三联书店 2012 年版。
[35]《历史学的理论和历史》，[意]贝内德托·克罗齐著，田时纲译，中国人民大学出版社 2012 年版。
[36]《聊斋志异》，[清]蒲松龄著，张友鹤辑校，上海中华书局 1962 年版。
[37]《列朝诗集小传》，[清]钱谦益著，上海古籍出版社 1983 年版。
[38]《列子集释》，杨伯峻撰，中华书局 1979 年版。
[39]《六祖坛经研究论集》，《现代佛教学术丛刊》第 1 册，台湾大乘文化出版社 1976 年版。
[40]《论语注疏》，[魏]何晏注，[宋]邢昺疏，朱汉民整理，北京大学出版社 2000 年版。
[41]《论儒林外史》，何满子著，上海出版公司 1954 年版。
[42]《论儒林外史》，何满子著，古典文学出版社 1957 年版。
[43]《漫说儒林外史》，张国风著，人民文学出版社 2005 年版。
[44]《毛诗正义》，[汉]毛亨传，[汉]郑玄笺，[唐]孔颖达疏，龚抗云等整理，北京大学出版社 1999 年版。
[45]《孟子字义疏证》，[清]戴震著，何文光整理，中华书局 1961 年版。
[46]《梦溪笔谈校证》，[宋]沈括著，胡道静校证，上海古籍出版社 1987 年版。
[47]《勉行堂诗文集》，[清]程晋芳著，魏世民校点，黄山书社 2012 年版。
[48]《闽杂纪》，[清]施鸿保撰，来新夏校点，福建人民出版社 1985 年版。
[49]《明代科举史事编年考证》，郭培贵著，科学出版社 2008 年版。
[50]《明代状元史料汇编》，郭皓政、甘宏伟编著，武汉大学出版社 2009 年版。
[51]《明清讽刺小说研究》，金鑫荣著，凤凰出版社 2007 年版。
[52]《明清章回小说流派研究》，陈文新、鲁小俊、王同舟著，武汉大学出版社 2003 年版。

[53]《明会典》，[明]申时行等修，中华书局1989年版。
[54]《明史》，[清]张廷玉等撰，中华书局1974年版。
[55]《明太祖实录》，[明]解缙等撰，国立北平图书馆藏红格钞本。
[56]《明夷待访录》，[明]黄宗羲著，段志强译注，中华书局2011年版。
[57]《评聊斋志异说儒林外史》，傅光明主编，山东画报出版社2008年版。
[58]《曝书亭集》，[清]朱彝尊撰，四部丛刊初编本。
[59]《钱玄同文集》，钱玄同著，中国人民大学出版社1999年版。
[60]《且介亭杂文二集》，鲁迅著，《鲁迅全集》第六卷，人民文学出版社2005年版。
[61]《钦定大清会典则例》，文渊阁四库全书本。
[62]《钦定四库全书总目》，[清]纪昀等撰，四库全书研究所整理，中华书局1997年版。
[63]《琴清英》，[汉]扬雄撰，嘉庆三年金溪王氏刊《汉魏遗书钞》本。
[64]《清代学术概论》，梁启超著，夏晓虹点校，中国人民大学出版社2004年版。
[65]《清高宗实录》，[清]庆桂等纂修，中华书局1985年版。
[66]《清凉布褐批评儒林外史》，[清]吴敬梓原著，陈美林校注批评，新世界出版社2009年版。
[67]《清儒学记》，张舜徽著，华中师范大学出版社2005年版。
[68]《清世宗实录》，[清]鄂尔泰等纂修，中华书局1985年版。
[69]《清史稿》，赵尔巽等撰，中华书局1977年版。
[70]《日知录校注》，[清]顾炎武著，陈垣校注，安徽大学出版社2007年版。
[71]《儒林群丑的讽刺画卷——评吴敬梓的〈儒林外史〉》，全椒县·滁县地直·安徽大学《儒林外史》评论组著，安徽人民出版社1977年版。
[72]《儒林外史辞典》，陈美林主编，南京大学出版社1994年版。
[73]《儒林外史的文化意蕴》，李汉秋著，大象出版社1997年版。
[74]《“儒林”探微》，吴波、孙旭著，吉林人民出版社2001年版。
[75]《儒林外史汇校汇评》，[清]吴敬梓著，李汉秋辑校，上海古籍出版社2010年版。
[76]《儒林外史鉴赏辞典》，李汉秋主编，中国妇女出版社1992年版。
[77]《儒林外史鉴赏辞典》，李汉秋、张国风、周月亮著，上海辞书出版社2011年版。
[78]《儒林外史人物本事考略》，何泽翰著，上海古籍出版社1985年版。
[79]《〈儒林外史〉试论》，张国风著，中华书局2002年版。
[80]《儒林外史研究》，郑明娳著，台湾“商务印书馆”1987年版。
[81]《〈儒林外史〉研究》，李汉秋著，华东师范大学出版社2001年版。
[82]《儒林外史研究论集》，作家出版社编辑部编，作家出版社1955年版。
[83]《儒林外史研究论文集》，安徽省纪念吴敬梓诞生二百八十周年委员会编，安徽人民出版社1982年版。
[84]《〈儒林外史〉研究史》，李忠明、吴波著，海峡文艺出版社2006年版。
[85]《儒林外史研究资料》，李汉秋编，上海古籍出版社1984年版。

[86]《儒林外史研究纵览》，李汉秋著，天津教育出版社 1992 年版。
[87]《〈儒林外史〉与江南士绅生活》，顾鸣塘著，商务印书馆 2005 年版。
[88]《儒林外史与中国士文化》，胡益民、周月亮著，安徽大学出版社 1995 年版。
[89]《儒林外史资料汇编》，朱一玄、刘毓忱编，南开大学出版社 2012 年版。
[90]《阮籍集校注》，陈伯君校注，中华书局 1987 年版。
[91]《三国志》，[晋]陈寿撰，[宋]裴松之注，陈乃乾校点，中华书局 1959 年版。
[92]《尚书私学》，[清]江昱撰，清乾隆刻本。
[93]《诗集解》，[宋]朱熹撰，朱杰人等主编《朱子全书》本，上海古籍出版社、安徽教育出版社 2002 年版。
[94]《诗集传》，[宋]朱熹集注，中华书局 1958 年版。
[95]《拾遗记》，[晋]王嘉撰，[南朝梁]萧绮录，齐治平校注，中华书局 1981 年版。
[96]《史记》，[汉]司马迁撰，中华书局 1982 年版。
[97]《世说新语校笺》，[南朝宋]刘义庆撰，徐震堮著，中华书局 1984 年版。
[98]《士人心态话儒林》，陈文新著，华中理工大学出版社 1994 年版。
[99]《四书或问》，[宋]朱熹撰，朱杰等主编《朱子全书》本，上海古籍出版社、安徽教育出版社 2002 年版。
[100]《四书章句集注》，[宋]朱熹撰，中华书局 1983 年版。
[101]《宋明理学与政治文化》，余英时著，广西师范大学出版社 2006 年版。
[102]《宋明儒学的问题与发展》，牟宗三著，华东师范大学出版社 2004 年版。
[103]《宋名臣奏议》，[宋]赵汝愚编，文渊阁四库全书本。
[104]《宋史》，[元]脱脱等撰，中华书局 1977 年版。
[105]《随园诗话》，[清]袁枚著，顾学颉校点，人民文学出版社 1982 年版。
[106]《太平广记》，[宋]李昉等编，中华书局 1961 年版。
[107]《唐人小说》，汪辟疆校录，上海古籍出版社 1978 年版。
[108]《唐摭言》，[五代]王定保撰，阳羡生校点，《唐五代笔记小说大观》本，上海古籍出版社 2000 年版。
[109]《桃花扇》，[清]孔尚任著，王季思、苏寰中、杨德平合注，人民文学出版社 1959 年版。
[110]《通制条格》，黄时鉴点校，浙江古籍出版社 1986 年版。
[111]《伪自由书》，鲁迅著，《鲁迅全集》第五卷，人民文学出版社 2005 年版。
[112]《文选》，[梁]萧统编，[唐]李善注，上海古籍出版社 1986 年版。
[113]《文言小说审美发展史》，陈文新著，武汉大学出版社 2007 年版。
[114]《文苑英华》，[宋]李昉等编，中华书局 1966 年版。
[115]《吴敬梓和儒林外史》，王俊年著，上海古籍出版社 1980 年版。
[116]《吴敬梓集系年校注》，[清]吴敬梓著，李汉秋、项东升校注，中华书局 2011 年版。

[117]《吴敬梓〈诗说〉研究》，周兴陆著，上海古籍出版社 2003 年版。
[118]《吴敬梓研究》，陈美林著，南京师范大学出版社 2006 年版。
[119]《误读图示》，[美]哈罗德·布鲁姆著，朱立元、陈克明译，天津人民出版社 2008 年版。
[120]《侠的精神文化史论》，龚鹏程著，山东画报出版社 2008 年版。
[121]《下学堂札记》，[清]熊赐履撰，清康熙刻本。
[122]《闲道录》，[清]熊赐履撰，清刻本。
[123]《谐铎》，[清]沈起凤著，乔雨舟校点，人民文学出版社 1985 年版。
[124]《续高士传》，[清]高兆撰，康熙遗安草堂刻本。
[125]《续书史荟要》，[明]朱祖亜撰，文渊阁四库全书本。
[126]《玄学与魏晋士人心态》，罗宗强著，天津教育出版社 2005 年版。
[127]《学统》，[清]熊赐履撰，清康熙二十四年刻本。
[128]《荀子集解》，[清]王先谦撰，沈啸寰、王星贤点校，中华书局 1988 年版。
[129]《颜习斋先生年谱》，[清]李塨撰，《颜元集》，中华书局 1987 年版。
[130]《颜习斋先生言行录》，[清]钟陵撰，《颜元集》，中华书局 1987 年版。
[131]《颜元集》，[清]颜元著，王景贤、张芥尘、郭征点校，中华书局 1987 年版。
[132]《隐秀轩集》，[明]钟惺著，李先耕、崔重庆标校，上海古籍出版社 1992 年版。
[133]《永宪录》，[清]萧奭撰，朱南铣点校，中华书局 1959 年版。
[134]《玉泉子》，[唐]阙名撰，阳羡生校点，《唐五代笔记小说大观》本，上海古籍出版社 2000 年版。
[135]《喻世明言》，[明]冯梦龙编撰，中华书局 2009 年版。
[136]《元史》，[明]宋濂等撰，中华书局 1976 年版。
[137]《阅微草堂笔记》，[清]纪昀著，上海古籍出版社 1980 年版。
[138]《知识分子论》，[美]萨义德著，单德兴译，三联书店 2002 年版。
[139]《芝园后集》，[明]宋濂撰，罗月霞主编《宋濂全集》本，浙江古籍出版社 1999 年版。
[140]《制艺丛话》，[清]梁章钜著，陈居渊校点，上海书店出版社 2001 年版。
[141]《中国纯文学史》，刘经庵著，江苏文艺出版社 2008 年版。
[142]《中国古代小说研究》，齐裕焜、王子宽著，福建人民出版社 2005 年版。
[143]《中国古典小说》，[美]夏志清著，胡益民等译，江苏文艺出版社 2008 年版。
[144]《中国近三百年学术史》，梁启超著，夏晓虹、陆胤校，商务印书馆 2011 年版。
[145]《中国近三百年学术史》，钱穆著，商务印书馆 1997 年版。
[146]《中国文学流派意识的发生和发展》，陈文新著，武汉大学出版社 2007 年版。
[147]《中国文学史》，中国社会科学院文学研究所中国文学史编写组编，人民文学出版社 1962 年版。
[148]《中国小说发达史》，谭正璧著，上海光明书局 1935 年版。

[149]《中国小说史略》，鲁迅著，《鲁迅全集》第九卷，人民文学出版社 2005 年版。
[150]《中国小说研究史》，黄霖等著，浙江古籍出版社 2002 年版。
[151]《中国新文学大系》第一集，胡适编选，上海良友图书印刷公司 1935 年版。
[152]《中国哲学史》，冯友兰著，三联书店 2009 年版。
[153]《中国状元殿试策大全》，邓洪波、龚抗云编著，上海教育出版社 2006 年版。
[154]《朱熹的历史世界：宋代士大夫政治文化的研究》，余英时著，三联书店 2011 年版。
[155]《朱子近思录》，[宋]朱熹、吕祖谦撰，上海古籍出版社 2000 年版。
[156]《朱子学提纲》，钱穆著，三联书店 2005 年版。
[157]《朱子语类》，[宋]黎靖德编，王星贤点校，中华书局 1986 年版。
[158]《庄子今注今译》，陈鼓应注译，中华书局 1983 年版。
[159]《作为思想和行动的历史》，[意]贝内德托·克罗齐著，田时纲译，商务印书馆 2012 年版。

后　记

唐德刚先生在《胡适口述自传》的注里曾经谈到中国学术史上的“辈分”问题，他说：“在泰山压顶的西风东渐之下，他们完全丧失了‘学术自主’的信心（事实上也无此能力），因而新学问对他们只有‘皈依’的份，哪里谈得到怀疑呢？幼年既无力怀疑，也无心怀疑，年老功成业就，已成了开山宗师，东方一世祖，自然就更不会怀疑了。”“我们这后一辈就有点不同了，我们第一个怀疑是那些‘留学归国’在大学里教过我们的洋老师。对老师的怀疑，因而对老师的老师也就不太信任了。这就是笔者所说的‘辈分问题’，倒不是后一辈胆子大，‘不知轻重’。”作为更晚的后生小辈，唐德刚先生关于“辈分问题”的话正可借来了慰惶惧之心。小书既名为“现代误读”，难免对前辈时贤之论有所抵牾，祈方家批评斧正。

本书是在博士学位论文的基础上修改而成的。我的导师陈文新先生为论文的写作与出版倾注了很多心血。在从学的日子里，时常聆听先生谈人生、谈学问、谈生活、谈家庭，受益良多。陈师学问做得好，人也和蔼。我时常会想起同门雅集，先生端起酒杯说“我们喝酒”时，那如慈父般的亲切。武汉大学艺术学系郑传寅先生，山东大学文学与新闻传播学院王平先生，南开大学文学院宁稼雨先生，华中师范大学文学院谭邦和先生、戴建业先生，南昌大学国学研究院程水金先生，武汉大学文学院陈水云先生都对我的学位论文提出了宝贵的修改意见，给予我很多的鼓励和期望。

六年前的五月，刚从武汉参加研究生复试回来不久，陈师就安排我和师妹江俊伟一起做《史记》的评注译。完成之后，又让我协助师兄郭皓政做《明代状元史料汇编》。他们待我的热情与至诚，都令我难忘。和他们一起做这些工作，我学到了很多东西，也得到了很多锻炼。还有师妹白金杰，因同做《〈儒林外史〉学术档案》的机缘，得以时常交流读书的感想，她关于吴敬梓和《儒林外史》的思想、见解对我修改学位论文多有启迪。

本书的部分内容已先后在《长江学术》、《求索》、《人文论丛》、《蒲松龄研究》、《文艺评论》等刊物上发表；也有部分内容在“中国古代叙事文学国际学术研讨会”（2010年11月中央民族大学）、“第八届科举制与科举学国际学术研讨会：科举文献整理与研究”（2011年9月武汉大学）、“文化视野中的中国古代小说国际学术研讨会”（2011年10月内江师范学院）、“纪念吴敬梓诞辰三百一十周年中国儒林外史高峰论坛”（2011年11月安徽全椒）、“俗文学中的科举与民间社会国际研讨会”（2013年11月武汉大学）上介绍。在此谨向这些刊物和会议的提携表示诚挚的感谢！

感谢武汉大学出版社胡程立、朱凌云、陈帆等，她们为本书的出版付出了很多心血。我供职的单位河南城建学院的领导、同事给予我很多的关心，本书的研究也得到校科学研究基金的资助。在此也致以真诚的谢意！还有我的父母、家人，他们都为了我能求学而省吃俭用；我的亲友，他们为了我能求学而慷慨解囊。这一切，我都会记在心里！

甘宏伟

2013 年 11 月 2 日

《中国科举文化通志》书目

历代制举史料汇编
历代律赋校注
七史选举志校注
唐代试律试策校注
八股文总论八种
游戏八股文集成
翰林掌故五种
贡举志五种(上)
贡举志五种(下)
明代科举与文学编年(上)
明代科举与文学编年(中)
明代科举与文学编年(下)
明代状元史料汇编(上)
明代状元史料汇编(下)
四书大全校注(上)
四书大全校注(下)
钦定四书文校注
《游艺塾文规》正续编
钦定学政全书校注
《清实录》科举史料汇编
梁章钜科举文献二种校注
二十世纪科举研究论文选编
《礼部韵略》与宋代科举
科举废止前后的晚清社会与文学
《儒林外史》的现代误读
游戏八股文研究
元明科举与文学考论
明代八股文选家考论
唐代科举与试赋